AF146329

Blutrache

Showdown Travemünde

Titelbild mit freundlicher Genehmigung der
Deutschen Bundeswehr

Walter M. Dobrow

Blutrache

Showdown Travemünde

Bibliografische Information der Deutschen Nationalbibliothek.

Die Deutsche Nationalbibliothek verzeichnet diese Publikation in der Deutschen Nationalbiblografie.
Detaillierte bibliografische Daten sind im Internet über http.//dnb.d-nb.de abrufbar.

Copyright und alle Rechte 2015
Walter M. Dobrow

Herstellung und Verlag:
Books on Demand, Norderstedt
ISBN 978-3-7386-2298-0

1

„Ich brauche mal Urlaub…", dachte Dieter Kreft. An den letzten richtigen Urlaub konnte er sich fast nicht mehr erinnern. Das war…, ja das war noch mit Doris gewesen. Mit Doris und den Kindern. Skiurlaub im Kleinwalsertal. Dieter lachte bitter und kurz auf, so dass Gerd Heidemann, der gerade an der geöffneten Bürotür vorbei ging, verblüfft zu seinem Partner hereinschaute. „Alles in Ordnung bei Dir?" fragte er. „Wie? Ach nichts. Hab grad an was gedacht", antwortete Dieter zerstreut. „Du brauchst mal Urlaub", sagte Gerd und wollte weitergehen. „Gerd?" rief Dieter Kreft ihn zurück. Gerd kam zurück und setzte sich in den Besuchersessel vor Dieters Schreibtisch. „Was gibt's, schieß los", sagte er.
Sie hatten zusammen bei Asbacher, der größten Immobilienfirma in Lübeck gearbeitet und dann, vor drei Jahren, zusammen den Schritt gewagt und sich selbstständig gemacht. Dieter war damals gerade in einer Lebenskrise gewesen, die die Scheidung von seiner Frau Doris ausgelöst hatte. Sie hatten unermüdlich gearbeitet seither und… sie hatten es geschafft. Asbacher noch nicht überholt, aber dicht dran. Für Dieter war das gut gewesen. Sich so richtig in die Arbeit knien und alles andere vergessen.
„Als Du das gerade sagtest… das mit dem Urlaub. Hab gerade dasselbe gedacht. Meinst Du, ich kann mal ein paar Tage weg? Sunny löchert mich schon seit letztem Jahr mit dem Thema." Sunny, eigentlich Sonja, war Dieters neue Lebensgefährtin. Er hatte sie im letzten Sommer kennen gelernt und Gerd fand sie nett.
„Ich wollte Dir das schon lange vorschlagen. Merk doch, wie kaputt Du bist", sagte Gerd und grinste. „Aber wenn, dann richtig. Mindestens drei oder vier Wochen und wenn Du zurück bist, bin ich dran. Ok?" Dieter lehnte sich zurück. „Meinst Du wirklich, das geht? Du kommst allein klar?" „Na hör mal", lachte Gerd

Heidemann. „Ist mir lieber, mal drei Wochen ohne Dich auszukommen, als wenn Du zusammen brichst und noch viel länger ausfällst. Oder traust Du mir das nicht zu?"   Dieter lachte „Entschuldige, Gerd. Klar kommst Du zurecht, weiß ich doch. Was meinst Du, Ich würde gern mal wieder segeln. Irgendwo im Süden… Hab Sunny schon so viel vom Hochseesegeln vorgeschwärmt und sie ist nicht abgeneigt, glaube ich."

Gerd Heidemann wiegte den Kopf. Auch er war früher gesegelt. Nicht so ambitioniert wie Dieter, der fast in jedem Jahr im Mittelmeer oder der Karibik herumgesaust war, bevor die Kinder kamen und Doris gestreikt hatte. „Jetzt, im Oktober, musst Du aber ganz schön weit nach Süden, damit das auch ein bisschen gemütlich ist", wandte er schließlich ein. „Ich surf mal im Internet rum bei den Charterfirmen. Vielleicht gibt's irgendwo Sonderangebote", entgegnete Dieter. „Das mach mal", sagte Gerd und stand auf. „Denk dran, um Zwei kommen die Tewes wegen dem Reihenhaus. Die hängen schon gut am Haken. Noch ein bisschen Seelenmassage, und die unterschreiben."

„Denk ich auch", antwortete Dieter Kreft.

Gerd ging und Dieter sah sich bunte Homepages der Charterfirmen an bis die Tewes klingelten

„Du kannst nicht mitkommen. Denk doch an Mama. Bis ich zurück bin, bist Du der Mann im Haus."   Mahomad legte seinem „kleinen"

Bruder Said die Hand auf die Schulter und drückte sie fest. „Ich will aber mit", beharrte Said.

Sie standen am Strand. Die Sonne ging gerade auf und tauchte die Szenerie in ein unwirkliches Licht. Das Wasser wirkte noch fast schwarz, während sich die Schatten der paar verdorrten kleinen Palmen lang hin bis zum Strand zogen. Bald, wenn die Sonne ihre ganze Kraft entfaltete, würde man es hier kaum noch aushalten können. Mahomad sah zu dem Boot hinüber, das seine Kameraden gerade seeklar machten. Weiter draußen wartete ihr Mutterschiff. Eine Dhau, in deren Inneren aber ein nagelneuer Hyundai-Diesel und moderne Elektronik installiert waren. Die Radarantenne war versteckt und ließ sich ein- oder ausfahren, denn die „Sikka" sollte für den zufälligen Betrachter und auch für die Patrouillen-Flugzeuge und Kriegsschiffe der weißen Teufel als armseliges Fischerboot wirken.

„Wir sind fertig, Mahomad. Kommst Du?" rief der Anführer der Bootsmannschaft. „Vielleicht beim nächsten Mal. Ich werde das Tamu vorschlagen ja?", sagte Mahomad leise zu seinem Bruder. Er drückte Said noch einmal an sich, dann wandte er sich ab und lief zum wartenden Boot hinunter. Zusammen schoben die sechs Männer, alle mit alten T-Shirts, Shorts und Sandalen bekleidet, was die Legende von den armen Fischern untermauern sollte, das leichte Aluminiumboot ins Wasser. Der große 100PS starke Yamaha-Außenborder, auch fast neu, sprang sofort an und Tamu, der am Steuer saß, lachte, als die erste größere Welle den Bug hochhob und der Aufprall auf das folgende Tal sie mit einer Gischtwoge duschte. Mahomad fluchte, denn er hatte zu seinem kleiner werdenden Bruder zurückgesehen und die Welle warf ihn vom Sitz auf den Bootsboden, wo sich die Metallteile der sorgfältig unter einer Plane verborgenen Waffen - Kalaschnikow-Sturmgewehre und RPG Raketenwerfer – schmerzhaft in seine Seite bohrten. Deyat half ihm auf und Mahomad zog sein Shirt hoch und betrachtete die Schrammen auf seiner tiefschwarzen, glänzenden Haut. „Nicht der Rede wert", urteilte

Deyat und Mahomad biss die Zähne zusammen. Sie schwiegen bis sie an der „Sikka" anlegten. Der Ladebaum schwang aus und die Männer befestigten die Ketten an den Haltepunkten des kleinen Bootes. Dann kletterten sie nacheinander über das flache Seitendeck auf das Mutterschiff, dessen Kran das Motorboot aus dem Wasser hob und auf dem Heck neben einem anderen gleicher Bauart absetzte. Die Männer häuften sorgfältig Planen und Netze darüber und der Kapitän überprüfte mit einem Blick aus dem Ruderhaus alles, bevor er den Anker lichten ließ und die „Sikka" Fahrt aufnahm.

Said stand immer noch am Strand und erst als das Schiff mit dem Horizont verschmolz drehte er sich um und ging nach Haus. Die Hütte in der er mit noch drei Geschwistern und seiner Mutter lebte, lag ein Stück vom Ufer entfernt, wo es etwas mehr Schatten von größeren und gesünderen Palmen gab. Dorf konnte man die Ansiedlung nicht nennen. Bis vor ein paar Jahren hätte man das noch gekonnt, denn da lebten fast tausend Einwohner, Fischer und ihre Familien, hier. Dann, eines Tages, kamen Lastwagen mit Bewaffneten, die sofort ausschwärmten und aus den Hütten raubten, was ihnen wertvoll erschien. Ihr Anführer lehnte in einer neuen Phantasie-Uniform an der Motorhaube eines der LKW und sah zu, wie seine Männer ihre Landsleute misshandelten. Erst aus einer, dann aus immer mehr Hütten drangen die Schreie von Frauen, als die Banditen sich daranmachten, sie vor den entsetzten Augen ihrer Kinder zu vergewaltigen. Said konnte sich noch gut erinnern. Er war damals sechs oder sieben Jahre alt gewesen. Er hatte sich unter einem Netzhaufen versteckt. Mahomad war mit den meisten der anderen Männer auf Fischfang gewesen, aber Vater war da. Said sah, wie sein Vater und einige andere Männer zum Anführer liefen und sich vor ihm auf die Knie warfen. General Rasfa, so nannte er sich, grinste spöttisch, zog seine Browning 9mm Pistole und erschoss Saids Vater und die anderen fünf Männer zu seinen Füßen. Das war das Signal für die Banditen und das allgemeine Morden begann und hörte nicht auf, bis sich niemand mehr rührte. Nur ein paar der Einwohner hatten in die Felder flüchten können. Sie und Said, der unentdeckt blieb, waren die einzigen Überlebenden des Massakers, das sich so oder ähnlich auch in anderen Teilen des nicht mehr existenten Staates Somalia abspielte.

Zuletzt zündeten die Banditen alle Hütten an, dann stiegen sie mit ihrer Beute, zu der auch einige laut jammernde junge Frauen gehörten, auf die Lastwagen. Der Anführer spuckte noch einmal auf die Leiche von Saids Vater. Dann stieg er ein und befahl den Aufbruch.

Said blieb noch in seinem Versteck, bis das Motorengeräusch verstummt war. Dann wagte er sich vorsichtig hinaus. Tränen rannen über sein Gesicht und er bemerkte erst jetzt, dass er sich in die Hosen gemacht hatte.

Said wischte sich die Tränen, die ihm auch jetzt wieder beim Gedenken an diesen Überfall vor zehn Jahren gekommen waren ab, und ging in die Hütte. Seine Mutter saß mit dem kleinen Ibrahim an der Brust am Herd. Sie hatte zu den Frauen gehört die, nachdem sie vergewaltigt worden waren, flüchten konnten. Als die Männer am Abend von See zurückkamen, hatte sie es gewagt ins Dorf, dessen Überreste noch rauchten, zurück zu kommen. Said konnte sich nicht mehr genau erinnern, wie es weitergegangen war. Einer der nun verwitweten Fischer hatte seine Mutter zur Frau genommen, war dann aber, nachdem er für ein paar neue Kinder gesorgt hatte, eines Tages auf See geblieben. Als dann der Mann aus der Hauptstadt kam und den Fischern einen Vorschlag machte, hatten alle eingewilligt. Auch Mahomad, der jetzt der Familie vorstand. Der Mann hatte ihnen einen Ausbilder geschickt und Boote und Waffen und nun waren die ehemals friedlichen Fischer Piraten.

Die „Sikka" lief nicht zufällig auf südöstlichem Kurs. Der Anruf des Bosses aus Mogadishu hatte dem Anführer den Stückgutfrachter „Sunbird" mit Heimathafen Monrovia avisiert. Agenten des Bosses in

Mombasa hatten berichtet, was für eine wertvolle Fracht in den Containern des Laderaumes 2 verstaut war. Computer und Elektronik. So etwas ließ sich gewinnbringend an die Hehler in Kenia und anderswo verkaufen.

Anders als der Heimathafen Monrovia suggeriert, hatte die „Sunbird", ein fast zwanzig Jahre altes Schiff, das einer deutschen Reederei im Emsland gehörte, diesen Hafen noch nie gesehen. Nur aus steuerlichen Gründen führte es die Flagge Liberias, was es auch gestattete, das Kapitän Lars Mommsen der einzige Europäer auf dem Schiff war.

Eigentlich fühlte Mommsen sich auf dem Schiff ganz wohl. Die Eigner waren zwar sparsam, ließen das Schiff aber nicht verkommen, wie so viele ihrer Kollegen. Auch an der Verpflegung wurde nicht gespart. Der Koch, der aus Shanghai stammte, verstand sein Handwerk und nach nunmehr zwei Fahrten musste Mommsen sich neue Hosen für seine Uniform zulegen. Die alten ließen sich nicht mehr schließen. Im Moment fühlte sich Mommsen aber nicht ganz so wohl. Das lag an ihrem Kurs. Sie waren am Vorabend aus Mombasa ausgelaufen und hielten nun einen grob nördlichen Kurs, um das Horn von Afrika zu runden, und dann durch das rote Meer und den Suez-Kanal Alexandria in Ägypten zu erreichen, wo ein Teil der Ladung von ihrem Besitzer erwartet wurde. Mommsen wusste, dass hier die Zone begann, in der mit Piratenangriffen gerechnet werden musste. Er selbst war noch nie Opfer einer derartigen Attacke gewesen, aber ein anderes Schiff der Reederei war drei Monate in der Hand der somalischen Piraten gewesen und erst gegen ein Lösegeld frei gegeben worden. Ein Matrose, ein Phillipino war dabei getötet worden.

Mommsen rief sich die Anweisungen der Reederei für solche Fälle in Erinnerung. „Keine Gegenwehr, zahlt alles die Versicherung", hatte man ihm eingeschärft. Trotzdem, wenn ein verdächtiges Fahrzeug in Sicht kam abdrehen, und volle Fahrt. Versuchen, per Funk eines der Kriegsschiffe der Atalanta-Flottille, die in diesen Gewässern fuhren, zu alarmieren. Mommsen war immer froh, wenn er eine der Fregatten oder Korvetten dieser internationalen Seemacht in Sichtweite hatte, die der Piraterie in dieser Weltgegend ein Ende setzen sollte.

Die Sonne gleißte auf dem Meer um die „Sunbird". Auch auf dem Radar war im Moment nichts zu sehen, wenn sich das auch sehr schnell ändern konnte, denn die eingestellte Reichweite belief sich nur auf fünfundzwanzig Meilen. Mommsen schlenderte zum Radargerät und verstellte nach einigem Zögern den Reichweitenregler. Fünfzig. Mehr gab das Gerät nicht her, aber nun waren da einige Echos in Richtung auf die somalische Küste zu erkennen und eines der Echos kam scheinbar auf sie zu. Mommsen runzelte die Stirn. Wenn er jetzt gleich nach Osten abdrehte und volle Kraft fuhr, würde ihn das andere Schiff, wenn es denn ein Pirat wäre, nicht einholen, aber er würde einen weiten Umweg fahren müssen und sein Zeitplan wäre im Eimer. Mommsen zögerte, aber dann trat Sarat Adarja, sein indischer erster Offizier hinzu. „Der da kommt auf uns zu", sagte Mommsen und wies mit dem Finger auf das Echo. Sadat sah genauer hin und zuckte dann gleichmütig die Schultern. „Vielleicht ein Kriegsschiff, das uns auf dem Radar hat und sich uns mal ansehen will", meinte er und das leuchtete Mommsen ein. Eigentlich waren sie ohnehin weit draußen für die relativ kleinen Piratenboote. „Kann sein", knurrte Mommsen und bestellte sich eine Cola beim Steward.

Ein Stück weiter südlich lief der amerikanische Raketenkreuzer „ USS Bunker Hill" langsam dahin. Wer dienstfrei hatte, hielt sich in den klimatisierten Räumen des großen Schiffes auf, so dass das Deck wie ausgestorben wirkte. Die „Bunker Hill", ein Kreuzer der Aegis-

12

Klasse, war mit den besten Radargeräten - dem Spy-System - ausgestattet, die es je auf einem Kriegsschiff gegeben hatte. Das, und die gewaltige Kampfkraft ihrer Raketen und Geschütze machten sie zu einem gefürchteten Gegner für etwaige feindliche Kriegsschiffe. Fregattenkapitän Simpson, der Dienst in der taktischen Zentrale weit unter Deck hatte, in der alle Signale der Antennen und optischen Systeme zusammenliefen und auf den jeweiligen Displays dargestellt wurden, lachte kurz auf. Das Schiff und insbesondere dieser Raum hier waren viele Millionen Dollar wert und dafür ausgelegt worden, die damals starke sowjetische Marine aus dem Wasser zu pusten. Diesen Gegner gab es nicht mehr und für seine jetzige Aufgabe wäre eine kleinere schnellere Korvette besser geeignet. Piraten jagen. So wie vor Hundertfünfzig Jahren Captain Dewey vor Marokko… Nur das die Kräfteverhältnisse und Schiffsgrößen damals annähernd zu echten Seeschlachten führten, in denen ein Offizier sich auszeichnen konnte.

Die erbärmlichen Boote der Somalis… Und dann die Befehle aus dem Pentagon, die ihnen noch die Hände auf den Rücken banden, selbst wenn sie die Piraten stellten. Nur zur Verteidigung und Gefahrenabwehr durften sie Waffen einsetzen. Die Kerle wussten das und unternahmen ganz frech ihre Kapertouren unter den Augen der Flottille. Simpson ballte die Fäuste. Er würde die Befehle ganz anders auslegen, wenn er das Kommando hätte. Aber Captain Moss würde sich in die Hosen scheißen und erstmal mit dem Flottenkommando beraten und dann wäre alles zu spät.

„Mr. Simpson, ich hab da was!" rief der Operator an der Backbord-Radarkonsole. Simpson ging schnell hinüber. Oberbootsmann Spekey war ein alt gedienter, gut ausgebildeter Soldat und Simpson schätzte ihn und vertraute seinem Urteil. Auf Spekeys Monitor waren, anders als auf dem Radarschirm der „Sunbird", keine analogen Echos zu sehen. Alles war Computer-generiert. Jedes Ziel hatte eine Datenzeile neben sich, auf der, wenn bekannt, Name und Ziel des Schiffes standen. Simpson verschaffte sich einen schnellen Überblick. Drei

Tanker, bereits registriert und auf Kurs. Die dänische Fregatte „Absalon" dreißig Meilen voraus und die deutsche Fregatte „Lübeck", etwa ebenso weit an Backbord. Spekey wies auf ein Ziel näher der Küste zu, an dem kein Label klebte. „Scheint aus Mombasa zu kommen. Fünfzehn Knoten Fahrt. Kurs aufs Horn". Spekey meinte das Horn von Afrika. „Dann das da", fuhr der Operator fort und tippte mit seinem Kugelschreiber auf ein anderes Ziel. „Tauchte vor ein paar Minuten auf und hat die Fahrt erhöht. Jetzt zwanzig Knoten. Genau auf den da zu." „Mmm", meinte Simpson. Das Ganze spielte sich in mehr als hundert Meilen Entfernung ab. „Kann Zufall sein", dachte er. „Ist ein Patrouillenflugzeug in der Luft?" rief er zu einer anderen Konsole herüber, an der der Luftraum überwacht wurde. „Eine „Nimrod" der RAF zwohundert nördlich", antwortete der entsprechende Operator. „Soll sich das da mal ansehen", befahl Simpson und Spekey wies seinen Kollegen ein, der seinerseits den Funker des britischen Überwachungsflugzeugs anrief und ins Bild setzte. Simpson blieb hinter Spekey stehen, der sich das Radarecho des britischen Flugzeugs auf sein Display holte und sie verfolgten schweigend die Annäherung des Flugzeugs an die fraglichen Ziele.

„Skipper, Meldung von der „USS Bunker Hill". Die möchten, dass wir uns mal ein paar komische Kontakte ansehen", sprach der Funker an Bord der Nimrod in sein Headset. In dieser geringen Höhe brauchten sie keine Helme zu tragen. Sie waren vor drei Stunden in Dubai gestartet und ihre Schicht würde nochmals zwei Stunden dauern, bevor sie eine deutsche P3c Orion ablösen sollte. „Roger", antwortete Captain Mallory, der Kommandant des großen vierstrahligen Jets, der eine Weiterentwicklung der legendären Comet war. „Navigator. Gib mir den Kurs und dann wollen wir mal." Sergeant Barker erstellte auf seinem Display den Abfangkurs und gab ihn mit einem Mouse-click an das Cockpit weiter, wo Mallory den Autopiloten, der bisher das Flugzeug gesteuert hatte ausschaltete, und den Kurs nach den Angaben Barkers änderte, wobei er gleichzeitig die

Gashebel der Triebwerke etwas nach vorn schob. Das sanfte Heulen der Triebwerke wurde eine Nuance höher und während die Geschwindigkeit der Nimrod sich erhöhte, drückte Mallory sanft die Flugzeugnase nach unten, um tiefer zu gehen. Gut fünfundzwanzig Minuten bis zum Kontakt. „Bringt mir mal einer Kaffee?" rief Mallory entspannt in sein Mikrofon und hatte wenig später einen dampfenden Becher in der Hand.

Kapitän Mommsen an Bord der „Sunbird" war nun doch beunruhigt. Er hatte soeben wieder auf die fünfundzwanzig Meilen Reichweite zurückgeschaltet, weil das ein genaueres Bild gab. Auch da war das fremde Echo schon zu sehen. Auf Abfangkurs. Die Geschwindigkeit beider Schiffe addiert, noch eine halbe Stunde entfernt. „Sarat, Kurs Ost für eine halbe Stunde. Der da kommt mir zu nah!" rief er seinem ersten Offizier zu, der nickte und den Befehl an den singhalesischen Steuermann weitergab. Langsam drehte der Bug der „Sunbird" nach rechts, aber nach ein paar Minuten war klar, dass das andere Schiff ebenfalls seinen Kurs geändert und die Fahrt erhöht hatte. „Scheiße", sagte Mommsen und griff nach dem Mikrofon des Funkgeräts.

„To all Atalanta Forces. This is Motorship „Sunbird"!" hallte es aus den Lautsprechern von mindestens acht Kriegsschiffen in mehr oder weniger großen Entfernung zum Standort des Dampfers. Auch auf der Brücke der „USS Bunker Hill" war der Ruf zu hören. Captain Moss bedeutete dem Brückenmaat zu antworten, aber bevor der noch den Hörer ergreifen konnte, kam schon eine Antwort. „Motorship „Sunbird", this is the German Frigate „Lübeck". What is your Request?" Mommsen war verblüfft. Die "Lübeck!" Auf ihr war er vor mehr als zehn Jahren gefahren. „Hallo, die „Lübeck" fuhr er, sehr zum Missvergnügen der anderen Schiffe, auf Deutsch fort. „Meine Position östlich der somalischen Grenze. Ein Schiff verfolgt mich. Ich habe nach Osten abgedreht, aber er holt auf. Können sie helfen?"

Eine andere Stimme meldete sich „Hier ist Fregattenkapitän Scholz von der „Lübeck". Wir haben sie auf dem Schirm. Der Bursche ist uns schon aufgefallen, oder besser der „Bunker Hill", unseren amerikanischen Freunden. Sie müssten jeden Moment ein Patrouillen-Flugzeug sehen. Wir sind dreißig Meilen entfernt und kommen mit Vollgas. Halten sie die Kerle auf Distanz. Over". Dann übersetzte Scholz schnell auf englisch für die anderen Schiffe und Captain Moss, als derzeitiger Verbandsführer, billigte Scholz Vorgehen. „Wir kommen zu ihrer Unterstützung!" sagte er.

„Dreimal volle Kraft. Auf Gefechtsstation!" befahl Fregattenkapitän Scholz und der schlanke Bug der „Lübeck" hob sich aus dem Wasser als die gewaltigen Turbinen ihre ganze Kraft auf die Schrauben freigaben. „Helicrew klarmachen.!" befahl Scholz weiter.

Auf dem Heck der Fregatte liefen die beiden Piloten des Lynx Hubschraubers zu ihrer Maschine und stiegen ein, während die Warte die schützenden Abdeckungen von den Lufteinlässen zogen. Vier Männer in Kampfanzügen erschienen aus dem Inneren des Hangardecks und stürmten, ihre G36 Sturmgewehre in den Händen, auf den Hubschrauber zu, während schon die Turbinen aufheulten und der Rotor sich zu drehen begann. Scholz konnte das Hangardeck nur über eine Kamera einsehen, weil die Aufbauten die Sicht verdeckten. „Fertig zum Start!" meldete der Luftoperations-Offizier, der in seiner engen Kabine über dem Heck die Landeplattform überwachte. „Steuermann, in den Wind drehen", befahl Scholz und als die „Lübeck" auf dem richtigen Kurs war, erhöhte der Pilot auf ein Signal des LO die Drehzahl und die Westland Lynx hob mit kreischenden Turbinen ab, blieb einen Moment im Schwebeflug, und nahm dann Kurs auf den Standort der „Sunbird". Scholz ließ sofort Ruder legen und die Fregatte neigte sich in einem engen Bogen auf die Seite und folgte dem entschwindenden Helikopter.

Mommsen trat auf die Brückennock hinaus. Wenn er sich weit vorbeugte, konnte er in seinem Kielwasser eine Dhau sehen. Gerade eben stoppte sie und Mommsen wollte schon aufatmen, als er sah, dass mit Hilfe eines Kranes ein Motorboot, dann noch eines ins Wasser gesetzt wurde. Die Speedboote nahmen sofort Fahrt auf und Mommsen war klar, dass sie sein Schiff in einigen Minuten erreicht haben würden. In diesem Moment hörte er ein helles schrilles Heulen über sich. Er hatte die Annäherung der großen Nimrod nicht bemerkt. Der Jet legte sich in eine erstaunlich enge Kurve und hielt auf die Motorboote zu, deren Führer scheinbar unsicher wurden, denn sie fuhren plötzlich wilde Schlangenlinien.

„Die können uns nichts anhaben!" überschrie Tamu bin Saleh, der heute wieder einmal persönlich eine Operation führte, den Lärm der Motoren. „Klar zum Entern, Leute". Mahomad kauerte im Bug des ersten Bootes. Er hatte seine Kalaschnikow zur Seite gelegt und nahm ein Gerät zur Hand, das wie ein kurzläufiges Gewehr mit einem extrem dicken Lauf aussah. Vorn ragte ein vierarmiger, ankerähnlicher Haken heraus, der mit einer Seilrolle verbunden war. Das zweite Boot hatte auf der anderen Seite der „Sunbird" Position bezogen. Mahomad würde gleich den Enterhaken abfeuern und dann würden sie an Deck klettern, und das Schiff in Besitz nehmen. Plötzlich, war der Hubschrauber da und Tamu wusste, dass der Angriff gescheitert war. Wenn sie schon an Deck gewesen wären... Er fluchte leise, drehte dann aber ab. Der Hubschrauber wechselte auf die andere Seite des Frachters. Dort hatte sich der Haken bereits an der Reling der „Sunbird" verfangen und Oberbootsmann Körner, der hinter dem an der Tür des Hubschraubers befestigten Maschinengewehr hockte befand, dass nun Gefahr im Verzug war und drückte auf den Abzug. Ein kurzer Feuerstoß nur, und Körner zielte auf den Motor des Piratenbootes, um es bewegungsunfähig zu machen, aber ein oder mehrere der Geschosse zerfetzten den Tank, der in einer spektakulären Explosion hoch ging. Der Pilot, Oberleutnant Segers, riss geistesgegenwärtig das Steuer zurück und entfernte den Lynx aus der Gefahrenzone. Die „Sunbird", die noch Fahrt machte, schleppte ein paar Reste des brennenden Motorbootes neben sich her.

Auf dem Seitendeck des Frachters hatte eine Holzverschalung Feuer gefangen, aber Segers sah, dass schon Seeleute mit einem Feuerlöschschlauch an der Arbeit waren. Einer warf den Enterhaken los und dann versanken die Reste des Piratenbootes im Meer. „Mann, Körner", sagte Segers aufgeregt „weiß nicht, ob ich Dir dazu gratulieren soll." Körner schwieg. Er war schon lange Berufssoldat, zumal einer aus der absoluten Elite der Kampfschwimmer, aber er hatte noch nie im Ernst auf jemanden geschossen, geschweige denn getötet. „Musste ich doch tun...", stammelte er und der Obergefreite Resch, der neben ihm saß, klopfte ihm aufmunternd auf den Rücken.

Tamu im anderen Boot, hatte das alles mitbekommen. Er war es eigentlich nicht gewohnt, dass die „weißen Teufel" wirklich schossen. Bisher waren sie immer Papiertiger gewesen, die sich vor echtem Kampf fürchteten. Er war verwirrt. Sein Freund Yassin war eben gestorben. Später würde er um ihn trauern. Erstmal zurück zur „Sikka" Er gab Gas. Dann kam der Hubschrauber hinter ihnen her. Mahomad brannten die Augen vor Tränen der Wut. Er sah den graublauen Helicopter mit dem seltsamen schwarzen Kreuz dicht neben ihrem Boot herfliegen. An der offenen Tür der Mann am Maschinengewehr, der seine Kameraden getötet hatte. „Rache!" schrie es in ihm. Er hob seine Maschinenpistole und feuerte das ganze Magazin auf den Hubschrauber ab. Der Mann am MG sackte zusammen und der Co-Pilot schrie und warf den Kopf zur Seite. Segers ließ den Lynx abkippen und wagte erst in sicherer Entfernung wieder, einen Blick auf seine Instrumente und das Cockpit zu tun. Mehrere Einschüsse in der Verglasung. Zwei, drei Instrumente zerschossen und die rechte Turbine überhitze gerade. Schnell, so wie er es tausendfach geübt hatte, stellte er sie ab. Der Co-Pilot rührte sich nicht, aber er gab leise Töne von sich. „Wie sieht's hinten aus!" schrie er in sein Mikrofon. „Einer tot, zwei Verletzte", antwortete eine Stimme, die Segers nicht identifizieren konnte. Er kämpfte mit der Steuerung. Auch die schien etwas abbekommen zu haben. Segers sah sich um und entdeckte die „Sikka", die gerade das Motorboot aufnahm. Dann passierte die Nimrod dicht über ihm und wackelte mit den Tragflächen. Die hatten wohl nichts von dem Gefecht mitbekommen. Der Frachter entfernte sich stetig. Der Kapitän wagte es noch nicht, anzuhalten. Segers riss sich zusammen. Drei Verletzte. Das hatte Vorrang. „Mayday, Mayday „Lübeck", wir haben zwei, nein drei Verletzte an Bord. Brauchen sofort Hilfe. Ich komme rein zur Landung. Steuerung unsicher. Hydraulikdruck sinkt. Bereitet Crashcrew vor!"

„Verstanden Lynx. Wir sehen euch", antwortete Scholz, der immer noch persönlich am Mikrofon war.

Auf dem Landedeck der „Lübeck" stand die Crashcrew bereit. Dicke Metall- beschichtete Schutzanzüge, die auch für kurze Zeit den hohen Temperaturen eines Benzinbrandes standhalten konnten, ließen die Soldaten wie Roboter erscheinen, aber es waren Männer aus Fleisch und Blut und ihnen schlug das Herz bis zum Hals vor Aufregung. Alle drückten dem Piloten den Daumen. Dann sahen sie den Hubschrauber herankommen. Der Lynx taumelte unsicher hin und her und dann war er heran. Segers hatte eigentlich korrekt in den Wind gehen wollen, um das Landedeck anzufliegen, aber dann versagte, zum Glück fast direkt neben dem Schiff, die verbliebene Turbine und er stieß geistesgegenwärtig den Steuerknüppel zur Seite, schrie „Festhalten!" nach hinten und der Lynx knallte aus zehn Metern Höhe aufs Landedeck. Es krachte und ein jäher Schmerz durchzuckte seinen Rücken. Die Räder auf der rechten Seite knickten ein und der Hubschrauber kippte zur Seite. Segers drückte den „Not-Aus-Schalter" für alle Systeme und sie hatten Glück, dass der noch drehende Rotor sich nicht irgendwo verfing und zersplitterte. Dann waren die Männer der Crashcrew heran und ließen vorsichtshalber Löschschaum aus den großen Druckschläuchen auf die Turbinen regnen. Dann, endlich, stand der Rotor und sie konnten die Tür der Lynx öffnen.

Marinestabsarzt Melzer stieg die schmale Treppe zur Brücke hinauf und nahm seine Mütze ab. Fregattenkapitän Scholz bemerkte ihn und kam schnell auf ihn zu. Direkt nach dem Unfall war er in der kleinen Krankenstation gewesen, aber der Arzt hatte ihn weggeschickt. „Keine Zeit jetzt. Ich melde mich sobald ich kann." Scholz hatte lange warten müssen.

„Nun?" fragte er beklommen. „Wie sieht`s aus?" Melzer kratzte sich am Haaransatz. „Körner... Ich konnte nichts für ihn tun. Er war schon tot. Obergefreiter Resch hat einen Steckschuss an der Schulter und Maat Münte einen Oberschenkel-Durchschuss. Beide habe ich operiert und es geht ihnen soweit gut. Der Co-Pilot , Leutnant Ratzel... Lungenschuss! Er muss dringend in ein richtiges Lazarett. Hier kann ich das nicht operieren. Der Pilot, Segers, hat sich beim Absturz den Rücken verrenkt. Wird aber wieder." Scholz nickte „Die „Bunker Hill" ist gleich bei uns. Die haben die nötige Ausrüstung. Wir müssen Ratzel mit dem Rettungskorb transportieren. Unsere Landeplattform fällt ja aus." „Melzer kratzte sich wieder am Kopf. „Ob er das aushält..." Fregattenkapitän Scholz legte ihm den Arm auf die Schulter. „Geht nicht anders. Machen sie ihn transportklar." Der Arzt meldete sich ab und eine halbe Stunde später schwebte der Seahawk- Helicopter des Kreuzers über dem Achterdeck der still liegenden „Lübeck" und die gut ausgebildete Besatzung hievte den Rettungskorb mit dem verletzten Piloten hoch und brachte ihn auf die nur hundert Meter entfernt liegende „Bunker Hill", wo sich ein dreiköpfiges Ärzteteam sofort an seine Versorgung machte. Zwei Stunden später kam der Funkspruch, das er es gut überstanden hatte und die ganze Besatzung der „Lübeck" atmete erleichtert auf.

Captain Moss entließ die „Lübeck" aus dem Verband, da sie mit dem beschädigten Landedeck und ohne Helicopter nicht länger einsatzfähig war und Fregattenkapitän Scholz ließ Fahrt aufnehmen und Kurs nach

Mombasa in Kenia absetzen, wo die Bundesmarine ein Depot unterhielt.

*

Dieter Kreft musste nicht lange suchen. Allerdings würden noch drei Wochen vergehen, bevor die Yacht, für die er sich nach langem Prospekte studieren letztlich entschieden hatte, für ihn bereitstehen würde. Dann wäre es Mitte November, aber das war nun egal, denn der Hafen, in dem die schneeweiße Bavaria 42 mit dem schönen Namen „Monsun" auf sie wartete, war Port Victoria auf Mahe, der Hauptinsel der Seychellen, wo es um diese Jahreszeit eher zu heiß als zu kühl sein würde. Sunny war sofort Feuer und Flamme gewesen. Besonders die elegante Innenausstattung der Yacht überzeugte sie. Sie sah sich schon auf dem Teakdeck liegen und nahtlos bräunen, während Dieter ihr kühle Drinks brachte. Dieter hatte sich bei einem Freund aus alten Seglertagen danach erkundigt, ob er mit einem derart großen Schiff nahezu allein fertig werden würde und der hatte ihm nach Studium des Angebotes versichert, dass die Ausstattung allererste Sahne wäre. „Da kannst Du vom Cockpit aus alles per Knöpfchen bedienen. Elektrische Winschen, Rollgroß und Fock, GPS und Autopilot… Alles da."
Dieter war überzeugt und buchte die „Monsun" für zwei Wochen. Eine Woche würden sie dann noch in einem Luxushotel auf einer der kleinen Nebeninseln verbringen, bevor sie der Air France Flug via Paris zurückbringen würde. An einem der Sonntage, an denen Dieters Kinder sie besuchten – das hatte Doris nicht verhindern können - saßen sie nach dem Essen noch zusammen und Dieter berichtete von seinen Urlaubsplänen. Conni, seine nunmehr sechszehnjährige

21

Tochter, die schon ein echter Teenager mit ebensolchem Gehabe war, hörte interessiert, und eher distanziert zu, aber der zehnjährige Felix stieß einen Schrei aus. „Da kommen wir aber mit, Papa. Das hast Du uns versprochen, dass wir mitdürfen, wenn Du Urlaub machst." Dieter sah ihn entgeistert an. Das hatte er vollkommen vergessen und sofort durchflutete ihn das schlechte Gewissen, das er sowieso ständig hatte, seit dem er von seinen Kindern getrennt lebte. „Stimmt. Hab ich versprochen...", stammelte er.   Sunny sah ihn an. „Können wir sie nicht mitnehmen? Ich meine, dass Boot ist groß genug."   „Au ja!" schrie Felix. „Bitte, Papa..."   „Es sind aber doch keine Ferien", wandte Dieter ein, der sich aber insgeheim freute, dass Sunny seine Kinder einbeziehen wollte. Überhaupt kam sie, bis auf kleinere Gefechte mit Conni, die deren Pubertät geschuldet waren, gut zurecht. Nun meldete sich auch Conni zu Wort, die die Chance witterte, die zur Zeit eher ungeliebte Schule zu vermeiden. „Man kann sich für besondere Reisen und so, beurlauben lassen. Du musst einen Antrag stellen und mit dem Direx reden, Papa. Klara war auch mal drei Wochen extra weg."   Dieter sah sie prüfend an. „Und Du hättest da auch Lust drauf? Kein Internet auf dem Boot und auch meistens kein Fernseh-Empfang."   Das ließ Conni nun doch nachdenklich werden, aber dann meinte sie „Ich kann ja meinen Laptop mitnehmen und einen Stapel DVDs."   Sie lachten alle.   „Also gut", meinte Dieter. „Ich würde mich sehr freuen. Ich versuch das mit der Befreiung." Sunny sah, dass er sogar ein paar Tränen der Rührung und der Freude in den Augen hatte und dachte, dass sie dafür gern in Kauf nehmen würde, vielleicht doch nicht ganz so nahtlos braun zu werden , der Kinder, oder besser Felix wegen.

Gleich am Abend, als Dieter die Kinder zu Doris zurück brachte, sprach er deswegen mit seiner Exfrau, zu der er seit einiger Zeit ein eher distanziertes Verhältnis hatte. Er erwartete eigentlich, dass sie sein Ansinnen vehement zurückweisen würde und er um seinen Urlaub mit den Kindern kämpfen musste, aber sie überraschte ihn. „Komm rein", empfing sie ihn freundlich an der Tür; anders als sonst.

„Mami, Papa will uns mitnehmen auf einen Segeltörn", platzte Felix schon in der Tür heraus und Dieter dachte „Das wars. Jetzt muss ich doch draußen bleiben." Doris zog zwar die Augenbrauen hoch, reagierte aber weiterhin ungewohnt nett auf den Anblick ihres Ex. „Tschüs Papi", sagte Conni, gab ihrem Vater einen Kuss und verschwand die Treppe rauf. Viel zu lange schon war sie Offline. Wer weiß, wer alles gerade in Facebook auf sie wartete. „Räum erst mal dein Zimmer auf!" rief Doris ihr nach.

Sie bewohnte mit den Kindern ein kleines Reihenhaus in Bad Schwartau, direkt vor den Toren Lübecks. Auch Felix trollte sich und so standen sich Doris und Dieter allein gegenüber. Dieter war unschlüssig, ob er nun besser gehen sollte, aber Doris sagte. „Was ist das nun mit der Reise? Komm doch rein. Einen Wein?" Dieter war schon wieder überrascht. Wein hatte er zuletzt vor drei Jahren mit ihr getrunken. Ihr Wohnzimmer war gemütlich eingerichtet und er setzte sich auf das Sofa. Ihr ehemalig gemeinsames. Doris hatte alles gemütlich eingerichtet. Sie kam aus der Küche und trug ein Tablett mit Gläsern und einer Flasche Rotwein. „Ich kann das immer noch nicht so gut. Machst Du mal auf?" fragte sie und hielt ihm einen Flaschenöffner hin. „Gern", sagte er. Das Telefon klingelte und Doris schaffte es, vor Conni abzunehmen, was ihr scheinbar wichtig schien. „Hallo", sagte sie und ihr Gesicht strahlte, was Dieter verwundert zur Kenntnis nahm. „Du, ich kann jetzt nicht. Ruf Dich später an." Und dann sagte sie „Kuss!" und „...ich dich auch." Und damit verstand sogar Dieter, warum sie so gelöst war. Er schenkte ein. „Das, was ich denke?" fragte er lächelnd und Doris lächelte ebenfalls und nickte. „Das wollte ich dir sagen. Es gibt wieder einen Mann in meinem Leben." Dieter nickte und schenkte ein, dann reichte er Doris eines der Gläser. „Auf Dich und die Liebe", sagte er und sie tranken. „Er heißt Peter und ist Architekt" sagte sie. „Wissen die Kinder schon Bescheid? Kennen sie ihn schon?" fragte Dieter. Doris schüttelte den Kopf. „Damit will ich warten, bis wir uns ganz sicher sind." Sie spielte damit ein bisschen auf die wechselnden Freundinnen an, die

Dieter in der ersten Zeit nach der Trennung gehabt hatte und manchmal viel zu schnell mit den Kindern zusammengebracht hatte. Dieter nickte und nahm noch einen Schluck. „Siehst aber glücklich aus. Habt ihr schon…" Doris grinste und sagte „Geht Dich nichts an." „Stimmt", sagte Dieter. „Du, was Felix vorhin sagte…, ich meine… ich möchte die Kinder mit in den Urlaub nehmen. Ich hab`s ihnen schon so lange versprochen. Sunny ist auch dafür." Doris Gesichtsausdruck verfinsterte sich etwas bei der Nennung des Namens Sunny. Dann hellte sich ihre Miene wieder auf, weil ihr einfiel, dass sie die Frau ja nicht kannte und jetzt, wo es Peter gab… „Das Problem ist, dass keine Ferien sind. Meinst Du, dass die Schule da mitmacht?" „Glaub schon", antwortete Doris. „Du musst beim Direktor rausstellen, dass die Reise wichtig ist für dein Verhältnis zu den Kindern. Er weiß ja, dass wir geschieden sind." Dieter nickte nachdenklich. „Dann werde ich da gleich morgen mal vorsprechen, damit ich noch Tickets für die Beiden kriege. Wir fliegen auf die Seychellen. Ich habe da eine Charteryacht gemietet." Doris sah ihm ernst in die Augen. „Du hast das lange nicht mehr gemacht, ich meine Segeln und dann in einem so weit entfernten Gewässer." „Glaubst Du, ich würde die Kinder gefährden? Es ist ein Riesenboot und wir bleiben immer zwischen den Inseln. Schön Ankern in Palmenbuchten, wunderbare neue Yachthäfen… Es wird den beiden gefallen und ich garantiere Dir, dass ich wie ein Schießhund auf sie achte." Doris trank und sah ihn unsicher an, dann entspannte sich ihre Miene. „Ja, ich glaube Dir, dass Du vorsichtig bist, aber… Na gut. Ich bin einverstanden. Weißt Du, das passt mir gar nicht schlecht. Peter und ich… wir wollen auch ein bisschen zusammen verreisen um festzustellen,… Na Du weißt schon. Ob das geht mit uns." „Na dann ist uns ja beiden geholfen", sagte Dieter erleichtert. Er trank aus und stand auf. „Sunny wartet. Wir wollen noch ins Kino heute Abend und Du hast ja auch noch was vor." Er grinste und hielt ein imaginären Telefonhörer ans Ohr. Doris brachte ihn zur Haustür. „Ruf mich an, wenn Du in der Schule Erfolg hattest. Ich kann dann auch planen."

„Klar", sagte Dieter und wandte sich ab. Dann kam er noch mal zurück und nahm Doris in den Arm. „Ich wünsch Dir ehrlich Glück. Bei mir hat das gedauert, aber Sunny... ich glaube, das ist die Richtige." Doris machte sich los und sagte leise. „Ich hoffe das auch. Die Kinder mögen sie. Lass uns gute Freunde sein..., der Kinder wegen und schließlich..., bist ja ein netter Kerl, sonst hätte ich Dich damals nicht geheiratet." „Ja, Freunde", antwortete Dieter, der sehr erleichtert war, dass die Kabbeleien der Vergangenheit nun offenbar ein Ende hatte. „Danke, Peter", dachte er und winkte Doris noch mal zu als er in seinen Wagen stieg.

Am nächsten Morgen saß Dieter vor dem Schreibtisch des Direktors. „Gut, dass die Beiden in die gleiche Schule gehen", dachte er. Felix war erst im Sommer auf das Gymnasium gewechselt. Er musste eine Weile warten, weil Dr. Meisel eine Unterrichtsstunde in der 8a halten musste und es war wiederum Glück für Dieter Kreft, dass Geografie das Fachgebiet des Lehrers war. Dieter schilderte sein Anliegen und betonte, wie von Doris vorgeschlagen, die Wichtigkeit dieser Reise, der Beziehung zu seinen Kindern wegen. Dr. Meisel, selbst geschieden, kannte das. „Wo geht es denn hin?" fragte er interessiert und als Dieter das Ziel der Reise nannte, leuchteten die Augen des begeisterten Ornithologen auf. „Lieber Herr Kreft", sagte er schließlich. „Eigentlich ist das nicht statthaft..., ich meine außerhalb der Ferien." Er räusperte sich als er Dieters enttäuschten Gesichtsausdruck sah. „Ich habe einen kleinen Spielraum in diesen Dingen. Aber drei Wochen? Reichen nicht zwei?" „Ja", meinte Dieter zögernd. Die Bootstour dauert zwei Wochen. Meine Lebensgefährtin und ich, wir bleiben noch eine Woche in einem Hotel. Die Kinder könnten sicher allein zurückkommen, wenn es nicht anders geht." „Das wäre mir lieber, Herr Kreft. Zwei Wochen kann ich genehmigen, aber die Kinder bekommen eine Aufgabe mit. Ein Reisetagebuch, wenn möglich mit Fotos." Dieter lachte erleichtert auf. „Das macht es dann ja wohl zu einer Studienreise."

„Sozusagen", meinte Dr. Meisel. Er stand auf. „Gute Reise Herr Kreft und seien sie vorsichtig, wegen der Piraten und so. Man liest da so einiges." Dieter winkte ab. „Die Piraten. Sie meinen Somalia. Das ist viel weiter im Nordwesten. Da kommen wir nicht mal in die Nähe." Sie verabschiedeten sich und Dieter rief zuerst Sunny, dann Doris an, um ihnen die gute Nachricht mitzuteilen. Dann hatte er noch einmal großes Glück. Die Flüge für die Kinder waren so gerade noch verfügbar. Für den Rückflug, den Conni und Felix allein absolvieren mussten, buchte er eine Kinderbetreuung hinzu und die Dame im Reisebüro versicherte ihm, dass Air France so etwas Tagtäglich machte und diesbezüglich einen exzellenten Ruf genoss. Zufrieden pfeifend kehrte er ins Büro zurück und es wunderte ihn gar nicht, dass dort eine Nachricht von den Tewes auf ihn wartete. Sie würden das Haus ohne lange zu feilschen kaufen.

Tamu bin Saleh war niedergeschlagen. Der Tod seines Freundes Yassin hatte ihn sehr getroffen. Sie waren viele Jahre zusammen Fischen gefahren und als die Zeiten sich änderten und die neuen Herren in Mogadishu sie zu Piraten gemacht hatten, waren sie zusammen geblieben. Kämpfer und Freunde, die sich aufeinander verlassen konnten. Nun war Yassin tot und Tamu hatte einen Verweis vom Anführer hinnehmen müssen. Sie hätten schneller sein müssen, meinte der General. Den Frachter entern, bevor der Hubschrauber heran war. Tamu lachte bitter und kurz auf. Sie hatten getan, was sie konnten und das der Schütze des verfluchten Hubschraubers geschossen hatte... Kismet. Allahs Wille. Was sollte man da tun?

„Mahomad, komm her!" rief er über das Deck der „Sikka", die sich allmählich der Küste und damit ihrem Dorf näherte. „Ja, Herr?" sagte Mahomad, als er vor Tamu stand. „Ich weiß nicht, ob das richtig war, dass Du auf den Hubschrauber geschossen hast. Scheinbar hast Du den Schützen erwischt und damit Yassin und die anderen Brüder gerächt, aber der General meint, damit haben wir die weißen Teufel herausgefordert. Sie werden jetzt noch eher auf uns schießen." Mahomad senkte den Blick. Er verehrte Tamu und nun erteilte der ihm eine Rüge. „Ich dachte an die Brüder, die ihr Leben verloren hatten, Herr", stammelte er, aber Tamu legte begütigend seine Hand auf Mahomads Arm. „Du hast richtig gehandelt, soweit es mich angeht und der General war nicht dabei." Er seufzte. „Jedenfalls befiehlt er, dass wir in den nächsten zwei oder drei Wochen nicht jagen, um die Hunde einzulullen. Sie sollen denken, dass sie einen Sieg errungen haben." „Ja Herr", antwortete Mahomad leise. Er hatte gehofft, schon bald Bootsführer zu werden und nun das. „Was sollen wir bis dahin tun?" wagte er Tamu zu fragen. „Fischen, Mahomad. Fischen wie unsere Väter vor uns und wenn der Tag kommt... Jetzt, wo Yassin tot ist, wirst Du Bootsführer sein, wenn Du es dir zutraust." Mahomad sah überrascht auf. Dann nahm er Tamus Hand und küsste sie. „Oh ja, Herr. Ich bin stolz, dass ich berufen werde."
Tamu nickte. „Wir sind gleich an Land. Jetzt wo Yassins Leute fehlen... Wir brauchen neue Männer. Such Dir deine Mannschaft sorgsam aus und bring ihnen bei, was sie wissen müssen." „Ja, Herr. Mein Bruder Said, er ist erst sechzehn, aber er hat Mut wie ein Löwe." Tamu lächelte. Er hatte Said schon lange als Rekruten im Auge. „Ja. Du kannst ihn anheuern."

Die „Sikka" hatte mittlerweile Anker geworfen und das Boot wurde zu Wasser gelassen. Mahomad und ein paar andere stiegen hinein und legten ab. Tamu blieb auf der „Sikka", auf der sofort der Anker gehievt wurde und dann nach Norden abfuhr. Mahomad sah ihr nach. Ihr Auftrag war zwar gescheitert. Für ihn aber hatte sich das als Segen erwiesen. „Der erste Schritt", dachte er. Vielleicht würde er dereinst Tamu nachfolgen, wenn Allah gnädig war.

*

Fregattenkapitän Scholz sah vom der Ecke des Brückendecks aus zu, wie der große mobile Kran, der auf der Mole stand, das Wrack des Lynx Helikopters anhob, herumschwenkte und dann sachte auf den Tieflader absetzte, der daneben wartete. Die „Lübeck" hatte vor zehn Stunden in Mombasa, dem größten Hafen Kenias, festgemacht. Während der Fahrt hatten der Luftoperations-Offizier, Kapitänleutnant Bauer und die Männer der Wartungsmannschaft die entstandenen Schäden untersucht und befunden, dass der Hubschrauber mit Bordmitteln nicht zu reparieren war. Zu viele wichtige Teile waren beschädigt worden. Scholz hatte einen Bericht ans Flottenkommando nach Glücksburg geschickt und erwartete eigentlich, dass er nun den Befehl zur Heimkehr nach Wilhelmshaven erhalten würde. Aber man hatte anders entschieden. Er sollte in Mombasa die Ankunft eines neuen Hubschraubers und Ersatz für die ausgefallenen Soldaten erwarten, die per Lufttransport eintreffen sollten.

Fregattenkapitän Scholz seufzte und wischte sich den Schweiß von der Stirn. Über dreißig Grad Hitze. „Mist", dachte er. „Die hätten ruhig eine andere Fregatte schicken können". Er wusste aber, dass es von diesen Schiffen nicht genug gab. Einsätze im Mittelmeer und Manöver vor der amerikanischen Küste. Und drei Schiffe in der Wartung. Die „Lübeck" würde also ihre geplanten drei Monate vor Somalia ableisten müssen, wovon erst einer herum war. Die beschädigte Lynx wurde nun sorgfältig auf dem Tieflader vertäut, um zum Flughafen gefahren zu werden, wo der Transporter, der den Ersatz aus Nordholz bringen würde, sie aufnehmen sollte. Scholz löste seine Hände von der schweißnassen Reling und ging ins Innere der Brücke, wo ihn die herunter gekühlte Klimaanlagenluft fast körperlich traf. Er nahm sich eine Cola aus dem Kühlschrank und wollte sie gerade ansetzen als ein Matrose vor ihn trat und zackig grüßte. „Ein Telex, Kapitän", sagte der Mann und Scholz griff nach dem Papier. Der junge Matrose war zum ersten Mal Melder und Scholz sah ihn verwirrt an, als der Matrose keine Anstalten machte, zu gehen. „Sie können wegtreten", sagte Scholz lächelnd und der junge Mann riss die Hacken zusammen, grüßte mit der Hand an den Mützenschirm und machte eine perfekte Wendung. Dann ging er schnell zurück in den Funkraum. Ein Mann der Brückenwache grinste und Scholz sah ihn grimmig an, was den Matrosen schnell wegsehen ließ. Nun erst setzte er seine Lesebrille auf, die er aus seiner Brusttasche fingerte und las. Es war die Liste mit den Namen der Ersatzleute und er seufzte schwer als er las, wer Oberbootsmann Körner als Chef der Boardingcrew ersetzen würde. „Nein, nicht der schon wieder", dachte er.

„Nicht schlappmachen, ihr faulen Säcke!" brüllte Oberstabsbootsmann Riedel. Er stand in Drillichhose und olivfarbigem T-Shirt am Rand des Schwimmbeckens des Ausbildungszentrums für Kampf- und Minentaucher der Bundesmarine in Eckernförde. Zwanzig junge Soldaten, die sich für diese Eliteeinheiten der Bundeswehr qualifizieren wollten, durchpflügten das immerhin angewärmte Wasser. Drei Kilometer, also einhundertzwanzig Bahnen des fünfundzwanzig Meter Beckens, mussten sie an diesem Vormittag zurücklegen. Das alles, nachdem sie im Morgengrauen schon einen zehn Kilometer Lauf im Gelände bewältigt hatten. Riedel gestattete sich nicht, die Miene zu verziehen. Er wusste, dass Anfeuerung, auch wenn sie in der mitunter groben Sprache der Soldaten erfolgte, den Ergeiz der Aspiranten anspornte. Diese Gruppe gefiel ihm recht gut. Seiner Schätzung nach würde es immerhin gut die Hälfte bis zur zweiten Stufe der zehnwöchigen Ausbildung schaffen, die in der nächsten Woche beginnen würde. Danach... man würde sehen. Die nachfolgende Tauch- und Waffenausbildung würden höchstens vier oder fünf der jungen Männer erfolgreich meistern, aber die waren dann auch diejenigen, mit denen er selbst unbesehen in jeden denkbaren Einsatz gehen würde. Oberstabsbootsmann Riedel war nun 33Jahre alt und fühlte sich selbst in der Form seines Lebens. Durchtrainiert und hart. Kein Gramm Fett zuviel an seinem muskulösen Körper, der an einigen Stellen Narben vergangener Verwundungen aufwies. Narben von Wunden, die er in Kämpfen erlitten hatte, an denen die Bundeswehr offiziell nie teilgenommen hatte. Die so geheim waren, wie etwas in einer Gesellschaft wie der der Bundesrepublik nur sein konnte. Riedel dachte an gemeinsame Einsätze mit den amerikanischen Kameraden von den Navy Seals, der Elitetruppe der amerikanischen Marine im Irak und mit französischen Einheiten in Liberia zurück. Er hatte sogar einen Orden, eine hohe französische Tapferkeitsmedaille, für die Rettung französischer Staatsbürger erhalten, die er nicht tragen durfte, um keine Fragen herauf zu beschwören. Nun war er zeitweilig Ausbilder hier in Eckernförde, wo auch seine Karriere seinerzeit begonnen hatte. Ein oder zwei seiner ehemaligen Ausbilder waren noch hier, aber ansonsten hatte sich die Atmosphäre innerhalb der von zunehmenden Sparzwängen gebeutelten Truppe sehr verschlechtert. Gute Leute waren zu lukrativerer Posten in der Privatwirtschaft abgewandert und die Abschaffung der allgemeinen Wehrpflicht ließ einen Pool versiegen, aus dem sich die Spezialeinheiten des Heeres und der Marine bisher die besten Leute herauspicken konnten. Riedel musste aber zugeben, dass diejenigen, die sich zu der harten Ausbildung hier in Eckernförde meldeten, auch allesamt eine hohe Motivation mitbrachten, was leider nicht immer reichte. „Hohmüller, was ist los. Keine Lust mehr?" schrie einer der anderen Ausbilder gerade einen der Schwimmer an, der sich mit einer Hand an die Kante des Beckens klammerte und mit schmerzverzerrtem Gesicht im Wasser hing. „Krampf, Bootsmann. Ich kann nicht mehr", keuchte der Mann und Riedel sah, dass es einer von denen war, die hier keine Chance hatten. Er ging hinüber und half dem Soldaten aus dem Wasser. Der Sanitäter, der auf einer Bank bereit gesessen hatte, begann sofort mit der Behandlung des auf den Fliesen liegenden Mannes. Riedel sah ihn ernst an. „Gefreiter Hohmüller, sie melden sich nach dem Essen bei mir." Er machte sich eine Notiz auf seinem Klemmbrett. Hohmüller würde schon morgen seine Sachen packen und zu seiner Stammeinheit zurückkehren. „Besser für Hohmüller und die Truppe", dachte Riedel und wandte sich ab.

Normalerweise aß Riedel, wie alle seine Kameraden, in der Truppenkantine. Das Essen war ausgezeichnet dort und dem hohen Proteinbedarf der Elitesoldaten angepasst, aber heute hatte er sich bei seinem Vorgesetzten für ein paar Stunden abgemeldet, um „eine Angelegenheit zu klären". Sylvie hatte ihm das praktisch diktiert. Seit Tagen hatte sie keine Zeit mehr für ihn gehabt. Sie müsse sich um ihre Mutter kümmern…, der Job, Erkältung… Ausreden, wie Riedel ahnte. Er konnte sich schon denken, was Sylvie ihm sagen würde, aber anders als gewöhnlich - er hatte schon öfters den Laufpass bekommen - machte es ihm diesmal etwas aus. Er hatte sich ernsthaft in die junge Frau verliebt. Auf den ersten Blick, den sie ihm zugeworfen hatte. Er lächelte, wenn er daran zurück dachte.
Er hatte hilflos – etwas, was ihm nirgendwo sonst passierte – auf dem Behandlungsstuhl eines Zahnarztes gelegen. Normalerweise hatte

31

immer der Zahnarzt selbst die Entfernung des Zahnsteins vorgenommen, diesmal stellte ihm der Arzt, nach der Kontrolle seiner überaus gesunden Zähne, eine Mitarbeiterin vor. „Das ist Frau Sarau. Sie übernimmt jetzt die Zahnsteinentfernung. Auf Wiedersehen, Herr Riedel." Dann war er allein mit der hübschen jungen Frau in Weiß, von deren wunderhübschen Augen hinter der Schutzbrille, die sie trug er keinen Blick lassen konnte und dann hatte sie tatsächlich ja gesagt, als er sie am Ende der Prozedur fragte, ob sie mit ihm ausgehen würde. „Fast ein halbes Jahr her", dachte Riedel und betrat das Steakhaus, in dem sie sich zum Mittagessen verabredet hatten. Sie saß bereits an „ihrem" Ecktisch und sah unglücklich aus. Riedel beugte sich über sie und wollte sie küssen, aber sie drehte das Gesicht weg und damit war alles klar.

Es fiel ihm schwer sich auf den Gefreiten Hohmüller zu konzentrieren, aber es half auch, Sylvie für eine Weile aus dem Kopf zu bekommen. Der Mann bat um eine weitere Chance, aber Riedel gelang es ihm klar zu machen, dass er sich überschätzt hatte und als er das Gespräch beendete und der Gefreite sich abgemeldet hatte, lehnte er sich zurück und dachte an viele Kameraden, die erst sehr spät in der harten Ausbildung ihre Grenzen erkennen mussten und an zwei Männer, die das sogar mit dem Leben bezahlt hatten. Sie hatten damals- er stieß die Luft aus- damals war erst drei Jahre her, eine Bande von Waffenschmugglern verfolgt. Seine Gruppe war damals vor der Küste Liberias an Bord eines französischen Landungsschiffs im Rahmen eines Truppenaustauschs eingesetzt gewesen. Neben den Kampfschwimmern war auch Korvettenkapitän Scholz als Führer des deutschen Marinekontingents auf der „Bretagne" eingeschifft gewesen und hatte sich vehement gegen die Teilnahme der deutschen Soldaten an dem geheimen Unternehmen der Franzosen eingesetzt. Riedel und seine acht Männer waren daraufhin an Bord geblieben. Es hatte böses Blut gegeben. Die französischen Soldaten warfen ihnen Feigheit vor...

Dann waren die Franzosen in einen Hinterhalt geraten und Riedel und seine Kameraden waren die einzige verbliebene Hoffnung für die Rettung gewesen. Sie hatten sich kurzerhand an den französischen Kommandanten gewandt, der sie über Scholz Kopf hinweg in den Einsatz schickte. Es war ein hartes Gefecht gewesen. Sie hatten sich stundenlang durch den Mangrovendschungel schlagen müssen und dann... dann waren sie, am Ende ihrer Kräfte und zerstochen von unzähligen Insektenstichen auf das Lager der Terroristen gestoßen. Sie hatten letztlich ihre französischen Kameraden herausgehauen, aber Fleischer und Wellers waren getötet worden weil sie, wie Riedel heute meinte, nicht fit genug waren und unkonzentriert in eine Sprengfalle gerieten. Er selbst hatte zwei Kugeln abbekommen. Fleischwunden, die er ertragen konnte. Der Weg zurück an die Küste war furchtbar gewesen, aber sie hatten ihre Gefallenen und Verwundeten alle mitgenommen. Scholz war außer sich gewesen und hatte ein Truppengerichtsverfahren gegen Riedel eingeleitet. Der französische Kommandant hatte ihn in den Arm genommen und für die Rettung seiner Männer gedankt. Dann hatte er an höchster Stelle bei seiner Regierung interveniert und die Sache war vertuscht worden. Einsätze deutscher Soldaten waren in Berlin ein Politikum und es war reines Glück, dass die Presse nie etwas von dieser Geschichte erfuhr.

Sein Telefon klingelte und Stabsoberbootsmann Riedel richtete sich auf und nahm ab. Es war der Kommandant der Schule persönlich der ihn bat, in sein Büro zu kommen.
Eine Viertelstunde später saß er wieder auf seinem Stuhl und dachte nach. Das schlimmste war, dass Körner gefallen war. Er kannte auch die anderen. Resch und Münte waren gute Leute, die er selbst

ausgebildet hatte, aber sie würden überleben, anders als Körner, der sein Freund gewesen war. Der Kommandant hatte ihn von dem Vorfall vor Somalia unterrichtet und ihn gefragt, ob er sich vorstellen könnte, als Ersatz für Körner auf die Fregatte „Lübeck" zu gehen. Er müsse nicht, denn er hätte ja seinen Teil an Auslandseinsätzen schon erfüllt, aber er wäre der Beste...

Riedel hatte sich Bedenkzeit erbeten, eigentlich bis morgen, aber dann dachte er an Sylvie, nahm entschlossen den Hörer des Telefons ab und wählte die Nummer des Kommandanten.

2

Said war zufrieden. Jetzt war er ein Mann. Mit acht anderen jungen Männern, die Mahomad ausgewählt hatte, war er in ein Trainingslager der Rebellengruppe al Schabbah gebracht worden, die mit dem Anführer der Piraten zusammen arbeitete. Das harte Training war für ihn ungewohnt und brachte ihn an den Rand seines körperlichen

Vermögens. Said war schmächtig und besonders die langen Ausdauerläufe und das Konditionstraining mit den Hanteln machte ihm zu schaffen. Aber er biss die Zähne zusammen. Mahomad sollte stolz auf ihn sein. Die Sonne brannte gnadenlos vom Himmel. Nicht desto Trotz mussten sie vor dem Zelt, in dessen Schatten sie eine kurze Mittagsrast gehalten hatten, antreten. „Wir fangen jetzt mit der Schießausbildung an", sagte Abdallah, ein tiefschwarzer Somali aus dem Norden, der schon an vielen Gefechten teilgenommen hatte und den deshalb alle verehrten. „Das hier", Er hielt das kurzläufige Sturmgewehr hoch, „ist eine AK47. Ein halbautomatisches Sturmgewehr. Damit werdet ihr jetzt üben, bis jeder Handgriff im Schlaf sitzt und bis ihr alles trefft, was ihr anvisiert. Mir folgen." Er drehte sich um und führte die Gruppe aus dem Lager. Vor einer Sanddüne waren Schießscheiben aufgereiht, auf die andere Rekruten schossen. Das unaufhörliche scharfe Knallen der Gewehre zwang Abdallah zu schreien. Zunächst lagerten sie sich unter ein paar Palmen und Abdallah unterwies seine Zöglinge an der Waffe. Zeigte ihnen, wie sie sie auseinander nehmen, und wieder zusammensetzen konnten. Ließ sie die Teile benennen und ihre Funktion erlernen. Said begriff schnell und konnte schon bald seinen Kameraden, die weniger technisch begabt waren helfen, wofür Abdallah ihn lobte. Nachdem sie ihr Nachmittagsgebet verrichtet hatten, wozu sie der Ruf eines Muezzins vom Tonbandgerät aufforderte, war es soweit. Abdallah führte sie zum Schießstand und bald darauf lag Said auf dem heißen Sand und presste den hölzernen Schaft seines Gewehrs an die Schulter, kniff ein Auge zu und versuchte mit dem anderen, Kimme und Korn übereinander zu bringen. Als er meinte, das wäre gelungen, zog er den Abzug durch. Der Rückschlag war nicht schlimm, aber er hatte in dessen Erwartung schon das Gewehr verzogen und erst der zehnte Schuss landete überhaupt auf der Scheibe. Dann aber bekam er schnell ein Gefühl für die Waffe und Abdallah nickte befriedigt, als er an dem Jungen vorbei kam. „Gut, Said. Jetzt im Stehen." Auch das lernte der Junge, dessen Gehör pfiff und schmerzte. Sie hatten keine

Ohrschützer und hatten sich Baumwollfetzen in die Ohren gesteckt, was aber bei der Intensität der Ausbildung nicht ausreichte.

In den nächsten Tagen lernten sie das Schießen mit Pistolen und schließlich, als Höhepunkt, den Gebrauch des Raketenwerfers RPG7, der chinesischen Kopie einer russischen Panzerfaust. Selbst die finanziell durch die vorangegangenen Überfälle gut ausgestatteten Rebellen hatten aber nicht so viele von diesen Waffen, als das jeder Rekrut eine abfeuern konnte. Said fühlte sich geehrt, dass er ausgewählt wurde. Die anderen mussten sich gut seitlich, aber so, dass sie alles sehen konnten aufstellen, dann legte der Junge das Rohr der Waffe auf seine Schulter, wie er es gelernt hatte. Mit der rechten Hand klappte er das Visier hoch und entsicherte dann auf Abdallahs Befehl am Handgriff neben dem Abzug die Rakete. Das Ziel war diesmal das Wrack eines alten VW Busses, der auf weiß Gott welche Weise hierher gelangt war. Nun stand die zerfetzte Karosse, verkohlt und schon Dutzende Male zuvor getroffen, hundert Meter entfernt und Said stellte sich vor, auf die Bordwand eines Schiffes zu zielen. Abdallah sagte „Feuer frei" und Said krümmte den Zeigefinger seiner rechten Hand. Mit einem „Wuuuusch!" und einem blendenden Blitz, der sich in Saids Augen brannte, verließ die Rakete das Rohr und bohrte sich genau am Ansatz der Vordertür in das Autowrack, dann explodierte die Hohlladung spektakulär. Als der Rauch des Abschusses und der Detonation sich verzogen hatte, raunten die Rekruten. Der alte VW-Bus hatte sich überschlagen und war wohl zwanzig Meter weit von seiner ursprünglichen Position auf dem Dach zu liegen gekommen. „Ja", sagte Abdallah. „Das ist die Artillerie des echten Kriegers. Ihr werdet damit auf die Schiffe schießen, die nicht freiwillig anhalten."

Mahomad hatte der Schießübung beigewohnt und mischte sich nun ins Gespräch ein. „Das war ein guter Schuss, Said. Leute, wenn wir ein Schiff stoppen wollen, müssen wir auf bestimmte Stellen zielen. Nicht auf den Motor und nicht auf das Steuer, weil wir ja mit dem Dampfer in unsere Verstecke fahren wollen." Er nahm ein Sturmgewehr und malte mit dem Kolben die Umrisse eines Frachters in den Sand und wartete, bis alle Männer ihn umringten. „Hier oder hier" , er zeigte auf Stellen unterhalb der Brücke und unter der hinteren Ladeluke, „Das sind die sichersten Stellen. Wenn das Schiff nicht ausgerechnet etwas leicht Entzündliches geladen hat." Er lachte „ - dass merken wir dann ziemlich schnell- wird jeder Kapitän einsehen, dass er besser unseren Befehlen folgt."

Die Männer fragten aufgeregt und noch voller Adrenalin von dem Raketenabschuss nach weiteren Einzelheiten ihres künftigen Arbeitsfeldes und Mahomad hob die Hand und wartete, bis alle verstummt waren. „Abdallah wird euch noch eine Woche lang hier behalten. Ihr lernt noch Nahkampf mit dem Messer und mit den Fäusten. Danach fahren wir an die Küste, wo ihr an einem echten Schiff übt, wie man an der steilen Bordwand aufentert und worauf ihr dabei achten müsst. Unser großer Führer Tamu bin Saleh wird euch persönlich unterweisen. Ein Murmeln ging durch die Gruppe. Tamu war einer der bekanntesten Piratenkapitäne und sie waren stolz darauf, ihm dienen zu dürfen.

Später saß Mahomad mit seinem Bruder im Schatten einer Palme. „Nun Said, ist es so, wie Du es Dir vorgestellt hast?" Said schwieg zunächst. Dann antwortete er. „Es ist ein hartes Training. Mehrmals dachte ich, ich würde es nicht schaffen. Aber nun, wo ich weiß, dass es bald losgeht, kann ich es nicht erwarten, es den weißen Teufeln zu zeigen." Er sah seinen großen Bruder an und grinste und Mahomad lachte, dann verstummte er und sagte ernst „Es ist ein gefährlicher Job. Viele unserer Brüder sind schon verletzt worden oder sogar tot. Sei niemals unvorsichtig. Hinter jedem Container, jeder Tür kann ein Feind auf dich lauern. Sei furchtlos und schieß, wenn Du nicht sicher bist, ob ein Seemann sich ergibt. Es sind zumeist Ungläubige, aber auch wenn die Matrosen rechten Glaubens sind, arbeiten sie für die weißen Teufel und verdienen den Tod." Said nickte nachdenklich. „Ich will es mir merken, Bruder. Was ist, wenn Frauen oder Kinder an Bord eines dieser Schiffe sind?"   Mahomad zuckte die Schultern. „Wir sperren sie ein und wenn jemand Lösegeld zahlt, lassen wir sie frei. Wenn nicht…, aber das ist noch nicht passiert. Wenn die Familien kein Geld haben, zahlen die westlichen Staaten. Sie sind dumm und bedenken nicht, dass sie uns in die Hände spielen. Wenn ich an ihrer Stelle wäre, würde ich den Kriegsschiffen befehlen, uns abzuschießen. Außerdem würde ich die Mannschaften der Schiffe bewaffnen."   Er lachte „Aber das tun sie nicht. Sie sind eben dumm und schwafeln von Rechtstaatlichkeit und Freiheit der Meere. Gut für uns."   Said nickte. „Werde ich in deine Mannschaft kommen?" „Na klar", sagte Mahomad „und zwar nicht nur, weil Du mein Bruder bist, sondern weil ich gesehen habe, dass Du eine Taube vom Himmel schießen könntest, die so hoch fliegt, wie die Wolken sind."   Said sah unwillkürlich auf. Tatsächlich gab es zu dieser Jahreszeit nur wenige Wolken, aber die paar, die über den Himmel zogen, waren sehr hoch. „Ich danke Dir, mein Bruder. Isst Du mit uns?"   „Nein, ich muss ins Dorf zurück."   Er stand auf und umarmte seinen kleinen Bruder. „Wir sehen uns nächste Woche. Allah schütze Dich." „Und Dich, Bruder", antwortete Said. Dann sah er seinem Bruder nach, der in den staubigen Geländewagen stieg, der regelmäßig zwischen dem Lager und den Dörfern verkehrte und er blieb stehen, bis die Staubfahne sich gelegt hatte.

Nordholz ist der größte Luftstützpunkt der deutschen Marineflieger. Neben den großen, mit vier Propellerturbinen ausgerüsteten P3c Orion Seeüberwachungs-Flugzeugen, die auch Raketen und Torpedos zur U-Boot Abwehr mitführen konnten, waren hier alle Arten von Hubschraubern stationiert, die in der Marine Verwendung fanden. Oberstabsbootsmann Riedel war mit dem Pendelbus aus Kiel angereist. Sein großer Seesack, sowie eine weitere voluminöse Reisetasche enthielten alles, was er für den Einsatz brauchen würde. Riedel wog gut 95 Kilo und konnte, wenn nötig, das Eineinhalbfache seines Gewichtes stemmen, aber auf die Dauer war das unhandliche Gepäck doch eine große Bürde, so dass er froh war, dass er, nachdem er an der Wache seinen Marschbefehl und seinen Ausweis vorgewiesen hatte, von einem Kleinbus abgeholt und zu dem Kasernengebäude gebracht wurde, in dem ihm ein Zimmer zugewiesen worden war. Aufatmend legte er Seesack und Reisetasche neben dem Bett ab und sah aus dem Fenster. Von hier aus hatte man einen guten Überblick über den Fliegerhorst und die Start- und Landebahnen und während er noch hinaus sah, bemerkte er einen dunklen Fleck am Himmel, der sich langsam dem Boden näherte. Er wollte sich schon abwenden, als er den Typ erkannte. Riedel interessierte sich für alle Neuerungen in der Bundeswehr und dieses Flugzeug hatte er bisher nur in Zeitschriften gesehen. Eine „Typhoon", auch Eurofighter genannt. Ein extrem wendiges, Mach2 schnelles Jagdflugzeug. In Kooperation mit den Briten, Italienern und Spaniern gebaut und nun, nach sehr langer Entwicklungszeit, im Einsatz. Gerade öffneten sich die Klappen des Fahrgestells und die Räder schoben sich in die Landeposition. Dann setzte die Typhoon butterweich auf der Piste auf und rollte zu einem entfernt liegenden Hangar.

Riedel wandte sich ab. Technik faszinierte ihn, aber ihm war nicht wohl dabei, dass die enormen Kostensteigerungen dazu geführt hatten, dass die Stückzahlen dieses modernen Flugzeugs immer weiter gekürzt wurden und somit die Kampfkraft der Bundeswehr abnahm. Er wandte sich ab. Das alles lag nicht in seinem Ermessens-Spielraum und würde es nie sein. Er wusste, dass er über seinen jetzigen Dienstrang hinaus keine Aufstiegsmöglichkeiten in der Bundeswehr besaß. Das Gehalt reichte ihm, aber was würde sein, wenn er älter wurde? Ein Schreibtischposten irgendwo… Vielleicht sollte er sich nach etwas anderem umsehen, bevor es zu spät war. Ein ehemaliger

Kamerad hatte in Berlin einen Personenschutzdienst aufgemacht und suchte Leute wie ihn... Er sah auf die Uhr. Halb eins. Sein Magen meldete sich und er beschloss, die Kantine zu suchen.

Während Oberstabsbootsmann Rolf Riedel Kassler mit grünen Bohnen und Salzkartoffeln aß, sprach der Lotse auf dem Kontrollturm in sein Mikrofon. „Ruslan 17, Sie sind freigegeben zur Landung." Der Funker an Bord der riesigen ukrainischen Frachtmaschine bestätigte routiniert, wenn auch mit einem schauerlichen Akzent, was der Lotse aber schon gewohnt war. Die Bundeswehr besaß keine Frachtflugzeuge, die für große oder schwere Lasten geeignet waren. Die schon sehr in die Jahre gekommen Transall, von denen es zumal viel zu wenige gab, konnten keinen Lynx Helikopter aufnehmen, wie es nun gefordert war. So charterte das Transportkommando für teures Geld privat betriebene Großraumtransporter aus der Hinterlassenschaft der ehemaligen Sowjet-Luftwaffe, wie diese Antonow 142. Das riesige Flugzeug setzte auf und wurde von einem Follow-Me Wagen auf das Vorfeld geleitet. Der Lotse war ein bisschen überrascht worden, weil das Flugzeug eigentlich erst für morgen avisiert war. Nun musste der ganze Ablauf beschleunigt werden, denn die Charterkosten stiegen mit jeder Stunde, die der Transporter am Boden stand.
Riedel war überrascht, als er über die Lautsprecheranlage der Kantine gesucht und aufgefordert wurde, sich umgehend beim Transportoffizier der Basis zu melden. Er war auch überrascht, als er die Namen zweier weiterer Soldaten hörte. Bootsmann Krampke und Obergefreiter Müller, beide wie er Kampfschwimmer und in Wilhelmshaven stationiert.
Es gab ein großes Hallo, als er die Beiden vor dem Büro des Transportoffiziers traf. „Sagt bloß, ihr seid auch auf die „Lübeck" kommandiert", sagte Riedel. Krampke grinste. „Hast Du gedacht, die lassen dich alten Mann ohne unseren Schutz auf den Kahn?" Riedel boxte ihn scherzhaft auf den Arm. „Schön, dass ihr dabei seid. Wisst

ihr Näheres über die Sache mit Körner?" Müller schüttelte betrübt den Kopf. Körner war in seiner Einheit gewesen. „Er hat ein paar von den Piraten mit dem Tür-MG der Lynx erwischt und die haben zurück geschossen." „Scheiße!", sagte Riedel und sie schwiegen einen Moment, in dem sie die Situation im Geiste vor sich sahen. Die Tür öffnete sich und ein Matrose rief sie herein. „Tut mir leid meine Herren", sagte der Transportoffizier, der sich erhoben hatte und ihnen die Hand gab. „Ihr Taxi ist überraschend schon eingetroffen. Mal was ganz Neues. Der Hubschrauber wird gerade verladen. Abflug in zwei Stunden, Ok?" Er sah die Männer fragend an. Riedel antwortete. „Wir hatten uns auf einen netten Abend in eurem schönen Örtchen gefreut... Na Schwamm drüber. Wir sind bereit." Der Offizier nickte befriedigt. „Gut, ich schicke ihnen einen Wagen zur Unterkunft. Guten Flug und... viel Glück!" Sie grüßten und gingen zu ihrer Unterkunft zurück. „Weißt Du eigentlich, wer das Kommando auf der „Lübeck" hat?" fragte Krampke, der damals den Einsatz in Liberia mitgemacht hatte. Riedel blieb abrupt stehen. „Sag nicht, Scholz", warnte er seinen Kameraden, der betrübt nickte. „Genau der. Hat dir das keiner gesagt?" „Nein", knurrte Riedel. „Wenn ich das gewusst hätte, wäre ich jetzt nicht hier. Oh Mann..." Krampke legte ihm beruhigend eine Hand auf den Arm. „Wird schon gut gehen. Wird sicher ne ganz ruhige Tour. Wirst sehen."

Auf dem Vorfeld war inzwischen hektische Betriebsamkeit ausgebrochen. Mit Hilfe eines kleinen Traktors war der zum Versand bestimmte Lynx-Hubschrauber aus der Wartungshalle gezogen und zu der wartenden Antonow gebracht worden. Schon in der Nacht hatten die Mechaniker den Hubschrauber vorbereitet, indem sie die Rotorblätter gelöst, und nach hinten über den Rumpf gefaltet hatten. So konnte das Fluggerät sehr einfach im riesigen Laderaum des Frachters verstaut werden. Zusätzlich wurden noch zwei Container

41

voller Ersatzteile und Munition verladen. „Hoffentlich kommen die bald", knurrte der zuständige Lademeister. Sie warteten noch auf ein Ersatzteil für die Radaranlage der „Lübeck", das aus dem Arsenal in Wilhelmshaven angeliefert werden sollte. Der ukrainische Pilot lief schon unruhig neben der Maschine auf und ab. Zwar kümmerte sich eigentlich niemand – anders als bei richtigen Fluglinien – um vorgeschriebene Ruhezeiten, die es aber gleichwohl auch in der Ukraine gab. Aber er war schon lange auf den Beinen und freute sich auf das Hotel in Mombasa. Das „Imperial Crown" hatte seine Lieblings Wodka-Sorte im Barsortiment und es gab dort immer ein paar großäugige schwarze Mädchen, die…

„Da kommt der Laster", sagte ein Maat und tatsächlich rollte zwischen den Hallen ein LKW hervor, und auf die Antonow zu. Aus Richtung des Kontrollturms kam ein VW-Bus heran, dem die Besatzung des Hubschraubers, Oberleutnant zur See Schaper, Co-Pilot Leutnant zur See Ruwe, sowie der Bordmechaniker Obermaat Kruse entstiegen. Sie nahmen ihr Gepäck und der Lademeister der Antonow brachte sie zu der kleinen, für Passagiere vorgesehenen Kabine hinter dem Cockpit. Dann kamen auch Stabsoberbootsmann Riedel und seine beiden Kameraden an und gesellten sich zur Hubschrauberbesatzung. Man stellte sich vor und nahm für den etwa sechsstündigen Flug Platz. Ein Matrose der Basis brachte zu guter Letzt noch eine Wärmebox, sowie Getränke. „Eure Verpflegung, Kameraden", sagte er. „Stewardessen gibt's hier nicht. Guten Flug." Aber für sie alle war so ein Transport nichts Neues. Kruse begann sofort, die Box zu untersuchen. „Frikassee…", schimpfte er. Gab`s doch erst gestern in der Kantine." „Wird der Rest sein", knurrte Ruwe. Sie lachten und dann merkten sie, wie sich der Kabinenboden neigte, als der Pilot, nachdem die Heckklappe geschlossen war, das Bugrad absenkte, um das Flugzeug gerade zu stellen. Dann erklang das Grollen der anlaufenden riesigen Triebwerke, das auch im Inneren des nicht schall gedämpften Laderaums unangenehm laut war. Riedel grinste und zog eine Schachtel Ohrstöpsel aus seiner Tasche, die er herumreichte. „Sehr aufmerksam", sagte Schaper.

Zehn Minuten später erhob sich das gewaltige Flugzeug von der Startbahn. Da es nicht annähernd voll beladen war, hatte die Antonow nur gut die Hälfte der Startbahn gebraucht. Der Fluglotse seufzte erleichtert und löschte die Bahnbefeuerung. „Feierabend, Leute", verkündete er seinen beiden Assistenten. Für heute versank Nordholz in seinem Dornröschenschlaf.

An Bord der Antonow hatten die Passagiere mittlerweile ihre Rationen in Angriff genommen und sich danach noch ein wenig unterhalten, um sich kennen zu lernen, denn schließlich würde man eine ganze Weile zusammen auf der engen Fregatte Dienst tun und sich aufeinander verlassen müssen. Rolf Riedel war zufrieden. Er wusste, wie wichtig eine gute Heli-Crew war, auf die man sich verlassen musste, wenn es mal ernst wurde. Diese Burschen schienen ihr Handwerk zu verstehen, besonders der Pilot, der erzählt hatte, dass er schon zum dritten Mal in den Einsatz vor Somalia ging.

„Hatten sie schon Kontakt mit den Piraten?" fragte Riedel gespannt und Oberleutnant Schaper nickte ernst. „Ich war damals auf der „Brandenburg". Wir haben eine niederländische Korvette unterstützt, die einen Frachter befreit hat. Das holländische Enter-Team hatte zwei Verwundete und wir haben sie evakuiert. Die sehen eigentlich ganz harmlos aus, diese schwarzen Kerle, aber Vorsicht, sie sind gut trainiert und schießen ohne Vorwarnung." „Und dann?" fragte Krampke, der interessiert zugehört hatte. Schaper zuckte die Schultern. „Die Holländer haben zwei der Kerle im Gefecht erschossen. Die anderen wurden den Kenianern übergeben. Die haben sie dann später frei gelassen." „Einfach so freigelassen?" fragte Krampke ungläubig nach. „Keiner weiß, was man mit denen machen soll", antwortete Schaper. „Ihr wisst doch, ein paar von denen stehen schon seit mindestens zwei Jahren in Hamburg vor Gericht und das kostet Unsummen. Alles ohne praktischen Nährwert. Niemand wird davon abgeschreckt. Die Piraten wissen nur zu gut, dass wir mit auf den Rücken gebundenen Armen kämpfen. Die lachen sich tot über uns. Selbst den Kerlen im Knast geht es da Hundert mal besser, als den normalen Leuten in Somalia, das könnt ihr mir glauben." Sie schwiegen eine Weile. „Na ja", sagte dann Riedel. „Dann wissen wir ja, woran wir sind. So, ich schlaf jetzt ne Weile. Wer weiß, wie das da wird."

Schon bald erfüllte mehrstimmiges Schnarchen die kleine Kabine und der ukrainische Bordmechaniker, der den Passagieren einen Schlummer-Wodka bringen wollte, fand nur noch einen wachen Kunden vor, den an Schlaflosigkeit leidenden Leutnant Ruwe, der sich nicht lange bitten ließ und der Schnaps schenkte ihm schließlich auch ein paar Stunden Ruhe.

„Habt ihr wirklich nichts vergessen?" fragte Doris zum zehnten Male ihre Kinder, die sich gerade vor dem Haus von ihr verabschiedeten. „Nein Mama", antwortete Conni etwas genervt. „Wir müssen jetzt aber los", sagte Dieter Kreft, der die Reisetaschen der Kinder in den zum Glück geräumigen Kofferraum seines BMW verstaut hatte. Aus der seines Sohnes Felix schaute der Kopf seines zerfledderten Teddys „Jolly" heraus. Conni hatte ihn damit aufgezogen, aber er hatte auf die Mitnahme seines „Glücksbringers" bestanden. „Tschüss, Mama", sagte Conni und nahm Doris in den Arm. „Kommt bloß gesund wieder", flüsterte sie ihrer Tochter ins Ohr. Auch Felix wurde gedrückt, dann stiegen die Kinder ins Auto. „Ich setze die beiden in zwei Wochen ins Flugzeug und du holst sie ab. Kann nichts schief gehen, wirst sehen", versicherte Dieter seiner Ex-Frau. „Aber Du passt auf, ja? Keine Experimente." Dieter lachte. „Soweit müsstest Du mich noch kennen. Für mich ist segeln nur schön, wenn alles perfekt ist. Wetter, Wind… einfach alles. Viel Spaß mit deinem Peter", fügte er noch hinzu und Doris lächelte. „Ja, grüß auch Sonja. Gute Reise." Dieter ging zum Auto und winkte ihr noch einmal zu. Doris sah dem abfahrenden BMW nach, durch dessen Rückfenster die Kinder winkten. Ein paar Tränen stiegen ihr in die Augen, die sie aber resolut wegwischte. Sie gönnte den beiden diese tolle Reise, die vor ihnen lag und sie begann, sich auf ihre eigene Reise nach Mallorca zu freuen, die sie schon morgen mit Peter antreten würde. Eine Woche. Das erste Mal mehr als ein paar Stunden allein mit ihm zusammen. Würde das gut gehen?

Dieter fuhr direkt zu Sunnys Wohnung. Sie war das, was man eine patente Frau nannte und stand schon mit ihren sorgfältig gepackten Reisetaschen bereit. Dieter küsste sie. „Dann kann es ja losgehen. Hoffentlich haben wir keinen Stau auf der Autobahn." „Wir haben doch massig Zeit", beruhigte Sunny. Am Auto begrüßte sie die Kinder und Conni räumte ein wenig unwillig den Beifahrerplatz und setzte sich zu Felix nach hinten. Aber Sunny konnte gut mit den beiden umgehen und sie waren in eine lebhafte Unterhaltung vertieft, noch bevor sie bei der Anschlussstelle Moisling auf die Autobahn nach Hamburg einbogen. Wie von Dieter befürchtet, gab es einen Stau bei Bargteheide und er zog es vor, über die Bundesstraße weiter zu fahren. Eine knappe Stunde später schloss er den Wagen im Parkhaus ab, wo er für die nächsten drei Wochen sicher stehen konnte. Felix hatte einen Gepäckwagen herangeholt, auf den der mit Dieters Hilfe die Gepäckstücke lud, dann schob er den schweren Trolley tapfer vor den drei anderen her zum Terminal.

Dieter half ihm an der Bordsteinkante und dann standen sie lange vor dem Abfertigungsschalter der „Air France" Felix war vom Treiben in der riesigen Halle des Flughafens fasziniert und auch Conni hielt es nicht in der Schlange. „OK, ihr könnt ein bisschen rumlaufen, aber seid in einer Viertelstunde spätestens wieder da", mahnte sie Dieter. „Kann ich mir eine Zeitschrift für unterwegs kaufen?" fragte Conni und Dieter gab ihr einen Geldschein. „Gute Idee. Felix kann sich ja auch was zu lesen besorgen." Die beiden zogen ab und Sunny lächelte. „So willst Du also für ein paar Momente für uns allein sorgen. Bestechung." Dieter lachte und sie küssten sich. „Gehen sie doch weiter", schimpfte ein Mann hinter ihnen, denn sie hatten nicht bemerkt, dass die Schlange vor ihnen weitergeschlurft war. Dann endlich waren sie eingecheckt und nachdem auch die Kinder mit „Bravo" und Comic Heften versorgt wieder erschienen waren, gingen sie entspannt, nun des Gepäcks ledig, dass sie erst in Victoria auf der Seychellen Hauptinsel Mahe wieder sehen würden, durch die Kontrolle zu ihrem Gate. Dieter machte sich ein bisschen Sorgen wegen des knappen Anschlusses in Paris, aber als der Airbus der „Air France" pünktlich in Hamburg abhob, entspannte er sich und bestellte bei der Stewardess Champagner für sich und Sunny und Orangensaft für die Kinder und sie stießen auf einen tollen Urlaub an.

Vierzehn Stunden später und total gerädert von dem langen Flug, inklusive des langwierigen Umsteigens in Paris, entstiegen sie dem Airbus A330 auf dem Flugfeld von Victoria, der Hauptstadt der Republik Seychellen. Normalerweise hätte das Flugzeug an einem Flugsteig des Gebäudes angelegt, aber der war defekt, so dass sie über eine Treppe zu wartenden Bussen gehen mussten und auf diesen dreißig Metern von der klimatisierten Kabine des Flugzeugs in den ebenfalls klimatisierten Bus lernten sie was es hieß, in der absoluten Nähe des Äquators zu sein. „Gott, ist das heiß", stöhnte Sunny und öffnete schnell ein paar Knöpfe ihrer Bluse, die sie der Kühle im Flugzeug wegen bis oben geschlossen hatte. „Gewöhn dich besser daran", sagte Dieter. „Auf dem Boot haben wir auch keine Klimaanlage." „Das kann ja was werden", stöhnte Conni. Gepäckausgabe und Passkontrolle zog sich lange hin und der Beamte hinter dem Schalter warf Sunny finstere Blicke zu, bis sie merkte, dass sein Unmut der Aussicht auf ihren Ausschnitt galt. Schnell schloss sie zwei Knöpfe und der Beamte nickte befriedigt und stempelte ihren Pass. „Sehr islamisch sind die hier", sagte sie auf dem Weg zum Taxi. „Ja", stimmte Dieter zu. „Das hätte ich auch nicht gedacht." Auf der Fahrt zum Yachthafen sahen sie aber schnell, dass sie hier in einem vorwiegend islamisch geprägten Land waren. Tief verschleierte Frauen prägten das Straßenbild. In anderen Stadtteilen, die sie durchquerten, herrschten Inder vor, deren bunte Gewänder weit fröhlicher wirkten. Insgesamt aber waren alle vier begeistert von der sonnendurchfluteten Atmosphäre, dem türkisgrünen Wasser mit den darin versprenkelten Inseln, die sie während des Landeanflugs gesehen hatten und den malerischen Palmen vor den überwiegend weißen Gebäuden.

Dann endlich, kamen sie am Yachthafen an. Der Taxifahrer lud ihr Gepäck aus und fuhr davon. „Mal sehen, wo wir hin müssen", sagte Dieter und kramte seine Unterlagen heraus. Es war fast Mittag. Drückend heiß war es und die Sonne brannte auf ihrer Haut. „Erstmal in den Schatten", kommandierte Sunny und steuerte auf das zentrale Gebäude zu, wo Reklametafeln verlockend mit der Abbildung kühler Getränke mit Eiswürfeln lockten. Bald darauf saßen sie in dem zu dieser Stunde fast leeren Bistro und schlürften an ihren Strohhalmen. Dieter hatte schließlich mit Hilfe des netten Barmannes, weil sein Handy kein Netz fand, den hiesigen Agenten der Charterfirma erreicht, der versprach, sie im Bistro abzuholen. Zu ihrer Überraschung sprach der junge Mann, der wenig später zu ihnen trat, ein passables Deutsch. Wie so viele auf den Seychellen war er ethnischer Inder, hatte aber ein paar Semester Betriebswirtschaftslehre in Dortmund studiert, bevor seiner Familie das Geld ausging.

Immerhin hatte er deutsch gelernt und dadurch fand er den Job bei der Charteragentur, der ihm sogar Spaß machte.

„Ihr Boot liegt für sie bereit. Wenn sie wollen, bringe ich sie gleich hin. Die Formalitäten können wir nachher erledigen." „Au ja", jubelte Felix. Der Agent beschaffte einen Handwagen, auf den sie das Gepäck laden konnten und dann gingen sie in der sengenden Sonne am Hafenrand entlang. Schon nach wenigen Metern ran ihnen allen der Schweiß von der Stirn. „Sie müssen hier unbedingt eine Kopfbedeckung tragen", empfahl der junge Inder. „Sonst droht ein Sonnenstich." Dieter tupfte sich mit einem Papiertaschentuch den Schweiß aus dem Gesicht. Daran hatte er nicht gedacht. „Wir haben hier einen Ausrüstungsshop gleich um die Ecke", sagte der Inder, der verschwieg, dass dieser Shop seinem Onkel gehörte und es in der Nähe dutzende Geschäfte gab, in denen es alles viel billiger gab, als im Yachthafen-Store. Aber Sunny war begeistert von den breitkrempigen Strohhüten und den bunten Halstüchern, mit denen sie sich ausrüsteten, bevor es auf den hölzernen Steg ging, an dessen Ende die „Monsun" lag. Ihnen fiel auf, dass es an jedem Steg einen Wachmann gab. „Meine Landsleute sind arm", meinte der Inder entschuldigend. „Sie müssen das Boot immer gut verschließen, wenn sie an Land gehen."

„So ein großes Boot willst Du allein segeln?" sagte Sunny staunend und ein bisschen zweifelnd als sie vor der Bavaria42 anlangten, die mit dem breiten Heck zum Steg hin verankert war. Dieter lachte. „Das klappt schon. Alles automatisch und nach einem Tag habt ihr den Bogen soweit raus, dass ihr mir helfen könnt. Wirst sehen." Der Agent kletterte an Bord und schloss die Kajüte auf. Felix und Conni verschwanden schnell unter Deck, erschienen aber schon Sekunden später wieder im Cockpit. „Das ist brütend heiß da unten", sagte Conni. Der Agent öffnete zusammen mit Dieter alle Fenster und Oberlichter, um frische Luft einzulassen. „Hier im Hafen können sie die Klimaanlage verwenden." Der Inder wies auf ein kleines elektrisches Gerät, das Dieter eher wie ein Ventilator vorkam. Schnell steckten sie das Kabel in den Landstromanschluss und zur allgemeinen Überraschung arbeitete das Gerät so gut, dass es sich schon bald unter Deck aushalten ließ. Während Sunny und die Kinder das Gepäck einräumten, erhielt Dieter eine Einweisung in die technischen Geräte. Zufrieden stellte er fest, dass er das meiste von früher her kannte. Alles schien gut gewartet und in einwandfreiem Zustand und schließlich gab es auch noch einen Stapel Betriebsanweisungen, die zumindest in Englisch abgefasst waren. Er würde schon zurecht kommen. „Wo sind die Seekarten?" fragte er zuletzt. Der Agent grinste und startete eine Art Tablet-Computer, gab einen Befehl ein, und die Hafenkarte erschien auf dem Display. „Alles hier drin", sagte er stolz. Dieter spielte ein wenig an den Eingabetasten und tatsächlich erschien eine Karte nach der anderen, die er wahlweise vergrößern, oder Ausschnitte hervorheben konnte. „Aber wenn die Batterie leer ist oder es kaputt geht?" fragte er zweifelnd. Der Agent öffnete ein Fach neben dem Navigationstisch und holte einen Stapel 9 Volt Batterien heraus. „Die reichen für Monate", sagte er stolz und Dieter beließ es dabei. Zuletzt gingen sie ins Cockpit. Dieter startete probeweise den Motor und sah zufrieden den Kühlwasserstrom aus der Austrittsöffnung fließen. Alle Armaturen standen im grünen Bereich und der Tankanzeiger auf „Voll". „Trinkwasser müssen sie noch auffüllen", sagte der Agent. „Das machen wir nie vorher, damit es immer frisch ist." Dieter nickte und ließ sich die Füllöffnung zeigen, damit er sie später nicht mit dem Deckel für den Dieseltank verwechselte, der dummerweise genau so aussah. Dieter und der Inder entfernten die Abdeckungen der Segel. Sunny und die Kinder waren mittlerweile auch ins Cockpit gekommen, nachdem sie ihre Kabinen bezogen hatten. Auf Anraten des Agenten ließ Dieter den Motor laufen, damit die Batterie nicht zu sehr beansprucht wurde, und dann staunten sie alle als Dieter auf die Knöpfe drückte, die der Agent ihm zeigte und das Großsegel sich automatisch aus seinem Behälter am Großbaum entrollte und am Mast emporstieg. „Sie können das Segel in jeder Stellung anhalten und damit reffen", sagte der Inder stolz. Dieter nickte. Er kannte das System, erinnerte sich aber, dass es damit früher oftmals Probleme gegeben hatte, weil sich das Profil in den Führungen verhakte oder ähnliches. Als er danach fragte winkte der Agent ab. „Nicht bei diesem System. Alles sicher, sonst könnten wir ihnen ja so ein teures Boot nicht anvertrauen. Hahaha." Auch das Vorsegel arbeitete einwandfrei und Felix durfte es auch ein paar Mal aus und einfahren. „Hier im Hafen spannen sie besser ein Sonnensegel", empfahl der Agent bevor er sich verabschiedete und half noch, es zu befestigen. Er zeigte Dieter, wo sich sein Büro befand und ging, nicht ohne ihnen die Karte und Telefonnummer eines Catering-Unternehmens zu geben, bei dem sie Lebensmittel und Getränke bestellen konnten. Auch zufällig im Besitz eines seiner Verwandten. Schon zu Hause hatten sie Listen geschrieben, auf denen alles aufgeführt war, was sie haben wollten und nachdem Sunny geprüft hatte, ob Putzmittel und ähnliches an Bord waren, ging Dieter mit den Pässen aller Vier zum Büro des Agenten und unterschrieb, dass er eine gründliche Einweisung erhalten hätte. „Wir bleiben hier zwischen den Inseln", versicherte er dem Inder, der daraufhin verzichtete, ihn auf die Gefahr von Piratenüberfällen an der afrikanischen Küste hinzuweisen. Dieter übergab ihm die Einkaufsliste und der Agent versprach, die Ware sofort zu bestellen und liefern zu lassen, was ihm eine gute Provision einbringen würde. Dieter, der das nicht wusste, gab ihm für seine Hilfe ein ordentliches Trinkgeld, was der Agent mit einem zufriedenen Lächeln quittierte. „Vielen Dank, Mr. Kreft", sagte er. „Ich wünsche ihnen einen schönen Urlaub. Ich bin immer für sie erreichbar." Auf dem Weg zurück zum Boot überprüfte Dieter sein Handy und stellte erfreut fest, dass er nun ein stabiles Netz hatte. Zufrieden pfeifend nickte er dem Wachmann am Steg zu und schon wenig später wurde die bestellte Ware angeliefert und als die Dämmerung, wie hier in den Tropen üblich, ziemlich schnell und abrupt einsetze, war alles verstaut, der Kühlschrank summte leise und sie saßen bei Kerzenschein aus einem Windlicht im Cockpit und genossen ihre erste Nacht unter dem unglaublich strahlenden Sternenhimmel und die immer noch herrschende, nun aber angenehme Wärme. Die Kinder verabschiedeten sich bald darauf in ihre Kojen, als die Müdigkeit der anstrengenden Reise sie überwältigte. Sunny und Dieter hörten sie noch eine Weile unter sich rumoren. Jedes Kind hatte eine der kleinen Einzelkabinen im Achterschiff für sich, während Sunny und Dieter die große Kabine im Bug bezogen hatten. Der geräumige Salon, der das gesamte Mittelschiff einnahm, lag also dazwischen und Sunny lächelte bei dem Gedanken, dass sie, anders als befürchtet, nicht allzu leise sein mussten, wenn sie…

Vorerst aber saßen sie noch eine Weile unter den Sternen, hörten den plätschernden Wellen zu, und genossen den kühlen Weißwein, von dem Dieter ab und zu Nachschub aus dem geräumigen Kühlschrank holte. „Wunderschön ist das", murmelte Sunny und kuschelte sich an Dieter, der das richtig deutete und sie zärtlich küsste. „Ich glaube, die Kinder schlafen…", sagte sie dann und auch das deutete Dieter richtig. Leise standen sie auf und kletterten die schmale Treppe des Niedergangs hinunter. Dieter verschloss das Schott und dann genossen sie den Komfort der breiten Koje, die mit kühler seidener Bettwäsche bezogen war.

Später, viel später, schlief Sunny in seinem Arm und Dieter lag noch eine kleine Weile wach und sah die Sterne über sich durch das getönte Licht des Oberlichts, bevor das leise Summen der Klimaanlage auch ihn ins Land der Träume schickte.

Am nächsten Morgen wurden sie erst spät durch das laute Dröhnen der Sirene eines Dampfers geweckt, der aus dem benachbarten Handelshafen auslief. „Heute gehen wir noch mal im Bistro frühstücken", bestimmte Dieter und sie genossen das opulente Frühstück auf der Terrasse des Lokals, von dem aus man den ganzen Yachthafen übersehen konnte. Dieter beäugte interessiert den

geschäftigen Verkehr in der engen Hafeneinfahrt und war froh, nicht jetzt mit all den anderen Booten dort hinaus zu müssen. Es ging zu, wie während der Rush-Hour in einer Großstadt. „Seht euch das an. Die vielen Boote." Sunny staunte darüber, dass sich offenbar so viele Leute diese Luxusschiffe leisten konnten. Dieter winkte ab. „Die meisten dieser Boote sind Charteryachten, wie unsere. Immerhin kosten die Dinger so viel, wie ein kleines Einfamilienhaus."
Als sie dann ablegten und zunächst unsicher und sehr langsam unter Maschinenkraft den Hafen verließen, waren sie fast allein, was Dieter sehr beruhigte. Er hatte für den ersten Tag nur vor, ein Stück die Küste entlang zu einer Bucht zu fahren, wo sie für die Nacht ankern wollten. Der Agent hatte sie ihnen empfohlen. „Ganz einsam ist es da. Palmen und glasklares Wasser. Es wird ihnen gefallen." Als sie die Hafeneinfahrt passiert hatten sagte Dieter, „So, Matrose Felix setzt jetzt Segel und Stewardess Conni kümmert sich um ein kühles Getränk." „Zu Befehl! Kapitän", riefen die Kinder. Felix drückte die entsprechenden Knöpfe und dann spannten sich die großen Segel am Mast und die „Monsun" legte sich sanft über und nahm Fahrt auf.
Ein leichter Wind trieb sie durch die sanften Wellen und am Himmel schwebten nur ein paar schneeweiße Federwolken, die sich im Wasser spiegelten. Dieter schaltete den Motor ab und dann kam Conni mit den Getränken. Bier für Sunny und Dieter, Cola für sich und Felix und dann genossen sie die Aussicht, die die Palmen gesäumte Küste in der Nähe und die Silhouetten der entfernten Inseln ihnen bot.
Als der Nachmittag langsam in den Abend überging, steuerte Dieter auf die Küste zu. Die Karte auf dem Tablet-Computer sagte, dass die Ankerbucht querab hinter einer Landzunge liegen musste und da war sie auch, aber sie war alles andere als einsam. An die fünfzig Yachten lagen bereits dort und der angepriesene Strand, wo sie laut der Aussage des Agenten „ganz für sich allein" sein sollten, war voller Menschen. Sunny war enttäuscht, aber Dieter lachte. „Vielleicht ist das ganz gut, wenn für den Anfang noch jemand in der Nähe ist. Komm, wir fahren da ganz an den Rand."

Vorsichtshalber schaltete er das Echolot ein, dessen Digitalanzeige sie vor zu geringer Wassertiefe warnen sollte. Dann eilte Dieter nach vorn, bereitete den Anker vor und stellte Felix daneben auf. „Wenn ich „Jetzt!" rufe, öffnest Du die Sperre, OK?" Felix nickte begeistert und legte schon mal seine Hand an den Griff. Dieter holte die Segel ein, die surrend in ihren Gehäusen verschwanden und ließ den Diesel an. Langsam bugsierte er die „Monsun" zwischen zwei etwa gleich große Yachten, deren Besatzungen sein Manöver kritisch beobachteten. Dann ließ Felix auf Kommando den Anker fallen, den sie durch das unglaublich glasklare Wasser auf dem Sand fallen sahen. Dieter gab etwas Rückwärtsschub, damit sich die Flunken des Ankers etwas eingraben konnten, dann stoppte er den Motor. Langsam straffte sich die Kette und die Bavaria lag sicher. Dieter atmete aus. Ankermanöver hatte er gar nicht gern. Da konnte viel schief gehen, besonders wenn man unter Beobachtung stand. Die Leute auf den anderen Booten hatten sich aber schon wieder ihren Getränken zugewandt. Der Skipper der Yacht neben ihnen rief etwas auf Französisch und prostete Dieter mit seinem Weinglas zu und Dieter winkte zurück. „Manöverschluck, Leute!" rief er fröhlich und Sunny turnte unter Deck, um das Gewünschte zu holen. „Dürfen wir das Schlauchboot aufpusten und baden?" fragte Conni. „Klar. Ich helfe euch", antwortete Dieter.
Dank des elektrischen Kompressors war die Aufgabe in Nullkommanix erledigt. Dieter hängte den kleinen 5PS- Außenborder an, befüllte den Tank und wies die Kinder in die Handhabung ein. „Guckt ab und zu mal zu uns rüber", sagte er noch bevor die Beiden ablegten. „Wenn wir winken, möchten wir abgeholt werden." Stolz sah er seinen Kindern nach, die neugierig auf den schneeweißen Palmen gesäumten Traumstrand zufuhren. Sunny erschien mit einem Tablett, auf dem sie vorsichtig Cocktailgläser balancierte. „Mmmmh, was ist das denn?" fragte Dieter neugierig. Sunny lächelte. „Probier mal." Sie hatte heimlich Zutaten besorgt. Dieter nahm einen Schluck und leckte sich die Lippen. „Schmeckt gut. Wie heißt der?" Sunny

lächelte. „Sex on the Beach", mein Schatz und das ist Programm..."
Dieter küsste sie. „Jetzt geht das wohl nicht, aber heut Nacht, wenn
die Kinder schlafen..."

*

Die Fahrt auf der Ladefläche eines uralten ehemaligen
Armeelastwagens war eine Tortur für die angehenden Piraten.
Mahomad saß neben dem Fahrer, der anfangs unablässig, aber
grundfalsch die Afro-Popsongs eines kenianischen Radiosenders
mitsang, die seinem kleinen Transistorradio entströmten. „Man halt
doch mal die Klappe und mach das blöde Ding aus", entfuhr es ihm
schließlich und der Fahrer, der Mahomad nicht genau einschätzen
konnte, weil er noch so jung aussah, gehorchte widerstrebend. Seit
über drei Stunden waren sie nun schon auf Schlagloch übersäten
Schotterpisten unterwegs und Mahomad konnte sich gut vorstellen,
wie es den Männern auf den Holzbänken hinter ihm ergehen mochte.
„Halt mal an. Wir machen eine Pause", befahl er dem Fahrer, der
gleichmütig an den Straßenrand fuhr und den Motor abstellte.
Mahomad stieg aus. „Pause, Männer. Steigt ab und vertretet euch die
Beine." „Allah sei Dank", murmelten die Männer und sprangen herab.
Said trat zu seinem Bruder und dehnte sich. „Wie weit ist es noch",
fragte er. „Der Fahrer sagt, noch etwa zwei Stunden", antwortete
Mahomad.
Sie waren nach dem Frühstück im Ausbildungscamp aufgebrochen.

Ihr Ziel war die Mündung des Shebele-Flusses, wo Tamu und einige andere Piraten sie erwarteten. Dort würden die Neulinge lernen, wie man eine scheinbar unerklimmbare, haushohe Bordwand überwinden konnte und wo auf einem Schiff sich was befand. Mahomad wusste, dass dort, wo der breite schlammige Jubba-Fluß kurz vor dem Meer in den Shebele mündete, einige gekaperte Schiffe vor Anker lagen, die darauf warteten, dass die Reedereien wie üblich das geforderte Lösegeld zahlten. Zur Zeit lagen drei große Seeschiffe dort, unter ihnen ein großer, fast Achtzigtausend Tonnen großer Tanker. Mahomad dachte gern an dieses Schiff, denn er war unter den Piraten gewesen, die es geentert hatten. Unverständlicherweise hatte der indische Besitzer des Schiffes immer noch nicht bezahlt.

Der Fahrer hatte unterdessen Tee auf einem Campingkocher zubereitet, den die durchgeschüttelten Piraten gern annahmen. Dazu gab es einige Fladenbrote. Grüppchenweise lagerten sich die Männer am Straßenrand. Außer ihnen gab es praktisch keinen Verkehr. Vor einer Weile hatten sie einen hoch beladenen Eselskarren überholt. Sonst nichts. Als Somalia noch ein funktionierender Staat gewesen war, war dies eine frequentierte Transitstrecke zwischen der nicht weit entfernten kenianischen Grenze und der Hauptstadt Mogadishu gewesen. Nun gab es keine staatliche Ordnung mehr. Örtliche Banden und Warlords hatten das Land unter sich aufgeteilt. Ein Geländewagen näherte sich und Mahomad stand auf als er quietschend neben dem LKW hielt. Auf der offenen Ladefläche war ein Maschinengewehr aufmontiert, das ein abenteuerlich uniformierter Mann auf sie richtete. Fahrer und Beifahrer stiegen mit gezogenen Pistolen aus, mit denen sie auf die Männer zielten. „Friede sei mit dir", richtete sich Mahomad an den Beifahrer, der der Anführer zu sein schien. „Wer seid ihr", herrschte ihn der Mann an. Mahomad bedauerte, das sie keine Waffen aus dem Lager mitgenommen hatten. Dann hätte es dieser Mensch nicht gewagt, sie zu bedrohen. Aber auch so brauchte Mahomad nur den Namen ihres obersten Bosses zu nennen und das sie an den Shebele wollten, um die drei Männer ihre

Waffen sinken zu lassen. Mit Piraten wollten sie sich unter keinen Umständen anlegen. „Entschuldigt", sagte der Anführer schließlich. „Wir konnten nicht wissen, wer ihr seid. Willkommen in unserem Distrikt. Fahrt mit Allah."

Er und sein Fahrer stiegen schnell in den Toyota und Mahomad sah der Staubwolke nach, die er hinter sich her zog. Obwohl er selbst ein Gesetzloser war, bedauerte er zutiefst den Zustand seines Landes. Nun ja, er selbst kämpfte gegen Ausländer- ungläubige zumal, jedenfalls meistens, die den Tod verdienten. Diesen Abschaum- er meinte die Banden, die das Land drangsalierten und ausraubten- musste Allah doch einfach vertilgen!

Seufzend befahl er die Weiterfahrt und kurz darauf waren sie wieder unterwegs. Je näher sie dem Meer kamen, desto grüner und fruchtbarer wurde auch das Land neben der Straße. Mahomad sah Bauern, die wie seit Jahrhunderten mit Holzpflügen die Äcker bearbeiteten. Menschen waren hier nichts wert und die Herrschenden wollten kein Geld für teure landwirtschaftliche Maschinen ausgeben. Mahomad dachte grimmig, dass doch die gewaltige Beute, die sie bei ihren Raubzügen machten, wenigstens zum Teil diesen armen Menschen zu Gute kommen sollte. Er nahm sich vor, mit Tamu deswegen zu reden. Er wusste nicht, wer Robin Hood gewesen war, aber in diesem Moment dachte er wie der legendäre englische Held. Den Reichen nehmen, den Armen geben! Mahomad war eben sehr naiv, was die Motive seiner Vorgesetzten anging.

Die Gegend war auch deshalb so fruchtbar, weil der Zusammenfluss der beiden großen Ströme Jubba und Shebele, regelmäßig zu Überschwemmungen führte, was düngenden Schlamm auf die Felder verteilte, aber auch jedes Mal Dutzende von Dörfern samt ihrer Bewohner heimsuchte. Das Dorf, an dessen Rand sie schließlich hielten, kannte Mahomad nicht. Es schien ausgestorben. Nur hier und da saßen ein paar Alte vor den Hütten. Mahomad sagte sich, dass die anderen wohl auf den Feldern waren. „Seht nur, die Schiffe!" riefen die Männer, die von der Ladefläche sprangen. Mahomad reckte sich.

Vor ihnen lag der an dieser Stelle wohl mehrere Kilometer breite Fluss. Dort, wo die Palmen fast bis zum Ufer wuchsen, sah er die gekaperten Schiffe hintereinander vor Anker liegen. „Mahomad, Bruder. Da seid ihr ja endlich". Tamu war unbemerkt hinter ihn getreten. „Wir warten schon zwei Tage lang auf euch." Mahomad drehte sich um. „Tamu, Herr", sagte er. „Es gab eine Unterbrechung im Training, weil ein Ausbilder sich verletzt hatte." Tamu winkte ab. „Stell mir deine Männer vor, mein Sohn."

Mahomad ließ schnell Aufstellung nehmen. Die Männer stellten sich nebeneinander auf und beäugten neugierig den Mann, der sie willkommen hieß. Der legendäre Tamu bin Saleh war berühmt. Jeder kannte ihn, aber die wenigsten hatten ihn bisher gesehen. Er musste wohl einen indischen Einschlag haben, denn seine Haut war heller als die der meisten Somalis. Auch sein Gesicht war schärfer geschnitten und die dunklen Augen drückten Entschlossenheit aus. Jetzt musterten sie eindringlich jeden einzelnen von ihnen. Am Ende der Reihe stand Said und zitterte innerlich unter dem strengen Blick des Kommandeurs. Tamu nickte als er seine Musterung beendet hatte. „Eine gute Auswahl, Mahomad. Das ist also Said, dein Bruder?" fragte er dann und wies auf den Jungen. „Ja, Herr", antwortete Mahomad. „Er hat sich als bester Schütze mit dem Raketenwerfer erwiesen." Tamu lächelte und tätschelte Saids Arm. Dann wandte er sich wieder Mahomad zu. Führe deine Männer ins Lager. Dort entlang." Er wies die Straße hinunter. „Morgen fangen wir mit der Ausbildung an. Du kommst nachher in meine Hütte." „Ja Herr", bestätigte Mahomad und sah dem Kommandeur nach. „ Leute. Nehmt euer Gepäck und los."

Das Lager war eine Ansammlung von Holzhütten unter den Palmen. Immerhin gab es eine Kantine und ein etwas größeres Waschhaus. Eine der Hütten diente als Moschee. Ein Mann, der sich als Lagerkommandant vorstellte, wies ihnen eine Hütte zu. „Geht erstmal in die Kantine essen und dann richtet euch ein. Nach dem Abendgebet ist Waffenausgabe." Das Essen war überraschend gut. Gemüse und

Reis und die Stimmung der Leute stieg. Mahomad lächelte. Tamu wusste offensichtlich, wie man die Männer motivieren konnte. Nach dem Essen suchte er die Hütte Tamus auf. Der Führer hatte sie ganz für sich allein. Sie war aber auch eine Art Büro. Auf dem Schreibtisch stand sogar ein Laptop-Computer, den Tamu schloss, als Mahomad eintrat. Auch ein Satellitentelefon, sowie zwei Handys registrierte Mahomad. Daneben lag eine AK-47 auf dem Tisch. „Haben sich die Männer eingerichtet?" fragte Tamu und Mahomad bejahte. Tamu nickte. „Der Inder hat endlich bezahlt. Wir mussten ihm aber erst die Ohren seines Kapitäns schicken, bevor er einsah, dass wir nicht ewig warten wollten." Tamu sagte das mit ernster Stimme und Mahomad lief es kalt über den Rücken. Aber er sah ein, dass manchmal ein wenig Druck nötig war und schließlich... Der Kapitän war nur ein armseliger Ungläubiger. „Begleite mich an Bord. Wir wollen die Leute verabschieden." Ein Boot brachte sie zur „Pride of Mumbai" hinaus, deren Bordwände in der dreimonatigen Liegezeit deutliche Roststreifen angesetzt hatte. Auch sonst schien das Schiff in keinem guten Zustand zu sein. Auf jeden Fall dauerte es ziemlich lange, bevor der aufgeregte Ingenieur endlich die große Maschine starten konnte, nachdem Tamu der Mannschaft eröffnet hatte, dass sie nun frei wären. Die angetretenen Matrosen wagten nicht, laut zu jubeln. Nur verhaltene Blicke wechselten sie. Der Kapitän, dessen Kopfverbände unter dem Turban, den er trug fast nicht zu sehen waren, starrte Tamu finster an, sagte aber nichts. Dann nickte er und befahl seiner Mannschaft, das Schiff seeklar zu machen. Eine Stunde später lief die Maschine endlich und stieß dunkle Rußwolken aus dem Schornstein. „Sag deinem Chef, dass er das nächste Mal gleich bezahlen soll. Tut mir leid wegen deiner Ohren, Kapitän. Auf Wiedersehen. Allahu akbar", sagte Tamu und der indische Kapitän sah ihnen finster nach, als sie das Fallreep hinunter auf ihr Boot stiegen. Dann rasselte die Ankerkette und der Tanker nahm langsam Fahrt auf. „Hoffentlich sind die anderen Reeder schlauer", meinte Tamu und sie sahen zu den beiden Stückgutfrachtern hinüber, deren Besatzungen sehnsüchtig dem indischen Schiff nach sahen. Die bewaffneten Posten auf den Schiffen trieben sie aber bald in ihre Unterkünfte zurück. „Komm Mahomad. Du musst müde sein. Morgen früh lernen deine Männer, wie man ein Schiff entert. Der Große Boss meint, es ist jetzt genug Zeit vergangen seit unserer Begegnung mit dem deutschen Kriegsschiff und wir haben jetzt wieder Platz hier." Er wies auf die leere Wasserfläche, die eben noch der indische Tanker eingenommen hatte von dem sie nur noch das kleiner werdende Heck sehen konnten.

Vor der Flussmündung wartete die amerikanische Fregatte „USS Klakring". Der indische Reeder hatte gemeldet, dass sein Schiff freigelassen werden sollte. Der Captain der Fregatte wartete, bis der Tanker heran war und stoppte ihn dann. Unwillig, wegen des erneuten Aufenthalts, ließ der indische Kapitän einen Trupp der Amerikaner an Bord, aber dann freute er sich, dass der Schiffsarzt der Fregatte sich um die Wunden kümmerte, die das Abtrennen seiner Ohrmuscheln hervorgerufen hatte. Ein Offizier befragte ihn dann eingehend über die Umstände der Kaperung, die Taktik und Bewaffnung der Piraten und den Ort, an dem die Schiffe festgehalten wurden, denn der Admiral, dem die internationale Flottille vor Somalia unterstand, hatte endlich grünes Licht für das Unternehmen zur Befreiung der gekaperten Schiffe erhalten.

Fregattenkapitän Scholz trommelte ungeduldig mit den Fingern seiner rechten Hand auf das Holz seiner Schreibtischplatte. Es klopfte an die Tür und er rief „Herein!" „Eine Nachricht vom Flottenkommando, Kapitän", sagte der Matrose, den der Funkoffizier geschickt hatte. „Geben sie her", antwortete Scholz und der Melder gab ihm den Papierbogen, salutierte, und schloss die Tür. „Na endlich", murmelte Scholz, als er las, dass der neue Hubschrauber unterwegs war. Er hatte schon mehrere Anfragen des Admirals der Atalanta-Mission hinhaltend beantworten müssen, wann die „Lübeck" wieder für den Einsatz bereit stehen würde. Er stand auf und ging auf die Brücke, wo sein erster Offizier Wache hatte, obwohl das Schiff fest am Kai von Mombasa vertäut war. Korvettenkapitän Möller grüßte als sein Kapitän auf die Brücke kam. „Guten Morgen, Herr Kapitän. Alles ruhig. Beölung abgeschlossen. Proviant wird gerade gebunkert. Scholz sah durch das große Fenster auf den Kai, wo neben der Gangway, die ein Matrose mit umgeschnallter Pistole bewachte, ein Lastwagen stand, aus dem Kartons mit frischen Lebensmitteln entladen und an Bord gebracht wurden. „Sehr gut, Möller. Fernschreiben aus Glücksburg. Unser neuer Hubschrauber wird heute noch in Mombasa landen. Schicken sie die Mechaniker zum Flughafen, damit sie den sofort startklar machen. Sagen sie dem Leitenden Ingenieur, dass das Ersatzteil für das Radar, sobald es hier ist, sofort eingebaut wird. Wir legen morgen Mittag ab. Keine Landurlaube mehr." Möller nickte. „Jawohl, Herr Kapitän. Fünfunddreißig Mann sind an Land, aber am Abend zurück." Er sagte „Mann", obwohl sechs der Landgänger Frauen waren, aber das würde wohl immer so bleiben. Frauen gehörten heutzutage in fast allen Marinen der Welt zur Besatzung. Scholz verabschiedete sich und Möller sah ihm nach. „Mist!" ärgerte er sich. Der gestrichene Landurlaub betraf ihn persönlich. Er hatte für morgen einen Strandtag vorgehabt und zwar mit Bootsmann Peggy Seegers, der Assistentin des Schiffsarztes. „Pech", sagte er sich und nahm den Hörer des internen Telefons auf, um dem Cheftechniker die Befehle des Kapitäns zu übermitteln.

Mombasa empfing sie mit drückender Hitze. Sobald die große Heckklappe der Antonov sich geöffnet hatte, war die klimatisierte Luft im Inneren des Flugzeugs sofort von der heißen Luft Afrikas ersetzt worden. Oberleutnant Schaper stöhnte laut auf und lockerte sich den Kragen. „Mein Gott, das ist ja nicht zum Aushalten hier." Er sprach damit den anderen aus dem Herzen. Ihre leichten Tropenuniformen waren noch im Gepäck, das zum Glück ebenfalls in der Kabine untergebracht war. Bootsmann Kruse, der Bordmechaniker der Lynx, war als erster fertig mit Umziehen und fühlte sich im weiten kurzärmeligen Baumwollhemd und bequemen

Hosen deutlich wohler. Im hinteren Teil des Flugzeugs hatte die Entladung schon begonnen. Die Männer nahmen ihre Sachen und kletterten über die schmale Leiter in den einer Halle ähnlichen Laderaum. Ein kleiner Traktor zog gerade den Hubschrauber vorsichtig über die heruntergelassene Rampe auf das betonierte Vorfeld. „Das geht ja fix hier", bemerkte Oberstabsbootsmann Riedel. „Sind ja auch unsere Leute", entgegnete Krampke. Erst jetzt sah Riedel, dass der Traktor von einem Marinesoldaten gefahren wurde. Auch die Leute, die ihn von außen einwiesen, waren Soldaten der Bundesmarine. Oberleutnant Schaper sah sich suchend um und ging dann zu dem offensichtlich Befehlshabenden hinüber. Den Schulterstücken nach ebenfalls ein Oberleutnant zur See. Der Mann starrte konzentriert auf den Entladevorgang, bis Schaper ihn ansprach. „Oberleutnant Schaper mit fünf Mann meldet sich zur Stelle." Der andere sah ihn erstaunt an, dann wies er auf die aufgenähten Pilotenschwingen auf Schapers Hemd. „Willkommen in Afrika, Herr Oberleutnant. Sie sind der Pilot des Vogels?" „Ja", antwortete Schaper schlicht. Der andere nickte und stellte sich als leitender Ingenieur der „Lübeck" vor. „Die Heli-Wartungscrew wird ihren Vogel gleich startklar machen. Wir laufen schon morgen Vormittag aus. Bis dahin ist eine Menge zu tun." Schaper nickte. „Mein Bordmechaniker packt mit an." Der Ingenieur nickte und wies auf den in der Nähe auf einer Palette befestigten beschädigten Lynx, der von der Antonov nach Nordholz geflogen werden würde. „Wir müssen noch die MG-Halterungen an ihrem Heli anbringen." Schaper nickte. „Soll ich heute noch zum Schiff fliegen?" Der Ingenieur schüttelte den Kopf. Die Behörden hier lassen Heli-Operationen im Hafen nicht zu. Wenn wir in See gehen, starten sie hier und die „Lübeck" nimmt sie auf." Er wies auf den Tieflader, auf dem bereits die Container mit den Ersatzteilen verladen waren. „Sie sollen sich mit den Männern auf dem Schiff melden. Wir machen hier alles klar." Schaper nickte und sammelte seine Begleiter um sich, um ihnen die Neuigkeiten mitzuteilen. „Wieder mal die Arschkarte", maulte Kruse, der sich aber dann zu den Kameraden der Wartungscrew gesellte, die gerade die Rotorblätter des Lynx entfalteten und fixierten. „Sollen wir etwa auf dem Laster mitfahren?" fragte der Obergefreite Müller und wischte sich den Schweiß von der Stirn. „Keine Angst", winkte Schaper ab. „Die haben zwei Taxen für uns bestellt."

Fregattenkapitän Scholz sah die Fahrzeuge auf dem Kai herankommen und neben dem Rumpf der „Lübeck" halten. Er erkannte die Gestalt des hünenhaften Riedel sofort und seine Mundwinkel machten sich auf den Weg nach unten. „Wenn der Ärger macht, ist er schneller wieder in Eckernförde, als ihm lieb ist", schwor er sich. Der Schiffsingenieur war mit dem LKW gefahren und seine Männer waren bereits dabei, die Kisten mit den Ersatzteilen am Haken des fahrbaren Kranes zu befestigen, den die Hafenbehörde bereitgestellt hatte. Scholz öffnete die Tür der gekühlten Brücke und schloss sie schnell wieder hinter sich. Wenig später klingelte das Telefon und der erste Offizier meldete, dass die neuen Besatzungsmitglieder in der Messe versammelt waren. „Schön, ich komme runter", sagte der Kapitän und machte sich auf den Weg. Oberleutnant Schaper und die anderen vier Soldaten sprangen von ihren Stühlen am Esstisch auf und salutierten. Schaper machte Meldung. „Oberleutnant Schaper mit vier Mann meldet sich zum Dienst." „Stehen sie bequem", sagte Scholz. Dann ging er von Mann zu Mann und begrüßte ihn persönlich mit Handschlag. Vor Riedel blieb er etwas länger stehen. „Willkommen an Bord der „Lübeck", Oberstabsbootsmann. Ich hoffe auf einen...", er suchte nach einem passenden Wort, „störungsfreien Einsatz." Riedel sah ihm geradeheraus ins Gesicht und ließ sich nichts anmerken. „Das hoffe ich auch, Herr Kapitän." Scholz nickte. „Setzen sie sich doch wieder, meine Herren. Ich werde ihnen in groben Zügen unseren Auftrag erläutern. Messesteward?" Er winkte den jungen Matrosen heran, der an diesem Tag als Ordonnanz Dienst tat. „Bringen sie bitte Kaffee und

Erfrischungsgetränke." Scholz wartete, bis das Gewünschte auf dem Tisch stand, dann begann er seine Einweisung.

Der erste Offizier hatte eine Karte des Einsatzgebietes an einer Wandhalterung befestigt und Scholz wies mit einem Laserpointer auf die Gebiete, über die er sprach. Schaper hatte sich vorgebeugt. Ihn interessierte besonders die aktuelle Zusammensetzung des Verbandes, denn er würde noch am meisten mit den anderen Schiffen in Kontakt kommen. „Flaggschiff ist zur Zeit die „Bunker Hill". Erläuterte Scholz. Von den Amis ist dann noch die Fregatte „Klakring" und der Versorger „Rodgers" dabei. Dann noch die dänische „Absalon", die indische Korvette „Vijay" und unsere französischen Kameraden auf der Fregatte „Moncalm". Ihm Einsatzgebiet sind zwei unserer P3-Orions und zwei britische Nimrods als Aufklärungsflugzeuge rund um die Uhr verfügbar. In den letzten Tagen", er machte eine Pause und trank einen Schluck Limonade, „ist es auffallend ruhig. Es scheint, der Zwischenfall, der unseren Kameraden das Leben gekostet hat, hat die Piraten zur Vernunft gebracht. Heute haben sie ein gekapertes Schiff freigegeben." Er sah in die Runde. „Noch Fragen, Kameraden?" Riedel räusperte sich. „Haben sich unsere Einsatzrichtlinien nach dem Zwischenfall geändert, Herr Kapitän?" Scholz sah ihn nachdenklich an. „Der Stab diskutiert das gerade aber…, Es ist geplant, den Piraten keinen Spielraum mehr zu geben, sollten sie doch weitermachen. „Damit das ganz deutlich ist…" Er sah Riedel starr ins Gesicht. „Sie werden nur auf meinen direkten Befehl von der Waffe Gebrauch machen. Ist das klar?" Er hatte seine Stimme erhoben und Schaper und Leutnant Ruwe, die von dem damaligen Vorfall, der Scholz und Riedel betraf nicht wussten, sahen erstaunt auf. „Jawohl, Herr Kapitän", sagte Riedel gedehnt und Scholz erhob sich. Dann nickte er. „Der Bootsmann vom Dienst zeigt ihnen ihre Quartiere und weist sie ein." Die Männer sprangen auf und nahmen Haltung an, als Scholz den Raum verließ. Schaper sah zu Riedel hinüber. „Der hat sie aber gefressen, Riedel." „Wir waren schon mal zusammen auf einem Schiff", antwortete Riedel gedehnt. „Ich erzähl es ihnen gern mal,

63

wenn sie wollen. Der Bootsmann holte sie ab, und sie nahmen ihr Gepäck auf und bezogen ihre Quartiere.

3

Said wischte sich den Schweiß aus der Stirn und stieß keuchend den Atem aus. Zwar hatten sie bereits im Ausbildungscamp gelernt, wie man eine senkrechte Wand an einem Seil erklettert, aber hier, an der glatten stählernen Bordwand des Stückgutfrachters „Maggy Solven", der unter norwegischer Flagge fuhr und den die Piraten vor einigen Wochen gekapert und in die Shebele-Mündung gebracht hatten, war das etwas ganz anderes. Fünfmal hatte Said in der letzten Stunde die gut sechs Meter überwunden. Einer seiner Kameraden war, schon fast oben, abgestürzt und hatte sich ein Bein gebrochen, als er auf dem Boot aufschlug und auch Said hatte Abschürfungen an den Beinen und seine Shorts hatten einen langen Riss. Mahomad hatte seine Leute unablässig angefeuert. „Das ist viel zu langsam. Wenn die Besatzung sich wehrt, hilft nur Schnelligkeit. Sie sind im Vorteil, solange ihr an den Seilen hängt. Denkt dran, sie gießen vielleicht heißes Wasser oder Öl auf euch oder spritzen mit den Feuerwehrschläuchen."

Die Piraten sahen ihn müde an. Ihr Anführer hatte ihnen eine Pause gegeben und sie saßen auf dem heißen Deck und tranken aus den Mineralwasserflaschen, die ihnen ein älterer Ausbilder reichte. „Wir üben das heute Nacht noch einmal und dann werdet ihr mit all diesen Abwehrtechniken der Schiffbesatzungen konfrontiert werden. So, Ende der Pause, Männer. Noch einmal von vorn." Stöhnend erhoben sich die Nachwuchs-Piraten und begannen nacheinander über die Bordwand zu klettern und an den Seilen in die schaukelnden Boote zu klettern, die an der „Maggy Solven" festgemacht hatten. Als alle unten waren, löste Mahomad die Haken der Wurfleinen und ließ sie neben den Booten ins Wasser klatschen. „Said, du bist dran!" rief er und Said holte Hand über Hand das Seil ein, bis der Vierarmige Enterhaken in seiner Hand lag. Sorgfältig legte er das Seil auf dem Boot aus, fasste das Tau etwa einen Meter hinter dem Haken und begann dann, den Haken aus dem Handgelenk zu schwingen und zu drehen, bis er meinte, das der Schwung reichte. Dann ließ er los. Der Haken flog nach oben und verschwand über die Kante der Bordwand. Schnell riss Said am Seil und die Flunken des Hakens verkeilten sich an der Reling. Sofort sprang der erste Mann ans Seil und zog sich geschickt, Hand über Hand, nach oben. Der zweite war schon am Seil, bevor der erste die Reling überkletterte. Said, der die ganze Zeit über das Seil auf Spannung gehalten hatte, war diesmal der letzte und Mahomad erwartete ihn. „Nicht so schlecht, aber noch lange nicht schnell genug. Runter!" Die Männer stöhnten und ließen sich wieder ins Boot hinab. Noch eine Stunde lang zog sich das Training hin, dann war es zu heiß, denn die Sonne stand nun senkrecht über dem

Schiff. Sie aßen und tranken unter den Bäumen, verrichteten das vorgeschriebene Gebet und wollten dann nur noch schlafen, aber Mahomad befahl Waffenreinigen.

Tamu bin Saleh war der kritische Prüfer der Übung, von der die Männer nicht wussten, dass es der Abschluss ihres Trainings war. Einige erfahrene Piraten übernahmen die Rolle der Besatzung eines Schiffes, das sich wehrte. Sie spritzen mit den Löschschläuchen die Männer von den Seilen, gossen Kübelweise Wasser auf die Kletternden, warfen die Seile los, während Männer an ihnen hingen... Alles, was es im Ernstfall auch gab. Sie hatten ihre Waffen dabei und Mahomad verlangte, dass sie die nach Überklettern der Reling sofort einsatzbereit hatten. Salven aus den Maschinenpistolen –zum Glück nur Platzpatronen- zerrissen die Nacht und dann war auch Tamu zufrieden und Said war stolz.

Langsam schob sich die Fregatte „Lübeck" aus dem Hafen von Mombasa. Fregattenkapitän Scholz war schon oft hier gewesen und die Ein-und Ausfahrt aus diesem Hafen war nicht schwierig... Trotzdem brachte das nervöse Gehabe des schwarzen Hafenlotsen, der sich sehr wichtig nahm, Unruhe auf die Brücke. Scholz war froh, als der Bootsmann vom Dienst die Ankunft des Lotsenbootes meldete und der Lotse sich verabschiedete. Ein Matrose kam aus dem Funkraum und meldete dem Kommandanten, dass der Hubschrauber planmäßig am Flughafen gestartet war. Schon kurz darauf war das typische Geräusch des Lynx-Helikopters zu hören. Scholz wies den

Rudergänger an, in den Wind zu drehen und ging aufs Brückennock um zu beobachten, wie Oberleutnant Schaper manöverierte. Er sah sofort, dass der Pilot ein Könner war. Wie an einer Schnur gezogen sank der Hubschrauber auf das Achterdeck und setzte butterweich auf. Scholz nickte zufrieden und begab sich wieder in den klimatisierten Innenraum. „Auf Kurs zum Rendezvous-Punkt!" befahl er und der Steuermann legte Ruder. In neun Stunden würden sie sich mit dem Flaggschiff, dem Kreuzer „Bunker Hill" treffen.

Auf dem Achterschiff hatte die Wartungscrew inzwischen den Lynx-Hubschrauber mit Stahlseilen fixiert. Oberleutnant Schaper und Leutnant Ruwe besprachen die noch notwendigen Arbeiten mit dem Wart und begaben sich dann ins Innere des Schiffes, in ihr Quartier. Später trafen sie sich in der Offiziersmesse des Schiffes mit Fregattenkapitän Scholz und dem ersten Offizier, Korvettenkapitän Möller. „Meine Herren, es geht wahrscheinlich gleich richtig zur Sache für sie", sagte Scholz nach dem ersten Schluck Kaffee. „Die Piraten haben den indischen Tanker freigegeben und die „Klakring" hat die Besatzung befragt. Wir wissen jetzt ziemlich genau, wie viele Piraten sich an Bord der beiden noch festgehaltenen Schiffe befinden. Die Kampfgruppe hat den Auftrag, die beiden Schiffe da rauszuholen. Ich werde nachher an Bord der „Bunker Hill" erfahren, was unsere Aufgabe dabei sein wird. Die Hauptaktion wird wahrscheinlich bei den Amerikanern liegen." Oberleutnant Schaper nickte langsam. „Unser Vogel ist jedenfalls bereit. Die MGs sind installiert." „Sehr gut", sagte Scholz. „Ich habe gesehen, dass sie ihren Kram beherrschen", lobte er den Piloten, der lächelnd nickte. Scholz sah auf die Uhr und erhob sich. „Ich leg mich noch ein wenig aufs Ohr bevor, wir die „Bunker" treffen", sagte er und verließ die Messe.
Korvettenkapitän Möller sah ernst aus. „Glaub schon, dass sie auch mit rein müssen, Schaper. Die Amerikaner haben zwei Helis auf dem Kreuzer und einen auf der „Klakring". Dazu kommen die Hubschrauber des Inders und des Franzosen. Die Dänen haben keinen

an Bord. Machen sie sich mal lieber auf alles gefasst." Der Pilot nickte gleichmütig. „Wir werden sehen. Ich leg mich auch ein bisschen hin. Bis dann." Ruwe folgte ihm und Möller goss sich sorgenvoll einen frischen Kaffee aus der ständig bereiten Maschine ein. Er hatte während seines Einsatzes auf der „Karlsruhe" erlebt, dass die Somalischen Piraten erstaunlich gut ausgerüstet waren. Damals war ihr Hubschrauber nur knapp dem Abschuss durch eine Lenkrakete entgangen.

Die Kriegsschiffe lagen dicht nebeneinander fast bewegungslos in der sanften Dünung. Die Kommandanten der kleineren Schiffe waren mit Booten an Bord des Kreuzers „USS Bunker Hill" gegangen, wo die Einsatzbesprechung für die Operation „Sunrise", wie die Befreiungsaktion getauft worden war, ablief. Die Offiziere saßen um den Tisch in der Operationszentrale. Sie kannten sich alle schon seit Wochen, bis auf einen kräftig gebauten Offizier in der Uniform der US Marines. Captain Moss stellte ihn vor. „Wir haben für diese Operation ein Team der Seals an Bord. Commander Reeve ist ihr Führer. Er wird ihnen später erläutern, wie sein Plan ablaufen soll und welche Unterstützung er von ihnen braucht." Commander Reeve nickte ihnen zu und sie erwiderten den Gruß. „Wir sehen hier Echtzeitbilder von einer Global-Hawk Aufklärungsdrohne, die gerade unser Zielgebiet überfliegt.", fuhr Captain Moss fort und wies mit seinem Laserpointer auf die gestochen scharfe Aufnahme der Shebele-Mündung, die auf dem zentralen Monitor sichtbar war. „Hier liegen die beiden Schiffe. Sie sehen, dass sie sehr nah beieinander sind… Gut für uns. So können die Teams sich gegenseitig unterstützen." Die Kommandanten nickten. Moss fuhr fort. „Unter den Bäumen da…", er wies auf die dichten Palmen am Ufer „haben die Kerle wahrscheinlich ihr Camp. Wir haben Infrarot-Aufnahmen und mein taktischer Offizier meint, dass da ungefähr fünfzig bis sechzig Mann sind. Die Drohne steht uns die ganze Zeit über zur Verfügung, so dass wir wohl keine Überraschung erleben werden. Ich übergebe nun an Commander Reeve." Erst als Reeve sich nun erhob sah Scholz, dass der Elitesoldat fast zwei Meter groß war. Er schien plötzlich den Raum zu füllen. Reeve lächelte. „Gentlemen, der Plan sieht also so aus…" Noch über zwei Stunden diskutierten die Offiziere die Details, dann begaben sie sich auf ihre Schiffe. Noch sechzehn Stunden…

*

Felix wollte gar nicht mehr aus der Bucht heraus. „Können wir nicht noch einen Tag hier bleiben?" bettelte er. Jaques nickte eifrig. Er hatte zwar nicht verstanden was Felix sagte, aber er wollte seinen neuen Freund so gut wie möglich unterstützen. Die Beiden etwa gleichaltrigen Jungen hatten sich am Strand angefreundet. „Dieter Kreft sah seinen Sohn an und schüttelte den Kopf. „Wir haben doch nur die beiden Wochen, Felix und du weißt, wie teuer das Boot ist. Da wollen wir doch was sehen." „Ach Menoooo", jaulte Felix. „Es ist sooo toll hier. So einen Strand finden wir nie wieder und ich habe endlich mal einen Freund gefunden." Conni kam aus der Kajüte und Dieter sah sie kurz an. Sie sah phantastisch aus in ihrem neuen roten Bikini und mit dem Strohhut auf den blonden Locken. Vaterstolz durchfuhr ihn. „Felix will unbedingt noch hier bleiben", sagte er zu seiner Tochter, die zu seiner Überraschung sofort ihrem Bruder bei sprang. „Ich finde es hier auch Super", sagte sie und dachte an die Clique, die sie gestern Abend am Lagerfeuer unter den Palmen kennen gelernt hatte. Heute Abend sollte da gegrillt werden und sie war sofort eingeladen worden, hatte aber ablehnen müssen, weil sie ja weiter wollten. Sie dachte an den braungebrannten Jungen aus England, der

so toll Gitarre gespielt hatte... Dieter Kreft wurde unsicher. Na klar, er wollte segeln, aber noch wichtiger war ihm, dass seine Kinder glücklich waren. „Dann muss Sunny entscheiden", sagte er schließlich und die Kinder rannten aufs Vorschiff, wo Sunny im Schatten des Sonnensegels in ihrem Roman las. Dieter beobachtete, wie die drei –Conni und Felix auf deutsch und Jaques auf französisch- auf Sunny einredeten und dann in Jubel ausbrachen. Resigniert schaltete er den Navigationsrechner, den er schon mal programmiert hatte, wieder ab. „Sunny will auch hier bleiben", verkündete Felix als sie im Cockpit zurück waren. „Na schön", sagte Dieter. „Aber bevor ihr von Bord geht, bringt ihr mir noch ein kühles Bier." Felix holte in Jaques Begleitung das Gewünschte aus dem Eisfach und meldete sich ab. Conni sah ihnen nach, wie sie in Jaques kleinem Paddelboot zum Strand ruderten. „Du Paps", sagte Conni und setzte sich neben Dieter. „Da läuft eine Party unter den Palmen heut Abend..." „Ja und?" fragte Dieter scheinbar arglos. Er wusste ziemlich genau, was jetzt kam. „Ich soll doch immer um zehn da sein...", sagte sie gedehnt und Dieter nickte. Conni schniefte. „Da geht das doch erst richtig los...", jammerte sie. Dieter zählte innerlich bis zehn, um sie noch ein bisschen schmoren zu lassen. „OK, Ausnahmsweise bis zwölf, aber wenn deine Mutter das jemals erfährt..." Sie drückte ihn mit aller Kraft und sein Bier fiel um. „Oh, ich hol dir ein Neues", sagte sie schnell und war bald darauf zurück. „Bringst Du mich nachher an Land, Paps? Und... Du weißt doch, dass ich keinen Quatsch mach, oder? Kein Alkohol und so..." „Ich weiß", sagte Dieter und fühlte wieder all die Schuldgefühle, die er seit der Trennung von Doris hatte. „Ob ich das je wieder gut machen kann...", dachte er beklommen. „Hab dich lieb, meine Süße", sagte er. „Ich dich auch, Paps", antwortete Conni und gab ihm einen Kuss. Dann verschwand sie unter Deck, um zu entscheiden, was sie für die Party anziehen würde.
Sunny kam ins Cockpit und setzte sich neben Dieter. „Wir wollten ja eigentlich nach Praslin heute", wollte sich Dieter entschuldigen, aber Sunny gab ihm einen Kuss und lächelte. „Und was gibt es in Praslin

so besonderes?" fragte sie. „Strand und Bucht und Palmen? Wo ist der Unterschied? Ich finde es hier auch schön und gestern hat es dir doch sichtbar gefallen in der kleinen Bucht um die Ecke?" Sie spielte auf ihren nächtlichen Ausflug mit dem Beiboot in die Nachbarbucht an. „Na, ich werde die Erinnerung mal auffrischen", lachte sie, stieg in die Kajüte hinab und erschien wenig später mit zwei kunstvoll verzierten Gläsern „Sex on the Beach".

*

Mahomad war es ganz recht, dass sie nun bald wieder etwas zu tun bekommen sollten. Die jungen Männer, die noch nie an einer Aktion teilgenommen hatten, brannten darauf, endlich ihr Können zu beweisen. Die meisten waren des Geldes wegen hier, denn Tamu hatte ihnen einen für Somalische Verhältnisse gewaltigen Lohn versprochen. Diese Männer waren Mahomad am liebsten, denn sie würden echte Profis werden, die im Ernstfall taten, was ihnen befohlen wurde. Einige aber waren Fanatiker. Inspiriert von den Taten der auch in Somalia tätigen El Kaida wollten sie, wenn nötig, ihr Leben für den Kampf gegen die Ungläubigen geben. Ungläubig waren ausnahmslos alle, die nicht an Allah und die strenge Auslegung des Korans glaubten. Mahomad hatte schon erlebt, dass diese Leute oftmals unnötig grausam gegen ihre Gefangenen waren. Für Tamu und Mahomad war die Geiselnahme ein Geschäft, das am besten funktionierte, wenn die Reeder sich darauf verlassen konnten, dass ihre Mannschaften und Schiffe nach Zahlung des Lösegeldes unbeschadet frei kamen. Er schlenderte zu den Hütten hinüber, wo er Said traf, der im Schatten einer Palme den versäumten Schlaf nachholte. Er schrak auf, als das leise Knacken eines Zweiges unter

Mahomads Sandalen, kaum hörbar, ertönte. Mahomad lächelte stolz. „Ein echter Soldat", dachte er zufrieden. Said rieb sich die Augen und sprang auf. Mahomad umarmte ihn kurz und dann setzen sie sich nebeneinander hin. „Wir werden morgen in See gehen", sagte Mahomad. „Tamu hat eine Nachricht aus Mogadishu bekommen. Ein japanisches Containerschiff mit reicher Ladung. Die zahlen immer sehr schnell." Er lachte. Die Sonne stand nun schon recht tief und er beschattete seine Augen mit der Hand und sah auf die ruhige See jenseits der Flussmündung hinaus. Nichts war zu sehen. „Komm, wir gehen etwas essen", lud Mahomad seinen Bruder ein. „Morgen wird ein aufregender Tag für dich. Wirst sehen, es ist leichter, als du denkst." Said nickte. „Ja, Mahomad. Ich bin froh, dass ich mit dir gehen kann." Said sah nach oben, wo einige Seevögel mit unbeweglichen Schwingen im warmen Wind schwebten. „Das muss herrlich sein, so frei durch die Luft zu fliegen", sinnierte er. Mahomad knuffte ihn am Arm. „Hör auf zu träumen. Du bist jetzt ein Mann, ein Kämpfer. Komm."

Vielleicht hätte Said mit seinen guten Augen und einem starken Fernglas bemerkt, dass da nicht nur Seevögel flogen. Weit oben, in einigen tausend Metern Höhe, umkreiste der „Global Hawk" das Gebiet. Seine extrem teuren Kameras konnten aus dieser Höhe selbst kleinste Objekte aufnehmen. Der „Pilot", der dieses unbemannte Flugzeug bediente, saß entspannt in einem klimatisierten Raum im südlichen England. Alle Kommandos und alle aufgenommenen Bilder gingen in Echtzeit über Satelliten hin und her. Neben der Gefechtszentrale der „Bunker Hill" erhielt auch der Lageraum des Nachschubschiffes „Newark" alle Informationen. Hier hatte sich die zwanzig köpfige Kampfgruppe des Seal-Teams 6 unter dem Kommando von Commander Reeve eingerichtet. Gespannt verfolgten die Soldaten den Weg der beiden Gestalten, die weit entfernt am Ufer des Shebele unter den Bäumen hervortraten, und zu einigen Hütten hinübergingen. Reeve wies einen jungen farbigen Unteroffizier, der ihnen von der Air Force zugeteilt war, auf die Hütten hin. „Das wäre ein mögliches Ziel für sie. Wär doch toll, wenn wir die Kerle alle zusammen erwischen würden." Sergeant Dickson grinste. „Ja, wär toll, aber sie wissen ja... Rules of Engagement." Er meinte damit, dass er die offensichtlichen Piraten in den Hütten erst angreifen durfte, wenn die in die Befreiungsaktion eingriffen. Dickson war der Pilot der „Reaper" Drohne. Eines bewaffneten unbemannten Flugzeugs, das – viel kleiner als der riesige „Global Hawk"- von einem geheimen Stützpunkt in Kenia starten würde und dann unter seinem Kommando von der Zentrale der „Newark" aus Hellfire-Raketen einsetzen konnte. Reeve nickte. „Lassen sie uns nicht hängen, Dickson", mahnte er und einer der Soldaten machte ein „Daumen hoch" Zeichen in Richtung des Drohnen-Piloten, dass dieser erwiderte.

„So Leute. Uhrenvergleich", sagte Reeve abschließend. „In zwei Stunden geht's los. Ruht euch noch ein bisschen aus." Die Männer erhoben sich. Keiner würde sich jetzt ernsthaft ausruhen. In ihren Unterkünften schmierten sie sich die dicke Tarncreme in die Gesichter und auf die Hände. Zum hundertsten Mal wurden die Maschinenpistolen und die anderen Waffen überprüft. Sie würden bereit sein.

Am Heck der „Newark" öffnete sich eine Klappe und der Bootsmann ließ eine kurze Rampe bis zur Wasseroberfläche hinab. Matrosen schoben auf kleinen Rollwagen die rund acht Meter langen Assault-Boats, die mit starken Außenbordmotoren versehenen Schlauchboote der Angriffs Teams, in Position und einige Seals überprüfte noch einmal sorgfältig die Maschinengewehre, Raketenwerfer, Motoren und alle sonstigen Ausrüstungsgegenstände, die benötigt werden würden. Die Sonne hatte jetzt fast die Meeresoberfläche erreicht und der runde rote Ball begann am unteren Rand zu zerfasern und das Wasser rot zu färben. Ansonsten hätten zu dieser Stunde an den Relingen der Kriegsschiffe die Besatzungen gestanden und sich mit einem Getränk in der Hand an diesem Naturschauspiel satt gesehen. Heute nicht, denn es herrschte bereits Gefechtsbereitschaft. Auch wenn die Schiffe nicht direkt eingreifen würden... Die Besatzungen befanden sich nun in der vorgeschriebenen Schutzkleidung auf ihren jeweiligen Stationen. Auch Captain Moss stand mit Schwimmweste und Helm auf der Brücke der „Bunker Hill" und sah auf die Uhr. „Signal an die Flottille. Auf Position gehen." Die Sonne war nun fast verschwunden und die Kriegsschiffe drehten in Richtung Küste.

„Signal von der „Bunker Hill" meldete der Funker auf der „Lübeck". „Auf Position gehen." Fregattenkapitän Scholz nickte und der erste Offizier gab die entsprechenden Weisungen. Langsam drehte der Bug der Fregatte und das Schiff nahm Fahrt auf. Scholz sah auf den Monitor des Radargerätes, auf dem die noch fünfzehn Seemeilen entfernte Küstenlinie mit der deutlichen Einbuchtung des Shebele-Flusses gut sichtbar war.
Auf dem Achterdeck waren die letzten Vorbereitungen längst getroffen. Der Lynx-Hubschrauber war startklar. Oberleutnant Schaper, Leutnant Ruwe und der Bordmechaniker Obermaat Kruse, der auch die Maschinengewehre bedienen würde, hatten ihre ansonsten orangenfarbenen Schwimmwesten gegen solche in Tarnfarben getauscht. Die Kampfschwimmer; Riedel, Krampke und Müller, standen neben ihnen. Auch sie hatten bereits ihre komplette Ausrüstung angelegt, auch wenn sie, wie die Kollegen auf der französischen Fregatte „Moncalm", vorläufig nur in Reserve standen. Riedel wusste, dass bei solchen Operationen immer etwas schief ging. Er glaubte an einen Einsatz. Bootsmann Krampke war anderer Meinung. „Das sind absolute Profis, die Seals. Weißt Du doch, Riedel. Die gehen da rein wie nichts. Wir können uns genauso gut gleich in

die Koje legen." Oberstabsbootsmann Riedel schüttelte den Kopf. „Wirst sehen, Axel. Ich hab das im Urin. Wir müssen da auch rein." Der Obergefreite Müller schwieg. All das machte ihm Angst. So hatte er sich das nicht vorgestellt, als er seine Kommandierung auf die „Lübeck" erhalten hatte. Sicherungsaufgaben für die zivile Handelsschifffahrt hatte es geheißen, aber nun? Ein Angriff auf ein fremdes Land... Er zweifelte schon seit einiger Zeit an seinem Entschluss, sich als Berufssoldat gemeldet zu haben. „Oh, Anne...", dachte er. Seine Freundin hatte ihm geschrieben, dass sie sich wünschte, er würde bei ihr an Land bleiben. „Scheiße!" dachte er und sah der Spur des Kielwassers nach, das einen leuchtend weißen Pfad hinter dem Heck der Fregatte bildete.

Auf der „Newark" hatten sich die beiden Teams der Seals auf die Boote verteilt. Commander Reeve gab letzte Anweisungen, die aber nicht wirklich nötig waren. Seine Männer hatten alles, was diesen Einsatz betraf wieder und wieder durchgesprochen. Auf dem Flugdeck der „Bunker Hill" saßen die Besatzungen der beiden SH-60 Hubschrauber bereits in ihren Maschinen. Da die direkte Aktion von den Männern in den Booten ausgeführt werden sollten, würden sie erst später starten, um Unterstützung zu leisten. In einem der Hubschrauber saß das Sanitätsteam des Kreuzers.
Im Lageraum des Transporters straffte sich Sergeant Dickson. Der „Reaper" war soeben gestartet und er übernahm die Steuerung der Kampfdrohne, indem er einen Schalter an seiner Computertastatur betätigte. Auf dem Monitor vor ihm erschienen die Informationen der Fluglageinstrumente und die Statussymbole aller Systeme der Drohne, die sich nun südwärts der Shebele-Mündung zuwandte.
Auf den Monitoren der taktischen Operationszentrale auf der „Bunker Hill" in der sich nun auch Captain Moss befand, entfaltete sich ein glasklares Bild der beginnenden Operation zur Befreiung der beiden Frachter. Restlichtverstärkte Kameras und Infrarotaufnahmen der

„Global Hawk" und auch der sich nähernden „Reaper" zeigten nichts Auffälliges. Das Lager der Piraten und die Wachen auf den Schiffen waren offensichtlich arglos. „Wie weit noch?" fragte Moss überflüssigerweise. Er konnte so gut wie jeder andere die zurücklaufenden Zahlen der digitalen Entfernungsmesser bis zur Küste ablesen. „Acht Meilen, Sir", bestätigte der Operator an dem Monitor, der Moss am nächsten stand. Moss wusste, dass die schnellen Boote des Angriffstrupps nun sehr bald losstürmen würden. Bald darauf wurde ihm gemeldet, dass die Seals unterwegs waren. „Mit Gott, Jungs. Zeigt`s den Schweinehunden", sagte er leise, aber nicht leise genug, dass der Operator ihn nicht hörte. „Hooyaa, Seals", rief er laut den Kampfruf der Eliteeinheit und die ganze Mannschaft in der Operationszentrale stimmte ein.

Dieter Kreft wusste nicht, wie er sich verhalten sollte. Er hatte in den letzten zwei Jahren nicht genug Zeit mit seiner Tochter verbracht, um genau einschätzen zu können, wie sie sich verhielt. Beinahe eine Stunde hatte sie das gegebene Zeitlimit überschritten. Ruhelos und nervös hatte er mit sich gerungen, ob er zu dem etwas entfernt liegenden Partyplatz gehen sollte. Er wusste, wie peinlich das für einen Teenager war, von den Eltern aus einer Feier gerissen zu werden, anderseits lastete die Verantwortung, nicht nur wegen Doris, auf ihm. Schließlich..., er kannte niemanden von den Jugendlichen, mit denen seine Tochter zusammen war. Er setzte sich auf den Gummiwulst des Beibootes und wünschte sich, er hätte das Rauchen nicht aufgegeben. Die Minuten verstrichen und dann ging er doch auf das Glimmen des Lagerfeuers zu, um das die jungen Leute saßen. „Hi", sagte er unsicher zu einem Mädchen, das mit dem Rücken zu ihm stand und sich langsam zu den Klängen aus dem Ghetto-Blaster bewegte. Sie drehte sich um und starrte ihn aus glasigen Augen an. Dieter Kreft kannte das aus lang zurück liegender Selbsterfahrung. „Stoned", dachte er. Seine Unruhe wuchs. „Conni?" rief er laut, um die Musik zu übertönen. Verständnislose Blicke wandten sich ihm zu. Dieter ging suchend um das Feuer und fand seine Tochter neben einem langhaarigen Jungen, der teilnahmslos ins Feuer starrte. Seine rechte Hand umklammerte eine Schnapsflasche, die linke fummelte unter Connis Bluse herum. Sie selbst schien zu schlafen. Dieter rastete aus, ergriff ihren Arm und riss sie hoch. Sie schrie leise auf und schwankte und Dieter sah, dass ihre Pupillen riesengroß und ihre Haut kalkweiß war. Sie stand eindeutig kurz vor einem Kreislaufzusammenbruch. „Verdammte Bande!", schimpfte er. „Sie ist doch noch ein Kind!" Aber niemand nahm Notiz von ihm. „Komm, Schatz", flüsterte er Conni ins Ohr und zog sie in Richtung Strand. Schon nach ein paar Metern musste sie sich übergeben und Dieter stützte sie. „Schimpfen hat jetzt keinen Zweck", sagte er sich und bemühte sich, sie ohne weitere Zwischenfälle ins Boot und auf die Yacht zu bekommen. Sunny erwartete ihn unruhig auf der „Monsun". Was ist mit ihr?" fragte sie, als Dieter ihr die Leine zuwarf, die sie an der Klemme befestigte. Zu zweit gelang es ihnen, die schlaffe Conni, die sich nicht mehr eigenständig bewegen konnte, auf eine der Cockpitbänke zu legen. Sunny holte eine Decke. „Sie muss trinken", sagte sie. „Hol Wasser." Dieter holte Mineralwasser und Sunny flösste dem Mädchen zwei Gläser voll ein. Dann musste sich Conni wieder übergeben. „Was machen wir nun mit ihr?" fragte Dieter beklommen. „Nichts. Schlafen lassen. Ich glaube, sie hat das getan, was wir früher auch getan haben. Von einigen Sachen zu viel probiert. Wird ihr schon nicht schaden." Sie beschlossen, Conni ihren Rausch an Ort und Stelle ausschlafen zu lassen, denn es wäre eine ziemliche

Prozedur gewesen, das nahezu bewusstlose Mädchen den engen Niedergang hinab in ihr Bett zu befördern. Dieter holte sich seine Decke und legte sich auf die andere Bank, um jederzeit helfen zu können, wenn Hilfe nötig wurde. Zuvor aber hielt ihm Sunny einen Vortrag über die Behandlung pubertierender Mädchen in Situationen wie dieser. „Trotzdem legen wir morgen in aller Frühe hier ab." beharrte Dieter, der mit Unbehagen an den „Typen" dachte, der da an dem Busen seiner Tochter herumgespielt hatte.

Da er sowieso keinen Schlaf finden konnte, nachdem Sunny in der Kajüte verschwunden war, nahm er sich den Tablet-PC vor und rief die Seekarten auf. Er entschied sich dafür, einen groben Kurs nach Norden zu steuern, um dann nach Osten in Richtung der Insel Praslin zu drehen. Sie würden dann nur für kurze Zeit kein Land sehen und das würde Sunny beruhigen. Aus lauter Langeweile und weil er nichts Besseres zu tun hatte, scrollte er sich durch die angebotenen Karten und steckte zum Spaß und auch, um ein wenig an dem Gerät zu üben, Kurse in alle möglichen Richtungen ab. Zuletzt arbeitete er einen Kurs in Richtung der fast tausend Kilometer im Westen liegenden afrikanischen Küste aus. Er wollte den Speicherinhalt eben wieder löschen, als Conni hochschrak und ein lautes Stöhnen von sich gab. Dieter drückte schnell die Speichertaste und half seiner Tochter, die sich erneut übergeben musste. Er musste ihr ein sauberes T-Shirt holen und als sie wieder eingeschlafen war, hatte er den Computer vergessen. Die Sterne schienen hell und er versuchte einzelne Sternbilder zu identifizieren. Es gelang ihm aber nicht. Trotzdem war es eine schöne friedliche Stimmung und wäre da nicht die Sorge um Conni… Er beugte sich über sie und stellte beruhigt fest, dass sie jetzt regelmäßig und tief atmete. Er richtete ihre Decke und beschloss, den Zwischenfall nicht mehr zu erwähnen. „Erwachsen werden ist schwierig genug, auch ohne Väter voller Schuldgefühle", dachte er und gönnte sich noch ein Bier.

Die Morgensonne weckte ihn. Am Horizont schien so etwas wie Nebel den klaren Übergang von Himmel und See zu verschleiern, aber das hatte es auch am Vortag gegeben und hatte sich bald aufgelöst. Sunny kam aus der Kajüte und streckte sich, wobei ihre murmelförmigen Brustwarzen durch den dünnen Stoff ihres Schlafshirts stachen. Dieter fühlte ein warmes Gefühl in sich aufsteigen. „Guten Morgen Schatz. Wie geht es unserer Partymaus?" fragte sie und Dieter sah schnell zu dem Deckenhaufen hinüber, unter dem Connis blonder Schopf heraus lugte. „Ich glaube, gut. In der Nacht musste sie noch mal kotzen, aber dann hat sie durchgeschlafen." Sunny nickte und hob vorsichtig die Decke an. Conni ließ ein unwilliges Brummen hören und nuschelte „Lasst mich doch alle in Ruhe…" Sunny lächelte. „Die ist schon wieder ok." Brauchst Dir keine Sorgen mehr machen." Dieter nahm sie in den Arm und küsste sie, wobei seine Hand unter ihr Shirt wanderte und die runde Brust umfasste. Sunny stieß ihn leicht zurück. „Hier doch nicht. Vor aller Augen." Dieter wurde bewusst, dass sie sich nur ein paar Meter von der nächsten Yacht entfernt befanden. Schwedische Weltumsegler, die bereits ihr Frühstück im offenen Cockpit einnahmen und belustigt herüber sahen. Dieter winkte ihnen zu. „Frühstück könnte ich jetzt auch vertragen", sagte er sehnsüchtig. „Aye aye, Käpt`n, schon verstanden", sagte Sunny und verschwand unter Deck, von wo schon bald der verführerische Duft frisch gebrühten Kaffees herauf drang. Auch Felix erschien mit verstrubbelten Haaren in seinen schrecklichen schwabbeligen Badeshorts. Dieter dachte an die engen Dreiecks-Badehosen, die er früher so gern getragen hatte. „Guten Morgen Papa." „Er sah zu seiner Schwester hinüber. „Was ist denn mit Conni? Geht's ihr nicht gut?" Er hatte von der ganzen nächtlichen Aktion nichts mitbekommen. „Geht schon wieder. Gestern Nacht war ihr schlecht. Guten Morgen, mein Großer. Willst Du baden?" „Hmm", bestätigte Felix und schwang sich auf die Badeplattform am Heck. Vorsichtig prüfte er mit dem Fuß die Temperatur, aber an der war nichts auszusetzen. Glasklar war das Wasser hier in der Bucht.

Mit einem Satz sprang der Junge ins Wasser und ein großer Spritzer traf Conni, die sich eben umdrehte ins Gesicht. „Igitt!" schrie sie und schrak hoch. „Guten Morgen, mein Schatz", sagte Dieter. Conni fuhr sich mit der Hand durchs Gesicht und sah über die Bordwand, wo der Verursacher ihres plötzlichen Aufweckens laut prustend seine Bahnen zog. „Wie geht's dir?" fragte Dieter vorsichtig. „Wieso? Alles gut. Bin aber noch hundemüde. Ich hau mich in meine Koje." Schwankend stand sie auf, wehrte aber ab, als Dieter ihr helfen wollte. Kopfschüttelnd sah er ihr nach, als sie die Treppe hinab nach unten stieg und in der Kajüte verschwand. Dieter hörte, dass Sunny kurz mit ihr sprach, aber das brach schnell wieder ab.

Wenig später rief Sunny fröhlich „Hier, nimm mir mal das Tablett ab." Sie hatte ein köstliches Frühstück, inklusive Rührei, was Dieter so liebte, zubereitet. Sie reichte noch Tassen, Besteck und Teller herauf und kam dann mit der Kaffeekanne an Deck geturnt. „Felix, Frühstück!" rief Dieter seinem Sohn zu, der sich auf die Plattform zog und wie ein Hund schüttelte, wobei auch Sunny und Dieter ihren Teil indischen Ozean abbekamen. „Hier, trockne dich erstmal ab", lachte Sunny und warf dem Jungen ein Handtuch zu. Dann saßen sie in der heißer werdenden Sonne und diesmal hatte auch Felix nichts gegen den Plan, weiter zu segeln, denn auch Jaques`s Vater wollte ablegen. Jaques hatte ihm am Vorabend einen Zettel gegeben, auf dem der Bootsname der Yacht seines Vaters, sowie die Telefonnummer ihres Sateliten-Telefons notiert waren. Auch Dieter hatte Felix die entsprechenden Daten aufgeschrieben und so hoffte Felix, dass er mit seinem neuen Freund in Kontakt bleiben konnte.

Die Weltumsegler gingen zuerst Anker auf und winkten ihren Nachbarn zum Abschied zu. Dann waren sie selbst an der Reihe. Sunny hatte das Geschirr weggeräumt und sie und Felix halfen eifrig bei den anstehenden Arbeiten. Conni blieb unter Deck und Dieter dachte daran, sie sicherheitshalber herauf zu holen. „Lass sie sich ausschlafen", riet Sunny. Sieht doch alles ruhig aus, oder?" Dieter nickte. „Du weißt doch, dass ich kein Risiko eingehe." Er wies auf die Schwimmwesten, die griffbereit auf der Bank lagen. Eigentlich hatte er darauf bestehen wollen, dass alle an Bord sie ständig trugen, aber es war so heiß... Der Wind wehte schwach von Land her und Dieter verzichtete darauf, den Motor zu starten. Der Anker löste sich leicht aus dem Grund und Dieter verstaute ihn in der Bugklappe. Felix drückte auf den Knopf und das Großsegel stieg unter dem leisen Summen des Elektromotors am Mast empor. Dieter kam nach hinten und ließ die Schot etwas heraus. Die „Monsun" nahm gehorsam Fahrt auf und als sie den Bug in Richtung auf die offene See hatten, entrollte er das Vorsegel. Die Yacht legte sich leicht auf die Seite und die Bugwelle begann zu rauschen. „Unterwegs!" rief Dieter fröhlich. „Manöverschluck!" Das hatte er Sunny als erstes beigebracht, dass nämlich jedes erfolgreiche Manöver, und sei es noch so banal, mit einem Schluck begossen werden musste. Bei reinen Männercrews gab es natürlich Schnaps, aber hier brachte Sunny eine Cola für Felix und Bier für sich und Dieter. „Hier, mein Gebieter", sagte sie scheinbar unterwürfig und reichte Dieter eine Dose mit eiskaltem Bier. Er trank genüsslich den ersten Schluck und nahm sie in den Arm. „So hatte ich mir das vorgestellt, Schatz. Herrlich!" „Was soll ich steuern?" fragte Felix, der wie selbstverständlich die Rolle des Steuermanns angenommen hatte und breitbeinig hinter dem großen Steuerrad stand. „Folg einfach dem da vor uns, die wollen auch nach Praslin, haben sie gesagt", antwortete Dieter und wies auf die weißen Segel der vor ihnen segelnden Schweden. „OK, Chef", antwortete Felix und Dieter entspannte sich neben Sunny auf der bequemen Cockpitbank. Sie las in ihrem Krimi und nun forderte die für Dieter kurze Nacht fast ohne Schlaf, seinen Tribut und bald war er eingeschlafen, so dass er nicht bemerkte, dass die schwedische Yacht vor ihnen, der Felix gewissenhaft folgte, einen weiten Bogen nach Westen machte. Dort hatte man sich kurzfristig entschieden, nach Mombasa zu segeln, denn der erfahrene Skipper hatte soeben auf dem neuesten Wetterkarten-

Ausdruck gesehen, dass eine mächtige Gewitterfront von Norden her aufzog.

*

Commander Reeve hatte sein Team sorgfältig zusammengestellt. Das überaus lange und harte Training, für das die Navy-Seals berühmt waren, schloss einen Fehlschlag nahezu aus. Auf der „Bunker Hill" und der „Newark" verfolgten die Stabsoffiziere gebannt den Kurs der Angriffsboote. Der Pilot der „Global Hawk" im fernen England wusste genau, was von ihm erwartet wurde und hielt die Drohne in engen Kreisen über dem Zielgebiet, so dass die die Infrarot-Kameras Captain Moss und die anderen Offiziere und sogar die Operationszentrale im kalifornischen Coronado, in der das Hauptquartier der Seals beheimatet war, mit einer nie da gewesenen Nähe zu der kämpfenden Truppe ausstattete. Trotz der effizienten Klimaanlage des Kreuzers lockerte sich Moss den Kragen, da ihm der Schweiß ausbrach. Sie sahen die beiden Boote langsam in die Flussmündung einbiegen und sich von der Flussmitte her den dunklen Silhouetten der Frachter nähern.

Die Seals hatten genaue Pläne der Schiffe, die sich der Nachrichtendienst über die Reedereien besorgt hatte. Die Soldaten kannten jedes Deck, jeden Niedergang und jeden Raum des ihnen zugeteilten Schiffes. Reeve wusste, dass nicht die schnelle Enterung das Problem darstellte. Es würde dauern, die Maschinen in Gang zu setzen. Bis zu einer halben Stunde, je nach Wartungszustand, hatten ihm die Techniker auf dem Kreuzer prophezeit. So lange mussten seine paar Männer die Schiffe gegen Angriffe der Somalier von Land her verteidigen. Am westlichen Rand der weiten Mündung der hier vereinigten Jubba und Shebele Flüsse lag die große Stadt Kismayo, von wo ein paar wenige Lichter herüber schienen. Wenn etwas schief ging, würde von dort vielleicht Unterstützung für die Piraten kommen, aber die Gefahr war gering, denn die Aufklärung hatte ergeben, dass es dort nur ein paar altersschwache Fährboote gab, die Truppen aufnehmen konnten. Eine Marine besaß der zusammengebrochene Staat Somalia schon lange nicht mehr. Angestrengt sah Reeve durch sein Nachtsichtgerät und dann sah er sie. Die hohe Bordwand der „Maggy Solven" und dicht dahinter die etwas kleinere „San Michele", die einer spanischen Reederei gehörte. Lautlos legten die Seals die letzten Meter zurück. Schon in der Mündung hatten sie die Motoren gestoppt und die übergroßen Paddel ergriffen, die die muskelbepackten Seals mit Leichtigkeit handhaben. Ohne von den möglichen Deckwachen der Piraten gesehen zu werden – das wäre sehr schlecht gewesen – gelangten die Boote unter den Bug der Schiffe, wo sie nun nahezu unsichtbar waren. Reeve hätte sich aber keine Sorgen zu machen brauchen. Die Piraten fühlten sich hier absolut sicher. Noch nie hatten es Fremde gewagt, sich dem Land zu nähern. Die Bosse der Piraten konnten mit einiger Berechtigung darauf vertrauen, das die von der UNO beschlossene und durchgeführte Operation „Atalanta" , zu deren Zweck die kleine Flotte um die „Bunker Hill" vor der Küste Somalias kreuzte, den direkten Angriff auf Stützpunkte an Land nicht einschloss. Tatsächlich hatte sich der zuständige Admiral der Special Forces in diesem Fall darüber hinweg gesetzt, darauf vertrauend, dass alles gut ging.

Nur je fünf Piraten hielten auf den Schiffen Wache. Zwei saßen auf Stühlen vor den Mannschaftsmessen, in denen die Besatzungen gefangen gehalten wurden. Einer lümmelte sich auf der Brücke in einen Sessel und die restlichen beiden machten unregelmäßige Rundgänge auf den Seitendecks.

Die Seals hatten so etwas wohl an die hundert Mal an verschiedenen Schiffen der Navy und an Handelsschiffen geübt und so lief auch diese Aktion fast schulmäßig ab. Jeweils zwei Mann enterten die Schiffe über die Ankerketten und warfen, unbemerkt von den arglosen Wachen, Strickleitern über die Seite, an denen die restlichen Seals lautlos hinaufkletterten. Commander Reeve führte die Truppe auf der „Maggy Solven" an. Er hatte seine Männer ermahnt, wenn möglich die Wachposten unblutig unschädlich zu machen und fast wäre das gelungen. Die leise nach Achtern schleichenden Seals in ihren mattschwarzen Overalls beinahe unsichtbar, konnten beide Piraten, die auf ihren Rundgängen waren, mit ihren kurzen Stahlruten – Totschlägern- bewusstlos schlagen. Vorsichtig, sich gegenseitig sichernd, durchstreiften die Seals das Schiff. Der Mann auf der Brücke riss die Augen auf, als plötzlich eine riesige schwarze Gestalt neben ihm stand und ihm die Mündung einer Maschinenpistole an den Kopf hielt. Er ergab sich ohne Widerstand und wurde mit Kabelbindern gefesselt. Ein Klebestreifen über den Mund verhinderte, dass er schrie. Reeve fühlte schon so etwas wie Erleichterung. Bisher lief alles nach Plan. Dann durchdrang das charakteristische laute Knattern einer Kalaschnikow die Stille. Einer der Posten vor der Messe hatte einen Schatten am Ende des Flures bemerkt und war aufmerksam geworden. Einer der Seals hatte daraufhin eine Nebelgranate in den Flur geschleudert, die den engen Raum sofort mit einem für bloße Augen undurchdringlichen Rauch füllte. In Panik schossen die beiden Posten nach beiden Seiten des Flures, bis ihre Magazine leer waren. Die Seals hatten das erwartet und stürmten nun, in dem Moment, der ihnen blieb, bis die Somalier nachgeladen hatten, vor. Ihre Infrarot-Nachtsichtgeräte, die sie vor den Augen hatten, zeigten ihnen genau den Standort der Piraten, von denen einer in der Aufregung nicht in der Lage war, ein neues Magazin einzulegen, und er hatte Glück damit, denn auch er überlebte, wenn auch mit einem riesigen Brummschädel und einer bemerkenswerten Beule. Der andere hob gerade wieder seine MP und wollte abdrücken, was dem Seal, der sich ihm näherte keine Wahl ließ. Acht Kugeln aus seiner Schall gedämpften Heckler und Koch durchlöcherten den Piraten und ließen ihn leblos zu Boden gehen. Aufgeregte Rufe drangen aus der Messe und dann befreiten die Soldaten die Besatzung, die sich jubelnd um die Seals drängte. „Ruhe!" brüllte Reeve. „Die Maschinencrew sofort in den Maschinenraum. Wir müssen hier so schnell wie möglich weg." „Jo", rief ein hoch gewachsener rotbärtiger Mann in völlig verschmutzter Kleidung. Der Ingenieur des Schiffes rief ein paar Namen und die Leute rannten in Begleitung zweier Seals, die sie sichern sollten, in den Maschinenraum. Der Rest der Soldaten durchkämmte indessen die Gänge des Schiffes, aber dann war klar, dass sie alle Piraten erwischt hatten. Reeve sprach mit dem Kapitän der „Maggy Solven" und die Mannschaft schwärmte aus, um Seeklar zu machen.

Auf der „San Michele" spielte sich ein fast identisches Szenario ab. Nur das hier einer der Wachen auf dem Oberdeck den sich nähernden Seal bemerkte und eine kurze Salve aus seiner MP abgeben konnte, die aber schlecht gezielt war. Er selbst starb augenblicklich durch die Kugeln des Soldaten, aber die Schiffe lagen nur etwa sechzig Meter vom Ufer entfernt und die Schüsse hatten die Piraten im Lager alarmiert.

„Shit!" sagte Captain Moss, als überall Lampen angingen und die Infrarot-Geräte störten. „Shit!" sagte auch Commander Reeve auf der „Maggy Solven" und „Shit!" sagte auch Sergeant Dickson auf der „Newark". Wenn er jetzt sofort eine Hellfire-Rakete in die Hütten jagte, würde er die meisten der Piraten unschädlich machen, aber… Dann sah er, dass sein Zögern seine Überlegung gegenstandslos machte, denn die Piraten rannten schon am Ufer entlang und boten somit kein konzentriertes Ziel mehr. Aufmerksam ließ er den „Reaper" weiter kreisen und schwor sich, beim nächsten Mal nicht so lange zu warten.

Mahomad versuchte, die kopflos durcheinander laufenden Männer zu sammeln. Er selbst war aus tiefem Schlaf gerissen worden und trug nur ein altes T-Shirt und kurze Shorts. Aber er hielt seine Kalaschnikow und einen Gurt mit Reservemagazinen in der Hand und war bereit, zu kämpfen. Es dauerte einige Zeit, bis Tamu bin Saleh Herr über die Situation war und es dauerte noch etwas länger, bis klar wurde, was eigentlich los war. Wer hatte geschossen und auf wen? Erst als ein Boot, das die Lage auf den Frachtern erkunden sollte von dort beschossen wurde, war Tamu klar, was da ablief. „Bewaffnet euch, Männer", befahl er. „Mahomad, hol die Raketenwerfer. Wir dürfen sie nicht entkommen lassen." Mahomad scharrte ein paar Männer, darunter Said, um sich und sie rannten unter den Palmen zum Waffenlager.

Commander Reeve starrte auf seine Uhr und versuchte seine steigende Unruhe unter Kontrolle zu bekommen. Schon zwanzig Minuten waren vergangen, seitdem die Maschinisten den Maschinenraum in Betrieb genommen hatten. Er drückte den Knopf an seinem Sprechgerät und rief einen der Männer im Maschinenraum. „Shaun? Wie lange dauert das noch?" Es rauschte in Reeves Kopfhörern, dann meldete sich Shaun. „Probleme mit der Elektrik, Sir. Der Ingenieur meint, das er die Maschine in fünf Minuten zum Laufen bekommt, aber es wird schwierig mit dem Strom für die Ankerwinde und die Brücke." „Beeilt euch", beendete Reeve das Gespräch und rief Leutnant Sanders, der das Kommando auf der „San Michele" hatte. „Wie sieht`s bei euch aus?" fragte er. „Moment", antwortete Sanders, der sich schnell bei seinen Leuten im Maschinenraum erkundigte. „Wir sind soweit", antwortete Sanders dann und Reeve fühlte Erleichterung, die aber sofort wie weggeblasen war. Ein Kugelhagel setzte vom Ufer her ein. Die Piraten hatten sich gesammelt und nahmen die Frachter unter schweres Feuer ihrer Maschinenpistolen. Überall auf beiden Schiffen zerbarsten die Fenster, aber schlimmeren Schaden konnten die leichten Waffen nicht anrichten. Reeve rief Captain Moss auf der „Bunker Hill" „Wir werden vom Ufer beschossen. Könnten ein bisschen Unterstützung gebrauchen." Der taktische Offizier in der Zentrale des Kreuzers, der mitgehört hatte, sah den Captain fragend an und der nickte. „Lasso1!" rief er den startbereiten Helikopter auf dem Achterdeck. „Starten. Die Jungs brauchen ein bisschen Feuerschutz." „Verstanden. Abgehoben", bestätigte kurz darauf der Pilot. Der SH60 Seahawk brauchte nur ein paar Minuten bis zum Ziel. „Bordschütze, ich fliege parallel zum Ufer und du gibst es ihnen mit der Minigun." „Yes, Sir", bestätigte der Schütze und öffnete die Schiebetür des Hubschraubers. Das leichte sechsläufige Maschinengewehr ließ sich an einem drehbaren Stativ zur Seite richten und der Schütze wartete.

Am Ufer hatten sich die Piraten verteilt und schossen aus ihren Maschinenpistolen auf die Frachter. Die Seals hatten sich hinter die Aufbauten in Sicherheit gebracht und sparten ihre Munition. Mahomad und seine Leute kamen gerade aus dem Waffenlager zurück, als ein Hubschrauber dröhnend das Flussufer entlang kam. Said sah einen langen Feuerstrahl aus der Seitenluke kommen. Er gab seinem Bruder einen Stoß, der ihn hinter einer Palme in Deckung brachte und hechtete hinterher. Keine Sekunde zu früh, denn hinter ihm zerfetzten die Kugeln aus dem Maschinengewehr des Hubschraubers alle fünf Mann, die bei ihnen gewesen waren. Endlich war der Hubschrauber vorbei und in die plötzliche relative Stille hinein krachte eine Explosion aus Richtung der Schiffe.

Es war zum Heulen. Die Maschine der „Maggy Solven" lief, aber die Ankerwinden an Bug und Heck hatten keinen Strom. Reeve sah, dass die „San Michele" sich bereits langsam in Bewegung setzte. Jetzt blieb nur eine Lösung. „Steven!" rief er einen seiner Leute. Die Anker müssen weg. Detcord." „Verstanden", keuchte Steven Boyd, der Sprengstoffexperte der Truppe. Er rannte geduckt hinter dem

Schanzkleid der Reling zum Bug, während einer seiner Männer zum Heckanker lief. Er hatte sich vor dem Einsatz einige Meter der Detcord genannten Sprengschnur um den Bauch gebunden und wickelte ihn jetzt ab. Er kniete sich hinter die Ankerklüse und umwickelte die Stahlglieder der rostigen Ankerkette mit dem, an dickes Paketband erinnernden Sprengstoff. Zuletzt drückte er den kleinen elektrischen Zünder zwischen die Windungen und wollte sich eben zurückziehen, als ein Querschläger aus der Waffe eines Piraten ihn in den Hals traf. Boyd wusste, wie wichtig es war, den Anker zu sprengen und tastete mit letzter Kraft nach dem Zündschalter an seinem Gürtel. Er wusste genau, dass er zu nah an der bevorstehenden Explosion war, aber er fühlte auch seine Kraft schwinden. „Jetzt...", dachte er und drückte den Knopf.

Auch am Heck knallte es und nun kam es darauf an, das Schiff in die Mitte des Shebele zu bringen. Ganz langsam, zunächst noch unmerklich, bewegte sich die „Maggy Solven" Commander Reeve hatte mit Entsetzen gesehen, was sich am Bug abgespielt hatte. „Sanitäter, zum Bug", schrie er in sein Headset.

Der Hubschrauber kam zurück. Wütend sah Said, dass die Schiffe sich in Bewegung setzten. Das Feuer aus den Maschinenpistolen seiner Kameraden schien wirkungslos an ihnen abzuprallen. Said handelte wie in Trance. Um ihn herum lagen die Raketenwerfer, die seine toten Kameraden getragen hatten. Es waren die gleichen Modelle, mit denen er im Trainingslager so gut geschossen hatte. Er kniete sich hin und nahm den herankommenden Hubschrauber ins Visier. Dann zog er den Abzug.
„Lasso1" hatte keine Chance. Der Sprengkopf der Rakete war dafür konstruiert, einen Panzer zu knacken. Der empfindliche Zünder brachte die Ladung eine hundertstel Sekunde zur Explosion, nachdem die Rakete in den Hubschrauber eingeschlagen war. Die Besatzung war sofort tot und die Reste des SH60 krachten brennend in die

Uferböschung. Said jubelte kurz. Er sah einen anderen Raketenwerfer ein paar Meter neben sich und rannte hin. Dann war Mahomad an seiner Seite. Said nahm das Gerät auf die Schulter und machte es feuerbereit. Da war das Ziel. „Der Ausbilder hat gesagt, dass du nicht auf den Maschinenraum schießen sollst, aber hier ist das etwas anderes. Direkt unter den Schornstein in die Bordwand", rief Mahomad. Said antwortete „Allah u akbar", und schoss.

Die Beobachter an den Monitoren sahen mit Entsetzen das Ende der Seahawk. Eben noch ein erfolgreiches Unternehmen, nahm „Sunrise" nun eine bedrückende Wendung. „Ich hab den Scheißer im Visier", schrie Sergeant Dickson auf der „Newark" in sein Mikrofon und Captain Moss befahl „Feuer!"

Commander Reeve sah auch das Ende der Seahawk mit an und überlegte, ob er etwas zur Rettung der Besatzung unternehmen konnte. Dann wurde ihm klar, dass er nichts tun konnte. Wahrscheinlich hatte niemand überlebt. Das Wrack brannte überall und der Treibstoff explodierte soeben in einem grellen Blitz. Reeve wandte eben seinen Blick von dem Hubschrauber, als ein erneuter Blitzstrahl aus dem Gebüsch am Ufer kam. Wie ein Pfeil raste das Geschoss direkt, wie er meinte, auf ihn zu. Die „Maggy Solven" hatte unter der mit voller Kraft laufenden Maschine heftig vibriert. Der Einschlag der Rakete selbst war auf der Brücke des Schiffes kaum zu spüren, aber die Vibration war plötzlich weg und dann dröhnten nicht endend wollende dumpfe Detonationen durch das Schiff, als die Treibstofftanks explodierten.

Auf der „Lübeck" hatten alle in die Richtung gespäht, in der sie die Shebele Mündung wussten, aber es war nichts zu sehen gewesen. Korvettenkapitän Möller hatte der Besatzung reportageartig über die

Lautsprecheranlage das wenige mitgeteilt, was er wusste. Dann durchzuckte ein heller Blitz die Nacht. Möller teilte bedrückt mit, dass ein Hubschrauber abgeschossen worden sei. Und dann kam eine ganze Serie von Blitzen, die zu einem hellen Schein verschmolzen, als die „Maggy Solven" in Flammen aufging. „Alarmstart!" dröhnte es durch den Lautsprecher des Flugdecks und Riedel, Krampke und Müller sprangen in den Lynx. Im Cockpit startete Leutnant Ruwe mit Hilfe des Mechanikers bereits die Turbinen, während Oberleutnant Schaper sich seine Befehle von Fregattenkapitän Scholz geben ließ. Der Lynx hob ab und Riedel und seine Kameraden wurden jäh in die Segeltuchsitze gedrückt, denn dies war kein Spazierflug und Schaper zog alle Register. Die Turbinen heulten auf Volllast und Riedel sah aus dem Fenster die französische Fregatte „Moncalm" unter sich vorbeiziehen, von der ebenfalls ein Hubschrauber abhob.

Der „Reaper" vollendete seine Drehung und nun hatte Dickson freie Bahn. Er hatte die Drohne auf Angriffskurs gebracht. Vorher hatte er auf seinem Monitor die Stelle markiert, an der er den Raketenschützen gesehen hatte. Nun behinderten die Palmen seine Sicht. Aber er war entschlossen diese verdammten Piraten daran zu hindern, weitere Raketen abzufeuern. Der Laserpointer blinkte bestätigend auf dem Zielpunkt und er drückte den Abzug. Der „Reaper" flog in sechshundert Meter Höhe etwa einen Kilometer vom Ziel entfernt. Die Hellfire löste sich von der Aufhängung am linken Flügel der Drohne und der Antriebsmotor zündete. Zwischen Abschuss und Einschlag lagen keine drei Sekunden, aber alles was Sergeant Dickson sah, war ein kurzer Blitz und dann eine riesige Staubwolke.

Said und Mahomad wollten noch einmal auf das Schiff schießen. Die erste Rakete war eingeschlagen und nun brannte das Schiff, aber noch fuhr es. Mahomad wusste nicht, dass nur die Massenträgheit den Frachter noch vorantrieb. Die Maschine war unrettbar in Trümmern.

Leider hatte sich das Schiff gedreht und wandte ihnen das schmale Heck zu. „Los, wir laufen ein Stück flussabwärts. Dann haben wir sie wieder von der Seite. Said nickte und hängte sich einen weiteren Raketenwerfer um. „Lauf schon, ich suche nach noch einer Rakete", sagte Mahomad und Said drehte sich um und lief. Dann lag er auf dem Bauch und es rauschte in seinen Ohren. Dichter Staub umhüllte ihn und drang ihm in Mund und Nase, so dass er Husten musste. „Mahomad!" schrie er, aber er hörte nichts. Es dauerte scheinbar endlos, bis sich der Staub legte. Said warf die Raketenwerfer weg und rannte zurück.   Er fand seinen Bruder hinter dem Rest einer Dattelpalme. Der Blitz der Explosion hatte seine Haare versengt und Said sah, dass das rechte Bein seines Bruders in einem merkwürdigen Winkel abstand, aber er lebte. Mahomad stöhnte. Sein Gesicht zuckte unter den Schmerzen, die durch seinen Körper schnitten. Said weinte und streichelte das Gesicht seines Bruder. „Allah, hilf ihm", betete er und versuchte Mahomad aufzurichten.

„Schiff evakuieren", rief Commander Reeve in sein Headset. Er musste husten, denn der ölige Qualm, der aus allen Luken und Niedergängen drang, biss in seinem Hals. Die Mitte des Schiffes stand nun in hellen Flammen, so dass der Weg zum Rettungsboot am Heck versperrt war. „Alles zum Bug. Nehmt die Mannschaft mit."   Die überlebenden Seals, sieben Mann, denn außer Boyd, der bei der Sprengung des Ankers gestorben war, waren zwei Mann zusammen mit der norwegischen Maschinencrew unter Deck gefallen, hasteten beiderseits der Reling nach vorn. Mit ihnen lief   ein Teil der Mannschaft. Andere, die sich hinter den Flammen befanden, liefen unter der Führung des ersten Offiziers nach achtern, stiegen in das orangene Rettungsboot, das in einem Gestell am Heck hing und lösten es aus, als niemand mehr kam. Die Halterung löste sich und das an eine große Coladose erinnernde geschlossene Boot schlug auf der Wasseroberfläche auf und schaukelte, bis es sch beruhigte. Der erste

Offizier öffnet die Luke und startete den Dieselmotor. Dann umfuhr er den Rumpf der mittlerweile in hellen Flammen stehenden „Maggy Solven", deren Edelholzladung, genährt von einigen Tonnen Chemikalien, die ebenfalls zur Ladung gehörten, wie Zunder brannte. Leutnant Sanders an Bord der „San Michele" starrte durch sein Fernglas zur „Maggy Solven hinüber, konnte aber wegen des Qualms nichts erkennen. Zudem hatte er keine Verbindung mehr zu Commander Reeve. Sein Empfänger gab nur noch statisches Rauschen von sich. Auch zur „Bunker Hill" hatte er keine Verbindung und so wies er den Steuermann an, die Mündung des Flusses anzusteuern. Weg aus der Reichweite der Raketenwerfer der Piraten.

„Sanders, komm zurück", brüllte Commander Reeve in sein Mikrofon als er sah, dass die „San Michele" sich entfernte. „Chuck, sieh mal nach, ob unser Boot noch da ist", wies er einen der Seals an. Zwei Mann hielten Chuck an den Beinen fest, als der sich weit über die Reling beugte. Sofort kamen Salven aus Maschinenpistolen vom Ufer her, aber die Entfernung war etwas angewachsen, so das Chuck unverletzt blieb. „Ist weg, Boss", bestätigte der Seal Reeves Ahnung. „Hey, ihr da oben, wollt ihr mit?" rief es plötzlich von der flussseitigen Seite des Schiffes. Der erste Offizier der „Maggy Solven" hatte das zigarrenförmige Rettungsboot neben dem Bug des nun bewegungslosen Frachters gestoppt und durch das Megaphon angerufen. Die Besatzungsmitglieder und die Seals jubelten und Reeve befahl erleichtert, das Schiff über die zum Glück noch an der Reling hängenden Strickleiter, mit der sie das Schiff geentert hatten, zu verlassen „Tut mir leid, alter Junge", sagte er betrübt in Richtung der zusammen gekrümmten Leiche Boyds. „Wir können dich leider nicht mitnehmen." Er salutierte und wandte sich ab. Er selbst wollte als letzter das Schiff verlassen, aber der schon ältere norwegische Kapitän schüttelte traurig den Kopf. „Die Ehre steht mir zu, junger Mann. Das sollten sie wissen." Commander Reeve nickte ernst. „Tut mir leid um ihr Schiff, Kapitän." Der Norweger tätschelte ihm den

Arm. „Sie haben getan, was sie konnten. Danke. Nun aber los." Der Qualm wurde immer dichter und Reeve schwang sich über die Reling. Der norwegische Kapitän sah sich noch einmal um und folgte ihm.

Am Ufer hatte ein Trupp Piraten zwei Sturmboote bereit gemacht. Sie wollten wenigstens noch so viele wie möglich der fremden Teufel erledigen. Neben dem Bug des brennenden Schiffes sahen sie das orangene Rettungsboot Fahrt aufnehmen. Im Dunkel weit davor fuhr die „San Michele". Der Pirat am Bug des ersten Sturmbootes sah ihr grimmig nach. Sie holten schnell auf, denn ihre 100PS starken Außenborder brachten das leichte Aluminiumboot auf fast vierzig Knoten. Langsam nahm er den RPG-Raketenwerfer auf und machte ihn feuerbereit.

Das zweite Boot hatte unterdessen das Rettungsboot fast erreicht. Oben in der Luke war nur Platz für einen Mann und Sergeant Chuck Smith, der beste Schütze unter den Seals, versuchte dort durch Dauerfeuer aus seiner Heckler und Koch die Piraten auf Distanz zu halten. Seine Kameraden reichten ihm immer, wenn das Magazin einer Waffe leer war, eines ihrer Gewehre hoch und luden nach. Zwei der Piraten hatte er schon erledigt, glaubte Chuck. Der erste Offizier der „Maggy Solven" versuchte ab und zu einen Blick nach draußen hinter Chucks Rücken hervor zu werfen, um den Kurs zu halten. Der kleine Dieselmotor lief auf Vollgas, aber das ergab nur kümmerliche acht Knoten. Vier der Insassen waren schon durch Kugeln aus den Maschinenpistolen der Piraten verletzt worden, die durch die dünne Plastikhaut des Rettungsbootes schlugen, als wäre es Papier, aber die etwas größere Reichweite der Heckler und Koch hinderte die Somalier daran, näher zu kommen. Trotzdem würden sie nicht mehr lange aushalten können. Das war Commander Reeve bewusst, denn ihre Munition ging zur Neige. Immer wieder versuchte er Kontakt zu irgend jemanden zu bekommen und dann hatte er endlich Erfolg.

Captain Moss Fäuste ballten sich zusammen. Diese verdammte Operation war aus dem Ruder gelaufen. Was eine gut geplante Rettungsaktion gewesen war, hatte sich in eine Katastrophe verwandelt. Verluste unter den Seals und der norwegischen Besatzung und ein wertvoller Sikorsky-Helicopter mit der noch wertvolleren Besatzung. Er hatte jetzt endgültig genug von diesen Piraten. „Taco, fünfzehn Schuss 5 Zöller auf das Piratencamp." Der taktische Offizier sprach in sein Headset und auf dem Vorschiff der „Bunker Hill" drehte sich der Turm des 12,7cm Schnellfeuer-Geschützes. Alle fünf Sekunden donnerte nun eine schwere Granate aus dem Rohr der Kanone, so dass die befohlenen fünfzehn Schuss in etwas mehr als einer Minute abgefeuert waren. Das Donnern der Kanone und die Blitze der Abschüsse ließen alle, die sich an Deck der anderen Schiffe befanden zusammenzucken.

„Das darf er doch nicht...", sagte Fregattenkapitän Scholz entgeistert. Die Befehle hatten eindeutig gelautet „Kein Angriff auf das Festland!" Korvettenkapitän Möller sagte nichts, aber innerlich applaudierte er dem entschlossenen Amerikaner.

Auf der Empfängerseite war die Salve der „Bunker Hill" verheerend. Anders als in früheren Zeiten hatten Computer die Flugbahn der Granaten durch Verarbeitung von GPS-Daten, der aktuellen Windrichtung und Geschwindigkeit, sowie der Eigenbewegung des Schiffes, berechnet. Ihre Annäherungszünder waren auf zehn Meter über der Erdoberfläche eingestellt und als der Staub und Rauch sich gelegt hatte, zeigte der nächste Überflug der Aufklärungsdrohne eine verbrannte leere Fläche, wo das Lager der Piraten gewesen war. Einige verwundete Somalier, die sich am Rand der Einschläge befunden hatten, krochen vom Ort der Verheerung weg, aber mehr als dreißig waren tot.

Said und Mahomad, den er mühsam schleppte befanden sich ein Stück entfernt in Ufernähe, wo einige Felsen sie geschützt hatten, aber sie rangen nach Luft und versuchten zu erkennen, was da passiert war. Ein Mann in zerfetzter Kleidung taumelte auf sie zu und erst aus der Nähe erkannte Said Tamu bin Saleh, der aus mehreren Wunden blutete und sich erschöpft neben Said und Mahomad zu Boden warf. „Wir müssen hier weg. Die fremden Teufel... sie werden bald kommen. Sie wollen uns alle töten", krächzte er. Nachdem er sich ein paar Minuten lang erholt hatte, wies er flussaufwärts. „Die „Sikka" liegt da hinter der Biegung. Wir müssen weg, bevor es hell wird." Er richtete sich auf und half Said, Mahomad zu tragen und Said, der gedacht hatte, Tamu wäre bereits ein alter Mann, staunte über die Kraft, mit der der Piratenanführer, der in Wirklichkeit weit jünger war, als sein Aussehen glauben machte, den bewusstlosen Mahomad schulterte.

„Dickson , wie ist der Status ihres Vogels?" fragte Captain Moss und der Drohnen-Operator auf der „Newark" antwortete sofort. „Hab noch eine Hellfire, Sir. Verbleibene Flugzeit zwei Stunden." Moss sah sich das Lagebild auf dem Monitor an, dass die Infrarot-Kamera der Global Hawk lieferte. Dann traf er eine Entscheidung. „Erledigen sie das Sturmboot, das den Frachter verfolgt. Ausführung!" „Wo sind die verdammten Hubschrauber des Franzosen und der Deutschen?" fragte er den Taco. „Sind gestartet und zwei Minuten vom Rettungsboot entfernt." „Angriff auf das zweite Boot, aber Dalli!" befahl er und der Taco nahm Kontakt auf.

Auf der „San Michele" starrte Leutnant Sanders besorgt achteraus. Die Bugwelle des Piratenbootes kam näher und näher und es gab nichts, was er dagegen tun konnte. Durch sein starkes Fernglas sah er, das der Mann am Bug sein röhrenförmiges Abschussgerät hob und auf sie zu zielen begann. „Alles in Deckung!" rief er und die Soldaten und Matrosen des Frachters warfen sich hinter die Aufbauten.

Sergeant Dickson krümmte zum zweiten Mal in kurzer Zeit seinen Zeigefinger, der den Abzug an seinem Joystick umfasste. Das Laser-Zielgerät war genau auf die Mitte des mit Piraten voll bepackten Bootes gerichtet und der Mann am Bug kam nicht mehr zum Abschuss seiner Rakete, bevor er, wie seine Kumpane, vor Allah trat.

Sergeant Chuck Smith bückte sich gerade nach einer neuen von unten heraufgereichten Maschinenpistole, als ihn zwei Schüsse der Piraten trafen und töteten. Sein erschlaffender Körper rutschte von dem Sitz, auf dem er stand und warf den norwegischen Offizier um, der das Steuer des Bootes hielt. Wild schwang es herum, denn seine Hand klammerte sich an das kleine Steuerrad und das rettete sie alle, denn die RPG-Rakete, die die Piraten abgeschossen hatten, raste ins Leere. Commander Reeve und ein anderer Seal zogen Smith nach unten und Reeve kletterte auf den Sitz, um Sergeant Smith Platz einzunehmen. Er kniff die Augen zusammen und sah das Piratenboot schnell näher kommen, denn die Somalier, die nicht mehr beschossen worden waren fühlten sich nun siegessicher.

„Wir haben Feuererlaubnis!" rief Oberleutnant Schaper in sein Mikrofon. Obermaat Kruse an der linken Schiebetür des Lynx schwang sein Maschinengewehr hin und her, sah aber nichts, als die schwarze Oberfläche der See unter sich. Stabsoberbootsmann Riedel hatte das andere MG auf der rechten Seite übernommen und feuerbereit gemacht. „Achtung. Ziel ist das Sturmboot voraus. Sie wollen gerade das Rettungsboot entern. Ich dreh gleich, dann habt ihr freies Schussfeld. Passt auf, die schießen auf uns." Bootsmann Krampke und Obermaat Müller lagen bereits auf dem Boden des

Hubschraubers und zielten mit ihren G36 Schnellfeuergewehren nach draußen. Ihrer aller Nerven waren zum zerreißen gespannt, weil sie nichts sehen konnten. „Achtung!" schrie der Co-Pilot Leutnant Ruwe, als die Leuchtspuren aus den Maschinenpistolen der Piraten nach der Lynx griffen. Oberleutnant Schaper stieß den Steuerknüppel nach vorn und links und urplötzlich sah Riedel unter sich das orange farbige Rettungsboot und dicht daneben das offene Sturmboot der Piraten. Wie auf dem Übungsplatz ließ er den Strahl der Kugeln seines Maschinengewehrs über das Piratenboot gehen. Männer warfen die Arme hoch und stürzten über Bord und dann explodierte der Tank der Außenborder.

Commander Reeve winkte mit beiden Armen zu dem rettenden Hubschrauber mit dem schwarzen Kreuz, der sie gerettet hatte, empor und alle an Bord winkten zurück. Oberleutnant Schaper meldete über Funk, was geschehen war und Captain Moss nahm erleichtert seinen Helm ab, den er vollkommen vergessen hatte. „Die „Newark" soll dem Rettungsboot entgegen fahren und es aufnehmen. „Klakring eskortiert." Dann nahm er Verbindung zum Hauptquartier auf und gab seinen ersten, noch unvollständigen Bericht ab.

Tamu bin Saleh und Said hoben Mahomad vorsichtig über die flache Bordwand der Dhau. Tamu rechnete damit, dass die fremden Soldaten sehr bald kommen würden. Er wusste ja nicht, dass für die Schiffe der Einsatz beendet war. Sie warteten noch eine halbe Stunde, aber kein weiterer Überlebender fand sich ein. Es gab einige, aber die hatten sich nach dem Artillerie Beschuss auf die Flucht ins Hinterland begeben, was auch Tamu erwogen hatte. Aber Mahomads Zustand ließ das nicht zu.
„Mach die Leine los, Junge", sagte er resigniert zu Said. Die „Sikka" hatte einige Splitter der Granaten abbekommen, aber der Motor

startete sofort und bald waren sie unterwegs. Tamu hatte vor, den breiten Mündungsarm zu kreuzen und in Kismayo auf der anderen Seite zu landen. Dort gab es Sympathisanten und ärztliche Hilfe für Mahomad, der aus seiner Bewusstlosigkeit erwacht war und leise stöhnte. Said saß neben ihm und tupfte seine Stirn mit einem Lappen ab, den er mit Mineralwasser befeuchtet hatte. Tamu steuerte konzentriert. Hier in der Mitte des Shebele gab es eine starke Strömung aufs Meer hinaus und er war froh, so einen starken Motor zu haben, aber im selben Moment erstarb das Dröhnen des Diesels.

Eben noch hatte Felix das Segel der Schweden vor sich, dem er folgen sollte, gesehen; nun war es weg. Stattdessen hatte sich am Horizont zwischen Meer und blauem Himmel eine Schicht erhoben, die wie graue Watte aussah und zusehends höher stieg. „Papa?" rief er und Dieter Kreft schoss hoch. Die sanfte Bewegung des Bootes und die weiche Schulter Sunnys, an die er gekuschelt hatte, hatten ihm einen tiefen Schlaf und schöne Träume beschert. Er hatte gut zwei Stunden geschlafen.

„Papa...?" Der Ruf, in dem Besorgnis und Panik schwang, riss ihn hoch. Auch Sunny ließ ihr Buch sinken. Dieter rieb sich die Augen. Ein schneller Rundblick ließ ihn erschauern. Kein Land in Sicht, wo doch nach Plan die Inselküste an Steuerbord in Sichtweite sein sollte. „Der Schwede war plötzlich weg", jammerte Felix, der sich schuldig fühlte. Dieter sah nach vorn. Das sah nicht gut aus. Er war zwar früher schon in südlichen Breiten gesegelt…lange her, aber da hatte es nie Probleme mit dem Wetter gegeben. Zudem war er immer mit erfahrenen Skippern unterwegs gewesen, die aber wohlweislich allen Stürmen aus dem Weg gegangen waren. Er ging zum Ruder, vor dem die Zahlen des Digitalkompasses leuchteten. 280Grad! „Wie… Wie lange fahren wir schon in diese Richtung?" keuchte er und Felix zuckte die Schultern. „Du hast doch gesagt, ich soll dem Schweden folgen. Hab ich auch. Bis eben. Da war er plötzlich nicht mehr da." Dieter schluckte. „Nicht deine Schuld, Junge. Ist auch nicht so schlimm", meinte er dann, um den Jungen zu beruhigen, obwohl ihm gar nicht wohl war. Er wollte gerade ins Ruder greifen, um den Kurs zu ändern, als Conni schwankend und ziemlich grün im Gesicht an Deck kam. „Mir ist soo schlecht…", keuchte sie und taumelte zur Reling. Sunny sprang auf, um sie zu stützen, kam aber zu spät. Wie in Zeitlupe stürzte das aufschreiende Mädchen über Bord. Dieter schrie „Neeeeein…!", handelte, ohne nachzudenken, und sprang hinterher. Krachend stürzte er ins Wasser und tauchte tief unter. Ein stechender Schmerz durchzuckte seine Brust, denn er hatte durch den Schrei seine Luft verbraucht und nicht mehr eingeatmet, ehe das Wasser über ihm zusammenschlug. Er versuchte, etwas zu sehen… Conni zu sehen, aber es gelang ihm nicht. Ein dunkler Schatten kam in sein Gesichtsfeld und er wollte erleichtert darauf zu schwimmen, aber dann sah er, dass das nicht seine Tochter war.

Sunny hatte sofort beide Rettungsringe, die am Heck hingen, ins Wasser geworfen Connis Kopf tauchte auf und es gelang ihr, einen Arm um einen der Ringe zu schlingen. Das Boot lief mit gut drei Knoten Fahrt und sie wurde an der Rettungsleine, die Ring und Boot verband, mitgezogen. „Halt an, Felix", schrie Sunny, aber der wusste nicht, was er tun sollte. Es vergingen wertvolle Sekunden, bis er mit fahrigen Fingern die Knöpfe der Reffanlage drückte und die Segel sich aufrollten. „Los, zieh", schrie Sunny und zusammen gelang es ihnen, Conni zur Badeplattform zu zerren. „Wo ist Papa", schrie Felix voller Panik und Sunny musste ihn ermahnen, zunächst einmal beim Heraufziehen des zitternden Mädchens zu helfen. Erst als Conni sicher im Cockpit lag, begann die fieberhafte Suche nach Dieter, aber den hatte der große weiße Hai, dessen Aufmerksamkeit das klatschende Geräusch des in sein Element eintauchenden Mädchens geweckt hatte, in seinen Fängen in die Tiefe gezogen.

Dieter Kreft hatte allen dreien -Sunny, Conni und Felix- die Funktionsweise der wichtigen technischen Geräte an Bord erklären wollen, aber das war in der ersten Ferieneuphorie untergegangen. Nach einer Viertelstunde, in der sie seinen Namen riefen und das leere Meer absuchten, kam Sunny auf die Idee, irgendwie Hilfe zu holen. In der Navigationsecke neben dem Niedergang waren die technischen Geräte, wie Sat-Telefon, Funkgerät, Echolot usw. eingebaut. Sunny riss den Hörer des Funkgerätes aus der Halterung. „Hört mich jemand schrie sie hinein, aber nichts war zu hören. Sie hatten es vorher noch nicht benutzt und der Angestellte des Vercharterers hatte bei der Demonstration im Hafen, die Frequenz seines Schwagers im Catering-Laden eingewählt, der aber nun weit außerhalb der Reichweite war. Sunny drückte in ihrer Panik viele Knöpfe…. Und einer dieser Knöpfe war die Hauptsicherung. „Sunny, Hilfe!" schrie es von oben und sie ließ alles fahren und rannte nach oben. Felix rang mit seiner Schwester, die sich offensichtlich ins Meer stürzen wollte. „Wir müssen doch Papa retten", kreischte sie unablässig. Sunny umfasste sie und half Felix, der haltlos weinte, das Mädchen auf eine Bank zu betten. Sunny war auch in Panik, versuchte sie aber zurück zu drängen, denn nun war sie verantwortlich für die Kinder. Jetzt erst wurde ihr klar, dass Dieter nicht mehr auftauchen würde. Tränen schossen aus ihren Augen und alle drei lagen sich in den Armen und ließen ihrer Trauer freien Lauf.

„Es regnet...“, sagte Felix plötzlich und als Sunny aufsah, bemerkte sie, dass die Welt um die „Monsun“ sich in der kurzen Zeit entscheidend verändert hatte. Grau in Grau um sie her... An den Stagen und Wanten begann der plötzlich aufkommende Wind zu heulen und dann stieß die erste höhere Welle den Bug der still liegenden Yacht steil empor und ließ ihn wieder in die See krachen. „Ich weiß, wie man den Motor anmacht“, stammelte Felix und Sunny nickte. Wie Felix dachte sie „Bloß weg hier...“ Felix bückte sich nach dem Fach seitlich neben dem Steuer, wo sich der Anlasserknopf des Diesels befand. Er drückte den roten Knopf, so wie er es unter Dieters Anleitung schon ein paar Mal gemacht hatte, aber nichts tat sich. Wieder und wieder probierte er es. Er konnte nicht wissen, dass Sunny die gesamte Stromversorgung des Boote abgeschaltet hatte. „Der Motor geht nicht“, schrie er und nun geriet auch Sunny endgültig in Panik. Trotzdem tat sie das, was als einziges noch einigermaßen Richtig war. Sie befahl den Kindern Schwimmwesten anzulegen und schob sie unter Deck. Dann warf sie noch einen verzweifelten Blick um das Boot, das jetzt im schon ziemlich hohen Wellengang hin und her geworfen wurde. „Dieter?“ schrie sie noch einmal verzweifelt... dann schloss sie die Tür, der Kajüte hinter sich und ließ sich die Stufen in den nun ziemlich dunklen Innenraum der Yacht hinab gleiten.

4

Die Kommandanten der Atalanta-Flottille saßen um den großen Tisch der Offiziersmesse des Kreuzers „USS Bunker Hill“. Ein Tag war nun seit der weitgehend missglückten Operation „Sunrise“ zur Befreiung der beiden Handelsschiffe vergangen. Ein Tag, in dem sich die Videokonferenzen im Lageraum aneinander gereiht hatten. Captain Moss wusste, dass er wahrscheinlich zum Sündenbock auserkoren worden war, wenn ihm auch Admiral Harlesy, der Chef der Special Operation Forces der Navy, Unterstützung versprach. Es war bereits von einer Untersuchung, der dann zwangsläufig ein Kriegsgerichts-

Prozess folgen würde, die Rede. Entsprechend war die Stimmung bei Captain Moss. Die Kommandanten der anderen Schiffe schwiegen lange, nachdem Moss ihnen seinen vorläufigen Bericht vorgelesen hatte. Einigen wurde erst dabei klar, dass sie, zwar unter dem Kommando Moss, aber dennoch, die grundsätzlichen Befehle ihrer eigenen jeweiligen Länder übertreten hatten.

„Meine Herren, ich bin nur in taktischer Hinsicht Befehlshaber dieser Kampfgruppe", sagte Moss. „Niemand hat vorhergesehen, was sich aus der Umsetzung unserer Befehle zur Befreiung der Schiffe ergeben würde... Bedenken sie bitte, dass nur Mitglieder unserer Marine zu Schaden gekommen sind. Deshalb, und um unseren Regierungen weitere Verwicklungen zu ersparen, übermittle ich ihnen die Bitte, diese ganze Operation als „Streng Geheim" einzustufen und ihre Besatzungen entsprechend anzuweisen, kein Wort darüber verlauten zu lassen." Er nahm einen tiefen Schluck aus seinem Wasserglas und sah sich in der Runde um. Freagattenkapitän Scholz hüstelte und ergriff das Wort.

„Sir, ich bedaure, wie wir alle", er sah in die Runde, in der alle nickten „den Verlust ihrer Männer. Wir sind alle Soldaten und wissen, dass Pläne nie so ablaufen, wie wir sie planen...meistens. Ich werde ihrer Bitte entsprechen..., vorläufig. Das letzte Wort hat für mich mein Oberkommando, dem ich selbstverständlich vollständigen Bericht erteilen muss." Die anderen Kapitäne nickten und äußerten sich ähnlich und Moss verfluchte innerlich die internationale Zusammensetzung des Verbandes. Bei einem reinen US Navy Verband wäre die Sache unter dem Tisch geblieben, aber so...

„Danke, meine Herren. Natürlich müssen sie tun, was ihre jeweiligen Regularien vorschreiben. Ich möchte sie noch informieren, dass die „Bunker" nach Mombasa geht. Ich..., ich persönlich werde wohl nicht hierher zurückkehren. Capitain Lejeune von der „Moncalm" übernimmt das Kommando, bis die „Gettysburg" eintrifft und Captain Spencer ihn ablöst."

Er erhob sich. „Meine Herren, ich danke ihnen allen für ihre Unterstützung und die gute Zusammenarbeit, besonders den Männern ihres Helikopters, Captain Scholz, bei der Sicherung des Rettungsbootes." Scholz nickte knapp und überlegte bereits, wie er den Bericht abfassen konnte, ohne den Einsatz der Lynx besonders zu erwähnen.

Sie warteten an der Rumpfpforte des Kreuzers auf ihre Boote. „Die arme Kerl", sagte Lejeune in seinem drolligen deutsch zu dem neben ihm wartenden Scholz. „Die Politikär werden ängen ihn ans Kröss, nes pa? Abär…, er is un formidable Seemann."
Scholz nickte langsam. „Das ist er ohne Zweifel, mon Capitain, aber ich möchte nicht in seiner Haut stecken. Wir hier draußen müssen in Sekunden entscheiden und die zu Hause drehen ihre Spielzeugschiffchen auf dem Schreibtisch um und hauen uns in die Pfanne. Und wofür?" Lejeune schwieg und hoffte ebenfalls, dass nichts passieren würde, bis die „USS Gettyburg" eintraf.

*

„Said, geh nach unten und schau nach dem Motor", befahl Tamu. Said nickte und verschwand unter Deck. Er hatte keine Ahnung von Motoren, aber der Anblick, der sich ihm bot, sagte genug. Zusätzlich würgte ihm der intensive Dieselgestank den Atem ab. Von der letzten Stufe des Niedergangs war er direkt in die übel riechende Mischung aus Treibstoff und Wasser getreten, die den Boden wohl an die fünfzehn Zentimeter hoch bedeckte. Der Motor selbst sah für ihn ziemlich normal aus, als sich seine Augen an das Dunkel gewöhnt hatten, aber in der Bordwand klafften Risse und kleine Löcher und an dem geschweißten Tank vor dem Motor hatten Splitter der letzten

103

Granate der „Bunker Hill" das Blech zerrissen. Said konnte es nicht länger aushalten und kletterte so schnell er konnte an Deck zurück. Er schaffte es noch gerade bis zur Reling. Tamu sah ihn mitleidig, aber auch ungeduldig an.

„Nun?" fragte er als Said sich mit der Hand den Mund abwischte. Said berichtete und Tamu dachte nach. Die Dämmerung hatte eingesetzt und er sah, dass die spärlichen Lichter Kismayos schon ein Stück achteraus gewandert waren. Er war sein Leben lang Fischer und Seemann und wusste, dass sie ohne Antrieb mit dem Strom auf das offene Meer hinaustreiben würden. „Hol mir das Fernglas", befahl er Said, der es an der Stelle, die Tamu ihm bezeichnete, fand. Tamu hatte befürchtet, dass die Schiffe der Fremden noch vor der Mündung lauern würden, aber die See war leer. Auch seine Hoffnung, dass vielleicht Fischerboote in Sicht sein würden, wurde enttäuscht. Er verfluchte jetzt den Tag, als er den Mast der „Sikka" hatte kürzen lassen, damit sie nicht so leicht entdeckt werden konnte und ihr damit die Fähigkeit genommen hatte, Segel zu tragen.

„Ich gehe selbst unter Deck und sehe, ob etwas zu retten ist", sagte er. Said sah ihm traurig nach. Nun wandte er seine Aufmerksamkeit seinem Bruder zu, der bisher nahezu ohnmächtig auf der Bank gelegen hatte. Er stöhnte und seine Augenlider flatterten heftig, dann schlug er die Augen auf und sah sich panisch um. „Ruhig Mahomad", sagte Said und legte seinem Bruder die Hand auf die Stirn, die sich trocken und heiß anfühlte. „Es tut so weh…", flüsterte Mahomad. Said wusste nicht, was er antworten sollte. Mahomad schloss wieder die Augen und Said nahm seine Hand und hielt sie, bis Tamu zurück an Deck kam. „Das Wasser steigt…", sagte er. „Wir müssen pumpen, sonst sinkt das Schiff. Komm, binde dir ein Tuch vor den Mund. Said fand ein altes schmieriges Handtuch in der Toilette im Vorschiff und folgte Tamu mit Grauen in den Maschinenraum. Tamu zeigte ihm den Hebel der Handpumpe, denn die elektrische hätte nur funktioniert, wenn die Maschine gelaufen wäre. „Ich löse dich in einer halben Stunde ab. Allah sei mit dir", sagte er und Said flüsterte „Und mit Dir,

Herr". Dann stieß und zog er den großen Hebel der Pumpe hin und her. Ein saugendes, schmatzendes Geräusch ertönte.

Tamu ging zurück an Deck und sah zu seiner Erleichterung den kräftigen Strahl des Flüssigkeitsgemisches aus dem Auslassrohr am Heck fließen. Dann machte er sich daran, eine Bestandsaufnahme des vorhandenen Proviants und der Getränke zu machen. Er fluchte leise, damit Allah ihn nicht hörte. Die „Sikka" hätte morgen ausfahren sollen und es war üblich, die Bestände an Lebensmitteln und Wasser erst kurz vor Abfahrt zu ergänzen. So fand er im Kühlschrank, der aber ohne Strom nicht kühlte, etwas Gemüse und Käsereste vor. Ein paar Coladosen und Mineralwasser-Flaschen. Weitere Wasserflaschen lagen in einer Kiste. Das war alles. Die „Sikka" wurde eben nur für die relativ kurzen Angriffsfahrten benutzt. Aber Tamu fand Angelzeug. Die Piraten hatten sich damit die Zeit vertrieben, bis ihr anvisiertes Opfer sich näherte. Er war sich ziemlich sicher, dass sie genügend Fisch fangen konnten, um durchzuhalten bis… Das musste Allah entscheiden. Ein Fischerboot oder ein Schiff… Die „Sikka" hatte einige Waffen an Bord und Tamu nahm sich vor, die erst über Bord zu werfen, wenn sie von einem Schiff gefunden wurden. Dann würden sie vorgeben, Fischer zu sein, die in Seenot geraten waren. Ein Fischerboot aus Kenia oder Somalia… Das würde er mit Waffengewalt übernehmen. Er nahm einige Wasserflaschen und ging zu Mahomad, der jetzt wach war. „Ich muss sehen, was mit dir ist, mein Freund", sagte Tamu mitleidig und machte sich daran, den jungen Mann zu untersuchen, soweit er das konnte.

„Du hast großes Glück gehabt, Mahomad", sagte er schließlich. Mahomad hatte mehrmals laut aufgeschrien, wenn Tamu seine Wunden berührt hatte. „Dein Bein ist gebrochen, aber sonst hast Du, soweit ich sehen kann, nur Prellungen und Blutergüsse. Was innen ist… Das weiß nur Allah." Mahomad nickte schwach. „Wasser, bitte", flüsterte er und Tamu öffnete eine der kostbaren Flaschen und flößte dem Verletzten einige Schlucke ein, bevor er sich selbst erfrischte. „Said ist unter Deck und pumpt. Wir haben ein paar kleine

Lecks. Ich löse ihn gleich ab. Danach... Ich werde versuchen, dein Bein zu richten und zu schienen. Ruh dich aus, Bruder." So wie Tamu das vorbrachte, schien es Mahomad, als hätte der Ältere so etwas schon öfter getan, was aber falsch war. Tamu hatte ebenso viel Angst davor, wie Mahomad.

Die Sonne stieg und es wurde schnell heiß. Tamu hatte Said an der Pumpe abgelöst und war selbst wieder abgelöst worden.

Zunächst brachte er mit Saids Hilfe Mahomad in den kleinen Schatten neben dem Deckshaus. Tamu kam ein Gedanke. Das Funkgerät. Wenn er den Boss in Mogadischu erreichen könnte... Dann aber sah er, dass die Granaten der Fremden ganze Arbeit geleistet hatten. Ein Stück des kurzen Mastes inklusive der Antenne waren buchstäblich abrasiert worden. Als Said nach einer kurzen Pause, in der niemand gepumpt hatte in den Maschinenraum zurückkehrte, sah er, dass das Wasser wieder gestiegen war. Es musste also ein Leck unter der Wasserlinie geben... Aussichtslos, es zu finden. Resigniert ergriff er den Hebel und pumpte. Mittlerweile hatte er sich an die Dünste und den Gestank gewöhnt, aber ab und zu bemerkte er, das sich sein Bewusstsein trübte und er schüttelte heftig den Kopf und begann Suren des Koran vor sich hin zu sagen, das einzige, was er jemals auswendig gelernt hatte. Dann rief ihn Tamu an Deck. Er hatte eine Decke unter Mahomad gebreitet und ihm die Hose aufgeschnitten. Said sah entsetzt, dass der seltsam gezackte Teil eines Knochens die Haut oberhalb des rechten Beines seines Bruders nach außen wölbte. „Du brauchst nicht hinzusehen, Said, aber du musst deinen Bruder so fest du kannst niederdrücken. Ich versuche jetzt, den Knochen zurück zu schieben." Said nickte und kniete sich neben seinen Bruder. Tamu schob dem Verletzten ein Stück Holz, dass er aus der Reling geschnitten hatte, zwischen die Zähne, so wie er das in besseren Tagen auf dem Marktplatz seines Heimatdorfes in alten Westernfilmen gesehen hatte, bevor die Mullahs das verboten hatten. Er nickte Said zu und flüstere „Jetzt! Allah hilf uns...". Said sah nicht hin, aber Mahomad würgte, bäumte sich auf und wand sich mit all seiner Kraft in Saids Armen. Es knackte leicht und dann richtete Tamu sich auf und wischte sich den Schweiß von der Stirn.

Mahomad war in eine gnädige Ohnmacht gefallen und Said getraute sich, loszulassen. Mit zittrigen Fingern zog er seinem Bruder das Holzstück aus dem Mund und sah, dass es fast ganz durchgebissen war. „Er hätte sonst vielleicht seine eigene Zunge abgebissen", erklärte Tamu. „Pass auf ihn auf, Said. Ich gehe an die Pumpe." Said sah ihm nach und weinte.

Fregattenkapitän Scholz schob ein paar Papiere, die vor ihm auf seinem Schreibtisch lagen, von sich. Sein Bericht, den er wohl zehnmal geändert hatte. Es klopfte und er rief „Eintreten!" Nacheinander betraten Korvettenkapitän Möller, Oberleutnant Schaper, Leutnant Ruwe, sowie Oberstabsbootsmann Riedel den kleinen Raum, der nun ziemlich überfüllt war.

Scholz zögerte. „Meine Herren, ich habe hier den Bericht für den Führungsstab. Bevor ich mich zum Inhalt äußere, möchte ich betonen, dass auf Bitte unserer amerikanischen Freunde die ganze Angelegenheit als „Streng Geheim" klassifiziert wurde. Möller, sie werden die gesamte Besatzung davon in Kenntnis setzen. Keine

Emails oder Telefonate oder Briefe mit diesen Vorgängen." „Jawohl, Kapitän", bestätigte Möller, der davon ausging, dass längst von einigen Smartphones Berichte an Zuhause gegangen waren. Aber wenn offizielle Bestätigungen seitens der Marine ausblieben, brachte die heimische Presse gewöhnlich nichts.

Scholz räusperte sich „Ich bin nicht einverstanden mit ihrer Rettungsaktion, Schaper. Man hätte das vielleicht auch anders regeln können. Warnschüsse vor den Bug, oder so." Oberleutnant Schapers Gesicht versteinerte sich. Alles hätte er erwartet. Er war stolz auf seine Aktion und nun das... „Kapitän, bei allem Verständnis... Es war dunkel. Wir hatten einen klaren Auftrag vom taktischen Offizier der „Bunker Hill". Uns blieben ein paar wenige Sekunden. Die Kerle waren dabei, das Rettungsboot zu entern... und sie schossen auf uns. Mein Vogel hat siebzehn Einschüsse. Zum Glück alles kleines Kaliber, das zudem, Gott sei Dank, nichts Wichtiges traf. Ich protestiere in aller Form...!" Scholz unterbrach ihn. „Ich verstehe ihre Aufregung, Schaper. Es wird eine Untersuchung des Vorfalls geben. Dort können sie sich äußern. Riedel, ich kenne sie... Ich habe Ärger erwartet, als sie an Bord kamen. Sie gelten in ihren Kreisen",- er sagte das mit einer deutlichen Abfälligkeit in der Stimme -, „als einer der besten Schützen. Es war sicher nicht nötig, den Tank des Bootes zur Explosion zu bringen." Riedel rang um Fassung. Trotzdem gelang es ihm scheinbar ruhig zu bleiben. Aber seine Fingernägel krallten sich schmerzhaft in seine Handflächen. „Kapitän, ich habe über viele Dienstjahre trainiert, mit den Waffen, die ich bedienen soll, präzise zu treffen. Das klappt auf dem Schießstand und manchmal auch im Einsatz..., aber aus einem Hubschrauber, der sich bei Nacht mit fast hundertfünfzig Knoten bewegt zu „Vermeiden", ein Objekt auf einem kleinen Boot zu treffen... Das machen sie mir bitte vor." „Werden sie nicht unverschämt, Stabsoberbootsmann", grollte Scholz. „Das werden andere in Deutschland entscheiden. Ich habe beantragt, dass sie", er wies auf die gesamte Hubschraubercrew und Riedel, „abgelöst werden. Ist aber leider, wegen Personalmangel,

abschlägig beschieden worden. Wir werden den Rest der Stationierung miteinander auskommen müssen."
Korvettenkapitän Möller, der erste Offizier, räusperte sich. „Fregattenkapitän, ich möchte, dass sie zu Protokoll nehmen, dass ich mit der Rüge, die sie gegen diese Männer ausgesprochen haben, nicht einverstanden bin. Ich persönlich bin stolz, mit diesen Männern zusammen diesen Einsatz bestanden zu haben." Er nickte Schaper, Ruwe und Riedel zu, die ihn überrascht ansahen. Scholz schwieg einige Sekunden. Dann nickte er bedächtig. „Ich nehme ihren Einwand zur Kenntnis, werde aber auch ihre Ablösung beantragen, da ich kein vertrauensvolles Arbeitsverhältnis mehr von ihnen erwarten kann. Sie können wegtreten, meine Herren." Die Soldaten grüßten wortlos, und verließen den Raum. Draußen im Gang ließen sie ihrer Wut freien Lauf.
„Ich werde einen eigenen Bericht aufsetzen", sagte Korvettenkapitän Möller. „Ich würde sie bitten, ihn abzuzeichnen, bevor ich ihn dem Führungsstab faxe." Schaper nickte. „Danke, Herr Korvettenkapitän. Die Anschuldigungen des Kommandanten gegen uns sind… haarsträubend. Das kann er doch nicht ernsthaft meinen, oder?" Möller schwieg. „Ich habe schon unter besseren Männern gedient", antwortete Möller vorsichtig. „Denken sie an die Geheimhaltung, Kameraden." Er betonte das „Kameraden" und die drei anderen nickten dankbar. Später, in der Abgeschiedenheit des Heli-Decks ließen sie nach Dienstschluss ihren Frust heraus, und es gab nichts Gutes über Fregattenkapitän Scholz von ihnen zu hören.

*

Wie mit einer eisernen Faust wurde die „Monsun" hin und her geworfen. Hier, im Inneren der Luxusyacht, sah es schon länger nicht mehr luxuriös aus. Die Inhalte der Geschirrschränke und Schapps hatten sich mit allem, was beweglich war, auf dem Boden vermischt. Scherben der Gläser überall. Bücher, Wäsche... alles war aus den Schränken gefallen, deren Türen von den schwachen Scharnieren nicht gehalten werden konnten. Sunny wusste nicht, was sie tun sollte. Der ungeheure Lärm, der gegen die Bordwände schlagenden Wellen, das unablässige Heulen des Windes in der Takelage und das gefährliche Herumfliegen aller losen Gegenstände raubten ihr den Verstand. Sie konnte sich nicht vorstellen, dass die dünne Plastikschale des Rumpfes diesen Kräften standhalten konnte. Schließlich hatte sie Conny, die nur noch vor sich hin wimmerte und Felix, der laut weinte und nach seinem Vater schrie ergriffen, und mit sich in die Bugkammer gezogen, wo sich die drei auf der Koje aneinander klammerten. Immer wieder musste sich einer der drei übergeben, so dass sich die seidenen Decken mit einer schmierigen stinkenden Schicht überzogen hatten. Einmal schien es etwas ruhiger zu werden und Sunny wagte sich in den Salon, um eine Wasserflasche aus der Kiste unter der Esseckenbank zu holen. Sie hatte gerade den Deckel geöffnet, als eine besonders hohe Welle, die Yacht, die steuerlos trieb, seitlich traf und umwarf. Conny und Felix kreischten aus der Bugkammer und Sunny rutschte hilflos unter dem Tisch auf die andere Seite, wobei sich die Scherbe eines Glases schmerzhaft in ihren Oberschenkel bohrte. Die „Monsun" war im Begriff zu kentern. Segelyachten sind so konstruiert, dass die Masse des unter dem Boot angebrachten Kiels die großen Segelflächen in jeder Lage ausbalancieren kann, aber die Gewalten des Meeres richten sich mitunter nicht nach den Gesetzen der Physik. In diesem Fall warf eine hohe Welle das Boot in ein benachbartes Wellental und die „Monsun" stürzte hinein, um sofort von der nachfolgenden Welle unter sich begraben zu werden.

Sunny erwartete den Tod. So etwas hatte sie sich in ihren schlimmsten Träumen nicht vorstellen können. Sie verfluchte Dieter, der sie zu dieser Reise überredet hatte und bereute es sofort. Er hatte schon bitter dafür bezahlt. „Oh, Gott, hilf uns…!" schrie sie und vielleicht half das. Es knackte vernehmlich an Deck, was sich im Rumpf, der ja wie eine große Resonanztrommel wirkte, verheerend anhörte. Aber irgendwie richtete sich das Boot auf. Sunny rutschte zurück und konnte sich am Sockel des fest verschraubten Tisches festklammern. Es kamen noch weitere große Wellen, aber das war die größte gewesen. Später wusste Sunny nicht zu sagen, wie lange der Sturm gewütet hatte. Irgendwie war sie eingeschlafen oder bewusstlos geworden, oder beides und wenn ihr jemand gesagt hätte, dass es nur etwa drei Stunden gewesen waren…, sie hätte es nicht geglaubt.

Sie erwachte der Geräusche wegen, oder besser…, der fehlenden Geräusche. Das Boot schwankte noch heftig, aber es waren keine Windgeräusche mehr zu hören. Helles Licht drang gedämpft durch die Fenster der Kajüte. Sunny wunderte sich darüber, aber später stellte sie fest, dass sich eine dicke Salzschicht auf den Scheiben abgelagert hatte. Zunächst aber rappelte sie sich auf und schrie, als sie ihr rechtes Bein belasten wollte. Sie sah eine Glasscherbe aus ihrem Oberschenkel ragen und riss sie ohne nachzudenken heraus, was mit einem Blutschwall beantwortet wurde. Die frühere Blutung hatte ihr Bein rot gefärbt, war aber schon eingetrocknet, denn die Scherbe hatte die Wunde quasi verschlossen. Nun blutete es erneut. Sunny sah ein Geschirrtuch auf dem Boden und drückte es auf die Wunde, die einen pochenden Schmerz verursachte. „Kinder?" schrie sie und humpelte zur Bugkammer. Conny und Felix lagen eng aneinander geklammert auf dem Bett… und sie schliefen. Die Erschöpfung hatte auch sie schließlich übermannt. Auf Felix Stirn sah Sunny verkrustetes Blut einer Wunde, aber sonst schienen die Beiden OK zu sein. Sie beschloss, die Kinder schlafen zu lassen, bis sie von selbst aufwachen würden. Auch der Wellengang ließ jetzt langsam nach und sie humpelte zum Niedergang und öffnete die Tür. Sie konnte nach hinten über das Heck die Wellen sehen, in denen sich jetzt die Sonne spiegelte. Das Ruderrad bewegte sich langsam hin und her. Sie zog sich an Deck und drehte sich um. Was sie sah, ließ sie die Hand vor den Mund legen. Der lange Aluminiummast war etwa in zwei Metern Höhe umgeknickt, wie eine Haarnadel, an der man spielt. Die Enden der zerrissenen Wanten schlurrten bei jeder Bewegung der Yacht auf dem Deck. Die Mastspitze hing auf der rechten Seite ins Wasser und der Mastbaum war komplett verschwunden. Die Rettungsinsel, die vor dem Mast befestigt gewesen war, auch. Ein Teil der Reling war dort, wo der Mast hing, weggerissen worden und schleifte im Wasser. „Keine Segel mehr und kein Motor... Wir sind verloren", schoss es Sunny durch den Kopf und sie setzte sich auf die Bank. Ihr fiel ein, dass sie dort vor zwei Tagen noch Cocktails mit Dieter in einer phantastischen friedlichen Tropenidylle getrunken hatte...

Sie verbannte die Gedanken aus ihrem Kopf. Nein, sie durfte nicht aufgeben. Irgendein Schiff würde sie finden, bestimmt!
Sie saß noch eine Weile da und dann nahm sie vorsichtig das durchblutete Handtuch von ihrem Schenkel. Die Blutung schien gestoppt zu sein. Vorsichtig ließ sie sich die Treppe hinab gleiten und fand fast sofort den Verbandskasten, was ihr als gutes Omen erschien. Eine Dose Bier lag auf dem Boden und sie riss den Verschluss auf und trank sie mit einem Zug leer.
„Sunny... Was ist passiert?" Conni war erwacht und kam aus dem Bugraum. „Vorsicht, da liegt überall Glas rum", rief Sunny und das Mädchen kam vorsichtig nach hinten. „Wir müssen das aufräumen, damit nicht noch einer rein tritt", sagte Sunny und fand nach einigem Suchen einen Plastikeimer in einer der Backskisten. „Was ist passiert?" fragte Conni erneut. „Ist der Sturm vorbei?" Sunny nickte. „Ja, der Wind ist jetzt komplett weg. Der Mast ist abgeknickt... Ich

glaube, wir haben Glück gehabt." Conni schlug die Hände vors Gesicht und Sunny sah dicke Tränen zwischen ihren Fingern hervor rinnen. „Papa…", jammerte sie leise. „Ich bin schuld." Sunny sagte nichts, zog das weinende Mädchen nur fest in ihre Arme. Sie überlegte, was sie Conni sagen konnte. Wenn man so wollte, war sie Schuld und ein pures „Nein, nein, Du bist nicht verantwortlich…", würde dem Kind nicht helfen. Sunny streichelte Connis Rücken, dann zog sie das Mädchen mit sich nach oben und sie setzen sich auf die Bank. „Sieh mal", sagte Sunny. Es war ein schrecklicher Unfall und dein Vater hat das getan, was sich, glaube ich, jedes Elternteil für sein Kind wünscht, nämlich es beschützen und retten zu können… Manchmal gelingt das nicht, aber er ist bei dem Versuch gestorben." Sie schwieg eine Weile und sah den restlichen, sich auflösenden Wolkenfetzen nach. Sie nahm Conni an beiden Armen und schob sie ein wenig von sich, so dass sie dem Mädchen in die Augen sehen konnte. Conni wollte sich abwenden. „Sieh mich an", sagte Sunny sanft, aber bestimmt. „Ich kannte deinen Vater noch nicht so lange aber…, er war ein besonderer Mensch. Für dich und deinen Bruder besonders, aber auch für mich. Ich hatte gehofft…". Sie spürte, dass ihr selbst die Tränen kamen, als sie von ihren Hoffnungen auf ein gemeinsames Leben mit Dieter dachte. Sie wollte die Tränen mit der Hand wegwischen, dachte dann aber, dass es Conni vielleicht gut tun würde, wenn sie sah, dass noch jemand um ihren Vater trauerte.

Lange saßen sie da. Die Wellen hatten sich beruhigt. Die Sonne schien sich langsam um die „Monsun" zu bewegen und Sunny sah, dass das Boot sich um die im Wasser hängende Mastspitze drehte, die wie ein Treibanker wirkte. Aber da der Motor ja sowieso nicht ging… „Komm, ich mach uns was zu essen und dann räumen wir auf", sagte sie und Conni nickte langsam. „Wir müssen Felix wecken", flüsterte Conni. Er wird sich fürchten, wenn er ganz allein da vorn aufwacht." „Ja", antwortete Sunny und gemeinsam gingen sie unter Deck. Felix schlief noch, aber er bewegte sich heftig hin und her. Ein schlimmer

Traum schien ihn heim zu suchen. Conni lief ungeachtet der Scherben zu ihm und nahm ihn in den Arm und Felix schrak hoch. „Wo bin ich", keuchte er und Conni hielt ihn fest. Langsam wurde er ganz munter und nun erfasste auch er, was um ihn herum vorging und vorgegangen war. „Komm raus hier", sagte Conni. „Es ist so eklig…". Die eingetrocknete Kotze auf dem Bettzeug und die sowieso abgestandene Luft… „Öffne bitte das Oberlicht", sagte Sunny und Conni schob das nach oben zu öffnende Fenster ganz auf. Felix erhob sich zögernd. Mittlerweile hatte Sunny, so gut es ging, alle Hindernisse aus dem Weg geräumt. Der Eimer war voller Scherben. Alles andere hatte sie vorerst auf die Bänke gelegt. „Was ist mit deiner Stirn", fragte Sunny den Jungen. Felix fasste sich an den Kopf, wo er das verkrustete Blut fühlte. „Weiß nicht", nuschelte er. „Tut nicht weh."   Sunny seufzte „Geht schon mal an Deck. Hier, nehmt bitte den Eimer mit und kippt das Zeug über die Reling. Dann macht ihn voll Wasser und wascht euch. „Aber wir können doch duschen und uns im Bad waschen", protestierte Conni. Sunny zuckte mit den Schultern. „Kinder, wir werden sicher bald von jemandem gefunden, aber solange wir das nicht sicher wissen… Wir sparen besser das Trinkwasser für Kochen und Trinken. Waschen geht auch mit Seewasser. Ich reich euch gleich Handtücher und Seife rauf."   Conni sah sie mit großen Augen an. „Du meinst…", stammelte sie dann „wir sind allein auf dem Meer und wissen nicht, wann wir gerettet werden? Wie Tom Hanks in diesem „Castaway"- Film, wo er jahrelang einsam auf einer Insel ist?"   „Nein", versuchte Sunny erneut Zuversicht zu verbreiten. „Hier kommen bestimmt viele Schiffe lang, wirst sehen." Ihr Blick schweifte umher und blieb an der Leuchtpistole hängen, die an der Holzwand neben der Treppe hing. Sie nahm sie zögernd in die Hand. „Wir müssen probieren, wie die funktioniert", sagte sie dann. „Ich weiß, wo die Patronen sind", meldete sich Felix und hob eine der Treppenstufen an, unter der sich ein Fach befand. Er holte eine verschweißte Plastiktüte hervor, in der die dicken verschieden farbigen Leuchtpatronen aufbewahrt wurden. „Wir probieren das nachher aus, Kinder", sagte Sunny. „Ich seh erst mal zu, dass ich uns ein Frühstück mache." Die Kinder gingen nach oben und während Sunny aus den noch gut sortierten Vorräten ein Tablett belud, kippte Conni den Scherbeneimer ins Meer und füllte ihn dann vorsichtig von der Badeplattform aus mit Seewasser. Sie wagte nicht, den Arm ins Wasser zu stecken…

Keiner von ihnen hatte gesehen, dass ein Hai Dieter Kreft in die Tiefe gezogen hatte, aber das Meer hatte ihnen den Vater genommen und war jetzt ihr Feind. Sie hatten seit jeher zusammen gebadet und hatten keine Scheu voreinander, so zogen sie sich aus und wuschen sich Schweiß und Erbrochenes vom Leib. Felix hatte in den letzten Jahren mit Erstaunen verfolgt, wie sich der Körper seiner Schwester verändert hatte, aber er war noch zu sehr Junge, als das ihn das erregte. „Die Seife schäumt gar nicht richtig", beklagte er sich bei Sunny, die mit dem Frühstück und Saft nach oben kam. „Ich glaube, dass hängt mit dem Meerwasser zusammen", meinte sie. „Hauptsache sauber. Fangt schon mal an, ich muss auch aus diesen stinkenden Sachen", sagte sie und zog sich aus. Später saßen sie alle drei nackt in der Sonne und ließen sich ihre Haare trocknen. Sunny war froh, dass sie sich vor der Reise für eine neue, praktische Kurzhaar-Frisur entschieden hatte. Es war ein schweigsames Mahl. Sunny und Felix aßen mit Appetit, aber Conni legte schon nach den ersten Bissen ihr Brot weg. „Ich kann nichts essen", sagte sie und Sunny legte ihr nur die Hand auf den Arm. „Schon OK", aber trinken musst Du." Sunny brachte die Reste unter Deck und dabei fiel ihr auf, dass der Kühlschrank ja auch nicht ging. Die Käse und Wurstbestände würden in dieser Hitze schnell schlecht werden. Es war mittlerweile schon fast unerträglich heiß unter Deck der bewegungslos im Meer treibenden Yacht. Sie ging wieder nach oben und setzte sich neben die Kinder. Sunny hatte erwartet, dass die beiden über ihren Vater sprechen wollten, aber er wurde nicht erwähnt. Sie schienen zu Verdrängen und Sunny war das für den Moment ganz recht, denn sie mussten überlegen, was sie tun konnten, um ihre Lage zu verbessern.

„Gib mal dieses Ding rüber", sagte sie zu Felix, der ihr die Leuchtpistole reichte. „Ich hab mal gesehen, wie Papa den kleinen Hebel da gedrückt hat und dann konnte man den Lauf abknicken und eine Patrone reinschieben", sagte Conni. Sunny probierte es und... es funktionierte. „Na gut", sagte sie dann. „Wir müssen auch damit sparen, aber einen Schuss müssen wir zur Probe machen, damit das klappt, wenn ein Schiff oder Flugzeug kommt." Felix öffnete den Beutel, indem er einen Finger in das Plastik bohrte und ein Loch hineinriss. „Welche Farbe?" fragte er. „Keine rote..., grün", bestimmte Sunny. Es war leichter, als sie sich das vorgestellt hatte, auch wenn der Knall lauter als erwartet war und der Rückschlag die schwere Pistole nach oben riss. Hoch über ihnen entfaltete sich ein grüner Stern wie die Blüte einer Blume und sank langsam ins Meer hinab. „Okay. Kommt ihr damit klar?" fragte Sunny und die Kinder nickten. „Ich leg das Ding hier in die Ecke, damit es sofort zur Hand ist. Nicht erst fragen, wenn ihr ein Schiff seht... sofort schießen. „So", fuhr sie fort. „Wir machen jetzt erstmal sauber und dann gucken wir uns alles an, was an Bedienungsanleitungen da ist. Vielleicht kriegen wir den Motor doch noch an. Aber erst zieht euch was über, damit ihr keinen Sonnenbrand kriegt".

Sie machten sich an die Arbeit. Sunny zog die Kojen ab und wusch das Bettzeug mit Seewasser. Die Kinder räumten zunächst die Kleidungsstücke, Bücher, CDs und alles, was herumgeflogen war, in die Schränke zurück. Sie hielten es aber nicht lange unter Deck aus.

„Es ist so heiß", klagten sie und dann erinnerte sich Sunny an das Sonnenzelt, das irgendwo in einer der hinteren Staukisten sein musste. Dieter hatte es dort, nachdem er es vor dem Aufbruch in der Bucht abgebaut hatte, verstaut. Conni und Felix, der recht geschickt war, hatten es dann sehr schnell aufgebaut und nun hatten sie wenigstens Schatten. Sunny brachte eine Wasserflasche, die sie sich teilten und dann versuchten sie, die Bedienungsanleitungen der technischen Geräte, die Sunny aus der Navigationsecke geholt hatte, zu ergründen. Leider war fast alles in englisch abgefasst, was Felix noch nicht ausreichend beherrschte. Er versuchte aus den Skizzen schlau zu werden. Auch Conni verstand die technischen Ausdrücke nicht und Sunny, deren weit zurück liegendes Schulenglisch nicht einmal zum Bestellen in einem Restaurant reichte, kam auch nicht weiter. Felix Blick fiel auf die Abbildung des Tablet-PCs in den sein Vater Kurse auf den elektronischen Seekarten eingetragen hatte. „Das Ding muss irgendwo sein", sagte er dann. „Ich glaube, damit kann ich umgehen. Ist so ähnlich, wie mein Tablet zu Hause." Er meinte damit seine Spiele-Konsole, mit der er virituos umzugehen verstand. „Sunny warf einen Blick herüber. „Das liegt da unten auf dem Tischchen, glaube ich", sagte sie unsicher und Felix holte es. Er begann, daran herum zu spielen. „Ha", sagte er nach einer Weile. Der Bildschirm war erleuchtet und er konnte sich durch ein Menü scollen, aber viel half ihm das nicht weiter. „GPS active", stand da und dann erschienen Zahlen und verschiedene Statussymbole. „Ich glaube, das ist unsere Position", sagte Felix, dem Conni und Sunny fasziniert und hoffnungsvoll über die Schultern sahen. Sunny holte schnell Papier und einen Kugelschreiber. „Ich schreib das besser ab. Wir wissen nicht, wie lange die Batterien halten." „Unten im Fach sind noch welche", beruhigte Felix, aber Sunny wollte auf Nummer sicher gehen. „OK", sagte sie dann. Kannst Du auch eine Seekarte oder so was aufrufen, damit wir sehen, wo wir sind?" „Hmmm", murmelte Felix und bewegte seinen Daumen so schnell, wie es nur die Computer-Kids können. Seiten liefen vorbei und dann füllte tatsächlich ein hellblaues Bild das Display. Sunny wollte sich schon enttäuscht abwenden, bis sie Conni auf ein blinkendes Kreuz hinwies, etwas seitlich der Mitte. „Ist das da… alles nur Wasser? Kein Land irgendwo? Und ist das unser Standort?" fragte sie zögernd. „Weiß auch nicht", antwortete Felix. Er scrollte nach links und rechts, aber da war nur blau. Oben auf der Statusleiste gab es ein Fenster, auf dem „Go to" stand und Felix drückte es. Es erschien eine rote Linie, die nach links oben wies. Felix deutete aufgeregt darauf. Das muss der Kurs sein, den Papa für uns eingegeben hat. Ich hab mal dabei zugesehen, wie er das gemacht hat." „Nützt uns aber nix", sagte er dann betrübt. „Wenn das alles ginge", er wies auf die Anzeigen und Armaturen rund um das Steuer, „brauchte man dieses Teil nur mit dem Autopiloten connecten und dann steuert der uns nach Hause, oder dahin, wo Papa hin wollte." „Du meinst, man brauchte nur den kleinen Computer anschließen und schon steuert der von selbst?" fragte Conni nach und Felix nickte. Sunny schöpfte plötzlich Hoffnung. Allein die Tatsache, dass sie diesen leuchtenden Punkt auf dem Bildschirm sah, der ihren Standort angab, ließ sie Mut fassen. „Weiter Kinder", sagte sie aufgeregt. „Wenn wir das geschafft haben…, ich meine Felix, kriegen wir vielleicht auch den Motor an."

Sie probierten alles Mögliche. Die Kombination vieler Knöpfe… aber es war Conni, die mehr aus Versehen den kleinen Schalter fand, unter dem kaum lesbar die Aufschrift „Main Power" stand. Sie drückte ihn und kleine rote und grüne Lichter leuchteten in der Navigationsecke auf. Sunny, die Vorräte aus dem Kühlschrank holen wollte, begriff erst gar nicht, dass der plötzlich leise summte und die Innenbeleuchtung brannte. „Der Kompass blinkt", rief Felix von oben und Conni und Sunny fielen sich in die Arme.
Während die „Atalanta" Flottille sich langsam in Richtung Horn von Afrika bewegte, außer der „Bunker Hill" mit dem unglücklichen Catain Moss, die auf dem Wege nach Mombasa war, schaukelte die Dhau „Sikka" in den nun wieder ruhigen Wellen des indischen Ozeans. Auch hier hatte es Ausläufer des Gewittersturms gegeben, in dessen Zentrum die „Monsun" geraten war. Immer weiter trieb das antriebslose Piratenschiff ins offene Meer. Said fühlte seine Arme nicht mehr. Das unablässige Pumpen zehrte nicht nur an seinen Kräften. Langsam beschlich ihn Angst. Was, wenn die Pumpe versagte? Oder sie einfach nicht mehr konnten? Tamu bin Saleh schien diese Ängste nicht zu kennen, aber ihm konnte ohnehin niemand ansehen, was in seinem Inneren vorging. Sein vernarbtes, bärtiges Gesicht war für Said ebenso unergründlich, wie die Tiefe des

Ozeans. Mahomad schien es etwas besser zu gehen. Die brutale Operation, mit der Tamu sein Bein gerichtet hatte, schien seinen Zustand zumindest nicht verschlechtert zu haben. Ein paar Holzstücke, fest umwickelt mit Leinwandstreifen, schienten es nun. Er hatte Schmerzen, aber die Verbandskiste hatte auch einige Päckchen Schmerztabletten enthalten. Mahomad lag auf der Bank neben dem kleinen Deckshaus und schlief meistens, wenn Tamu Said ablöste. Wenn er aber aufwachte, war sein Blick wieder klarer als zuvor und er hörte Said interessiert zu, der ihm ihre Flucht auf dem Boot schilderte, denn die hatte Mahomad nicht bei klaren Sinnen mitbekommen. „Hast Du Hunger?" fragte Said und als Mahomad nickte, holte Said eine Schachtel Kekse, die einmal zum Vorrat eines der gekaperten Schiffe gehört hatte, und nun schon älter war. Sie rochen muffig, aber Mahomad griff herzhaft zu. Sehr viel mehr gab der Vorratsschrank nicht mehr her. Tamu hatte aus dem vorhandenen Angelzeug einige Schleppangeln improvisiert und als Köder bunte Stofffetzen benutzt, die er aus einem alten Hemd riss. Als Schwimmer dienten ein paar Stücke Kork aus dem Innhalt einer Schwimmweste. Noch während

Said zu einem der auf und ab tanzenden Schwimmer hinsah, näherte sich zwanzig Meter tiefer ein neugieriger Fisch dem Köder und befand ihn für essbar. Plötzlich verschwand das Korkstück und Said begriff zunächst nicht, was das bedeutete. Dann aber sprang er auf. „Tamu!" rief er so laut er konnte. „Ich glaube, ein Fisch ist an der Angel." Das gleichmäßige „Klack-Klack" der Pumpe verstummte und der verschwitzte Pirat, der nur noch seine fleckigen Shorts und eine Art Turban trug, kam an Deck. „Pump weiter, Junge", sagte er, dann überlegte er es sich anders. „Nein, bleib und sieh mir zu. Du musst das auch können." Said begleitete Tamu ans Heck, wo der ältere die Leine, die nun straff gespannt war und steil nach unten zeigte, behutsam anzog. Vorher hatte er sich ein Stück Stoff um die Hände gewickelt. Wozu das gut war lernte Said schnell, denn als Tamu anzog, versuchte der Fisch mit aller Kraft zu entkommen und die dünne Plastikschnur schnitt sich tief in die Leinwand. Mit bloßen Händen hätte sie sicherlich schmerzhaft in die Haut geschnitten. Tamu grunzte und murmelte eine Bitte an Allah, ihm Glück zu schenken, aber das Glück musste er sich mühsam erkaufen. Über eine Viertelstunde dauerte es, bis er den ermatteten Fisch, eine Art Meeräsche, an die Oberfläche gezogen hatte. „Said, den Kescher!" rief er. „Schieb ihn unter den Fisch." Said tat, wie ihm befohlen und zog den Fisch zusammen mit Tamu an Bord. Er sah prächtig aus. Seine feuchten gesprenkelten Schuppen leuchteten in der Sonne und seine Schwanzflosse schlug auf die Holzplanken. Tamu nahm ein kleines Stahlrohr, das herumlag in die Hand und hieb es der Beute über den Kopf, die daraufhin erstarrte. Tamu grinste. „Siehst Du Said. Wer festen Glaubens ist, den lässt Allah nicht im Stich. Geh pumpen. Ich bereite dieses Prachtstück zu. Wir haben alle Hunger." Mahomad hatte sich aufgerichtet. Aufmerksam hatte er das Geschehen verfolgt. „Oh ja, Tamu. Ich sterbe vor Hunger", krächzte er. Tamu hielt den Fisch, der gut einen Meter lang war in die Höhe, und lachte.

„Wie schön, Mahomad, dass du Hunger hast. Das zeigt, dass du auf dem Weg der Gesundung bist. Ich werde sehen, wie ich das Geschöpf hier zubereiten kann. Said war währenddessen schon wieder am pumpen. Das Adrenalin, des erfolgreichen Fischzugs ließ ihn kraftvoll arbeiten, aber sah auch, dass die Zeit, in der niemand gepumpt hatte den Wasserspiegel auf dem Schiffsboden wieder hatte ansteigen lassen. Die Aussicht auf die Mahlzeit ließ ihn das aber verdrängen und er malte sich aus, was Tamu wohl servieren würde.
Tamu hob prüfend die kleine Gaskartusche an. „Nicht mehr viel drin", dachte er. Der Campingkocher, der im winzigen Deckshaus der Dhau stand, wurde während der kurzen Kaperfahrten maximal zum Tee kochen benutzt. Sorgsam nahm er den Fisch aus und zerlegte ihn dann. Die Eingeweide kamen gleich über Bord, aber den Kopf und das Schwanzteil legte er beiseite. Sie würden als Köder für weitere Fische dienen. Er filettierte den Fisch und entzündete den Kocher. Es gab

keine Pfanne, aber sein Blick fiel auf das Tablett, auf dem die Teetassen standen. Es war aus Kupfer und kunstvoll ziseliert, aber nun musste es eben als Pfanne dienen. Der Boden verfärbte sich schnell, als Tamu es über die offene Flamme schob, aber er legte schnell die Fischstücke hinein. Bald erfüllte der Geruch des gebratenen Fisches das ganze Boot. Tamu suchte in allen Ecken und fluchte leise vor sich hin. Nach der letzten Fahrt, die schon etwas zurück lag, hatten sie Klarschiff gemacht und nun war nichts Verwendbares mehr da. Kein Salz, kein anderes Gewürz. Ihm kam ein Gedanke und er schöpfte mit einem Eimer, den er an ein Seil band, etwas Seewasser, mit dem er den sich bräunenden Fisch begoss. „Fertig", beschloss er und drehte den Regler des Kochers ab. Das Tablett war glühend heiß, aber es gab zumindest ein paar Teller, auf die er nun die Köstlichkeit verteilte. Sorgenvoll blickte er auf die Holzkiste, die ihren Wasservorrat enthielt. Noch zehn Flaschen. Drei bereits leere hatte er nach dem heftigen Regenschauer während des Gewitters auffüllen können, denn

er hatte alle verfügbaren Gefäße an Deck aufgestellt. Tamu wusste aber, das nun Wochen vergehen konnten, bevor es wieder regnete. Es beunruhigte ihn sehr, dass sie kein Schiff sahen. Wie weit mochten sie schon getrieben sein? „Kismet", dachte er. „Allah weiß, wo seine Kinder sind." Mahomad schlief und wachte verwirrt auf, als Tamu ihn sanft anstieß. „Said, komm rauf", rief Tamu und dann saßen die drei schiffbrüchigen Piraten in der prallen Sonne und ließen sich den Fisch schmecken.

*

Felix drückte auf den Anlasser und der Diesel sprang sofort an. Sie jubelten erleichtert auf. „Meinst Du wirklich, dass der kleine Computer weiß, wo wir hin sollen?" fragte Sunny zweifelnd. „Papa hat den Kurs da eingegeben, das habe ich gesehen. Ich weiß auch, dass dieses Teil seine Position haargenau von den Satelliten bekommt und immer den angegeben Zielpunkt ansteuert, auch wenn Strömung ist oder so… Kann ja nicht weit sein, weil Papa am Abend in Praslin sein wollte. „Gott sei Dank", sagte Conni. Ich will nach Hause. Zu Mama." Sie begann zu schluchzen und Sunny ließ sie. Was hätte sie auch zu ihrem Trost sagen sollen. Sie selbst wollte ja auch nur noch weg von diesem verfluchten Boot, dass ihr alle Träume genommen hatte.

„Versuch es mal", forderte sie Felix auf und der befestigte den Tablet-PC an dem Einschub hinter der Steuersäule, in dem dafür vorgesehen Anschluss, so wie er das bei seinem Vater gesehen hatte. Sofort leuchtete das Display auf. Kurz stand da „Connected", dann erschien „Last Entry", was letzte Eingabe bedeutete, wie Felix wusste. Felix dachte nach. Was hatte Papa dann getan? Ach ja. Er drückte oben in der Ecke das Kästchen auf dem „Go to" stand und die rote Linie, die sie schon einmal gesehen hatten erschien. „Ich glaube, das geht", meinte Felix. „Dann gib Gas", sagte Sunny, der die Last des letzten furchtbaren Tages ein wenig von den Schultern rutschte. Felix schob den Gashebel nach vorn, aber die einzige Folge war, dass das Brummen des Motors lauter wurde und der Drehzahlmesser sich bewegte. Das Boot rührte sich nicht. „Was ist los?" fragte Conni verblüfft und es dauerte noch einige Minuten, bis sie darauf kamen, dass das es noch eine Leerlaufsperre gab, die sie lösen mussten. Dann aber nahm die lädierte Yacht Fahrt auf. „Ich mach was zu essen", sagte Sunny erleichtert und ging nach unten, wurde aber schnell wieder von Felix gerufen. Das Boot dreht dauernd nach rechts", sagte Felix und Sunny sah, was er meinte. Das Kielwasser hinter ihnen glich einer Schlangenlinie, weil die ins Wasser ragende Mastspitze die Yacht in diese Richtung ziehen wollte, der Steuer-Automat das aber immer wieder korrigierte. „Wir können nichts dagegen tun", sagte sie dann zu Felix. Weiß nicht, ob das schadet. Mach dir erstmal keine Gedanken deswegen. „Vielleicht geht der Funk jetzt auch?" sagte Conni und Sunny schämte sich nicht selbst darauf gekommen zu sein. Zu dritt standen sie vor der Armatur und versuchten heraus zu bekommen, was man tun musste, um zu senden. Aber alles, was sie versuchten, war vergeblich. Sie wussten ja nicht, dass die Antenne, zwar an Sich noch intakt, sich aber unter Wasser befand... Neben dem Funkgerät stand das Sat-Telefon und nach einer Weile probierten sie das. Es dauerte, bis sie an Hand der Betriebsanleitung

herausfanden, wie es zu bedienen war. Anders als die Funkanlage, besaß dieses Gerät eine eigene kleine Stabantenne, die auf dem Deckshaus befestigt war. Was sie nicht wussten war, dass auch dieses Gerät nur eine begrenzte Leistungsfähigkeit hatte, die zudem von der Konstellation der Kommunikations-Satelliten im All abhing. Sie versuchten alle möglichen Telefonnummern, die sich auf dem aufgeklebten in Plastik verschweißten Infoblatt neben dem Gerät befanden und weitgehend dem Vercharterer und dazugehörigen Firmen gehörten, aber niemand antwortete. „Na ja", meinte Sunny zuletzt. Wenigstens fahren wir. In ein paar Stunden sind wir an Land, Kinder. Dann kann ich euch nach Hause bringen. Versprochen."
Sie hatte sich schon zurecht gelegt, wie sie vorgehen würde. Der Vercharterer würde sicher helfen, sie mit dem deutschen Konsul, oder der Botschaft zu verbinden. Die würden bestimmt alles Weitere regeln. Felix rumorte in seiner Koje herum und kam dann mit einem Zettel zurück. „Jaques hat mir die Nummer von der Yacht seines Vaters gegeben. Vielleicht geht die. Die sind ja auch hier in der Nähe. Er tippte die Nummer ein und wartete und plötzlich rauschte es im

Lautsprecher und dann kamen ein paar Wortfetzen, die sie aber nicht verstehen konnten. „Jaques", brüllte Felix in den Hörer. „Wir sind in Seenot. Hilfe. Bitte helft uns…", aber dann verstummte das Rauschen. Entmutigt schaltete Felix das Gerät ab. „Geht auch nicht", sagte er. Ich geh wieder nach oben." „Trink was", ermahnte ihn Sunny und Felix nahm sich eine Wasserflasche mit an Deck. Sehr viele hatten sie auch nicht mehr, aber da waren noch hundertfünfzig Liter Wasser im Tank. Das würde schon reichen, meinte Sunny. Sie begann, aus den Inhalten verschiedener Konserven eine Art Bolognese zu kochen, wozu es in Seewasser gekochte Spaghetti geben würde. Ich fang schon mal an, meine Reisetasche zu packen", kündigte Conni an. „Bin ich froh, wenn wir heut Abend an Land sind." Auch Sunny hatte keinen Zweifel, dass das Land sich in der Nähe befinden musste. Was

sie nicht wussten war, dass Dieter Kreft in der Nacht, während er schlaflos über Conni gewacht hatte, der Übung halber Kurse in den Tablet-PC eingegeben hatte und der letzte hatte nach Mogadischu geführt. „Last Entry". Und das führte der Autopilot nun aus.

Die Spaghetti waren wunderbar und Sunny ahnte nicht, dass das Seewasser einen großen Anteil an dem Geschmack hatte. Die Sonne brannte hier in der Nähe des Äquators gnadenlos und sie waren froh, das Sonnensegel zu haben. Zudem hatten sie nun einen leichten Fahrtwind, der ihnen, wenn auch heiße Luft, um die verschwitzten Körper wehte. Sie hatten sich ihre leichtesten T-Shirts angezogen. Quälend langsam verging die Zeit. Felix sah ab und zu nach dem Steuer und den Instrumenten. Ganz links der Treibstoff-Anzeiger. „Halb voll" zeigte er an, was Felix beruhigend fand. Daneben der Drehzahlmesser. Fast am roten Bereich, denn Felix hatte beinahe Vollgas gegeben. Die Anzeige der Kühlwasser-Temperatur, auch fast im roten Bereich, aber noch ein bisschen im Grünen, was wohl OK war. Darüber die roten digitalen Zahlen des Kompasses, die immer ein bisschen zu-, oder abnahmen, wenn das Boot eine seiner endlosen

Schlangenlinien beschrieb. Immer so um die 280Grad, was ihn auch nicht beunruhigte. Er wusste ja nicht, dass sie sich gerade mit ungefähr zehn Knoten pro Stunde von den Seychellen entfernten. Sunny brachte die Reste des Essens nach unten, um abzuwaschen und Felix fragte Conni „Lust, ein bisschen zu kniffeln?" „OK", antwortete sie gelangweilt und Felix holte die Würfel. Später kam Sunny hinzu und spielte mit. Alle paar Minuten spähte einer von ihnen nach vorn, aber kein Land zeigte sich. „Das es hier keine Möwen gibt", wunderte sich Conni. „Denen ist es auch zu heiß", antwortete Sunny und sie spielten weiter.

Jaques Vater hatte ein Gespräch mit einem Geschäftspartner in Marseille geführt. „Merde", sagte er, denn ein Problem war in einer seiner Firmen aufgetaucht, das sein Partner nicht allein lösen konnte. Betrübt informierte er seine Familie, dass er umkehren und nach Victoria zurück fahren musste. Sie würden nach Hause fliegen. Die Kinder, neben Jaques gab es noch die achtjährige Francois, und seine Frau Marie murrten, aber es ging nun mal nicht anders, nes pas? Er programmierte den Navi neu und das Boot, ein exakt identisches Schwesterschiff der Monsun und von dem selben Vercharterer gemietet, wendete. Er ging wieder unter Deck, um seinen Partner von seiner Rückkehr zu unterrichten und wollte eben den Hörer in die Hand nehmen, um zu wählen, als der Empfänger piepte. „Hallo?" sagte er in den Hörer, aber es rauschte nur und dann ein paar Worte, eindeutig auf Deutsch, von dem er nur ein wenig in der Schule gelernt, und fast vollständig wieder vergessen hatte. Eine Kinderstimme. Aber „Seenot" verstand er und „Hilfe." Dann brach das Gespräch ab. Das Wort „Hilfe" kannte er, aber was in aller Welt bedeutete „Seenot?" Er maß dem ohnehin keine Bedeutung zu. Irgendjemand hatte sich verwählt. Er tippte die die Nummer in Marseille ein und informierte das Büro, dass er auf dem Rückweg sei. Er sah auf die

Karte, die er, anders als Dieter Kreft, sorgsam geführt hatte. Erfahrung hatte ihm gezeigt, dass elektronische Geräte überprüft werden mussten. Mit Glück würde er in fünf Stunden im Hafen sein. Er wählte die Nummer des Agenten des Vercharterers und der versprach, alles zu regeln. Hotel, Rückflug und so weiter. Der junge Inder rieb sich die Hände. Jaques Vater hatte für zwei Wochen gebucht und würde natürlich nichts erstattet bekommen. Unter der Hand, auch unter der seiner Firma, konnte er nun einem Amerikaner, der kurzfristig nach einem Boot gefragt hatte, einen positiven Bescheid geben. Gut gelaunt wählte er die Nummer des Hilton und ließ sich

verbinden. „Mr. Carson? Ich habe ein Boot für sie." Als er aufgelegt hatte, sah er auf der Anruferliste die Nummer der „Monsun", die dieser Deutsche…, wie hieß er noch. Ach ja, Kreft, gemietet hatte.

Das Gespräch war nicht zustande gekommen, weil er nicht im Büro gewesen war. „Mal sehen, was der will", dachte er, während er sich noch über den Glücksfall mit dem Amerikaner freute. Er ließ es lange klingeln, aber die „Monsun" meldete sich nicht. „Dann eben nicht", dachte er und bereitete alles für die Übernahme der Yacht des Franzosen vor, bei der es sicher irgend etwas geben würde, was ihn zur Einbehaltung eines Teils der Kaution berechtigte. Sein Job war eine Goldgrube, solange er es nicht übertrieb, das wusste er. Bald würde er heiraten können und ein Haus kaufen. Er beschloss, mal wieder in den Tempel zu gehen und Vishnu zu danken. Ja, er hatte es gut.

*

„Vielleicht ist jetzt wirklich Schluss für mich, bei der Marine", dachte Oberstabsbootsmann Rolf Riedel. Er lehnte an der Reling der „Lübeck", die mit langsamer Fahrt dahin fuhr. Etwas voraus war die „Absalon" zu sehen. Die anderen Schiffe waren außer Sichtweite, aber Riedel wusste, dass sie da waren. Die Flottille hatte wieder gewendet und fuhr entlang der somalischen Küste nach Süden. Bootsmann Krampke trat neben ihn. „Trübe Gedanken, Rolf?" fragte er. Riedel

zuckte die Schultern. „Weißt ja. Die Sache mit dem Boot. Wenn das richtig an die Presse kommt… Die ganzen Gutmenschen, die da in ihren weichen Sesseln sitzen und jammern, dass wir die armen, armen Piraten, die ja sicher nicht anders können, nicht mit Sahnebonbons beworfen haben, um sie von ihrem Plan abzubringen… Weißt Du, die verarschen uns doch. Wir sollen mit auf dem Rücken gebundenen Armen Weltpolizei spielen, damit sie bei der UN und sonst wo gut da stehen. Es gibt sicher ein paar Politiker, die genau wissen, was wir hier tun, aber du wirst sehen… Die sagen nichts, wenn die neunmalklugen Kommentatoren im Fernsehen uns zerlegen. Ich glaub, für mich ist Schluss, auch wenn sie mich nicht raus werfen." Krampke schwieg und zündete sich eine Zigarette an. „Geh mal auf die andere Seite", schimpfte Riedel, der eingefleischter Nichtraucher war. Krampke ging gehorsam um seinen Kumpel herum, der nun keinen Qualm mehr ins Gesicht bekam. „Weißt Du, Rolf", sagte er nach einem weiteren tiefen Zug. „Wenn mir jemand einen echt guten Job an Land anbieten würde… Sofort. Aber eigentlich hab ich Spaß an unserem Beruf. Du hast natürlich Recht. Rückhalt haben wir kaum in der Bevölkerung und bei den Politikern erst recht nicht. Denen ist es eigentlich scheißegal, was hier passiert. Und wenn nicht ein paar deutsche Reeder von den Piraten erpresst worden wären… Nach dem Zwischenfall, bei dem unsere Kollegen die Kaperung dieses Frachters… Wie hieß der noch…egal, verhindert haben und unser

Freund im Hubschrauber starb, da war einige Zeit Ruhe. Die Kerle verstehen nur robusten Einsatz. Die verachten uns, wenn wir sie mit Samthandschuhen anfassen und schwafeln davon, dass Allah sie beschützt und sie uns sowieso überlegen sind..."

Riedel nickte nachdenklich. „Ja, daran denke ich auch dauernd. Es gab da ein Mädchen in Eckernförde. Ich hatte eigentlich gedacht, das wäre die Richtige aber... Und ich glaube auch, das war die Richtige für Familie gründen und so, aber sie wollte, das ich abmustere und das habe ich nicht begriffen. Na ja, Schwamm drüber. Kennst Du eigentlich Heiskämper? Der ist vor zwei Jahren ausgeschieden und hat jetzt so eine Personenschutz-Truppe in Berlin aufgemacht Er hat mir vor ein paar Monaten ein Angebot gemacht. Ich werde ihn mal anrufen, wenn wir zu Haus sind. Vielleicht gilt das noch." Krampke zündete sich eine neue Zigarette an, denn das meiste der ersten hatte der Wind geraucht.

„Heiskämper..., ja den kenne ich. Hat mich damals mit ausgebildet. Ein harter Hund. Ne, ich möchte was total anderes machen. Keine Gewalt und Gefahr mehr. Für Niemanden den Kopf hinhalten müssen. Ich geh mal zum Jobcenter. Bin ja noch nicht zu alt für 'ne Umschulung." Sie lachten. „Unser Müller", fuhr Krampke dann ernst fort. „Der hat sich im Hubschrauber bepisst vor Angst. Ich sag dir, der hat richtig Schiss gehabt. Du solltest mal mit ihm reden. Im Ernstfall können wir uns auf den eher nicht verlassen." Riedel sah übers Wasser, wo weit am Horizont ein grauer Schatten schemenhaft auftauchte. „Ja, Müller. Er war in einem meiner letzten Kurse. Ich habe damals überlegt, ihn abzulösen, aber... Der Kurs hatte eh schon so viele Abgänge. Ich sag dir, die Jungs heute haben sich verändert. Zu wenig Sport in der Schule und zu viel Computerquatsch. Aber bei dem liegt's eher an der Psyche. Hast recht. Ich red mit ihm." Er lachte wieder. „Wenn wir alle abmustern, haben die Piraten hier bald freie Bahn."

Der Schatten hatte sich in ein großes Schiff verwandelt, das schnell aufkam. „Die „Gettysburg", sagte Krampke. „Schwesterschiff der

„Bunker Hill". Auch ein Raketenkreuzer." „Unser neues Flaggschiff", bestätigte Riedel. Mal sehen, was deren Captain für einer ist. Kommst Du mit, einen Happen essen? Ist zwar noch früh, aber ich leg mich heute nicht so spät aufs Ohr." „Klar", antwortete Krampke. „Wenns ums Essen geht...". Er umfasste spaßhaft seinen Bauch. Der harte durchtrainierte Kampfschwimmer hatte seit seinem Eintreffen auf der „Lübeck" gut zwei Kilo zugenommen. Die Enge und das Fehlen ihrer gewohnten ausgedehnten Dauerläufe, gepaart mit der ausgezeichneten Verpflegung, machten sich bemerkbar. „Dann los", sagte Riedel und sie gingen unter Deck, wo es nach der Hitze außerhalb des Rumpfes, der Klimaanlage wegen, angenehm kühl war. Sie nahmen gerade ihr zweites Schnitzel in Angriff, als sie merkten, dass die Geräusche und Bewegungen des Schiffes sich verändert hatten. „Wir stoppen", sagte ein Maschinist, der mit am Tisch saß. „Hab vorhin gesehen, dass die „Gettysburg" angekommen ist. Da ist wohl eine Konferenz der Kommandanten fällig."

Sie hatten recht. Kurze Zeit später knackte die Lautsprecheranlage und eine Durchsage befahl die Mannschaft des Beibootes auf ihre Station. Einer der Maate am Nebentisch ließ seufzend sein Besteck sinken. „Nie kann man hier in Ruhe essen", schimpfte er. „Soll der hohe Herr sich doch vom Heli rüberbringen lassen." „Ne Du", antwortete Obermaat Kruse, der Bordmechaniker des „Lynx". „Das macht ihr mal. Kannst ja mal durch ne hohe Welle kutschen, wenn da eine ist, damit der Kapitän sich sein feines Jäckchen benetzt." Sie lachten alle und der Maat grinste und verließ die Messe.

Fregattenkapitän Scholz hatte Glück. Es ergab sich für den Maat keine Gelegenheit, ihn durch eine hohe Welle zu steuern. An der Gangway des Kreuzers lag bereits der Kutter der „Moncalm" und sie mussten etwas warten, bevor er Platz machte. Scholz ging an Bord, wo er von einem Lieutenant empfangen und in die Messe des Kreuzers gebracht wurde, während das Boot der „Lübeck" zurückfuhr und am Rumpf festmachte. Nun mussten sie warten, bis sie gerufen wurden und der Maat fragte sich, ob es dann noch etwas zu essen geben würde.

Seine Besorgnis war berechtigt, denn es dauerte fast zwei Stunden, bevor der neue Verbandsführer die Kommandanten entließ. Korvettenkapitän Möller erwartete Scholz auf der Brücke. „Wie war`s?" fragte er. Scholz nickte. „Guter Mann, der Amerikaner. Nicht so nassforsch, wie Moss. Mit dem wird's keinen Ärger geben." Möller dachte sich seinen Teil und übersetzte für sich das gehörte. Ab jetzt war also wieder Zurückhaltung offizielle Politik. „Bedient euch, liebe Piraten, wir kneifen die Augen zu…", dachte er und übergab das Kommando an den Wachoffizier, um sich in seine Kajüte zu begeben und noch ein wenig an seinem Bericht zu feilen, den er morgen abschicken wollte.

*

Es war dunkel geworden. Ziemlich plötzlich, wie das in den Tropen so geht. Sunny war beunruhigt. „Warum sind wir noch nicht da", fragte sie Felix. „Weiß auch nicht", antwortete der. „Eigentlich kann das nicht so weit sein. Papa hat gesagt, fünf Stunden auf See, oder so." Sunny holte das Fernglas und starrte in alle Richtungen. Nichts, kein Licht, gar nichts. „Müsste da nicht ein Leuchtturm, oder so was auf den Inseln sein?" fragte sie. Felix zuckte die Achseln. „Was fragst Du immer mich? Ich weiß das doch auch alles nicht." Sunny schluckte.

Ihr wurde bewusst, dass sie den zehnjährigen tatsächlich überforderte. „Sie" war die Erwachsene und musste ihm Vertrauen geben, nicht anders rum. „Ich weiß", sagte sie und umfasste seine schmalen Schultern. Er ließ es sich gefallen und begann, hemmungslos zu schluchzen. Conni kam heran und wieder befiel sie die gemeinsame Trauer um Dieter, den sie so sehr vermissten und ohne den sie nun verloren schienen. „Ob wir es noch mal mit dem Telefon noch mal versuchen?" fragte Conni plötzlich und sie schossen förmlich alle unter Deck. Es rauschte wieder und irgendwie hörte es sich einmal wie ein Besetzzeichen, oder so an... Sie gaben es nach einer halben Stunde auf. Im Vercharterbüro gab es nun einen weiteren Beleg über einen nicht beantworteten Anruf der „Monsun", denn der Agent feierte seine Extraeinnahmen mit seiner Braut in einem teuren Restaurant.

Legt euch schlafen, forderte Sunny die Kinder auf. Ich halte Wache. Gut Nacht." „Aber du weckst uns sofort, wenn du was siehst", forderte Conni. „Mach ich", versprach Sunny und bereitete sich einen starken Schnellkaffee zu, den sie mit nach oben nehmen konnte. Der Mond bestand nur aus einer schmalen Sichel, aber die gewaltige Sternenpracht über ihr, die, durch kein Streulicht von der Erde gestört, so hell und majestätisch wirkte hatte sie schon in ihrer ersten Nacht auf den Seychellen begeistert. Sie hatte Dieter nach diesem oder jenem besonders hellen Stern gefragt, aber er wusste nicht viel darüber. Dann hatten sie sich geküsst und dann... Sunny sah, dass die Sterne verschwammen und merkte, dass es ihre Tränen waren, die den Blick verschleierten. Sie lehnte sich an die Wand des Deckshauses, nahm ab und zu einen Schluck Kaffee, der kalt geworden war und schlief ein.

Sie schrak hoch. Das Piepen hatte sie geweckt. Es war bereits hell und sie wischte sich die Augen. Das Piepen kam von der Steuersäule und als sie hin ging, sah sie, dass der Bildschirm des kleinen Computers dunkel war. Das Piepen kam seltener und in der oberen rechten Ecke stand „Batterie" mit einem Warnkreuz. „Scheiße", dachte sie und stürmte die Treppe hinab. Wo, hatte Felix gesagt, waren die Ersatzbatterien? Sie fand sie endlich, aber nun wusste sie nicht, wie sie sie wechseln musste. „Felix!" schrie sie und nach einer Weile kam der Junge verschlafen von unten. „Die verdammten Batterien sind alle. Weißt Du, wie man die wechselt?" „Gib her", sagte Felix und öffnete fachmännisch das Fach an der Rückseite. Das Wechseln war schnell erledigt, aber dann offenbarte sich das Problem. Das Tablet ließ sich nicht wieder starten. Der sparsame Agent hatte nicht überprüft, ob die Reservebatterien noch nicht abgelaufen waren. Sie waren es. „So ein Mist", schimpfte Sunny. Das Display des Kompasses leuchtete nach wie vor, denn der bezog seinen Strom durch die Lichtmaschine des laufenden Motors. Felix wies darauf. „Wir müssen eben selbst steuern. Auf der Anzeige muss so ungefähr 280 stehen." Erst jetzt bemerkten sie, das ihr Kielwasser einen Kreis bildete, da sie wie ein longiertes Pferd um den ins Wasser hängenden Mast fuhren.

5

Langsam wurde es nun wirklich kritisch für die drei Piraten. Said und Tamu waren beide todmüde. Ihre Arme schmerzten und sie begannen sich zu streiten. Said hatte halblaut vor sich hin gemurmelt, dass es doch nicht Allahs Wille sein könne, sie hier so hilflos auf dem Meer treiben zu lassen. Tamu, der das gehört hatte, machte einige schnelle Schritte auf Said zu und gab ihm eine schallende Ohrfeige; etwas was eigentlich unter Moslems streng verpönt war. Aber er war entrüstet, dass der Junge es gewagt hatte, die Weisheit des Herrn in Frage zu stellen.

„Sag so etwas nie wieder", drohte er dem Jungen. „Denken sollst Du das auch nicht. Die Prüfung, die uns auferlegt ist, müssen wir bestehen, um seine Gnade zu finden." „Ja, Herr", murmelte Said erschrocken. Seine Wange schmerzte und er rieb sie sich. Tamu trat noch einen Schritt näher und sah ihm finster in die Augen. „Du musst im Glauben fest sein, Said, Hab Vertrauen. Er wird uns sicher bald ein Schiff schicken. Mach weiter, das Wasser steigt schon wieder." Gehorsam ergriff Said den Pumpenschwengel und begann seine Schicht. Hin…her…Hin…her.

Mahomad hatte halbwegs mitbekommen, was sich zwischen Tamu und seinem Bruder abgespielt hatte. „Er ist noch ein Junge und wir hatten lange Zeit keinen Imam im Dorf…", sagte er. „Dann wäre es

133

deine Aufgabe gewesen, ihn zu unterweisen", wies ihn der Ältere zurecht. Mahomad sah ein, dass eine Diskussion über dieses Thema mit Tamu müßig war und verstummte. Tamu hockte an der Reling und spähte in die endlose Ferne, als könnte er dadurch ein Schiff herbei zaubern. Nichts als flirrende Wellen... „Tamu, die Angel!" rief Mahomad plötzlich und der Ältere rannte nach hinten. Er hatte den schon kräftig riechenden Kopf der Meeräsche als Köder benutzt und war gespannt, was da nun angebissen hatte. Diesmal dauerte der Kampf nicht so lange. „Komm rauf, Said. Ein Fisch hat angebissen. Bring den Kescher", rief Tamu gut gelaunt. Die Aussicht auf eine gute Mahlzeit hatte ihn seinen Zorn auf Said vergessen lassen. „Siehst Du, Allah hat uns ein Zeichen gesandt, damit auch die Wankelmütigen unter uns seine Güte erkennen", sagte er und Said erwiderte „Verzeih mir, ich sehe ein, dass ich gesündigt habe." Tamu zog, und dann durchbrach der Kopf einer mittelgroßen Barbe die Wasseroberfläche. Said senkte den Kescher an seinem langen hölzernen Stiel unter den Fisch und wollte ihn herausheben...und dann explodierte das Wasser...

Das eiskalte starre Auge eines Hais schien Said förmlich zu durchbohren, während sich die messerscharfen Zähne im weit aufgerissenen Maul um den Kescher samt Griff schlossen. Der Wasserschwall des wieder in sein Element klatschenden Hais durchnässte die beiden Männer bis auf die Haut. Said merkte, dass er schrie und verstummte. Er zitterte vor Schreck und Aufregung und auch Tamu, der zurückgewichen war, stand einige Sekunden lang stocksteif da. Mit einem sirrenden Geräusch zerriss die noch an Bord verknotete Angelschnur, deren Haken noch fest im Maul der Barbe steckte. Said betrachte das nur noch ungefähr einen Meter lange Holzstück, das die Zähne des Haies wie einen Zahnstocher zerbissen hatte. Ein Stück weiter, und sein Arm... Ihn schauderte. Tamu wandte sich an Said und sah ihn ernst an. „Lerne daraus, Said. Er hat uns gezeigt, dass man nicht ungestraft seinen Glauben verleugnen kann. Deinetwegen haben wir nun keine Angel mehr und müssen darben." Er drehte sich um und ließ den immer noch erschrockenen und zitternden Jungen zurück.

Mahomad war halb von seinem Platz aufgesprungen, als der riesige Körper des Haies aus dem Wasser auftauchte. Ein gewaltiger Schmerz durchraste ihn, als er aus versehen das kaputte Bein belasten wollte. Said lief zu seinem Bruder und half ihm, zurück auf die Bank zu kommen. Tamu war nach unten gegangen und pumpte sich seinen Frust von der Seele. „Hol mir eine Tablette und Wasser", keuchte Mahomad und Said lief in das kleine Deckshaus. Kurz überlegte er, ob er auch dem arbeitenden Tamu etwas Wasser bringen sollte, aber… Er merkte, dass er den alten Piraten zu hassen begann. Ja, er hasste Tamu, der ihn gedemütigt und erniedrigt hatte und er würde sich rächen.

*

Es war so unendlich schwer. So wie Tamu und Said um ihr Leben pumpen mussten, damit die „Sikka" schwimmfähig blieb, mussten Sunny, Conni und Felix nun die widerspenstige Yacht auf Kurs halten. Der Autopilot hätte zwar auch ohne das Tablet funktioniert, wozu das Drücken eines einfachen Schalters am Instrumentenbrett ausgereicht hätte, aber diesen Schalter kannten sie nicht. Deshalb mussten sie nun umschichtig das Ruderrad gegen den großen Druck des Hindernisses

im Wasser bis zum Anschlag nach links halten. Wenn sie sich ausgekannt hätten, wäre es ihnen aufgefallen, dass sie durch das Reduzieren der Geschwindigkeit sehr viel Kraft gespart hätten...
Über den ganzen Tag lösten sie sich in immer kürzer werdenden Abständen ab. Der Schweiß lief dem jeweiligen Rudergänger in

Strömen über den Körper, so dass sie gelernt hatten, sich für die Schicht vollständig auszuziehen, um sich danach mit einem Eimer Seewasser abzuduschen, damit sie überhaupt noch etwas Trockenes zum Anziehen hatten. Sunny wusch ihre T-Shirts und die der Kinder im Eimer aus und hängte sie überall, wo das möglich war zum Trocknen hin, was der Yacht ein buntes und der Situation nicht angemessene fröhliches Aussehen gab. Conni war dran und die Muskeln ihrer Arme wölbten sich gut sichtbar auf ihren Armen. Sie stöhnte leise. Felix schlief auf der rechten Bank, während Sunny sich nach dem Aufhängen der Wäsche auf der linken niederließ. Sie hatte sich nun ein noch etwas feuchtes T-Shirt angezogen.
Sunny betrachtete Conni. Ein bildschönes Mädchen. Die kleinen festen Brüste, gerade erst voll durchbildet, mit den dunklen Brustwarzen... Der flache Bauch, der in einem Büschel sorgfältig gekürzter Schambehaarung in die ebenfalls angespannten Schenkel überging... Sunny seufzte. So hatte sie auch einmal ausgesehen. Nun ließen sich erste Anzeichen des Alters und des Verfalls nicht mehr kaschieren und hier, weitab von Kosmetikstudios und Friseur, schon gar nicht. Conni sah kurz zu ihr hinüber, konzentrierte sich aber gleich wieder auf die auf und ablaufenden Digitalzahlen am Kompass. Sunny zog ihr linkes Bein an und begann Hornhaut vom Fuß zu zupfen. Auch das vermisste sie. Ihre Pediküre.

Der Dampfer war nur noch schwach zu sehen und war bestimmt schon während der letzten halben Stunde in ihrem Gesichtfeld gewesen. Sunny sprang auf und schrie gellend. Winkte mit den Armen und schrie, aber das Schiff war bestimmt einige Kilometer entfernt. Felix war hochgeschreckt und starrte Sunny verständnislos an. „Was ist los" schrie er. Auch Conni, die Sunnys Blickrichtung gefolgt war, sprang nun aufgeregt auf und ab. Sie hatte das Ruder losgelassen und die „Monsun" drehte sich abrupt nach rechts. „Die Leuchtpistole!" schrie

Felix und nun starrte Sunny ihn an. „Ja, wo ist die?" Es dauerte noch ein paar Sekunden, bis sie die Pistole unter den Kissen auf der Bank fanden, auf der Sunny gesessen hatte. Felix lud wahllos eine Patrone und klappte den Lauf zu. Er richtete die Pistole nach oben und drückte ab. Es knallte, und ein grüner Stern platzte weit über ihnen und schwebte an seinem winzigen Fallschirm zur Oberfläche. „Du musst rot nehmen", schrie Sunny aufgeregt, aber Felix hatte schon nachgeladen und schoss. Diesmal weiß. Dann endlich kam eine rote und noch eine und noch eine…, aber der Dampfer war in der flirrenden Grenzschicht, die die erhitzte Luft über der kühleren Wasseroberfläche erzeugt hatte, verschwunden.

Auf der Brücke des indonesischen Containerschiffes „Java Star" hatten sie schon lange vorher das kleine Leuchtzeichen, das die Yacht darstellte, auf dem Radar gesehen. Ihr Kurs war gut frei von dem der „Star" und so achtete der erste Offizier, der gerade Wache hatte, nicht weiter darauf. „Wenn die so weiter fahren auf diesem Kurs, sind sie bald im Piratengebiet. Das sollten sie lieber lassen", sagte der erfahrene Rudergänger. „Sind ja erwachsene Menschen, die werden schon wissen, wo sie sind", antwortete der Offizier. Er verachtete Yachtbesitzer. Für ihn waren das Schmarotzer, die zudem seine Arbeit in engen Hafeneinfahrten erschwerten, wenn sie dem Schiff durch unbedachte Manöver zu nah kamen. Er ließ dann immer und lange das Signalhorn dröhnen. „Verdammte Yachties…", knurrte er und damit war der Fall für ihn erledigt. Auf dem Achterschiff warf der Hilfskoch gerade Abfälle über Bord und glaubte einen Moment lang, etwas Grünes am Horizont gesehen zu haben, aber als er genauer hinsah, war da nichts...

Er drehte sich um und beeilte sich, in die Kombüse zurück zu kehren. Der Koch hatte ohnehin schlechte Laune heute.

Sie hatten alle roten Patronen verschossen. Nur noch drei grüne und zwei weiße waren übrig. Das Schiff war weg und sie waren wieder einmal am Ende ihrer Kraft. Conni heulte und Felix saß mit hängenden Schultern und zu Boden gerichtetem Blick auf der Bank. Sunny gab sich die Schuld. Hätte sie sich nicht mit ihrer Hornhaut beschäftigt, hätte sie vielleicht...

Die „Monsun" drehte mit dröhnendem Motor ihre Kreise. „Wir müssen uns ausruhen", sagte Sunny. „Wie macht man den Motor aus?" Felix stand auf, zog am Griff des Dekompressors und drehte die Zündung ab. Die plötzliche Stille traf sie wie ein Hammerschlag. Viele Stunden..., beinahe drei Tage lang, hatte der Diesel auf Volllast gedröhnt. Leise klatschten die langen ruhigen Wellen des indischen Ozeans an die Flanken der Yacht. „Dürfen wir baden", fragte Conni nach einer Weile und Sunny nickte. Conni, immer noch nackt, kletterte auf die Badeplattform am Heck und wollte ins Wasser springen.

Sunnys gellender Schrei hielt sie zurück. „Haie.... !"schrie sie und deutete auf eine Rückenflosse dicht neben dem Boot. Conni wich zurück. Alle Farbe war aus ihrem Gesicht gewichen und Sunny half ihr zurück ins Cockpit. Der neugierige Delfin drehte ab und tauchte unter. Dieses weiße Ding interessierte ihn nicht.

Sie tranken. Sunny hatte für jeden ein großes Glas Wasser mit etwas Zitronensaft versetzt, von dem es noch etwas in der Bar gab. Sogar Eiswürfel hatten sie, denn die lange Motorfahrt hatte die Batterie prall gefüllt und es erlaubt, Kühlschrank und Eisbox zu betreiben. „Dieser Hai...", sagte Conni nach einer Weile. „Wenn da auch welche waren, als Papa…" Sie beendete den Satz nicht, aber allen drei war klar, was das bedeutete.   „Ich habe   keinen gesehen", antwortete Sunny. „Wahrscheinlich hat er einen Herzschlag erlitten, oder so was… Wir werden es nie erfahren."

Eine Stunde ruhten sie sich noch aus. Die Sonne neigte sich langsam dem Horizont zu. „Wie lange würde das noch dauern…", fragte sich Conni.
„Das vorhin mit dem Schiff…", sagte Sunny. „Ich hätte besser aufpassen müssen. Ausschau halten. Von jetzt an muss immer einer von uns mit dem Fernglas Wache stehen. Alle paar Minuten wenigstens. Wo ein Schiff war, kommen vielleicht noch mehr. OK, Pause beendet. Felix, mach den Motor an. Du steuerst zuerst, ich nehme das Fernglas und Conni kann sich noch ausruhen."   Gehorsam bückte sich Felix und ließ den Motor an. Er kontrollierte die Instrumente. Kühlwasser, Öldruck waren OK, aber… Die Nadel des Treibstoffanzeigers blieb kurz vor dem unteren Anschlag stehen. „Sunny, ich glaube unser Benzin ist gleich alle", sagte Felix leise." „Oh nein", keuchte Sunny. „Der war doch voll, als wir losfuhren." Felix zuckte die Schultern. „Papa hat gesagt, dies ist ein Segelschiff. Da läuft der Motor nur selten."   Sunny dachte nach. Ja, sie waren viele Stunden lang Vollgas gefahren. „Haben wir keinen Reservekanister?" fragte Conni hoffnungsvoll. „Ich seh mal nach", antwortete Felix und machte alle Deckel der Staukisten auf. Alles was er fand, war eine Öldose. „Mach den Motor wieder aus", sagte Sunny betrübt. „Den kleinen Rest brauchen wir vielleicht später dringender als jetzt." Felix machte den Motor wieder aus und sie sahen schweigend zu, wie der untere Rand der glutroten Sonne sich dem Wasser näherte und dann eintauchte, wobei sie zu zerfasern schien. Fast übergangslos war es dunkel. Sie konnten alle nicht schlafen und spielten Karten. Irgendwann nach Mitternacht schlief Felix ein und Sunny und Conni begannen sich über „Frauensachen" zu unterhalten. Das kleine Cockpitlicht flackerte kurz und Sunny fiel etwas ein.

139

„Conni, kannst Du mal nachsehen, ob Du eine Taschenlampe findest?", bat Sunny. „Wir haben doch Licht", entgegnete das Mädchen. „Ja schon, aber wenn der Motor nicht läuft... Ich weiß nicht, wie lange die Batterien das mitmachen. Ich werde auch den Kühlschrank ausschalten." Conni begab sich auf die Suche nach der Lampe. Sie überlegte, dass sicher in der Navigationsecke eine sein könnte. In der Schublade fand sie tatsächlich eine Stablampe und wollte schon wieder schließen, als sie ein kleines orangefarbenes Gerät sah. Es sah aus, wie ein altmodisches Handy. Oben guckte eine kurze Antenne heraus. Aber es gab keine Tastatur. Nur einen Kippschalter, der mit einem Draht gesichert schien. Conni nahm das Teil mit nach oben und zeigte es Sunny. Die wusste auch nicht, was das sein konnte. „Da steht EPIRB drauf", buchstabierte Felix. Niemand von ihnen wusste, dass sie da einen elektronischen Notfallsender in der Hand hielten. Eingeschaltet würde er die Position und die einprogrammierten Daten der „Monsun" abstrahlen. Rund um die Welt gab es Stationen der Rettungsdienste, die diesen Notruf empfangen konnten. Die nächste und Zuständige gab es in Kenia. Sunny drehte das Kästchen hin und her. „Ich schalte das mal ein. Was soll schon passieren. Wird schon keine Bombe sein. Die Kinder sahen gespannt zu, wie Sunny den Sicherungsdraht, der unbeabsichtigtes Einschalten verhindern sollte, löste. Ein bisschen zögerte sie noch, dann drückte sie den Kippschalter hoch. Nichts geschah... bis auf das kleine rote Licht, dass auf der Oberseite stetig zu blinken begann. Auf der Fläche, die vorher der Kippschalter bedeckt hatte stand „SOS".

„Soll ich das wieder ausmachen?" fragte Sunny unsicher. „Nee, lass mal an. Hat bestimmt keine große Reichweite, aber vielleicht...", antwortete Felix.

Er irrte sich, was die Reichweite betraf. Die Signale des Kästchens gingen direkt ins Weltall, wo sie von den Antennen der zahlreichen

GPS-Satelliten empfangen, und an die Rettungszentralen geleitet wurden. In der kenianischen Hafenstadt Mombasa schrak ein junger

Offizier der Marine hoch, der soeben erst seinen Dienst in der Zentrale angetreten hatte. Ein durchdringendes Summen ertönte und lenkte seine Aufmerksamkeit auf ein Computer-Display, auf dem ein roter Punkt blinkte. Er schaltete das Summen ab und sah genauer hin. Etwa dreihundert Meilen nordöstlich von Mombasa... Querab der somalischen Küste. „Haben diese Schweine wieder zugeschlagen...", knurrte er, denn er vermutete, dass die Piraten ein Schiff erwischt hatten und jemand noch unbemerkt das EPIRB aktivieren konnte. Er hob den Hörer seines Telefons und alarmierte seine Vorgesetzten.

Nicht nur in Mombasa, auch in anderen Ländern der Region ging das Signal ein. Auch auf den Schiffen der „Atalanta" Flottille empfing man es und die Wache weckte Captn Sanders, der jetzt das Kommando über die Schiffe auf dem Kreuzer „USS Gettysburg" hatte. Er kam auf die Brücke und sah auf das große Radargerät. „Hmm", meinte er und rieb sich das Kinn. „Die Deutschen sind am dichtesten dran. Sollen mal nachsehen."
Der Wachoffizier sah ihn fragend an. „Machen sie schon", knurrte Sanders. „Communications, Verbindung zur „Lübeck", sagte der Leutnant in sein Sprechgerät und hatte sofort die deutsche Fregatte, wo Korvettenkapitän Möller Dienst hatte.
„Jawohl, wir gehen auf Kurs." bestätigte er die Anweisung des Amerikaners. Er sah auf sein eigenes Radar, auf dem auch das Notsignal leuchtete. „Etwas mehr als hundertzwanzig Meilen... Vier Stunden Fahrt", kalkulierte er und schickte einen Soldaten in Fregattenkapitäns Scholz Kajüte. Der Bug der Fregatte drehte schon und die Vibrationen auf dem Schiff zeigten an, dass die großen Turbinen hochgefahren wurden. Normalerweise hätten sie jetzt den Hubschrauber gestartet, aber am Lynx wurde gearbeitet. Scholz erschien und nickte. „In Ordnung, Möller. Ich billige ihre

Maßnahmen. Lassen sie mich holen, wenn wir in Sichtweite kommen." Er verließ wieder die Brücke und Möller spähte mit dem Fernglas in die Richtung, in die sie fuhren, aber natürlich war noch nichts zu sehen und das würde auch noch längere Zeit so bleiben.

In Kenia hatte man inzwischen den Code des Signals entschlüsselt und auf den Seychellen angerufen, wo man das Signal zwar auch wahr genommen hatte, sich aber für nicht zuständig erklärt hatte. Der Mann in der Rettungszentrale in Victoria schickte einen Streifenwagen der Polizei zum Yachthafen, wo der Wachtmeister einen Zettel an der verschlossenen Tür des Charterbetriebs fand, auf dem die Handynummer des Agenten „für Notfälle" stand. Der junge Inder kam schnell. Er hatte seine Freundin in ein Taxi gesetzt und nach Hause geschickt. Fahrig schloss er die Tür auf und fuhr den Computer hoch. Der Polizist sah ihm ungeduldig über die Schulter, was den Inder nicht ruhiger machte. Schließlich hatte er alle Daten und schrieb sie für den Polizisten auf, der sofort zur Rettungsleitstelle zurückfuhr. „So ein Mist", stöhnte der Agent. Die „Monsun". Eines der neuesten Boote. Hoffentlich verließ das alles glimpflich, denn sonst kam sicher Jemand aus der Zentrale. Wo das enden würde... Der Amerikaner fiel ihm ein. Gott sei Dank lief die „Monsun" mit einem „regulären" Vertrag. „Arme Schweine...", dachte er noch, bevor er wieder abschloss und meinte diesen Kreft und seine Familie.

Per Fax erreichten die Daten der „Monsun" und ihrer Insassen die „Lübeck". Korvettenkapitän Möller wunderte sich. Eine Charteryacht von den Seychellen, mit einer deutschen Familie? Was hatten die hier zu suchen? Aber er war froh, dass es sich nicht um ein großes Schiff mit wer weiß wie vielen Menschen an Bord handelte. Er sah auf die Uhr. Es waren erst ein paar Minuten vergangen und er ließ sich von der Ordonnanz Kaffee bringen.

Doris Kreft, die Mutter von Conni und Felix, war glücklich. Während es im indischen Ozean schon nach Mitternacht war, bereitete sie sich unter der Dusche ihres Hotelzimmers in Paguera auf Mallorca auf das Abendessen mit Peter vor. Sie seifte sich ihre Brüste ein und dachte unwillkürlich an den Nachmittag. Sie waren vom Strand gekommen und so heiß aufeinander gewesen, dass sie es kaum schafften, die Tür zu schließen, bevor sie sich gegenseitig die Kleider vom Leibe rissen…

Das Fenster war geöffnet gewesen und als sie später auf dem Balkon Kaffee tranken, sahen die Nachbarn neugierig herüber. „Peter…", dachte sie. „Ich glaube, dich behalte ich", murmelte sie und er sagte, „wen behältst Du?" Er hatte sich heimlich ins Bad geschlichen und öffnete die gläserne Schiebetür. Sie machte ihm Platz, aber so, dass er sich dicht an sie drücken musste. „Dich behalte ich…", gurrte sie, „aber nur, wenn du mir den Rücken wäscht." „Er küsste sie sanft auf die Schulter und ließ seine Hände über ihren seifigen Bauch streichen. „Erstmal sind andere wichtige Stellen dran", sagte er.

Zum Glück hatten die Restaurants lange auf. Sie kamen erst sehr spät zu ihrem Essen. Die Terrasse des Grillhauses war gut gefüllt und sie hatten einen Tisch an den großen Blumenkübeln, aus denen üppige Bougainvillea wuchsen. Sie hob ihr beschlagenes Weinglas, in dem der kühle Rose funkelte. „Was wohl die Kinder machen, die hätten sich ja mal melden können. War eigentlich abgemacht", sinnierte sie.

143

Peter schenkte nach. „Ich glaube, da gibt es wenig Chancen. Die sind auf einem Boot mitten im indischen Ozean und hier auf Malle ist das ja mit dem Handy- Empfang auch nicht immer zum Besten. Die lassen es sich gut gehen und nächste Woche holen wir sie am Flughafen ab."
Doris lächelte und freute sich, dass Peter Anteil an den Kindern nahm und sie sogar mit abholen würde. Vielleicht... Sie erlaubte es sich,

etwas zu träumen. „Prost", sagte Peter und riss sie aus ihren Gedanken. „Auf uns. Du bist das Beste, was mir passieren konnte", sagte er galant und Doris trank. „Wann habe ich mich zuletzt so gefühlt?" dachte sie und ließ sich in das Hier und Jetzt fallen. Dieter sorgte sicher gut für die Beiden, dessen war sie sich sicher.

*

Said sah sie zuerst. Er hatte an der Reling gestanden und Wasser gelassen. Im ersten Moment glaubte er an eine Fata Morgana, dann, nachdem sich seine scharfen Augen auf das Ziel fokussiert hatten, sprang er aufgeregt nach achtern und rief nach Tamu, der immer noch an der Pumpe war. Mahomad hatte sich aufgerichtet. „Was ist los, Said?" krächzte er. Tamu steckte seinen Kopf aus dem Niedergang und Said wies mit seinem ausgetreckten Arm nach links. Dort...; ein Boot. Eine Yacht, glaube ich." Tamu turnte gewandt an Deck und beschattete seine Stirn. „Tatsächlich. Allah hat unsere Gebete erhört", sagte er. Der immer noch feine Dunst über dem Wasser hatte bewirkt, dass sie das Boot erst auf diese kurze Distanz, – Tamu schätzte etwa dreihundert Meter – wahr genommen hatten. Sein Gesicht verdüsterte sich. Auch er verfügte über scharfe Augen und er sah zwei Frauen, die eine nur mit einem T-Shirt bekleidet, die andere offenbar ganz nackt. „Schamlose Heiden", knirschte er. Said konnte seine Augen nicht von dem fremden Boot wenden. Auch dort hatte man die treibende Dhau

nun erkannt. Conni, die vollkommen vergessen hatte, dass sie nackt war, warf die Arme hoch und selbst auf die Distanz konnte Tamu ihre Hilferufe hören. Die Yacht drehte sich etwas und jetzt sah er die Schäden an dem Boot. Den über die Seite hängenden Mast und das Gewirr der Wanten an der Reling. Er winkte zurück und sah, dass sich die andere Frau an das Steuerruder stellte und offenbar den Motor startete. Langsam drehte die Yacht und näherte sich der „Sikka".

„Das Lamm kommt zum Wolf", sagte Tamu. und befahl Said, die Maschinenpistolen aus der Kabine zu holen. Sunny war auf Connis Ruf aus ihrem Halbschlaf aufgeschreckt und griff nach dem Fernglas, das auf dem Boden lag. „Gott sei Dank", entfuhr es ihr. Offenbar ein Fischer. Sie sah das fremdartige Boot. Ähnliche Fischerboote hatte sie auf den Seychellen gesehen. Ein schon älterer, bärtiger Mann winkte ihnen zu. Der Junge, der eben noch neben ihm gestanden hatte, war in der Kabine verschwunden. Von Mahomad, der sich aufgerichtet hatte, sah sie nur den Kopf. Felix, der unter Deck der Monsun geschlafen hatte kam nach oben. „Was ist los?" fragte er aufgeregt. Sunny deutete auf die Dhau. „Ein Fischer, wir sind gerettet", jubelte Conni, die immer noch winkte. Plötzlich wurde Sunny bewusst, dass sie nackt waren. Das da waren sicher Muslime.... „Schnell, Conni, Felix. Zieht euch was an." Conni sah sie verständnislos an, dann kam ihr plötzlich die Erkenntnis und sie schlang ihre Arme um Busen und Hüfte. Sie sprang hinter Felix die Kabinenstufen hinab und suchte Shorts und ein T-Shirt. Sunny hatte mittlerweile den Startknopf des Motors gedrückt und das Brummen des Diesels erfüllte die Kabine der

„Monsun". Die Kinder eilten an Deck zurück. „Felix, komm ans Ruder, ich muss mich auch anziehen", befahl Sunny und der Junge übernahm das Steuer, während Sunny eilig ihre Shorts von der Reling nahm und überstreifte. Sie war noch klammfeucht, aber Sunny bemerkte das gar nicht. Langsam näherte sich die Yacht dem Fischerboot. Der bärtige Mann winkte und der Junge neben ihm

bedeutete ihnen, längsseits zu kommen. Felix bemühte sich, die Monsun so zu drehen, dass sie mit der linken Seite - an der rechten hing ja der abgeknickte Mast ins Wasser -, an der Bordwand der Dhau festmachen konnten. Zweimal misslang das Manöver und er musste abdrehen. Beim dritten Anlauf kam er immerhin so nah, dass Conni das Seil auffangen konnte, dass der Junge auf der Dhau ihr zuwarf. Felix stellte geistesgegenwärtig den Motor ab und die beiden Männer an Bord der Dhau zogen die „Monsun" zu sich heran, nachdem Conni ihr Ende der Leine an einen Handlauf geknotet hatte. Hand über Hand zogen Tamu und Said ihre Beute zu sich heran. Sunny lachte ihnen freundlich zu. „Danke, dass sie uns retten!" rief sie, aber die beiden dunkelhäutigen Männer schienen sie nicht zu verstehen. „Do you speak english?" versuchte sie es erneut, aber auch das schienen die Männer nicht zu verstehen. Jetzt fiel ihr auf, dass der ältere Mann sie ziemlich finster ansah. Der Junge schien unsicher. Er starrte die ganze Zeit Conni an und Sunny fühlte Kälte in sich aufsteigen. Zur Gewissheit wurde ihr schlechtes Gefühl, als der Alte sich bückte und ein Gewehr aufhob, dass bisher außerhalb ihres Gesichtsfeldes auf dem Deck der Dhau gelegen hatte. Der Bärtige richtete es auf sie und Sunny hob die Arme.

Eine Stunde später saßen Sunny, Conni und Felix unter Deck, während die „Monsun" mit Höchstfahrt unterwegs war. Tamu hatte sofort die beiden Frauen und den Jungen in der Vorschiffkabine der gekaperten Yacht eingesperrt. Aus der Werkzeugkiste der langsam absinkenden Sikka hatte Said eine Metallsäge und einen Bolzenschneider geholt, mit denen sie in ein paar Minuten den Mast kappten. Danach holten Said und Tamu Mahomad auf die „Monsun", der bei dieser Prozedur laut stöhnte. Tamu stellte fest, dass der Tank der Yacht beinahe leer war und befahl Said, ihn aus ein paar der Reservekanister der Dhau zu füllen. Sie machten sich nicht die Mühe, einen Trichter zu benutzen

und einiges von dem übelriechenden Treibstoff floss über das Teakdeck. „Beeil dich, Said!" herrschte Tamu den Jungen an. Gleich nachdem er an Bord der Yacht gestiegen war, hatte er das eingeschaltete EPIRB gefunden. Er wusste somit, dass bereits Rettungskräfte unterwegs sein mussten und er beobachtete unruhig den Horizont. „Fertig", keuchte Said und warf den letzten leeren Kanister über Bord. Er verschraubte den Tank und kam nach achtern, wo er sich mit einem der T-Shirts, das an die Reling geklammert war, seine nackten Füße abwischte, mit denen er in der Dieselpfütze gestanden hatte. Tamu nahm das EPIRB und warf es auf die schon merklich tiefer gesackte „Sikka", da nun niemand mehr gepumpt hatte. „Leinen los", befahl er Said und gab dann Vollgas. Der Diesel dröhnte auf und die „Monsun" nahm rasch Fahrt auf. Tamu ging zunächst auf Nordkurs, weil er vermutete, dass die Rettungskräfte von Westen, von Afrika her, kommen würden. Tamu sah sich nicht mehr um, aber Said starrte die ganze Zeit zur „Sikka" hin, die bald darauf im immer noch auf dem Wasser liegenden Glast verschwand.

Conni zitterte vor Angst. Die Freude über ihre Rettung war in dem Moment gewichen, als der Alte das Gewehr auf sie richtete. „Was wollen diese Männer von uns", flüsterte sie Sunny zu. „Ich weiß nicht…", antwortete Sunny. „Ich dachte, das wären Fischer, aber der eine ist verletzt und die Gewehre…" Dieter hat mir erzählt, dass es an der afrikanischen Küste Piraten gibt und wir hatten uns ja verirrt." Sie saßen zu dritt auf der Koje in der Vorschiffkabine. Es war stickig und heiß hier. Über ihnen war die Luke zu Vorschiff in die Decke eingelassen. „Ich mach mal ein bisschen auf", sagte Felix und löste die beiden Verschlussknebel. Dann drückte er das Luk nach oben. Herrlich frische Luft strömte von oben herab. Tamu sah, dass sich die Luke öffnete und schrie Said, der neben Mahomad auf der

Cockpitbank saß, einen Befehl zu. „Mach das Luk zu." „Aber die brauchen doch Luft", wandte er ein. „Tu, was dir gesagt wird", schrie Tamu. Said dachte an das Mädchen, machte aber keine weiteren Einwände sondern ging nach vorn und drückte das Luk zu. Er sah sich nach etwas um, das er daraufstellen konnte und als er nichts fand, öffnete er die Ankerklappe und holte den schweren Grundanker herauf, den er auf das Luk legte. Von unten schrien sie und klopften gegen das Plexiglas und Said musste schlucken, aber Tamu rief ihn ins Cockpit zurück.

*

„Ist der Heli endlich klar?" fragte Korvettenkapitän Möller. Nach seiner Berechnung mussten sie in ein paar Minuten die Position des immer noch sendenden EPIRB erreicht haben. Die Sicht war sehr schlecht. „Seltsam für dieses Seegebiet", dachte er. Der Maat der Brückenwache hatte auf seine Frage das Telefon aufgenommen und die Taste „Hangar" gedrückt. Es läutete ein paarmal, bevor ein Matrose sich meldete. „Sie arbeiten noch dran, ich frag mal", sagte der und der Brückenmaat wiederholte das für Möller. „Ja?" sagte der Maat dann in den Hörer. Er hörte zu, dann hielt er den Hörer vor die Brust und meldete Möller, dass der „Lynx" in drei Minuten startklar wäre, das Oberleutnant Schaper aber Bedenken, des Wetters wegen, anmeldete. Möller sah durch die großen Fenster nach vorn. Gleichförmiges grau und nur eine

unscharfe Trennlinie von Luft und Wasser. Er zuckte die Achseln. „Er soll sich bereithalten. Vorerst kein Start." Der Maat gab das weiter und Möller ging zum Radargerät, an dem ein erfahrener Obermaat Dienst tat. „Noch nichts, Berger?" fragte der Korvettenkapitän. Berger antwortete nicht gleich. Soeben hatte er am Rand seines Displays kurz etwas wahrgenommen. Nur einen kurzen Moment lang. „Ich dachte eben, da wäre was. Ist aber gut zehn Meilen nördlich der Position, auf der das EPIRB sendet. Berger hatte die Position der Rettungsbake markiert. Möller sah, dass sie sich nur noch zwei Meilen davon entfernt befanden. „In Ordnung", sagte er dann „Alle Mann auf Rettungsstation. Boot klarmachen zum Aussetzen. Medizinische Abteilung soll sich bereithalten." Der Brückenmaat bestätigte und gab die Befehle weiter. Möller nahm das Telefon und rief den Kapitän auf die Brücke. Unter Deck der Fregatte waren alle Besatzungsmitglieder in Bewegung. Die Angehörigen der Rettungsmannschaft, um ihre Stationen zu bemannen, die anderen, um etwas von dem zu sehen, was es da zu sehen gab. Fregattenkapitän Scholz betrat in dem Moment die Brücke, als der Ausguck auf der Steuerbordbrückennock eine Sichtung meldete. „Steuerbord zwei Uhr. Distanz fünfhundert Meter. Eine Dhau, sehr tief im Wasser." Scholz und Möller eilten auf die Nock, beide mit den großen Ferngläsern, um sich selbst ein Bild zu machen. „Das sollte doch eine Yacht sein", murmelte Scholz verblüfft. „Maschinen stopp. Boot aussetzen", befahl Korvettenkapitän Möller. Das Dröhnen der Motoren und die Vibrationen, die die Fregatte bisher erfüllt hatten verschwanden und auf der Steuerbordseite wurde das dunkelgraue Schlauchboot zu Wasser gelassen. Alle an Bord sahen der sechsköpfigen Crew nach, die an der fast versunkenen Dhau anlegten. Oberbootsmann Hensel überlegte kurz, ob er es noch verantworten konnte an Bord zu gehen und entschloss sich, es zu wagen. „Ihr wartet, bin gleich zurück", befahl er und schwang sich auf die Dhau. Fast sofort fand er das

blinkende EPIRB auf dem Deck und steckte es ein. Vorsichtig ging er auf das kleine Deckshaus zu und spähte hinein. „Hallo? Jemand hier?" Anybody on Board?" wiederholte er, aber alles blieb still. Die Luke zum Unterdeck stand offen, aber das Wasser stand schon fast an der Oberkante. Er wollte sich gerade abwenden und auf das Schlauchboot zurückkehren, als er in der Ecke des Deckhauses eine Maschinenpistole AK47 entdeckte. Unter ihm neigte sich das Deck der Dhau und Hensel ergriff die Waffe und rannte an die Reling zurück, wo sich ihm die Arme seiner Kameraden entgegenstreckten und ihn an Bord des Schlauchbootes zogen. „Los!" befahl er und der Mann am Außenborder gab Gas. Keinen Moment zu früh, denn kaum hatte das Boot sich ein paar Meter entfernt, versank das Heck der Dhau und der Bug hob sich. Dabei sahen die Matrosen der „Lübeck" die großen Beschädigungen in den Planken des Rumpfes, bevor der für immer im indischen Ozean versank.

Zurück auf der „Lübeck", meldete sich Oberbootsmann Hensel sofort auf der Brücke, wo er schon vom Kapitän und dem ersten Offizier erwartet wurde. Er salutierte. „Gute Arbeit, Hensel", sagte Möller. „Was haben sie denn da?" Hensel nahm die Maschinenpistole von der Schulter und legte sie vorsichtig auf den Kartentisch. „Die lag im Ruderhaus. Viel konnte ich nicht   sehen, aber die Dhau schien mir seltsam gut ausgerüstet für ein hiesiges Fischerboot. Sogar ein Radargerät. Wenn sie mich fragen…, ein Piratenboot." „Und das EPIRB?" fragte Fregattenkapitän Scholz. „Ach ja", antwortete Hensel und holte das kleine orangefarbene Gerät aus seiner Jackentasche. „Lag auf dem Deck. Niemand an Bord, jedenfalls nicht oben. Das Unterdeck… War schon vollgelaufen. Aber ich sah Blutflecken auf dem Holz." Möller hatte das EPIRB in die Hand genommen und musterte es. Auf der Rückseite war eine Plakette mit den Daten der Segelyacht „Monsun" angebracht. „Ich schalte das jetzt mal ab", sagte

Möller und Scholz nickte. „Funker, machen sie mir eine Verbindung zur „Gettysburg" Ich werde Captain Sanders berichten", sagte er. „Möller, sie haben das Kommando. Lassen sie uns Kurs zurück ins Einsatzgebiet nehmen." Möller hatte den Kippschalter des EPIRB betätigt und die kleine rote Lampe war erloschen. Damit war die Rettungsaktion beendet, aber Korvettenkapitän Möller war nicht zufrieden. „Herr Kapitän", sagte er nachdenklich. Sein Verhältnis zu Fregattenkapitän Scholz war immer noch sehr unterkühlt, seit dem Vorkommnis damals. „Ich glaube, diese Piraten haben die „Monsun" in ihrer Gewalt. Hensel sagt, ihr Schiff war durch Beschuss beschädigt. Das könnten ein paar von den Burschen sein, die uns am Shebele durch die Lappen gegangen sind." „Ja und?" fragte Scholz. „Die sind sicher längst über alle Berge." Möller schüttelte langsam den Kopf. „Die haben meiner Meinung nach das EPIRB bewusst auf der sinkenden Dhau gelassen, um uns aufzuhalten." Ihm fiel etwas ein und er wandte sich an den Radaroperator. „Berger, sie haben doch vorhin kurz einen Kontakt gehabt. Könnte das eine Yacht gewesen sein?" Berger dachte nach. „Eigentlich haben diese Yachten einen Radartransponder am Mast. Wir hätten ein klares Echo bekommen." „Außer jemand schaltet den bewusst aus", meinte Hensel. Berger nickte. „Aber dazu müsste man erst mal in den Mast rauf." Fregattenkapitän Scholz zögerte. „Wo wäre dieses Ziel jetzt, wenn es Kurs gehalten hätte?" fragte er den Radarmann, der schnell eine größere Reichweite einstellte. „Da ungefähr, wenn er den Kurs beibehalten hat", meinte er dann und wies auf eine Stelle cirka 25 Meilen im Norden ihrer gegenwärtigen Position. Möller sah aus dem Fenster. Der Dunst hatte sich gehoben. Die Sicht war weitaus besser, als noch vor einer Stunde. Scholz zögerte immer noch und dann rief Berger, der die Sendeleistung des Radars kurzzeitig auf volle Stärke gefahren hatte. „Da... da ist was." Die Offiziere starrten auf das Display. „Also gut", knurrte Scholz. „Lassen sie den Heli nachsehen."

Möller nickte. „Jawohl, Kapitän." Er nickte dem Brückenmaat zu, der schon die Verbindung zum Hangardeck herstellte. Kurze Zeit später überdeckte das Heulen der Turbinen der startenden Lynx jedes andere Geräusch an Bord und Möller sah dem nordwärts abfliegenden Helikopter nach. „Kurs 340Grad, 20Knoten. Wir sehen uns das mal an", sagte er und Scholz nickte. Auch er wollte jetzt wissen, was da vorgefallen war und ob es sich um die vermisste Yacht handelte.

Oberleutnant Schaper ließ den „Lynx" auf zweihundert Meter Höhe steigen, bevor er den Steuerknüppel sanft nach vorn drückte. Sie waren diesmal nur zu viert, denn Oberstabsbootsmann Riedel war als einziger vom Kampfschwimmerteam mit an Bord. Die anderen beiden hatten geschlafen und es zum überraschenden Start nicht geschafft. War auch nicht so wichtig, weil es sich zunächst nur um einen Aufklärungsflug handelte. Der Dunst hatte sich beinahe vollständig aufgelöst und die Sonne, nun schon im Abstieg begriffen, da es bereits später Nachmittag war, verwandelte das Meer in einen blendenden Spiegel. „Siehst du was?" fragte Schaper seinen Co-Piloten. „Nee, nix", antwortete Leutnant Ruwe, der die Sonnenblende seines Helmvisiers heruntergezogen hatte. „Frag mal auf der Lübeck", ob die das Objekt noch sehen. Wir müssten doch längst über ihnen sein." Ruwe sprach in sein Headset-Mikrofon und seine Stimme war klar auf der Brücke der Fregatte zu hören, denn Möller hatte die Lautsprecher einschalten lassen. Er sah sofort zu Berger hinüber, der sich dicht über das Display gebeugt hatte. Das Radarsystem lief nun auf voller Leistung und die Fregatte hatte zudem in den vergangenen Minuten stetig aufgeholt. Berger nickte. „Soll ich die „Lynx" direkt einweisen?" fragte Berger und Scholz nickte. Oberbootsmann Berger rückte sein Headset zurecht und räusperte sich, bevor er sprach. „Helicrew, Ziel eine Meile zehn Uhr. Fahrt 7Knoten, Kurs Nord."

Auf seinem Radarbildschirm näherte sich das blinkende Symbol, das den Hubschrauber darstellte, schnell dem schwachen Radarabbild des Zieles. „Kontakt!" kam die Stimme Ruwes aus dem Lautsprecher und dann „Verdammt, die schießen auf uns…."

*

Tamu hatte eine steigende Unruhe in sich. Die Erlebnisse der vergangenen Tage hatten sein Nervenkostüm zerfetzt. Nach und nach war ihm bewusst geworden, was der Angriff der fremden Teufel auf ihre Basis am Shebele bedeutete. Sie würden nun nirgendwo mehr sicher sein. Ihre Tage als Piraten waren vorbei. So viele Brüder tot oder verstümmelt. Eine wilde Wut nahm Besitz von ihm. „Nimm das Ruder!" herrschte er Said an, der bei seinem verletzten Bruder saß. Mahomad hatte sich etwas erholt. Die eiskalten Getränke aus dem Kühlfach der Monsun hatten ihm gut getan. Said hatte sein Bein frisch verbunden. Die Wunde sah furchtbar aus. Said hatte den offenen Knochen gesehen… Das Fleisch um das Einschussloch war geschwollen und sah entzündet aus und jede noch so kleine Bewegung ließ Mahomad aufschreien." „Wir brauchen einen Arzt", hatte Said Tamu angefleht, aber der hatte ihn nur grimmig angesehen. „Mahomad ist stark und Allah wird ihm helfen. Bete für ihn." „Lös mich ab", rief Tamu erneut und Said stand auf und übernahm das Ruder. Tamu starrte einen Moment lang in die Sonne, dann stieg er in die Kajüte der Yacht hinab. Es war heiß hier und er wischte sich den Schweiß aus der Stirn. Einige Sekunden stand er reglos da und starrte

die geschlossene Tür zur Vorschiffkajüte an. Vor seinen Augen erschien das Bild des nackten Mädchens und sein Herz begann zu rasen. Seine Erregung wuchs und dann riss er die Tür auf. Die beiden Frauen und der Junge drängten sich in die hinterste Ecke der breiten Koje und sahen ihn angstvoll an. „Komm raus, du Hure!" brüllte er auf Arabisch das junge Mädchen an und griff nach ihrem Bein, um sie von der Koje zu zerren. Conni schrie und versuchte nach Tamu zu treten. Tamu schlug mit seiner freien Faust in Connis Bauch. Sunny schnellte nach vorn und versuchte mit ihren Fingernägeln Tamus Gesicht zu zerkratzen. Es gelang ihr, ihm einen langen Kratzer dicht unter dem Auge beizubringen, der sich sofort mit Blut füllte. Tamu schrie auf und ließ Connis Bein fahren. Seine Faust knallte gegen Sunnys Auge und sie taumelte zurück. Tamu lachte rau.

„Dann eben du zuerst", keuchte er und zerrte Sunny durch die Tür, die er hinter sich zuwarf und verriegelte. Conni und Felix schrien und Said rief von oben, was da los wäre. „Halte Kurs und bleib am Ruder. Gehorche!" schrie Tamu. Said sah Mahomad hilfesuchend an, aber der wandte den Blick ab. „Wir müssen ihm gehorchen", flüsterte er. „Er ist unser Herr."

Tamu schlug Sunny so lange, bis sie sich nicht mehr wehrte. Sie lag auf dem Boden der Kajüte und hielt ihre Arme schützend vor ihr Gesicht. Dann zerrte der Pirat an ihrem T-Shirt, das zerriss. Der Anblick ihrer vollen Brüste steigerte Tamus Raserei. Keuchend zog er an Sunnys Shorts und als die Frau, die nun schluchzte, aber jede Gegenwehr eingestellt hatte nackt vor ihm lag, riss er sich seine Hose herunter und warf sich auf sie. Sie schrie auf, als er in sie eindrang, aber dann biss sie sich auf die Lippen...

Die Kinder schrien immer noch und hämmerten an die Tür. Tamu hatte von Sunny abgelassen und lag nun erschöpft neben ihr. Sie

weinte leise vor sich hin und er schlug sie ins Gesicht. Er verachtete sie. Allah hatte ihm gegeben, was ihm zustand, rechtfertigte er sich vor sich selbst. Er raffte sich auf und zog sie an den Händen auf die Beine. Dann öffnete er die Tür zum Vorschiff und stieß sie hinein. Conni und Felix waren verstummt, als die Tür sich öffnete und wichen zurück.

Sunny sank auf die Koje und Conni legte ihr fast zaghaft ihre Hand auf die Wange und streichelte sie. „Was hat er mit dir gemacht", flüsterte Felix, der sich noch nicht vorstellen konnte, was da abgelaufen war. Sunny antwortete nicht aber Conni sagte „Er hat sie geschlagen, dieses Schwein...". Sunnys linkes Auge schwoll langsam zu. Tamu hatte sie hart getroffen. „Ich will etwas anziehen", keuchte Sunny, der alles weh tat und die versuchte, nicht an das zu denken, was ihr da gerade widerfahren war. Mühsam richtete sie sich auf und schlurfte zu dem winzigen Waschbecken, das in der Ecke neben der Tür installiert war. Im kleinen Spiegel sah sie ihr Gesicht und stöhnte auf. Ein Auge fast zu, die Nase schief, vielleicht gebrochen, und Hautabschürfungen überall... Blaue Flecken auf den Brüsten, wo die rauen Hände des Piraten sie gequetscht hatten. Ihr Unterleib... Es tat so weh. Sie durfte sich nicht gehen lassen. Die Kinder... Sie nahm das Handtuch vom Haken, feuchtete es an, und begann sich zu reinigen, so gut das eben ging. Conni kam zu ihr und brachte ihr ein paar Sachen von sich. Sie hatte ja in dieser Kabine geschlafen und so enthielten die Schränke nur ihre Kleider. Wäsche, T-Shirts und Hosen – alles viel zu eng für Sunny, aber es ging nicht anders. Felix sah mit offenem Mund zu. Er hatte sich den Daumen in den Mund gesteckt, wie früher, als er noch klein gewesen war. Conni nahm Sunnys Hand.
„Der wollte mich... Tut mir so leid, Sunny und... danke. Sunny versuchte zu lächeln und legte dem Teenager die Hand auf die

Schulter. „Ich fürchte, der kommt wieder", flüsterte sie, damit Felix sie nicht hörte. „Wenn das passiert... Der ist so brutal, Kind. Es ist

furchtbar, aber bitte... wehr dich nicht. Es geht vorbei..." Sie weinte und die beiden Frauen nahmen sich in den Arm. Es dauerte etwas, bis sie das plötzliche laute Geräusch von außen deuten konnten, aber dann richteten sich ihre Blicke ruckartig nach oben.

„Es ist die Yacht", gab Leutnant Ruwe an die „Lübeck" durch, aber der Mast fehlt. Ich sah zwei Personen im Cockpit, nein drei... Einer kam aus der Kajüte und schoss auf uns. Hat uns nicht getroffen." „Scholz nahm das Mikrofon „Hier spricht der Kapitän. Sie bleiben außer Reichweite, verstanden? Ist unter den Personen eine der Vermissten?" fragte er. „Konnte ich nicht erkennen", antwortete Leutnant Ruwe. Oberleutnant Schaper gab ihm ein Zeichen. „Sag ihnen, wir machen noch einen schnellen Vorbeiflug von vorn." Ruwe meldete das an die „Lübeck" Fregattenkapitän Scholz hieb auf den Kartentisch, aber alle auf der Brücke warteten gespannt.

*

Tamu hatte sich nach der Vergewaltigung auf die Bank in der Kajüte gesetzt und eine Zigarette angezündet. Er fühlte sich nicht so entspannt, wie es sein sollte. Die Frau war eine ungläubige schamlose Hure, aber... sie hatte sich mit dem Mut einer Löwin vor das junge

Mädchen geworfen. Er betete ein leises Gebet zu Allah, aber er hatte keine Ahnung, was er nun tun sollte. „Erst mal an die Küste", dachte er und wollte eben aufstehen, um den Kurs zu ändern, als er das sich schnell nähernde Klappern der Rotoren eines Hubschraubers hörte. In der Ecke lagen Saids und sein Sturmgewehr. Das von Mahomad hatten sie auf der „Sikka" zurücklassen müssen. Er ergriff sein AK47, lud durch und stürmte an Deck. Dicht neben der Yacht schwebte ein großer graublauer Hubschrauber mit einem seltsamen schwarzen Kreuz am Rumpf. Er hatte solch ein Hoheitszeichen schon einmal gesehen, aber es erschien ihm logisch. „Die Kreuzritter sind zurück...", schrie es in ihm. „Allah, hilf uns", Er richtete das Gewehr auf den Hubschrauber und riss den Abzug durch. Das laute Knattern des Sturmgewehrs hallte über das Meer und der Hubschrauber legte sich auf die Seite und entfernte sich schnell.
„Ich habe ihn getroffen", schrie Tamu, aber Said, der die Szene mit geweiteten Augen verfolgt hatte, bezweifelte das. Tamus Waffe war mit Leuchtspur-Munition geladen gewesen und der Feuerstrahl war weit am abdrehenden Hubschrauber vorbei gegangen. Alle drei, auch Mahomad, der sich so gut es ging aufrichtete, verfolgten den Hubschrauber mit den Augen. „Er kommt zurück!" schrie Tamu und richtete das Gewehr auf den sich nähernden Lynx.

Sunny handelte intuitiv. Sie sprang auf die Koje und stemmte sich mit beiden Armen gegen die Luke. „Hilf mir", schrie sie Felix an und der drückte ebenfalls gegen das Plexiglas. Der Anker, der die Luke oben beschwerte, kam ins Rutschen, als es den Beiden gelang, die Luke etwas anzuheben. Sunny wusste, dass sie dem Hubschrauber irgendwie Zeichen geben musste und riss sich das rote T-Shirt, das Conni ihr gegeben hatte, vom Leib. Die Geräusche des Hubschraubers

hatten sich entfernt, nachdem die Piraten geschossen hatten, aber nun wurden sie wieder lauter. „Jetzt", brüllte sie Felix an, sie spannten ihre Muskeln an und drückten und plötzlich sprang die Luke, befreit vom Gewicht des abrutschenden Ankers, auf. Sunny kletterte auf das Vordeck und schwenkte das rote Shirt. Der Hubschrauber flog rasend schnell und so tief und nah über den Bug, dass sie meinte, direkt in die Augen des Piloten zu sehen…

Tamu schoss wieder, aber es war das Glück der Hubschraubercrew, dass er noch keine Zeit gehabt hatte, ein neues Magazin einzulegen. Ganze fünf Schuss verließen den Lauf, dann schwieg die AK47. Der Hubschrauber schien in einiger Distanz auf der Stelle zu schweben und dann bemerkte Tamu Sunny, die immer noch mit dem Shirt winkte. Er schrie wütend auf und rannte nach vorn. Sunny sah ihn nicht kommen, denn ihre Augen waren immer noch auf den Hubschrauber gerichtet. Tamu stieß sie in den Rücken und sie stürzte und rollte auf die Reling zu. Verzweifelt versuchte sie sich festzuhalten und bekam den unteren Draht zu fassen, während ihr Körper über Bord ging. Sie schrie und der dünne Draht schnitt in ihre Hände. Ihre Füße schliffen bereits im Wasser. Tamu beachtete sie nicht weiter und lief wieder nach hinten, um sein Sturmgewehr nachzuladen, denn der Hubschrauber drehte wieder auf sie zu.

„Hast du das gesehen", keuchte Leutnant Ruwe und Oberleutnant Schaper nickte finster. „Diese Schweine, diese mörderischen Schweine", knurrte er. Im Moment des Vorbeiflugs hatte er der Frau genau in die Augen gesehen. Das rote Tuch, oder Shirt hatte er zuerst bemerkt, aber dann hatte er sie genau gesehen. Ihre blonden Haare, die nackten Brüste...Ruwe stammelte, „Er hat sie über Bord gestoßen,

aber sie klammert sich an die Reling." Schaper hielt die Lynx außer Reichweite des Sturmgewehrs. „Soll ich die Kerle abknallen", fragte der Bordmechaniker Obermaat Kruse, der bereits beim ersten Vorbeiflug das Tür-MG schussbereit gemacht hatte. „Zu gefährlich", antwortete Schaper. „Wir wissen nicht, wer da noch an Bord ist." Kruse schwieg. „Wir haben eben zwei Kugeln abgekriegt. Nichts schlimmes, nur Blechschaden", meldete er. „Sie ist über Bord gegangen...", schrie Ruwe.
Oberleutnant Schaper senkte den Bug des Lynx, der sofort Fahrt aufnahm und umflog die Yacht, die mit unverminderter Geschwindigkeit weiterfuhr. „Ich seh sie nicht", schrie Ruwe. Dann entdeckte er für Sekundenbruchteile etwas Rotes zwischen den Wellen. „Da war sie. Links unter uns" Schaper legte den Hubschrauber voll in die Kurve, so dass Obermaat Kruse den Boden unter den Füssen verlor und fast aus der geöffneten Tür gefallen wäre. Die Turbinen heulten auf, als Schaper vollen Schub gab, um einen Absturz zu verhindern. „Da ist sie", keuchte Leutnant Ruwe. Schaper stabilisierte den Lynx ein paar Meter seitlich der verzweifelt schwimmenden Frau, um sie nicht dem peitschenden Rotorabwind auszusetzen. Oberstabsbootsmann Riedel, der kein Sprechgerät angelegt hatte, beugte sich zwischen die beiden Piloten und schrie „Ich geh runter zu ihr!" Er gab Schaper keine Chance zu wiedersprechen, der aber mit Riedels Entscheidung einverstanden war. Mit Kruses Hilfe löste Riedel den Schnellverschluss, mit dem die Rettungsflöße an der Kabinenrückwand befestigt waren und warf eines der Koffer-großen Pakete durch die offene Tür. Riedel sah hinaus und beobachtete, wie sich das gelbe Rettungsfloß entfaltete. Dann suchte er die Frau. Sie schwamm ungefähr dreißig Meter entfernt, aber während er hinsah, begann sie unterzugehen.

159

Oberleutnant Schaper sah das ebenfalls und drehte scharf auf die Frau zu. Ein leichtes Schwanken des Helis sagte ihm, dass Riedel

abgesprungen war. Der Kampfschwimmer hatte zuvor seine Stiefel und seinen Helm herunter gerissen, dann sprang er. Sie hatten das während der Ausbildung geübt und er hatte die perfekte Haltung eingenommen. Körper gestreckt und Arme vor der Brust gekreuzt, trotzdem kamen ihm die knapp zwölf Meter endlos vor. Seine Gedanken kreisten um die Frau. Würde er sie finden? Dann schloss sich das Wasser über ihm. Er tauchte tief unter, aber es gelang ihm schnell, sich zu orientieren. „Ob`s hier Haie gibt?" schoss es ihm durch den Kopf, dann sah er die Frau.

Sie war gerade wieder aufgetaucht, schien aber am Ende ihrer Kräfte zu sein, denn ihre Arme bewegten sich nur noch schwach. Mit ein paar kräftigen Schwimmstößen war Riedel heran und fasste sie von hinten unter die Arme. Sie schrie, jedenfalls wäre es ein Schrei geworden, wenn sie die erforderliche Luft gehabt hätte. So wurde es nur ein Gurgeln. Sie begann sich heftig zu wehren, aber Riedel schrie sie an. „Halt still, verdammt noch mal. Ich will dich doch retten". Die Frau erstarrte. Die deutschen Worte zu hören…, das hatte sie zur Vernunft gebracht.
Riedel konzentrierte sich auf das Floß und sah es ziemlich weit entfernt schwimmen. Dann sah er, wie Schaper den Lynx so manövrierte, dass der Rotorwind das Gummiboot in seine Richtung trieb. „Astrein", dachte Riedel. Dann, endlich, konnte er mit einer Hand die umlaufende Leine des Floßes packen und zog es zu sich heran. „Mit seinem ganzen Gewicht drückte er die Wulst des Floßes unter Wasser und schob Sunnys Körper auf das Floß. Sie konnte wenig helfen, aber als sie mit dem Körper auf dem Gummiboden lag, konnte er sie endlich loslassen. Er keuchte. So etwas Anstrengendes

hatte er seit Jahren nicht mehr gemacht. Einen Moment noch erholte er sich, dann stemmte er sich hoch und wälzte sich in das Floß. Die

Frau starrte ihn an. „Alles in Ordnung?" keuchte er und sie schüttelte den Kopf. Mit zusammengelegten Händen begann Riedel das Floß auszuschöpfen, in dem das Wasser gut zwanzig Zentimeter hoch stand. „Danke", flüsterte die Frau und begann sich am Schöpfen zu beteiligen. Oberstabsbootsmann Riedel sah sie an und lächelte und sagte „Dafür nicht, immer wieder gern".

Oberleutnant Schaper hielt den Lynx in der Nähe des Floßes und dann kam die Fregatte heran und stoppte neben dem Floß auf. Während die Rettungsmannschaft das Floß mit seinen beiden Insassen an Bord nahm, landete Schaper den Lynx und stellte die Turbinen ab. So schnell es ging arbeiteten er und Copilot Ruwe die „After Landing-Checklist" ab, auf der alle erforderlichen Handgriffe zum Stilllegen des Hubschraubers erfasst waren und sprang hinaus. „Sofort auftanken und gefechtsklar machen!" rief er der Wartungscrew zu und die zögerte nicht und befestigte den schweren Schlauch des Tanksystems am Stutzen.

„Wir müssen sofort etwas tun", sagte Oberleutnant Schaper. Er lehnte in voller Pilotenmontur am Schott. Die dampfende Tasse Kaffee in seiner Hand zitterte leicht. „Sie haben recht", stimmte Fregattenkapitän Scholz widerstrebend zu. Schnelle Entscheidungen, die er zudem als Verantwortlicher selbst fällen musste, waren ihm zu wieder. „Möller, holen sie Riedel und sein Team." Korvettenkapitän Möller war erleichtert. Er hatte schon befürchtet, dass Scholz erst langwierig Kontakt mit dem Führungsstab in Deutschland aufnehmen würde. „Jawohl, Kapitän", sagte er und ging zum Telefon. Kurze Zeit später betraten Oberstabsbootsmann Riedel, Bootsmann Krampke und der Obergefreite Müller die zum Planungszentrum umfunktionierte

Offiziersmesse. Die drei Soldaten salutierten und die Offiziere erwiderten den Gruß. „Setzen sie sich, meine Herren", sagte Scholz. „Das war großartig von Ihnen, Riedel", sagte er langsam und hörbar widerstrebend und Riedel nickte. „Sie haben ja sicher schon gehört, was da vor uns liegt." Riedel nickte wieder. Es gab nichts auf so einem relativ kleinen Schiff, das lange geheim bleiben konnte. Korvettenkapitän Möller war dabei gewesen, als die Rettungscrew das Schlauchboot mit der Frau und Riedel an Bord genommen hatte. Die halbe Mannschaft war dabei gewesen und hatte laut geklatscht, als Riedel sich scherzhaft bei Möller an Bord zurückmeldete. Der Sanitätsmaat hatte Sunny schnell eine Decke umgelegt, aber vorher hatte Riedel noch die Hand der Frau gedrückt und sie hatte ihm tief und dankbar in die Augen gesehen und den Druck erwidert.

„Wir wissen von der Frau, dass sich zwei Kinder in der Gewalt der Piraten befinden. Nach dem, wie die Frau behandelt wurde..." Scholz schwieg einen Moment, „müssen wir davon ausgehen, dass sich auch die Kinder in äußerster Gefahr befinden." Korvettenkapitän Möller stimmte zu. „Wir müssen sofort handeln. Die Kinder sind nicht nur körperlich in Gefahr. Die sind bestimmt am Durchdrehen, nachdem, was vorhin geschehen ist."

6

Es war nun Nacht. Am Horizont hatte sich ein fahler Halbmond erhoben, was Oberleutnant Schaper mit Erleichterung zur Kenntnis nahm. Es entsprach zwar nicht ganz den Einsatzvorschriften für Nachtflugbetrieb, aber er würde mit einem restlichtverstärkenden Sichtgerät fliegen können. Unter Aufsicht des Arztes hatten Korvettenkapitän Möller und Oberstabsbootsmann Riedel jedes Bisschen Information aus der durch Beruhigungsmittel benommenen Sunny herausgeholt. So hatte das Team sich einen, wenn auch riskanten Plan zurechtlegen können. Die „Lübeck" hielt sich so eben außer Sichtweite der „Monsun". Sie hatten kurz erwogen, direkt mit der Fregatte auf die Yacht zuzufahren, und sie durch einen Schuss vor den Bug zur Aufgabe zu bewegen, aber man wusste bei diesen Fanatikern nie, wie sie auf die direkte Bedrohung reagieren würden.

Oberleutnant Schaper und Leutnant Ruwe saßen bereits angeschnallt im Hubschrauber. Bordwart Kruse hatte alle Systeme und Waffen überprüft und nun warteten sie nur noch auf das Kampfschwimmer-Team, das sich im Hangar vorbereitete. Sie hatten den Angriff auf zwei Uhr Nachts festgelegt, ein Zeitpunkt, an dem bekanntermaßen die Biokurve eines Menschen – auch eines Piraten- nach unten zeigt. Riedel hoffte, dass es dem verletzten Piraten, von dem Sunny berichtet hatte, sehr schlecht ging, denn das würde bedeuten, dass er nicht an dem zu erwartenden Kampf teilnehmen konnte. Etwas Sorge bereitete ihm die Gefahr, die durch Haie entstehen konnte. Diese Gewässer wimmelten nur so von diesen Biestern. Er traute der Wirkung der Haiabwehr-Tabletten, die er in einem an ein großes Teeei ähnelnden Behälter am Handgelenk mit sich führen würde, nicht so ganz. Man würde sehen.

„Also. Los geht's Männer", sagte Riedel schließlich. „Seid ihr endlich so weit?" fragte er in Richtung der Gruppe Matrosen, die unter der Leitung eines erfahrenen Bootsmanns eifrig an

einem großen Packen Leinen und Netzen arbeitete und der nickte ihm zu. „Moment noch. Wir machen grad die Schwimmkörper fest." Bootsmann Krampke war auf die Idee gekommen. Sein Vater hatte früher einen Fischkutter auf der Ostsee betrieben und er war als Junge oft mitgefahren. Als bei der Einsatzbesprechung jemand gefragt hatte „Und wie stoppen wir die Yacht?" hatte er seinen Beitrag geliefert. Die Mannschaft der Fregatte war sofort an die Arbeit gegangen.
„Wir sind fertig", sagte der Führer des Arbeitstrupps und Krampke ging hinüber und überprüfte das Ergebnis. Er nickte Riedel zu. „Sieht gut aus." „Dann ab in den Hubschrauber damit." Sechs Matrosen hoben die Ecken der Plane an, auf der das Leinenbündel lag und trugen es durch das geöffnete Hangartor zum wartenden Hubschrauber. Die drei Kampfschwimmer folgten. Krampke ging neben Riedel. Ebenso wie sein Vorgesetzter trug er einen schwarzen Neopren-Anzug, behangen mit den unterschiedlichsten Ausrüstungsgegenständen. Das große Kampfmesser steckte in einer Scheide am Unterschenkel. Die wasserdichten kurzläufigen Heckler und Koch Maschinenpistolen hingen an Riemen um den Hals und waren mit einer Klettband-Lasche vor der Brust gesichert, damit sie beim Schwimmen nicht im Weg waren. Der dritte Mann, der Obergefreite Müller, hatte zusammen mit dem Bordwart Kruse die Sicherung an den Bord-Maschinengewehren des Hubschraubers zu übernehmen und er war froh darüber. Er hatte Angst und sich bereits entschieden, nach Ende des Einsatzes seinen Abschied zu nehmen. Er bewunderte Riedel und Krampke, hatte aber erkannt, dass das nicht sein Weg war. Müller hatte sich Riedel gegenüber offenbart, der gesagt hatte „Besser jetzt, als mitten im Einsatz" und ihm den sicheren Platz im Heli zugeteilt hatte. Im Stillen war Riedel stocksauer. Die

zusätzliche Kampfkraft des dritten Mannes fehlte nun. „So viel zu unserem Auswahlverfahren", hatte er Krampke gesagt, der nur zustimmen konnte. „Weicheier, die Jungs von heute", hatte er

geknurrt, aber Riedel hatte ihm widersprochen. Er hatte viele junge Männer ausgebildet, die ebenso hart waren, wie er selbst. „Ausfälle gibt es immer", hatte er gesagt und Krampke hatte ihm auf die Schulter geklopft und „Wir schaffen das auch so". Riedel trank noch einen letzten Schluck Wasser, dann ging er schwerfällig auf die hintere Hangartür zu, hinter der der Hubschrauber wartete.

*

Mahomad fühlte sich etwas besser. Said hatte ihm einen starken Tee gemacht, den er in der kleinen Bordküche der Yacht gefunden hatte. Tamu stand finster vor sich hin starrend am Ruder. Er hatte den Kurs nach Backbord zum Land hin, geändert, aber das war noch mehr als hundert Meilen entfernt. „Was wird er mit den Geiseln machen?" fragte Said flüsternd seinen Bruder, der die Achseln zuckte. „Sie sind nützlich, solange die Fremden Teufel uns verfolgen.Wenn wir an Land sind..." Said senkte den Blick. „Er wird sie töten", sagte er bedrückt. Es sind nur Ungläubige", meinte Mahomad begütigend und stöhnte, weil er sich unvorsichtig bewegt hatte. Er sah Said prüfend an, soweit das im schwachen Mondlicht möglich war. „Dieses Mädchen... Du glaubst, du musst sie schützen oder vielleicht hast du dich sogar in sie verguckt. Vergiss sie. Sie ist es nicht wert, dass Du dir Gedanken um sie machst. Diese westlichen Mädchen sind allesamt Huren und wertlos. Du wirst eine Frau aus unserem Volk finden, Bestimmt." Said nickte. „Sicher hast Du recht", sagte er. „Allah ist der einzige Gott und wer nicht an ihn glaubt..." „Den müssen wir töten", sagte Mahomad. „Said, such etwas zu essen", befahl Tamu und

Said erhob sich und kletterte in die Kajüte hinab. Er fand Wurst im Kühlschrank, aber da er nicht wusste, ob die „rein" war, ließ er sie liegen. Käse war da und Knäckebrot, dass er nicht kannte, aber das vielleicht essbar sein würde. Said häufte alles auf ein Tablett, dazu noch eine Tüte Kekse. Er wollte gerade nach oben gehen, als es an der verschlossenen Tür der Bugkabine klopfte. Er kämpfte mit sich, ob er es wagen sollte, ohne Tamus Erlaubnis die Tür zu öffnen, dann ging er doch hin und schloss sie auf.

Conni und Felix hatten starr vor Angst auf der Koje gelegen. Nachdem Sunny verschwunden war, hatten die Piraten die Luke nach oben mit einer Plane abgedeckt und erneut den Anker und anderes schweres Gerät darauf gelegt. Sie hatten Hunger. Ihren Durst hatten sie an dem kleinen Waschbecken löschen können, dessen Wasserhahn ein Rinnsal abgestandenes Wasser aus dem Vorratstank hergab. Sunny hatte sie immer eindringlich davor gewarnt, dieses Wasser ungekocht zu trinken, aber... was blieb ihnen übrig? Felix hatte in seiner Not auch in das Waschbecken gepinkelt, aber Conni konnte sich nicht dazu überwinden, obwohl sie zu platzen drohte. Dann hörten sie Geräusche aus der Kajüte nebenan und Conni sprang auf und pochte an die Tür. „Bitte machen sie auf", schrie sie. „Bitte..." Said starrte sie an. „Bitte, ich muss zur Toilette", flehte sie und Said verstand nichts. Er war fasziniert von den blonden Haaren, aber er rief sich ins Gedächtnis, was Mahomad gesagt hatte. „Eine unwürdige Hure..." Trotzdem... „Ich versteh dich nicht", sagte er, was wiederum Conni nicht verstand. Sie machte eine Geste, hockte sich hin und endlich begriff Said. Er überlegte kurz, dann nickte er und gab den Weg frei. Felix sprang auf und wollte mit, aber ihn stieß Said aufs Bett zurück und schloss die Tür hinter Conni ab. Er schrie „Lass mich nicht allein!" und Conni wollte sich umdrehen und zu ihrem Bruder zurück, aber Said stieß sie vor sich her zur Toilette. Conni schlüpfte hinein und wollte die Tür schließen, aber Said riss sie wieder auf und sah sie

finster an. Er sah ihr zu und seine Augen nahmen einen irren Glanz an, als er kurz ihre Scham sah… „Was machst du da", knurrte Tamu, dem die Ausführung seines Auftrags zur Essensbeschaffung zu lange gedauert hatte. Er hatte das Ruder mit einem Stück Leine fixiert und stand nun vor Said, der ihm erklärte, dass er das Mädchen zur Toilette gelassen hatte. Er gab den Blick frei, indem er zur Seite trat und Tamu grunzte und zog das Mädchen, das laut aufschrie, vom Toilettensitz. „Geh an Deck!" herrschte der alte Pirat Said an. Conni konnte den Strahl ihres Urins nicht unterbrechen und Tamu schlug sie, als einige Tropfen davon seine Beine trafen. Dann zog er das kreischende Mädchen hinter sich her in die Kajüte.

Der „Lynx" hob ab und Oberleutnant Schaper löschte sofort die Positionslampen. Das grünliche Leuchten seines Restlicht-Sichtgerätes, das er wie Leutnant Ruwe vor den Augen hatte, irritierte ihn, aber nach und nach gewöhnte er sich an diese Darstellung der Welt außerhalb des Cockpits. Am wichtigsten war jetzt, die Höhe über den Wellen richtig einzuschätzen und das gelang ihm erstaunlich gut. Ruwe stand in Funkkontakt zur „Lübeck", auf der der Radaroperator sie mit Hilfe des Radars einwies. In einem großen Bogen umflogen sie die „Monsun", die zum Glück einen geraden Kurs steuerte und dann war es Zeit. Schaper brachte den Hubschrauber in den Schwebeflug. „Raus mit dem Zeug!" rief er nach hinten und die drei Kampfschwimmer und Obermaat Kruse warfen Hand über Hand die Leinen und Netze, alles was an Bord der „Lübeck" zu finden gewesen war, ins Wasser. Die Arbeitscrew hatte alles zusammengeknotet und allerlei Schwimmkörper –Bojen, leere Wasserflaschen, sogar ein paar Schwimmwesten- daran befestigt.

Schaper ließ den „Lynx" sich langsam voraus bewegen und auf dem Meer bildete sich eine lange Barriere aus den auf der Oberfläche

treibenden Tauen. „Draußen!" rief Kruse und Schaper zog aufatmend am Steuerknüppel und brachte den „Lynx" in eine sichere Höhe.

Es gab einige Unsicherheiten in ihrem Plan. Ganz wichtig - lebenswichtig-, war das Überraschungsmoment. Das bedeutete, dass der Abwurf der Barriere so weit vor der herannahenden „Monsun" erfolgen musste, dass der Hubschrauber dort nicht bemerkt wurde. Wenn die Piraten aus irgendeinem Grund jetzt den Kurs änderten... Riedel und die anderen verließen sich zudem auf die Folgen, die das Einfahren der Yacht in die Leinen haben würde. Krampke schwor darauf, aber...
Oberleutnant Schaper sah Ruwe fragend an, der gerade mit der „Lübeck" sprach. Dann nickte der Leutnant Schaper zu, der aber ohnehin zugehört hatte. „Zwei Meilen... genau auf Kurs", bestätigte Ruwe. Schaper drehte sich um und hielt den Daumen hoch. Oberstabsbootsmann Riedel und Bootsmann Krampke klatschten sich noch einmal ab und Müller und Kruse halfen ihnen, ihre Schwimmflossen anzulegen, dann sprangen die beiden Männer in den indischen Ozean. Sie schlugen hart auf und tauchten unter. Schaper hatte den „Lynx" auf zehn Meter herunter gebracht und das waren die Männer gewohnt. Müller warf schnell zwei große Plastikbojen, die sonst als Fender dienten, wenn die „Lübeck" an der Kaimauer im Hafen lag, ab. Die beiden Kampfschwimmer würden sich daran während der Wartezeit festhalten können. Schaper brachte den Hubschrauber ein Stück entfernt erneut zum Stillstand. Hier würden sie warten, um schnell eingreifen zu können.

Said war verwirrt und in heller Aufregung. Die Schreie des Mädchens unter Deck gellten in seinen Ohren. Er konnte sich genau vorstellen, was Tamu dort unten mit ihr anstellen würde. Als das Mädchen einen Moment ruhig war, richtete Mahomad sich abrupt auf. „Hörst du das", keuchte er. Said sah ihn verwirrt an. „Was...?" rief er, um die erneuten Schreie des Mädchens zu übertönen. „Ein Hubschrauber...", stöhnte Mahomad, dem die Bewegung große Schmerzen bereitet hatte. Said sprang von der Bank, auf der er neben seinem Bruder gesessen hatte auf, und lauschte. „Ich höre nur ihre Schreie... Dieses Schwein", rief er gequält. Das durfte Tamu nicht. „Das hätte Allah gewiss nicht gewollt", dachte er. Er ergriff die Maschinenpistole und wollte die Treppe nach unten betreten. Mahomad versuchte ihn zu hindern und dann stoppte die „Monsun" urplötzlich, der Motor heulte kurz gequält auf und verstummte. Said stürzte und verlor die Kalaschnikow, die neben Mahomad auf die Planken fiel. Said rappelte sich auf. Auch Mahomad hatte sich trotz seiner Schmerzen aufgerichtet und spähte über die Reling. Er sah direkt neben dem Boot ein Gewirr aus Leinen und Netzen. „Wir haben ein Netz überfahren und es hat sich um die Schraubenwelle gewickelt", keuchte er. Tamu´ Gesicht tauchte am Niedergang auf und Mahomad sagte es ihm. Das Gesicht des alten Piraten verfinsterte sich. Das kannte er aus seinem langen Leben als Fischer. Irgendein Kollege hatte sein Netz verloren. Auch ihm war das schon passiert. Aber ausgerechnet jetzt...

„Du gehst ins Wasser und schneidest den Propeller frei", befahl er Said, der große Augen bekam. „Ich kann nicht schwimmen, Herr", keuchte Said und Tamu sah ihn ungläubig an. Unschlüssig sah er in die Kajüte hinunter, wo das schluchzende nackte Mädchen auf dem Sofa lag. Er war kurz davor gewesen, sie zu besitzen...

„Ich mach das nachher selbst", sagte er und grinste. „Nachher..." Dann kletterte er in die Kajüte zurück.

Riedel und Krampke hatten das stillliegende Boot fast erreicht. Leise schwammen sie darauf zu. Krampke grinste unter seiner Schwimmbrille. Sein Plan mit den Leinen hatte perfekt funktioniert. Riedel gab ihm ein Zeichen und er nickte. Wie geplant schwamm er zum hochaufragenden Bug. Zu hoch, um das Deck zu erreichen, aber sie hatten das einkalkuliert. Um seine Hüfte hatte er eine Wurfleine mit einem kleinen vierarmigen Haken geschlungen, die er jetzt abwickelte. Die Metallteile hatte er vor dem Einsatz sorgfältig mit mehreren Lagen Tape umwickelt, die die Geräusche dämpfen würden. Gekonnt hob er den rechten Arm und ließ das Seil kreisen, dann ließ er es los und der Haken verfing sich mit einem sehr leisen „Kling" an der Reling. Krampke zog daran und das Seil straffte sich und hielt. Befriedigt griff er nach unten und zog seine Schwimmflossen aus, die jetzt nur im Weg waren. Langsam zog er sich Hand über Hand nach oben und wollte sich eben über die Reling schwingen, als im Inneren der Yacht ein schriller Schrei aus einer Mädchenkehle erscholl.
Riedel war zum Heck der Yacht geschwommen, wo er ebenfalls seine Flossen löste. Er hatte es einfacher, denn hier gab es die Badeplattform. Sie hatten erwartet, dass sich zumindest einer der Piraten im Wasser befinden würde, um die Leine aus der Schraube zu entfernen. Riedel hätte sein Messer eingesetzt…, aber es war niemand im Wasser. Langsam und geräuschlos zog er sich nach oben und spähte über das Heck.

Tamu keuchte. Das Mädchen hörte nicht auf zu schreien und wand sich unter ihm. Es gelang ihm nicht, in sie einzudringen und dann riss ihn jemand an der Schulter von ihr herunter. Said stand zitternd vor ihm. Seine Augen groß und rot vor Zorn. Er hielt eines der Fleischmesser aus dem Küchenblock in der Hand. „Dass wirst du nicht tun", kreischte er und fuchtelte mit der Messerspitze vor Tamus

Gesicht herum. Tamu knurrte wölfisch. „Dafür töte ich dich, du Verräter", zischte er und machte einen Schritt auf Said zu.

Bootsmann Krampke handelte blitzschnell. Eine der Geiseln war in unmittelbarer Gefahr. Ohne Rücksicht auf Geräusche, zog er sich den noch fehlenden Meter hoch und schwang sich über den Bugkorb. Mit einem Handgriff löste er die Maschinenpistole und entsicherte sie. Er sah den Anker, der auf der Luke zum Vorschiff lag, und riss ihn zur Seite. Unter ihm schrie jetzt eine Jungenstimme und er kniete sich hin, um die Luke aufzustemmen.

Mahomad war entsetzt. Von überall stürzten die Ereignisse auf ihn ein. Er wollte sich von der Bank wälzen und knallte auf sein ohnehin verletztes Bein, was ihn fast ohnmächtig werden ließ. Er musste Said helfen. Sein Blick fiel auf die Maschinenpistole, die Said entfallen war und hob sie auf. Vom Vorschiff kam ein lautes Rasseln und er sah auf und was er sah, ließ ihn erstarren. Eine dunkle, riesige Gestalt stand dort und war im Begriff, die Luke zu öffnen. Er wollte Said und Tamu, die unter Deck um den Besitz des Messers rangen, eine Warnung zurufen, aber seine Stimme versagte. Mühsam hob er die Kalaschnikow, aber er war schwach und der Lauf schwankte und als er den Abzug durchzog, schwang die Waffe nach dem ersten Schuss unkontrolliert nach oben und die Leuchtspur-Geschosse versprühten am Himmel.

Riedel kam nur eine Sekunde zu spät. Als Mahomad die Waffe hob, war er nur noch zwei Schritte von ihm entfernt. Unbemerkt hatte er sich ins Cockpit gezogen und sich um das Ruder herum dem Piraten genähert. Mahomad hatte vielleicht zehn Schüsse abgegeben, bevor der machtvolle Schlag, den Riedel mit dem Kolben seiner Maschinenpistole ausführte, ihn in die Bewusstlosigkeit schleuderte und zusammenbrechen ließ. Riedel sprang über den Körper des Piraten und glitt, nur die Handläufe der Treppe benutzend, in die Kajüte hinab. Er sah einen der Piraten, den Älteren, am Boden liegen, ein langes Messer in der Kehle. Blut spritzte stoßweise an der Klinge entlang und rann über den Kajütboden.

Riedel erfasste die Szene blitzschnell. Der junge Pirat griff nach dem Heft des Messers, um es aus der Kehle des anderen zu ziehen. Das nackte Mädchen auf der Bank schrie grell und durchgehend. Der junge Pirat hatte jetzt das bluttriefende Messer in der Hand und machte eine Bewegung auf Riedel zu. Seine Augen waren weit geöffnet und drückten Angst und Verwirrung aus. Der Junge änderte seine Richtung und Riedel nahm an, dass er das Mädchen zwischen sich und ihn bringen wollte. Tausendmal trainiert und reflexartig funktionierte Riedel in Sekundenbruchteilen , zog sein Kampfmesser und sprang auf den Jungen zu, der mit seinem Messer eine abwehrende Bewegung machte, aber Riedel fintierte nach links, um die Richtung sogleich wieder zu ändern, und stieß dem Jungen das große Messer mit den Widerhaken, dass Gewebe eher zerfetzte als zerschnitt, tief in die Brust. Der Junge stürzte zu Boden und seine mageren Beine zuckten im Todeskampf. Das Mädchen hatte sich zur Wand gedreht und die Arme um das Gesicht geschlungen. Sie schrie nun nicht mehr, sondern erwartete erstarrt den sicheren Tod.

Sekunden dehnten sich zur Ewigkeit. „Bist Du ok, Krampke?" schrie Riedel, aber es kam keine Antwort. Er wollte sich um das Mädchen kümmern, sie beruhigen..., aber erst musste er sicherstellen, dass keine Gefahr mehr drohte. Die beiden Piraten hier in der Kajüte waren tot. Aus der verschlossenen Bugkajüte kam das Schreien eines Jungen... Das musste auch warten. Riedel rannte die Treppe hinauf und beugte sich vorsichtig über den Körper des Piraten, den er niedergeschlagen hatte. Zuerst dachte er, der wäre auch tot, dann fühlte er leichte Bewegung an der Halsschlagader. Riedel zog einige Kabelbinder aus Plastik aus seinem Gürtel und fesselte Arme und

Beine des Piraten. „Krampke?" rief er erneut und hörte, fast mit Erleichterung, leises Stöhnen vom Vorschiff. Krampke lag auf dem Deck und hielt sich die Seite, wo ihn die einzige ungefähr gezielte Kugel Mahomads getroffen hatte. Blut sickerte zwischen seinen Fingern hervor und Riedel fingerte ein Mullpäckchen aus der wasserdichten Gürteltasche und drückte es auf die Wunde. „Scheiße, tut das weh", stöhnte Krampke. Riedel drückte seine Schulter. „Ich hol sofort Hilfe. Hier ist alles gelaufen." Krampke versuchte ein Lächeln und Riedel richtete sich auf. Ebenfalls in seiner Gürteltasche, sorgsam verpackt, lag das kleine Funkgerät. Er brauchte nur den Sendeknopf betätigen und das vereinbarte Codewort sagen. „Odin,Odin,Odin", sagte er dreimal. Jetzt musste er sich erst mal um die Kinder kümmern.

„Gott sei Dank", sagte Fregattenkapitän Scholz. Er brauchte nicht erst den Befehl erteilen. Korvettenkapitän Möller ließ schon Kurs auf die Yacht nehmen.

„Ja!" schrie Oberleutnant Schaper und drehte den Hubschrauber auf die Yacht zu.

Schaper hatte die großen starken Scheinwerfer an der Unterseite des Hubschraubers eingeschaltet, und ihr kaltes weißes Licht tauchte die Yacht in blendende Helligkeit. Er hielt den „Lynx" im Schwebeflug und der dröhnende Lärm der Turbinen riss Mahomad aus seiner Bewusstlosigkeit. Er hatte bohrende Kopfschmerzen von dem Schlag mit dem Kolben der Maschinenpistole, den Riedel ihm versetzt hatte. Er versuchte sich aufzurichten, aber es gelang ihm nicht. Die Kabelbinder, die Riedel ihm um Hand und Fußgelenke geschlungen hatte, verhinderten jede Bewegung und schnürten ihm das Blut ab. Er versuchte sich zu erinnern, was geschehen war. „Said..." stammelte er.

Oberleutnant Schaper drehte sich um und sah die Lichter der sich mit Höchstfahrt nähernden Fregatte. Zehn Minuten... schätzte er. Vielleicht zu lange! Er sah den verletzten Kampfschwimmer auf dem

Vordeck der „Monsun". Riedel war unter Deck verschwunden, um sich um die Kinder zu kümmern. „Müller, geh´n sie runter und unterstützen sie Riedel!" rief er nach hinten und Müller nickte, beschämt, dass er nicht schon von selber auf die Idee gekommen war. Er sprang ins Wasser und schwamm auf die nur wenige Meter entfernt liegende Yacht zu. Wie zuvor Riedel, zog er sich über die Badeplattform am Heck auf das Boot. Er sah den gefesselten Piraten auf der Bank, der ihn hasserfüllt anstarrte. Er riss seinen Blick los und kletterte aufs Vorschiff zu Krampke, der sich stöhnend auf den Planken wand. Sehr, sehr langsam überflog der Hubschrauber die Yacht und Müller musste sich die Ohren zuhalten. Krause hatte einen großen Verbandskasten an einer Leine befestigt und Müller konnte ihn ergreifen. Die Vorschiffluke öffnete sich und Riedels von Tarnschmiere bedecktes Gesicht starrte Müller an. „Gut das du da bist", keuchte er. „Kümmer dich um Krampke. Ich muss bei den Kinder bleiben."

Schaper entfernte sich nun wieder ein Stück weit, um den Lärm für seine Kameraden zu reduzieren und dann war die „Lübeck" heran. Fregattenkapitän Scholz hatte alle Scheinwerfer auf die Yacht richten lassen und in ihrem Licht näherte sich das erste Boot von der Fregatte. Korvettenkapitän Möller selbst führte es. Als Erste betraten der Stabsarzt und zwei Sanitäter, der oder die eine davon Sanitäts-Bootsmann Peggy Seeger, die Yacht. Der Arzt und der männliche Sanitäter hasteten aufs Vordeck, um sich um den verletzten Kampfschwimmer zu kümmern. Peggy ging unter Deck, wo Riedel im Vorschiff bei den verschreckten Kindern war. Peggy Seeler hatte bisher noch nie einen Toten gesehen und sie starrte einen Moment auf das Schlachthaus, in das sich die vormals luxuriöse Kajüte der Yacht verwandelt hatte. Tamus und Saids Blut hatten eine riesige Lache auf dem Boden gebildet. Die blicklosen Augen der toten Piraten schienen sie anzustarren.

Peggy schluckte trocken und sprang über die Blutpfütze, rutschte aus, und wäre rücklings auf den toten Tamu gefallen, hätte sich nicht Riedels Hand in den Ärmel ihrer Jacke gekrallt und sie gestützt. Riedel hatte die nun willenlose Conni nach vorn zu ihrem Bruder gebracht und auf die Koje gelegt. Sie lag wie erstarrt da und Felix klammerte sich an seine Schwester. Riedel hatte die ganze Zeit beruhigend auf die Kinder eingeredet, aber sie sahen ihn nur voller Furcht an. Riedel verstand das. Er sah ja auch zum Fürchten aus. Der schwarze enganliegende Neopren-Anzug, die Waffen und nicht zuletzt die Tarncreme, die sein Gesicht zu einer Fratze machte…

Er nickte Peggy zu und erhob sich von der Koje. Peggy sah ihn an und in ihren Augen schimmerten Tränen. „Danke, dass du sie gerettet hast, Kamerad", flüsterte sie und Riedel drückte kurz ihren Arm und verließ rasch die Kabine. In der Kajüte wartete bereits Korvettenkapitän Möller auf ihn. „Gute Arbeit, Riedel", sagte er anerkennend. „Ging wohl nicht anders?" fragte er und deutete auf die beiden Piraten. Riedel nickte müde. Erst jetzt zog er sich die enge Gummihaube vom Kopf und wischte sich den Schweiß von der Stirn. „Ich hab nur den Jungen erledigt. Der Alte… Es gab wohl Streit zwischen den beiden. Sie waren gerade dabei, das Mädchen zu vergewaltigen." Möller nickte. „Wir werden das später genau untersuchen. Sie können erst mal auf die „Lübeck" zurück. Nochmal… meine Anerkennung" Möller salutierte und Riedel nickte ernst. „Was ist mit Krampke?" Möller zuckte die Schultern. „Der Doc ist bei ihm. Ich weiß noch nichts." Riedel nickte und eilte an Deck. Der Arzt und sein Assistent knieten neben Krampke. Sie hatten seinen Oberkörper entkleidet und Riede sah kurz den hässlichen blutverschmierten Einschuss unter dem Rippenbogen seines Kameraden. Krampke rührte sich nicht. „Ist er…", sagte Riedel und der hektisch arbeitende Arzt wollte ihn, wütend wegen der Störung, anfahren, aber dann erkannte er Riedel. Er richtete sich kurz auf. „Nein, wir haben ihm was Starkes gespritzt. Genaues erst, wenn ich ihn auf dem OP-Tisch auf der „Lübeck" habe, aber…, Ich glaube er schafft es." „Danke Doc", sagte Riedel und ließ die Mediziner arbeiten. Im Cockpit stand ein bewaffneter Matrose neben dem gefesselten Piraten, der die Augen geschlossen hielt. Riedel musterte den Piraten. Sah gar nicht so gefährlich aus, dieser schmächtige, mit Lumpen bekleidete Somalier, aber dann stieg eine Welle kalter Wut in Riedel auf. Sie hatten unschuldige Menschen gefangen genommen, vergewaltigt und getötet. Alles unter dem Deckmantel eines dubiosen religiösen Sendungsbewusstseins. Er konnte nicht anders und stieß den Gefesselten an. „Du miese Ratte. Wenn ich könnte wie ich wollte…" Mahomad schlug die Augen auf und sah das verschmierte Gesicht Riedels dicht über sich. Er versuchte Spucke zu sammeln, um diesen Teufel anzuspucken, aber seine Kehle war ausgetrocknet. Er hatte wieder starke Schmerzen, aber sein Verstand sagte ihm, dass dieser Mann seinen Bruder getötet hatte.

„Ich werde dich finden", keuchte er. „Allah ist mein Zeuge. Ich töte dich!"

*

Die „Lübeck" war auf dem Weg nach Mombasa. Noch in der Nacht hatte die Decksmannschaft die „Monsun" an Bord gehievt. Conni und Felix hatten zusammen mit Peggy Seegers, zu der die Kinder mittlerweile etwas Vertrauen gefasst hatten, eine schnell freigemachte

Kabine bezogen. Die Kinder schliefen nun, unterstützt von einem milden Schlafmittel, das Peggy ihnen in ihren Fruchtsaft gemischt hatte. Der Hubschrauber war in den Hangar geschoben worden, um auf dem Achterdeck Platz für den Rumpf der Yacht zu machen. Fregattenkapitän Scholz hatte eine lange Besprechung mit Captain Sanders auf der „Gettysburg" geführt, der eigentlich dagegen war, das die „Lübeck" sich nach Mombasa begab, aber Scholz hatte unmissverständliche Befehle des Flottenkommandos in Glücksburg erhalten und die musste Sanders akzeptieren.

Oberstabsbootsmann Riedel konnte nicht schlafen. Immer wieder ging ihm der Ablauf der Aktion durch den Kopf. Hatte er etwas falsch gemacht? Hatte er Krampkes Verwundung zu verantworten? Er fand keine Antwort darauf. Plötzlich wurde ihm klar, dass er so etwas nie mehr erleben wollte.

„Schluss…" sagte er laut. „Womit ist Schluss?" fragte Oberleutnant Schaper, der leise die Unteroffiziersmesse betreten hatte. Eigentlich waren Offiziere hier nicht gern gesehen, aber außer Riedel war niemand im Raum. Riedel zuckte die Achseln. „Ich habe nach ihnen gesucht", sagte Schaper. „Ich… ich kann mir denken, wie sie sich fühlen. War gerade im Sani-Bereich. Krampke hat die OP gut überstanden, sagt der Doc." Riedel sprang erleichtert von seinem Stuhl auf, aber Schaper machte eine Handbewegung. „Sie können jetzt nicht zu ihm… Morgen vielleicht." Er zog eine Flasche Cognac aus seiner Uniformjacke und sah Riedel fragend an. Riedel ließ sich wieder auf den Stuhl fallen und nickte. „Gott sei Dank", sagte er. „Krampke ist ein so feiner Kerl…"

Schaper fand ein paar Wassergläser im Wandschrank, entkorkte die Flasche und goss reichlich ein. Sie tranken schweigend. „Guter Stoff", sagte Riedel. „Hennessy" antwortete Schaper. Hat mir meine Frau für meinen Geburtstag mitgegeben, aber das heute… Prost." Riedel starrte eine Weile vor sich auf die Tischplatte und drehte sein Glas in der Hand. Er hatte einige Freunde unter den Offizieren in Eckernförde, hatte auch nie Berührungsängste gehabt und Schapers Verhalten tat ihm gut. Nahezu stumm, nur vom gelegentlichen „Prost" sagen und trinken unterbrochen, wurden sie Freunde und sie redeten die ganze Nacht lang über den Dienst, das Leben und die Zukunft.

Riedel erwachte mit einem ziemlichen Brummschädel. Er lag in seiner Koje, aber wie er dahin gekommen war... Er stand auf, weil es sein musste und sein Spiegelbild sah ihn missbilligend an. Er war keinen Alkohol gewohnt, aber er war Oberleutnant Schaper dankbar. Er hatte ihn aus dem Grübeln befreit. Er duschte, rasierte sich und saß bald darauf vor einem guten Frühstück in der Messe. Der Ordonnanzgefreite kam von der Anrichte herüber und schenkte ihm Kaffee nach. „Herr Oberstabsbootsmann, sie sollen nach dem Frühstück zum Kommandanten kommen", sagte er. Riedel nickte. „Nachbesprechung", dachte er und versuchte sich an alle Einzelheiten zu erinnern, da er sicherlich einen Bericht der Ereignisse an Bord der „Monsun" geben sollte.

Fregattenkapitän Scholz empfing ihn in seiner Kabine. Er saß hinter dem Schreibtisch und erhob sich nicht, als Riedel anklopfte und den relativ kleinen Raum des Kapitäns betrat. Er salutierte und Scholz wies auf den Stuhl vor dem Schreibtisch. Auf dem Tisch lagen einige Blatt Papier. Riedel erkannte, unter anderen, seinen eigenen vorläufigen Bericht, den er direkt nach Ende der Aktion verfasst hatte. Scholz räusperte sich. „Wir haben jetzt die Aussagen der Kinder und der Frau, die sie aus dem Wasser gerettet haben. Alles in Allem ein Erfolg..."
Scholz machte eine Pause und Riedel scharrte nervös mit dem Fuß. Dann fuhr Scholz fort. „Das Mädchen..., sie sagt, der Junge hat sie gerettet. Sie hätten ihn nicht töten müssen." Riedel war wie betäubt. „Wie bitte?", stieß er hervor. „Ich kam in die Kajüte und der Junge hatte dieses Messer in der Hand..." „Haben sie ihm befohlen, sich zu ergeben?" fragte Scholz. „Wie? Was?", stieß Riedel hervor. „Es war absolut Gefahr im Verzug!" Keine Zeit für Diskussionen, Herr Kapitän." Er schrie es fast, denn die Nachwirkungen des Cognacs waren noch nicht gänzlich verpufft und Scholz Vorwurf empörte ihn und wühlte ihn auf. „Setzen sie sich", herrschte Scholz den Kampfschwimmer an, der aufgesprungen war. Er schob die Papiere

zusammen. „Das wird vom Oberkommando entschieden", sagte er dann. „Bootsmann Krampke wird von Mombasa aus mit einem Sanitätsflugzeug nach Hause gebracht. Der Obergefreite Müller und sie werden ihn begleiten. Wegtreten."

Riedel erhob sich, brachte mühsam so etwas wie eine Ehrenbezeugung zustande, und ging. Auf dem Korridor blieb er stehen und schloss die Augen. Das durfte doch nicht wahr sein. Hatte sich der Junge wirklich ergeben wollen? Nein, entschied er. Dieses Mädchen, in ihrem Zustand… Man konnte ihr doch nicht ernsthaft glauben, oder? Er hieb seine Faust gegen das Stahldeck über sich. Schaper hatte ihn letzte Nacht von seinem Entschluss, die Marine zu verlassen abgebracht, aber nun? Er ging den engen Gang und den Niedergang hinauf an Deck und starrte lange auf die Wasserfläche.

„Hallo?" sagte eine Frauenstimme und er drehte sich um. Die Frau, die er aus dem Wasser gezogen hatte, stand da und lächelte ihn an. Sie hatte ihre Sachen von der Yacht in die Kabine, die sie auf der Fregatte zugeteilt bekommen hatte, gebracht bekommen und trug nun Shorts und ein buntes T-Shirt. Ihre Füße steckten in Sandalen, aus denen rotlackierte Zehennägel lugten. Die blonden Haare waren frisch gewaschen und sie hatte Makeup aufgelegt. Trotzdem waren die Spuren der Schläge, die Tamu bin Saleh ihr zugefügt hatte, nicht zu übersehen. Riedel drehte sich überrascht um und sah in zwei blaue Augen, die ihn unter anderen Umständen…

Er räusperte sich „Es… es, scheint ihnen besser zu gehen", sagte er und versuchte ein schiefes Lächeln. Sie streckte ihre Hände aus und nahm seine ohne Umschweife in die ihren, beugte sich vor, und küsste ihn. „Danke…", sagte sie und Tränen stiegen in ihre Augen. „Ich weiß nicht, was ich sagen soll. Ich… die Kinder… Sie haben uns das Leben gerettet."

Riedel schwieg, aber seine Hände, die sie nicht los ließ, fühlten sich plötzlich schweißnass an. Verlegen, unfähig den Blick von ihren Augen zu lassen, sagte er „Geht es ihnen jetzt wieder gut, soweit…

179

ich meine...". Er verstummte, aber sie verstärkte kurz den Druck ihrer Hände und ließ ihn dann zögernd los. „Ja, der Arzt sagt, dass alles in Ordnung ist, körperlich. Wieder stiegen Tränen in ihre Augen und rannen über ihre Wangen. Riedel suchte ein Taschentuch, fand aber keines und wischte schließlich ungeschickt mit dem Ärmel seiner Tarnjacke über ihr Gesicht. Sie lachte plötzlich auf. „Das ist so komisch", kicherte sie, verstummte aber sofort wieder, als sie sein Gesicht sah. „Oh, Entschuldigung", flüsterte sie. Beide standen nun verlegen voreinander und sprachen dann beide gleichzeitig... „Können wir..." „Wollen wir..." Sie lachte wieder. „Einen Kaffee zusammen trinken?" beendete sie den Satz. „In der Messe gibt's einen ganz passablen", sagte er und geleitete Sunny unter Deck.

Es war nicht leicht gewesen, aber mit Geduld und Einfühlungsvermögen hatte Peggy Seegers schließlich die Telefonnummer des Smartphones von Doris Kreft von Conni bekommen. Das Mädchen war immer noch verstört und Felix wich nicht von der Seite seiner Schwester, wenn er auch bereits Interesse an seiner gegenwärtigen Umgebung zu zeigen begann. Peggy war mit den beiden zum frische Luft schnappen an Deck gewesen und sie hatten an einem ruhigen Platz zwischen Brückenaufbau und dem hohen Gefechtsmast an der Reling gestanden. In ihrer Nähe hatten ein paar Matrosen an dem dort aufgestellten leichten Geschütz geübt. Felix hatte das brennend interessiert und da Peggy ihm seine Fragen nicht beantworten konnte, hatte sie ihn zu dem Oberbootsmann gebracht, der die Übung leitete und der hatte dem Jungen alles erklärt. Dadurch hatte Peggy endlich einmal ungestört mit Conni über die versuchte Vergewaltigung reden können.
„Der alte Pirat und der Junge wollten sich an dir vergehen...?", hatte Peggy gefragt, aber das Mädchen hatte den Kopf geschüttelt. „Der Junge war eigentlich", sie zögerte etwas „...ganz nett. Er hat den Alten mit dem Messer erstochen und dann...." Conni verstummte und

fing an zu weinen und Peggy nahm sie in den Arm. „Und dann?" fragte sie sanft. „Dann kam dieser schwarze Mann und stach dem jungen Piraten dieses große Messer in die Brust", flüsterte Conni. Peggy hatte das so in ihrem Bericht für den Kapitän niedergelegt, nicht ahnend, dass ihrem „Helden" Riedel daraus nun ein Nachteil entstand.

Nun stand sie mit den Kindern in der Kommunikationszentrale der „Lübeck". Schon vor Stunden hatte Peggy versucht, ein Gespräch mit Doris Kreft zu führen, aber das war unmöglich gewesen. Wort und Geräuschfetzen… Schließlich hatte sie eine SMS formuliert, die durchkam und Doris hatte die Festnetznummer ihres Hotelzimmers auf Mallorca durchgegeben. Der Funker sah Peggy fragend an, die sah auf die Uhr und sagte „Ja". Binnen Sekunden hatte er ein Freizeichen im Hörer, den er Peggy reichte. Die Kinder standen aufgeregt neben ihr. „Hallo?", sagte Peggy schließlich als Doris Kreft sich meldete und dann riss Felix ihr den Hörer aus der Hand „Mama!" schrie er.

Doris sank aufs Bett. Peter hatte mit ständig größer werdenden Fragezeichen in den Augen neben ihr gestanden. Sie war nervös auf und abgelaufen, soweit das das Kabel ihres Telefons eben erlaubte. „Was ist passiert?", fragte er, als sie endlich aufgelegt hatte, aber sie schlug die Hände vor die Augen und weinte. Peter setzte sich neben sie und nahm sie in die Arme. „Dieter ist tot und…", stammelte sie schließlich und dann berichtete sie ihm, was sie soeben durch die aufgeregten und zusammenhangslosen Berichte ihrer Kinder und durch die präzisere Schilderung der Marinesoldatin erfahren hatte. Peter dachte nach. „Wir müssen da irgendwie hin. Ich meine, wir müssen sie abholen", sagte er dann und Doris sah ihn dankbar für seine Fürsorge an. Sie schüttelte den Kopf. „Dafür ist schon gesorgt. Die deutsche Botschaft in Kenia, wohin das Kriegsschiff unterwegs ist, hat schon Flüge für die Kinder besorgt. Sonia wird sie begleiten. Sie kommen am Mittwochabend in Hamburg an... Oh Gott", schrie Doris auf. „Dann sind wir ja noch gar nicht zuhause!" Peter legte ihr beruhigend die Hand auf die Schulter. „Doch, sind wir. Ich regel das sofort." Doris beruhigte sich. „Oh Peter, ich hätte sie nie mit Dieter fahren lassen dürfen..."

Peter streichelte sie in den Schlaf, was Stunden dauerte und dann rannte er an die Rezeption, um ihre Abreise zu organisieren.

*

Zuletzt hatten sie sich sogar geküsst. Vor der Tür ihrer Kabine und sie wollte ihn mit hineinziehen, aber er machte sich los. Sorgfältig wählte er seine Worte, denn er wollte ihr auf keinen Fall weh tun und er war ja nun nicht gerade als „Frauenversteher" bekannt. „Nicht, Sunny. Wir kennen uns kaum und die Umstände... Vielleicht willst du mir unbewusst deine Dankbarkeit zeigen, aber das ist nicht nötig und..." Er küsste sie leicht auf die Nase. „Wenn es möglich ist, dass wir uns näher kommen, ich meine... wenn du das willst... Lass uns warten damit." Sunny sah zu ihm empor. Sie reichte ihm im Stehen knapp bis unters Kinn. Langsam nickte sie. „Du hast recht", sagte sie und öffnete die Tür, dann drehte sie sich nochmal zu ihm hin „Und du? fragte sie „Willst du mich Zuhause wiedersehen?" Riedel lachte befreit auf. „Darauf kannst du deinen süßen Arsch verwetten!"

Die „Lübeck" lag an der Mole. Schon bei ihrer Ankunft in Mombasa hatte ein großer Mercedes-Dienstwagen der deutschen Botschaft auf dem Kai gestanden. Der zweite Geschäftsträger und ein weiterer Mitarbeiter hatten Sunny, Conni und Felix in ihre Obhut genommen

182

und Riedel sah dem abfahrenden Wagen nach, aus dessen geöffnetem Fenster ihm Sunnys Arm zuwinkte, bis der Mercedes hinter einem Gebäude verschwand. Oberstabsbootsmann Riedel stand in voller Uniform an der Gangway. Neben ihm wartete der Obergefreite Müller. Ihre Seesäcke lagen griffbereit auf dem Deck. Ein Krankenwagen der kenianischen Armee hielt neben dem Schiff und zwei große uniformierte Krankenträger öffneten die Hecktüren des Transporters.

„Zur Seite!" rief jemand und Riedel machte schnell Platz. Zwei Matrosen trugen die Trage, auf der Bootsmann Krampke fest angeschnallt, lag. Der Doktor, der neben ihm ging, hatte ihm eine ordentliche Portion schmerzstillender Medikamente verpasst, aber als die Matrosen etwas ungeschickt gegen das Geländer der Gangway stießen, erwachte er und stöhnte. „Passt doch auf ihr Hornochsen", schimpfte Riedel und beim Klang dieser Stimme wandte Krampke den Kopf und brachte ein schiefes Grinsen zustande. Er wollte etwas sagen, aber Riedel hielt den Finger an die Lippen. „Schnabel halten, Wir schnacken auf dem Flug." Krampke schloss die Augen und Riedel und Müller sahen zu, wie die Trage in den Krankenwagen verladen wurde. Der Arzt stieg mit ein und der Transporter fuhr los.

„ Ähem…" Jemand räusperte sich hinter ihnen und Riedel und Müller drehten sich um. Korvettenkapitän Möller, die Helikopter-Besatzung, sowie weitere Besatzungsmitglieder der „Lübeck", unter ihnen Peggy Seegers, standen da. Korvettenkapitän Möller fand es eine Schande, dass Fregattenkapitän Scholz nicht erschienen war… Riedel grinste. „Weiß gar nicht, wo unser Taxi bleibt. Schön euch noch mal alle zu sehen. Ihr werdet mir fehlen. Oberleutnant Schaper trat vor. „Wir sehen uns bestimmt mal wieder auf einem Einsatz. War gut, dass ihr da wart." Riedels Lächeln gefror etwas. Dann schüttelte er langsam den Kopf. „Das war`s für mich, glaub ich", sagte er dann.

„Achtung!" rief jemand und verlangte, dass der Weg frei gemacht wurde. Eine weitere Trage wurde aus dem Schiffsinneren befördert, auf ihr der verwundete Pirat, der mit grimmigem Gesichtsausdruck vor sich hin starrte. Unten fuhren in dichter Folge ein weiterer Krankenwagen, dem ein Jeep mit bewaffneten Soldaten folgte, sowie ein normales Taxi vor. Die Soldaten, die die Trage trugen, stockten etwas und der Pirat –Mahomad- starrte Riedel direkt an. Er senkte den Blick etwas und prägte sich die fremden Buchstaben auf der Uniform seines Totfeindes ein. Er kannte diese Zeichen nicht, wusste nicht, das da „Riedel" auf dem Namensschild auf der Uniform seines Feindes stand, des Mannes, den er töten würde, aber er prägte sie sich ein und als er in den Krankenwagen geschoben wurde, der ihn ins Militärgefängnis einer Kaserne der kenianischen Armee bringen würde, prägte er sich noch etwas ein. Die große schwarze Kennung des Kriegsschiffes. „F214" stand da und sein Hass überstieg seine Schmerzen.

7

Rolf Riedel war unruhig. Nachts konnte er nicht schlafen, bei Tag lief er in seiner kleinen Wohnung in Eckernförde herum, oder machte lange Spaziergänge durch die Stadt, oder am Strand entlang. Die Ereignisse der letzten Wochen gingen ihm nicht aus dem Kopf. Der Einsatz... Er hatte sich nach der Trennung von Sylvie darauf gefreut, aber nun war es zu so etwas wie einer Zäsur in seinem Leben gekommen. Zwar stand er weiterhin voll hinter der, zuletzt doch gut für die Geiseln, ausgegangenen Befreiungsaktion, aber persönlich konnte er Einiges nicht mehr so einfach bei Seite schieben. Der Vorwurf, den Fregattenkapitän Scholz in seinem Bericht formuliert hatte, er hätte den jungen Piraten unnötigerweise und „mit großer Brutalität" getötet, lastete auf ihm. Wieder und wieder versuchte er sich die damalige Situation ins Gedächtnis zu holen, aber alles verschwamm vor seinem geistigen Auge. Das schreiende Mädchen, der noch zuckende Körper des älteren Somaliers auf dem Boden der Kajüte, aus dessen Halswunde stoßweise das Blut schoss... Seine eigene Anspannung und das Wissen, dass Krampke verwundet auf dem Vorschiff lag...

Er kickte einen Stein ins Wasser, wo er Kreise bildend versank. Um diese Jahreszeit war der Strand während der Woche menschenleer. Eine Möwe stieß aufs Wasser herab, stieg aber enttäuscht wieder auf als sie erkennen musste, dass sich da nichts eßbares im flachen Wasser bewegt hatte. Riedel sah ihr nach. Das müsste man können, dachte er. Einfach so wegfliegen. Aus allem raus. Er drehte sich um und sah die Gebäude des Marinestützpunkts mit der Mole, die ins tiefere Wasser ragte, weit hinter sich. Das war für viele Jahre seine Heimat gewesen. Gute Jahre, wie er meinte. Kameradschaft hatte es dort gegeben. Gute Freunde und das Bewusstsein, einer absoluten Elite anzugehören. Die besten und härtesten Soldaten, über die die Bundeswehr verfügte. Er seufzte. Langsam ging er weiter und betrat die

Gaststube des „Strandcafe". Die junge Frau hinter dem Tresen lächelte ihn an. Sie hatte den großen attraktiven Soldaten schon öfters hier gesehen, meistens in Begleitung einer Frau, weshalb sie sich nie weitere Gedanken um ihn gemacht hatte, aber nun war er allein hier und sah angespannt und irgendwie traurig aus...
Das Cafe hatte gerade erst geöffnet und Riedel setzte sich an einen Tisch am Fenster, von wo aus er über die Bucht ans jenseitige Ufer sehen konnte. Wo im Sommer unzählige Segelyachten kreuzten, durchfurchte ein einsamer Fischkutter die Wasserfläche.
„Was darf ich ihnen bringen?" fragte die junge Frau und legte eine Speisekarte neben Riedel auf den Tisch. „Wie...?" schrak Riedel aus seinen Gedanken. „Ja, bitte erst mal einen Kaffee." „Kommt sofort", antwortete die Serviererin und entfernte sich, wobei sie kokett ihr Hinterteil drehte, was Riedel sehr wohl bemerkte. Er musste lächeln, aber vor seinen Augen stand plötzlich das Bild der Frau, die er aus dem indischen Ozean gezogen hatte, Sunny... Wie mochte es ihr gehen? So tapfer und verwegen Rolf Riedel im Einsatz sein mochte... wenn es um Frauen ging, verließ ihn regelmäßig der Mut. „Ob ich sie anrufen darf?", fragte er sich und nahm es sich vor. Er hätte gleich sein Handy zücken können. Ihre Nummer, die sie ihm auf dem Schiff gegeben hatte, war längst darin abgespeichert, aber er zögerte. „Später", dachte er.   „Ihr Kaffee", sagte die Bedienung und stellte den Becher mit dem dampfenden Heißgetränk auf den Tisch. „Danke", murmelte Riedel, aber als sie keine Anstalten machte zu gehen, sah er auf. Sie lächelte. Sie wies auf die Speisekarte. „Darf es noch etwas sein? Wir haben heute frischen Dorsch im Angebot". Sie war hübsch und hatte freundlich lächelnde Augen und es war Pech für sie, das Riedel gerade an Sunny dachte.

Riedel hatte eine kleine Wohnung außerhalb der Kaserne. Spärlich und sparsam mit diversen Ikea-Möbeln ausgestattet, aber so etwas,

wie ein Heim. Eigentlich war er immer mehr im Stützpunkt zuhause gewesen und eine Zeitlang auch in Sylvies, oder ihrer Vorgängerinnen Wohnung. Nun saß er auf seinem kleinen Sofa. Der Fernseher war an, aber er nahm nicht wahr, was da lief.

Nach der Rückkehr vom Einsatz hatte er sich im Büro des Kommandanten gemeldet und der hatte ihn sozusagen auf Zwangsurlaub geschickt. „Erholen sie sich, Riedel", hatte er gesagt. Riedel hatte gesehen, dass eine Kopie der Einsatzberichte auf dem Schreibtisch lag. Der Kommandant hatte die Stirn gerunzelt und gesagt, „Wir beide und alle, die was von der Materie verstehen wissen, dass der Vorwurf, sie hätten den Piraten unnötig getötet Unsinn ist. Aber das Oberkommando hat eine Untersuchung angeordnet. Bis zu dessen Abschluss sind sie beurlaubt."

Riedel hatte nichts geantwortet. Er konnte das nicht verstehen, wollte es auch gar nicht. „Wir halten den Kopf hin, und die hier sitzen am warmen Schreibtisch und überlegen, wie sie ihre Zeit rum kriegen". Er hatte salutiert, sich umgedreht und den Raum verlassen.

Er trank einen großen Schluck Bier. Dann nahm er das Telefon, das auf dem Tischchen lag und scrollte das Telefonbuch bis zum Buchstaben S. Zögernd drückte er die Wahltaste. Sie nahm ab, als wenn sie auf das Klingeln schon gewartet hätte und sie redeten, bis der Akku in ihrem Handy leer war. Gerade noch rechtzeitig, bevor das geschah, verabredeten sie sich für den nächsten Tag.

Sie waren nicht sehr zartfühlend mit ihm umgegangen, zumindest nicht in Mombasa. Vielleicht wollten sie auch den Deutschen und anderen Westlern zeigen, dass sie hier mit den somalischen Piraten schon fertig werden konnten. Hinter den Kulissen wurde noch darüber verhandelt, wo der Prozess wegen Piraterie und Geiselnahme stattfinden würde. Mahomad hatte alles stoisch ertragen. Die lange Fahrt im Krankenwagen in ein ziemlich herunter gekommenes Krankenhaus am Stadtrand von Mombasa, die Operation an seinem Bein, die ein junger desinteressiert aussehender Chirurg vorgenommen hatte, und die Schmerzen, die nach und nach abgeklungen waren. Das galt aber nur für die Schmerzen an seinem Bein. Die in seinem Herzen und seiner Seele blieben und er wusste, dass sie nicht aufhören würden, bis zu dem Tag, an dem er seinen Feind, diesen weißen Soldaten mit dem Namensschild „Riedel" getötet haben würde. Dann das Schiff, die Fregatte „Lübeck". Viele Tage lag er im Krankenhaus. Vor der Tür des Einzelzimmers, in dem er lag, saß ein gelangweilter Polizist und bewachte ihn. In der ersten Woche war das unnötig gewesen, denn Mahomad konnte sich noch nicht aus dem Bett bewegen, aber dann hatte er unter Anleitung eines Physiotherapeuten seine ersten zögernden Schritte gemacht und nun konnte er schon den Gang hinauf und sogar die Treppe ins Untergeschoss bewältigen, wobei der Polizist argwöhnisch einige Schritte hinter ihm herging. Ein Mann in einem geschäftsmäßigen Anzug war gekommen und hatte ihm mitgeteilt, dass er in Kürze ins Zentralgefängnis der Hauptstadt Nairobi gebracht werden würde. Der Mann hatte seinen Dialekt gesprochen und Mahomad dazu gebracht, sein Namenszeichen unter ein Dokument zu setzen. Mahomad konnte es nicht lesen und der Mann las es ihm vor, jedenfalls einen Teil davon. Das Mahomad mit seiner Unterschrift eingestand, ein seit langem gesuchter und an vielen Verbrechen beteiligter Pirat zu sein, las er ihm nicht vor...

Und dann hatte sich eines Nachts eine junge Krankenschwester an sein Bett gesetzt. Sie war Somali und lebte schon seit Jahren in Mombasa. Nebenbei arbeitete sie aber auch für die Shabbab-Miliz, die besonders im Südwesten des zerfallenden Staates Somalia tätig war und faktisch die Macht ausübte. Auf dem Namensschild an ihrem Kittel stand Mary; sie hatte sich unter diesem Namen und der Angabe, sie sei eine unter Verfolgung leidenden Christin, hier eingeschlichen. „Ich heiße Salima", hatte sie Mahomad zugeflüstert. „Die Brüder werden nicht zulassen, dass du ins Gefängnis kommst. Es ist alles vorbereitet." Er wollte sich aufsetzen und Näheres von ihr wissen, aber sie drückte ihn sanft zurück aufs Kissen. „Bald", flüsterte sie, stand auf und ging.

Mahomad konnte nicht einschlafen in dieser Nacht. Er hatte sich schon mehr oder weniger mit der Tatsache abgefunden, dass er wohl einige Jahre in einem Gefängnis zubringen musste und nun... Würden sie Wort halten? Und wenn ja, wie würde er seine Rache bewerkstelligen können? „Geduld", mahnte er sich. „Ich muss Geduld haben, aber dann werde ich ohne Gnade über sie kommen."

Sein Zustand besserte sich nur langsam. Viel zu langsam für seine wachsende Ungeduld. Der Therapeut musste ihn bremsen, damit er sich nicht überforderte bei seinen täglichen Trainingseinheiten, was er aber erst tat, nachdem Salima ihn nochmals besucht hatte. „Sie wollen dich Montag nach Nairobi bringen", sagte sie. Ich habe das herausgefunden und den Brüdern mitgeteilt. Sie warten auf dich." Mahomad sah sie ernst an und sie war sich unsicher, ob er sie verstanden hatte, aber dann nickte er langsam und ergriff ihre Hand, die er fest drückte. „Kannst du für mich herausfinden, ob das deutsche Kriegsschiff noch im Hafen liegt?", sagte er heiser und sie versprach, sich darum zu kümmern. „Aber die Brüder bringen dich zurück nach

189

Somalia." Er nickte langsam. „Ich weiß, aber... es ist mir wichtig. Ich muss wissen, wo ich das verfluchte Schiff finden

kann." Sie drückte sanft seinen Arm, beugte sich über ihn und küsste ihn auf die Wange. „Allah wird dir deine Rache gewähren", sagte sie, stand auf und ließ Mahomad allein.

Das Wochenende kam. Mahomad fieberte dem Montag entgegen. Wie würden die Brüder der al Shabbab ihn befreien? In der Nacht zu Sonntag schlüpfte Salima in sein Zimmer. Sie hielt einen Laptop Computer in der Hand. Der Wachposten hatte sie kaum angesehen, als sie in ihrem Krankenhauskittel an ihm vorbei kam. Mahomad hatte gedöst und richtete sich auf, als sie die Deckenlampe anschaltete. „Und? Ist es noch im Hafen?" fragte er heiser. „Nein", antwortete sie leise. „Warte." Sie fuhr den Laptop hoch und verband ihn mit der Internet-Steckdose an der Wand hinter seinem Bett. Mahomad hatte bisher wenig mit Computern zu tun gehabt. Es bereitete ihm immer noch Unbehagen zu sehen, wie sich die vielen Zeichen und Bilder auf dem Schirm aufbauten. Erklären konnte er sich das seiner kläglichen Schulbildung wegen sowieso nicht. „Ein Bruder hat mir das gezeigt", erklärte Salima und tippte etwas in das Google-Suchfeld ein. Der Monitor wurde kurz dunkel, dann erschienen Buchstaben, das Foto eines Kriegsschiffes, bei dessen Anblick Mahomads Herz zu rasen begann, und das kreuzförmige Symbol, dass auf dem Hubschrauber geprangt hatte. Ein schwarzes Kreuz. Salima suchte etwas. Der junge Student, ein Mitglied der al Shabbab, hatte ihr genau gezeigt, wo sie drücken sollte, aber nun war sie sich nicht mehr sicher. Sie versuchte es und es war richtig. „Aktueller Standort der Marineeinheiten" stand da und sie gab „F214" in das Suchfeld ein. Sie konnte zwar genau so wenig wie Mahomad verstehen, was da stand, aber der Student hatte es ihr gesagt. Den Computer hatte sie nur mitgebracht, um Mahomad zu zeigen, wie man so etwas feststellte. „Das Schiff „Lübeck" ist auf dem Weg in seinen Heimathafen. „Wilhelmshafen"..., buchstabierte sie mühsam. Der Bruder hat mir gesagt, da steht, dass das Schiff zur Überholung in eine Werft geht und dann wird es Ende Juni im

nächsten Jahr an der Eröffnung der..." Sie versuchte wieder den fremden Namen abzulesen, „Travemünder Woche" teilnehmen." „Was ist das?" fragte Mahomad und Salima zuckte mit den Schultern. „Der Bruder sagt, ein großes Fest in Deutschland. In einer Stadt namens Lübeck, mit Tausenden von Besuchern..." Mahomad legte sich zurück aufs Kissen und schloss seine Augen, dann öffnete er sie wieder und sah Salima fest an. „Dort werde ich sie erwischen und mit ihr so viele Ungläubige wie möglich! Ich schwöre es, bei Allah!"

*

Einen trüberen Novembertag konnte man sich nicht vorstellen. Auf der Fahrt von Eckernförde nach Lübeck hatte Rolf Riedel die ganze Zeit über den Scheibenwischer laufen lassen müssen. Die grauen Wolken schienen praktisch auf den leeren Wiesen und Feldern aufzuliegen und die Scheinwerfer der entgegen kommenden Autos blendeten ihn. Riedel hing an seinem alten Ford Focus, der eigentlich seinen Dienst geleistet hatte. Erst kürzlich war eine teure Reparatur an der Hinterachse fällig gewesen und der Werkstattbesitzer hatte Riedel gefragt, ob er das wirklich noch in den Wagen investieren wolle. Er hätte da zufällig einen sehr guten Gebrauchtwagen... Riedel hatte kurz überlegt, aber dann erschien ihm allein der Gedanke als Verrat an seiner treuen Karosse.

Nun brachte ihn der Ford nach Lübeck. Zu Sunny - Sonia Mertens- und sein Herz klopfte. Das berühmte Kribbeln... Er hatte es bisher noch nie erlebt, oder wieder vergessen, aber jetzt war es da. Er fand

einen Parkplatz hinter der MUK, dem großen Veranstaltungszentrum. Er war noch nie in Lübeck gewesen und so hatte Sunny als Treffpunkt das Holstentor vorgeschlagen, das man nun wirklich nicht verfehlen konnte. Riedel hatte es schon gesehen, als er auf der Suche nach einem Parkplatz daran vorbei gefahren war. Er verschloss den Wagen und ging entlang des Wasserlaufs der Untertrave zu dem mittelalterlichen Bauwerk, dessen Abbild früher den fünfzig D-Mark Schein geziert hatte. Riedel sah einen roten Schal und wusste, selbst auf die hundert Meter, die noch zwischen ihnen lagen, dass darunter Sunnys blonder Haarschopf versteckt war. Sie wartete an der Ecke und als sie ihn sah, kam sie ihm entgegen. Unsicher und verlegen standen sie voreinander. „Hallo", sagte Riedel und dann nahm ihn Sunny einfach so vor aller Augen in die Arme.

„Ich wollte dir meine Stadt bei Sonnenschein zeigen", klagte sie, als sie schließlich vor der Witterung kapituliert hatten. Sie fanden mit Mühe einen kleinen Tisch im berühmten Niederegger-Cafe. Es war gesteckt voll und die Unterhaltungsfetzen der unzähligen Gäste umschwirrten sie wie das Summen in einem Bienenstock. „Magst du die Marzipan-Torte nicht?" fragte Sunny und wies auf das kaum berührte Kuchenstück auf Riedels Teller. „Ich kann so viel Süßes auf einmal nicht verkraften. Da seh ich lieber dich an", antwortete er und sie lachte. „Du kannst ja richtig charmant sein, Matrose", sagte sie. Sie trank einen Schluck Kaffee. Zuerst hatte sie ihren Retter aus Dankbarkeit und einer gewissen Neugier treffen wollen, aber nun...
Bei ihrem letzten Satz hatte die Dame am Nebentisch sich fast den Hals verrenkt, um alles mitzubekommen. Sunny entschied, dass es hier zu voll und laut war. „Komm, wir gehen zu mir nach Haus", sagte sie. Das hatte sie eigentlich auch nicht vorgehabt, wenngleich sie am Morgen viel Sorgfalt auf das Aufräumen ihrer kleinen

Dachgeschosswohnung verwandt hatte. Riedel zahlte und sie gingen.
Auf der Straße sahen sie sich praktisch dem imposanten Rathaus

gegenüber, wo gerade eine Führung begann. „Wollen wir mitgehen?"
fragte Sunny und er nickte. Die Fremdenführerin gab sich Mühe und
Sunny und Riedel gingen Hand in Hand, was von ihr ausging, mit der
Gruppe. Als sie an den Gemälden ehemaliger Bürgermeister
vorbeikamen, deren Blick die vorbei Gehenden verfolgt - ein Trick
des Malers-, zog sie den großen Soldaten hinter sich her die Treppe
hinab auf die Straße. Unter den Säulen vor dem Tor blieb sie vor ihm
stehen, legte eine Hand um seinen Hals und zog ihn zu sich herunter.
„Ich muss jetzt dringend mit dir in meine Wohnung", gurrte sie.
Er lief neben ihr her. Es war nicht weit. Nur die Hüxstraße entlang, bis
fast zu ihrem Ende. Die Holzstiegen des alten Patrizierhauses knarrten
unter ihrem Gewicht und die Wohnungstür quietschte in den Angeln.
Riedel sah sich um und blieb unschlüssig im kleinen Flur stehen, aber
sie streifte ihre Stiefelletten ab, woraufhin er auch seine Schuhe
auszog. Sie küsste ihn wieder. „Nicht das du denkst, dass mache ich
immer so…" flüsterte sie und zog ihn hinter sich her ins
Schlafzimmer…

Später machte sie Kaffee und stellte einen Becher neben Riedel auf
den Fußboden. Einen Nachttisch gab es nur auf ihrer Seite. Er sah sie
an, während sie geschäftig zwischen Küche und Bett hin und her ging.
Sie hatte ihm gesagt, dass sie fast vierzig wäre, aber ihr Körper
verriet das nicht. Sie war nicht wirklich eine Modell-Schönheit. Die
Brüste klein und etwas tief angesetzt, die Hüften eher breit und an der
Außenseite ihrer Oberschenkel mit einigen Cellulitefältchen bedeckt.
Oberhalb ihrer spärlichen blonden Schambehaarung ein schon etwas
verwaschenes Rosen-tatoo…
Sie ließ ihm ausgiebig Gelegenheit, sie anzusehen, dann schlüpfte sie
wieder neben ihn unter die Decke. Sunny befühlte seine harte

193

Bauchdecke. Sie hatte sich ein bisschen davor gefürchtet, mit ihm zu schlafen. Der letzte intime Kontakt war die Vergewaltigung durch

den brutalen Piraten gewesen. Sie hatte sich danach so furchtbar geekelt, es aber nicht herauslassen dürfen... der Kinder wegen.

„Du hast mich schon wieder gerettet", sagte sie leise und fuhr fort, Riedels Bauch zu streicheln. „Hmmm?" machte er ungläubig und trank einen Schluck Kaffee. „Der Pirat..., der Alte. Ich dachte, danach... ich meine, du weißt schon. Er hat mich vergewaltigt und ich dachte, ich würde nie wieder etwas fühlen mit einem Mann." Sie verstummte und er zog sie näher zu sich in seine Arme und küsste sie sanft auf die Nase. Dann liefen plötzlich Tränen über ihre Wangen und Riedel war hilflos, zog nur die Bettdecke hoch und tupfte ihre Wangen ab. „Soll... soll ich gehen?" fragte er leise und bestürzt und sie presste ihn an sich. „Dummkopf! Was ich sagen will ist...; es war wunderschön." Riedel entspannte sich. „Für mich auch", sagte er. „Als Dieter ertrank... ,", fuhr sie fort. „Ich meine damals auf der Yacht..., ich konnte gar nicht richtig begreifen, was da geschah. Er war plötzlich weg und ich musste mich um die Kinder kümmern. Ich meine, ich habe ihn geliebt und dann war er weg und... Ich kann mich schon nicht mehr an sein Gesicht erinnern. Ist das nicht furchtbar?" fragte sie. Sie schwiegen lange, streichelten sich nur. „Wir haben das in der Ausbildung gehabt", sagte Riedel dann. Ein Psychologe hat uns erklärt, dass der Mensch Selbstschutz-Mechanismen hat. Bei uns kann es ja jederzeit während eines Einsatzes passieren, dass Kameraden umkommen. Man konzentriert sich auf das Wesentliche und verdrängt."
Sie hob ihr Gesicht und küsste ihn auf den Mund. „Ich möchte nicht, dass du umkommst", flüsterte sie. „Ich glaube, da brauchst du keine Angst mehr zu haben", antwortete er mit einem leicht bitteren Ton in der Stimme. Dann erzählte er ihr davon, dass ihm letztendlich wohl ein Truppendienstgerichts-Verfahren drohte, was dann auf jeden Fall

das Ende seiner Laufbahn bedeuten würde. „Aber auch wenn es nicht so kommt", sagte er. „Ich werde auf jeden Fall die Marine verlassen."

Bis jetzt, wo er es jemandem gegenüber ausgesprochen hatte, war er sich nicht sicher gewesen und es überraschte ihn selbst.
Sie kuschelte sich an ihn. „Du wirst sicher etwas finden mit deinen Fähigkeiten, aber es ist so ungerecht…" Langsam strich ihre Hand, die auf seinem Bauch gelegen hatte, tiefer und als sie ihr Ziel erreichte, stellte sie erfreut fest, dass er reagierte.

Riedel fuhr am nächsten Morgen nach Eckernförde zurück. Sie hatte den ganzen Tag und die Nacht im Bett verbracht. Reden, Liebe, Reden… Mitten in der Nacht hatte sie Pizza im Backofen aufgebacken und sie hatte zum Glück noch eine Flasche Rotwein gehabt. Sein Ford war nicht abgeschleppt worden, was er zunächst befürchtet hatte. Aber ein Knöllchen steckte unterm Scheibenwischer. Die Rückfahrt war diesmal weniger nass. Wolkig, aber trocken und er hatte den Kopf so voll mit den Erlebnissen der vergangenen Stunden, dass er sich in Kiel verfuhr, und einen Passanten nach dem Weg fragen musste. Kaum war er in seiner Wohnung angekommen, als auch schon das Telefon klingelte und er wusste, das Sunny am anderen Ende war, bevor sie das erste Wort sagte.   Sehr viel später, nachdem sie sich endlich voneinander verabschiedet hatten, bemerkte er, dass er eine Botschaft auf seinem Anrufbeantworter hatte. Er kannte die Nummer nicht. An der Vorwahl erkannte er, dass es eine Hamburger Nummer sein musste. Verwundert, weil er niemanden in Hamburg kannte, hörte er die Nachricht ab und freute sich. Es war Bodo Krampke, der sich im Wandsbeker Bundeswehrkrankenhaus befand.
„Ruf doch mal zurück, altes Haus. Mir geht's schon wieder super. Ist nur langweilig hier", hatte sein Kamerad gesagt. Rolf Riedel war ehrlich erleichtert. Krampke war nicht wirklich ein Freund, aber sie waren Kameraden und hatten zusammen einen nicht ungefährlichen

Auftrag erledigt. Riedel holte sich ein Bier aus dem Kühlschrank, weil sein Hals ganz rau war von dem langen Gespräch mit Sunny. Er sah

auf die Uhr. Kurz nach Mittag. Es klingelte lange am anderen Ende, dann wurde abgenommen. „Bodo Krampke?" krächzte eine Stimme. „Hallo Bodo, hier ist Rolf", antwortete Riedel und wieder wurde es ein langes Gespräch, bis Krampke Schluss machen musste, weil ihn eine junge hübsche Physiotherapeutin zu seinen Übungen abholte. „Ich komm dich besuchen", versprach Riedel, in dessen Kopf sofort der Hintergedanke aufblitzte, dass er den Rückweg über Lübeck machen könnte.

*

Salima tauchte nicht wieder auf. Das Wochenende verging quälend langsam für Mahomad. Aus Sicherheitsgründen lag er in einem kleinen Einzelzimmer mit Gitterstäben vor dem Fenster, so dass er sich mit niemandem unterhalten konnte. Nur die grün und weiß gestrichenen Wände und medizinisches Gerät. Kein Fernseher, kein Radio. Gleichgültige Schwestern und Pfleger, die ihm Essen brachten, oder seine Verbände wechselten. Es war heiß, denn die Klimaanlage des Krankenhauses funktionierte nicht richtig.

Am Sonntag kam der Arzt, der ihn operiert hatte und untersuchte ihn. Mahomad hatte unter Anleitung des Therapeuten fleißig geübt und der Arzt ließ ihn auf und ab gehen. Als er die Knie beugen sollte, schrie er auf, denn das tat sehr weh. Gleichgültig schickte ihn der Doktor mit einer Handbewegung wieder ins Bett. Er schrieb etwas in eine Akte und hielt sie dann mit einem Kugelschreiber Mahomad hin. „Unterschreiben!" befahl er. Mahomad sah ihn fragend an, begriff dann aber, was der Arzt wollte. Mühsam krakelte er so etwas, wie eine Unterschrift ans Ende des Berichtes. „Was steht da?" fragte er

schüchtern. Der Arzt hatte sich schon zum Gehen gewandt, drehte sich nun aber nochmal um und sah Mahomad in die Augen. Er kannte ein paar Worte in Mahomads Dialekt und hatte eigentlich keine Lust mit diesem Piraten, einem Verbrecher in seinen Augen, überhaupt zu reden, aber dann sagte er „Du Gefängnis… Morgen. Bein ist heil genug." Er drehte sich um und knallte die Tür zu, wobei der Kopf des Polizisten neben der Tür hochschoss. Er hatte geschlafen.
Kurz nach dem Frühstück kamen zwei Polizisten. Mahomad hatte sich mit Hilfe einer Schwester bereits angezogen. Sie hatte ihm eine gebrauchte Jeans und ein Sporthemd, sowie ein paar ausgetretene Sandalen gebracht, die irgendein Mensch in Westeuropa einst in einen Kleiderspende-Container geworfen hatte. Mahomad stand auf und einer der Polizisten legte ihm Handschellen an. Dann führten sie ihn auf den Hof, wo ein alter japanischer Kleinbus mit vergitterten Fenstern parkte. Sie stießen Mahomad in den Laderaum und schlossen seine Handfessel an einen Eisenring neben der mit rissigem Kunstleder bezogenen Sitzbank. Einer der Polizisten, die kein Wort sprachen, setzte sich auf die Bank gegenüber. Der andere stieg neben dem Fahrer vorn ein. Der Laderaum war durch eine Blechwand von den Vordersitzen getrennt. Nur ein kleines Schiebefenster gab es. Wenn Mahomad den Kopf drehte, konnte er durch dieses kleine Fenster am Kopf des Polizisten vorbei ein Stück nach rechts voraus sehen. Sie fuhren durch einen dicht bebauten, aber ziemlich heruntergekommenen Vorort, der aber Mahomad, der nur somalische Verhältnisse kannte, wie der schiere Luxus erschien. Buntgekleidete Menschen, spielende Kinder… Betrübt senkte er den Kopf. Sie verließen die Stadt und fuhren nach Nordosten. Die Straße war eine der besten, die es in Kenia gab, trotzdem wies sie zahlreiche Schlaglöcher auf, die den Kleinbus durchschüttelten und Mahomad

Schmerzen bereiteten. Sie führte durch Steppe, mitunter durch Buschwerk und Bäume unterbrochen, aber vielfach schutzloser

rotbrauner Sand. Die Sonne brannte gnadenlos auf das Blech des Nissan und die Klimaanlage hatte schon vor Jahren ihren Dienst eingestellt. Die beiden Polizisten schliefen und auch der Fahrer war schon ein paarmal eingenickt. Es herrschte wenig Verkehr. Fast hätte er den Lastwagen übersehen, der quer auf der Straße stand und sie versperrte. Ein totes Gnu lag daneben. Der Fahrer hatte schon den schlafenden Polizisten alarmieren wollen, aber das tote Tier beruhigte ihn. „Nur ein Unfall", dachte er. Er bremste sanft, um seinen Beifahrer nicht zu wecken und so starb der, ohne gesehen zu haben, was geschah. Als der Kleinbus stand, waren bewaffnete Männer aus einem Busch am Straßenrand aufgetaucht. Einer rannte nach vorn und erschoss den Polizisten und den Fahrer. Im Inneren war der andere Polizist aufgeschreckt und versuchte seine Pistole zu ziehen, aber die beiden Männer, die die Hintertür aufgerissen hatten, waren schneller. Vor Mahomads Füßen brach er zusammen. „Willkommen, Bruder", sagte der eine zu Mahomad. „Wir machen dich gleich los." Sie zerrten die beiden Polizisten und den Fahrer in das Gebüsch, zogen ihnen die Uniformen aus, und ließen sie achtlos liegen. Die Geier und Hyänen würden sich später mit ihnen befassen. Zwei der Männer zogen die Uniformen der Polizisten an, die ihnen leidlich passten. Einer musste sich das noch frische Blut von der Hose wischen. Sie fanden den Schlüssel und Mahomad rieb sich die Gelenke. „Wo bringt ihr mich hin", fragte er. „Über die Grenze. Dann wirst du nach Mogadishu gebracht."
Es waren insgesamt sechs Männer und sie arbeiteten schnell. Einer wischte mit einem starken Reinigungsmittel das Blut des Fahrers, das innen an der Windschutzscheibe und dem Armaturenbrett klebte, ab. Trotzdem hielt ein Bus, dessen Fahrer wissen wollte, was vorgefallen wäre. Das tote Gnu war bereits an den Straßenrand gerollt worden

und der Lastwagen fuhr zur Seite. „Nichts was dich was angeht", sagte der vermeintliche Polizist barsch. Der Busfahrer hatte das Blut

auf der Uniform gesehen, schob es aber, ebenso wie die offensichtlich schlechte Laune des Konstablers, auf das tote Tier. „Fahren sie weiter", knurrte der „Polizist" und der Busfahrer gab Gas. „Was ist los?" fragte ein Fahrgast und der Fahrer sagte. „Unfall." Als der Bus außer Sicht war, stiegen auch die Männer ein. Zwei verabschiedeten sich von den anderen und stiegen in den Lastwagen. Die anderen nahmen im Nissan Platz. Der Fahrer ließ den Motor an und sah noch einmal in den Rückspiegel, wo nichts Verdächtiges mehr zu sehen war. Für das Gnu, das die Shabbab-Leute geschossen hatten, begann sich bereits ein kreisender Geier zu interessieren, was auch die Beseitigung der Leichen in Gang setzen würde.
Sie fuhren noch ein Stück, die großspurig „Highway" genannte Straße entlang, dann bogen sie nach rechts auf eine sehr viel schlechtere Straße ab, die nach einigen Stunden Fahrt an der Grenze endete. Wenn sie dort anlangten, würde man den Gefangenentransport in Nairobi zu vermissen beginnen. Mahomad fragte viel, erhielt aber nur spärliche Antworten. „Wir werden für deine Befreiung bezahlt", sagte einer der Männer. „Du wirst sicher bald erfahren, wem du zu danken hast. So lange danke Allah."
Der Rest der Fahrt verlief schweigsam. Zweimal tankten sie in kleinen Dörfern, fuhren aber rasch weiter. Sie erreichten den Grenzposten am späten Nachmittag. Die Grenzsoldaten waren müde und warteten auf ihre Ablösung. Der Polizeiwagen war ein fast gewohnter Anblick. Nicht selten wurden gefangene Somalier hier abgeschoben. Mahomads Befreier waren gut vorbereitet. Kurz vor Erreichen der Grenze hatten sie Mahomad erneut die Handschellen angelegt. Sie hatten ihm alles erklärt. „Wir führen dich über die Grenze. Da übergeben wir dich an deine Leute. Keine Angst."

So geschah es. Der Nissan hielt auf der kenianischen Seite und die vermeintlichen Polizisten führten den gefesselten Mahomad an den Schlagbaum, wo zwei Männer in undefinierbaren Uniformen ihn übernahmen. Der desinteressierte Grenzposten sah gelangweilt zu. Niemand fragte nach Papieren und dann saß Mahomad in einem ziemlich neuen Mercedes und fuhr in die Freiheit.

Er erwachte in einem bequemen Bett. Später erfuhr Mahomad, dass dies einmal das „Cesare Rei" Hotel gewesen war, aber das lag lange zurück. Die Italiener waren nur kurz hier gewesen. Die Sachen, die er im Krankenhaus bekommen hatte, waren verschwunden. Es lagen neue Kleidungsstücke auf dem Stuhl. Er erinnerte sich, dass sie in der Nacht hier angekommen waren. Er war so müde und erschöpft gewesen, dass er sich nicht mehr erinnern konnte, wie er in dieses Zimmer gekommen war. Mühsam stand er auf. Es gab ein richtiges Badezimmer und er genoss eine Dusche. Das Wasser war nur lauwarm, aber es war der wahre Luxus. Mahomad wusste nicht, was er nun tun sollte, wurde aber von seinen Zweifeln erlöst, als ihn ein junger Mann abholte und in das Restaurant führte. Der große Raum, der noch letzte Reste seines früheren Glanzes aufwies, war leer. Nur ein Tisch war besetzt und dorthin wurde Mahomad gebracht. Schüchtern blieb er neben dem Tisch stehen. Ein dicker Mann mit tiefschwarzer Haut, auf dessen Glatze Schweißperlen standen, saß dort. Neben ihm zwei weitere Männer. Der Dicke trug eine maßgeschneiderte Uniform mit vielen Orden. Wenn Mahomad damals, als sein Dorf überfallen worden war nicht auf See gewesen wäre, hätte er ihn wieder erkannt. Er war der Anführer gewesen, der seinen Vater erschossen hatte. Nun war er einer der mächtigsten Warlords und Betreiber der Piraterie in diesem Teil Somalias. Der Mann hinter den Kulissen, wenngleich es noch einen über ihm gab, aber der saß im fernen Riad…

„Setz dich!" befahl einer der Männer und Mahomad nahm Platz. Er wagte nicht sich zu bewegen. „Iss", sagte der Mann wieder und Mahomad griff zitternd nach Brot, legte etwas Käse darauf und

schenkte sich Fruchtsaft ein. Der Warlord beobachtete ihn die ganze Zeit, sagte aber nichts. Als Mahomad seine Mahlzeit beendet hatte, beugte er sich vor. „Du fragst dich, warum wir dich befreit haben, obwohl ihr versagt habt...", knurrte der Dicke mit einer beeindruckenden Bassstimme. Mahomad nickte. „Ja, Herr. Es...". Der Warlord unterbrach ihn. „Die verdammten Weißen haben unseren Stützpunkt zerstört", grollte er. „Wir hörten davon, dass sie eine Yacht befreit haben und dachten uns, dass es Leute von uns sein mussten, die davongekommen sind. Erzähl, was geschehen ist." Er zündete sich eine Zigarette an und blies den Rauch über den Tisch in Mahomads Gesicht. Der räusperte sich und begann. Die Männer hörten gespannt zu. Mahomad schilderte den Überfall auf das Piratenlager und wie er verwundet worden war. Dass sein Bruder den Hubschrauber abschoss, die Flucht auf der wrack geschossenen „Sikka". Das Kapern der Yacht, mit der Frau und den beiden Kindern. Der plötzlich am Himmel erscheinende Hubschrauber mit dem schwarzen Kreuz... Der unheimliche schwarze Riese, der über das Heck stieg und... Mahomad brach in Tränen aus, als er berichtete, dass sein kleiner Bruder von diesem Monster mit Namen „Riedel" erstochen worden war...
Der Warlord hatte ihn unverwandt angesehen, die anderen beiden hatten sich vorgebeugt, um nichts von Mahomads Bericht zu verpassen. Der Warlord lehnte sich nach hinten, dass der Stuhl knarrte. „Dein Bruder war ein Held. Tamu bin Saleh war ein Held und du, Mahomad, bist auch ein Held." Er schwieg einen Moment und sah aus dem Fenster. Dann fuhr er fort. „Wir werden eine neue Piratengruppe aufbauen. Du wirst einer ihrer Anführer sein. Neue Männer werden sich um uns scharen und sie wissen jetzt, dass wir niemanden in den Händen unserer Feinde lassen. Deshalb haben wir

dich befreit." Mahomad stand auf und verbeugte sich tief. „Ja, Herr", stammelte er. „Danke. Aber Herr, es gibt etwas, was ich tun

muss, bevor ich euch dienen kann. Ich habe zu Allah geschworen, dass ich diesen „Riedel" töte und das Schiff „Lübeck" vernichte."

Der Warlord zündete sich eine neue Zigarette an und dachte nach. Eigentlich war es ihm nur wichtig, dass das Geschäft möglichst bald wieder anlief, aber wenn sie den Weißen eine richtige Ohrfeige geben konnten…, ihnen eine Schmach bereiten…
Er winkte mit der Hand. „Geh jetzt auf dein Zimmer. Du wirst später erfahren, was mit dir geschieht."

Mahomad ging wie betäubt zu seinem Zimmer. Er hinkte und vielleicht würde ihm das immer bleiben, aber nun gab es eine Zukunft. Durch das geöffnete Fenster hörte er den Ruf des Muezzins, der zum Salaat rief. Mahomad streifte die Sandalen ab und kniete sich auf den verschlissenen Teppich. „Oh Allah, gib, dass der mächtige Herr mir meine Rache ermöglicht. Lass mich das Schwert sein, dass die Ungläubigen in den Staub wirft. Allah, gib mir meinen Bruder Said zurück…!"

Sie hatten darüber diskutiert. Einer der jüngeren Männer, ein direkter Abgesandter des obersten Herrn in Riad, hatte fast nur zugehört. Der Warlord wollte, dass Mahomad zunächst neue Piraten ausbildete, dann könne er seine Rache suchen. Der andere, ein junger Imam meinte, ein Schwur zu Allah sei bindend und man müsse schon deshalb Mahomad bei der Ausführung seiner Rache unterstützen. „Und was ist deine Meinung, Rachman?" sagte der Warlord an den Saudi gerichtet. Der richtete seine kalten dunkelbraunen Augen auf den General und sagte „Ich werde nachher mit meinem Herrn telefonieren. Er wird entscheiden." Der Warlord blickte starr geradeaus. Er brauchte die

Unterstützung des Saudis, aber es wiederstrebte ihm, nicht selbst entscheiden zu können. Er erhob sich plötzlich, so dass der Stuhl

umfiel. „Wir treffen uns zum Abendessen." Er ging und der Saudi und der Imam bestellten frischen Kaffee.

„Vielleicht wird es Zeit, dass wir uns seiner entledigen", sagte der Imam leise. Der Saudi lachte. „Wir glauben an Allah. Dieses... Schwein nur an Macht und Geld, aber er ist nützlich. Er hat die Leute in der Hand und sie haben Angst vor ihm. Nein Selim, solange er tut was wir wollen, darf er weiter den großen Kriegsherrn spielen."

*

Die gesamte wachfreie Mannschaft stand in Ausgeh-Uniform an der Reling. Die „Lübeck" war endlich heimgekehrt in ihren Stützpunkt Wilhelmshafen. Mit Hilfe eines kleinen Schleppers drehte die Fregatte im Hafenbecken und näherte sich sehr sehr langsam dem Kai, auf dem bereits eine Militärkapelle den Marsch „Gruß an Kiel" spielte. Einige Dutzend Zivilisten, zumeist Frauen der verheirateten Besatzungsmitglieder, standen in Grüppchen beieinander und winkten mit Tüchern oder Blumensträußen. Etwas abseits stand eine Gruppe höherer Offiziere und begutachtete fachmännisch das Anlegemanöver. Diesmal war auch ein Aufnahme-Team eines Regionalen Fernsehsenders da und der Kameramann hatte sein Gerät auf der Schulter und ließ das Objektiv über die ganze Länge des hellgrauen Kriegsschiffs streichen. Einzelne Soldaten auf dem nur noch ein Dutzend Meter vom Land entfernten Schiff, entdeckten ihre Frauen und winkten hektisch. Auf dem am selben Kai liegenden

Schwesterschiff „Karlsruhe" dröhnte ein Signalhorn seinen Willkommensgruß heraus, was die Kapelle übertönte. Szenen einer

Heimkehr, die hier in Wilhelmshafen zur Tradition gehörten. Elke Maas, die in ihrem dünnen Trenchcoat fror, hielt sich mit der Linken einen Taschenspiegel vors Gesicht und tupfte sich noch etwas Rouge auf die Wangen. Der Kameramann schwenkte seine Sony auf sie zu und der Assistent mit dem durch einen plüschigen Schutzüberzug versehenen Mikrofon nahm seine Position ein. Elke setzte ihr professionelles Reporterinnen-Lächeln auf und begann, als das rote Licht an der Kamera ihr anzeigte, das sie lief. „Meine Damen und Herren. Nur noch wenige Meter, dann ist die „Lübeck" wieder zu Hause. Der lange Einsatz gegen die Piraterie am Horn von Afrika ist zu Ende. Anders als bei den vorherigen Fahrten deutscher Kriegsschiffe, kam es aber diesmal zu bewaffneten Auseinandersetzungen und der Befreiung von deutschen Geiseln, wie wir bereits vor einiger Zeit berichteten. Nun sind sie wieder da, unsere Soldaten. Wir werden nachher an Bord gehen können und mit dem Kommandanten sprechen, um weitere Einzelheiten zu erfahren." Das Licht und Elkes Lächeln erloschen simultan. Sie ging ein paar Schritte zu der Gruppe der höheren Offiziere, wo einer der schon etwas älteren Männer ihr entgegen kam und sie begrüßte. Elke Maas vergewisserte sich das Kamera und Mikrofon einsatzbereit waren, schaltete auf „Lächeln", und begann.

„Konteradmiral Tews, die „Lübeck" ist zurück. Werden wir Neues über den Einsatz vor Somalia erfahren? Die Verlautbarungen ihrer Pressestelle waren ja nicht sehr ergiebig." Der Admiral machte ein stoisches Gesicht. Die Art der Fragestellung passte ihm nicht und er war nicht der Mann, der sich um die Presse riss. „Wir freuen uns, dass die „Lübeck" ihren Einsatz im Rahmen der internationalen Operation Atalanta so erfolgreich abschließen konnte. Nun wartet eine längere Überholung des Schiffes in der Werft, sowie anstehende Urlaube und

Weiterbildungen auf die Männer und Frauen. Einige beenden ihren Dienst, Andere gehen in neue Verwendungen. Jede Ankunft ist das

Ende eines Abschnittes, aber auch der Beginn eines Neuen." „Aber…" wollte Elke den Redefluss des Admirals unterbrechen. Der hob eine Hand und fuhr fort. „Sie sprachen die besonderen Situationen an, an denen das Schiff beteiligt war. Unsere Pressestelle hat alle relevanten Tatbestände, -auch an ihren Sender-, herausgegeben. Wir werden jetzt im weiteren Verlauf die Einsatzberichte durch weitere Gespräche mit den beteiligten Offizieren und Soldaten ergänzen und bewerten. Sollten sich dadurch zusätzliche, der Öffentlichkeit noch nicht bekannte Details ergeben, werden sie selbstverständlich auch informiert." „Herr Admiral…", wollte Elke fortfahren, aber der wandte sich ab, denn das Schiff war nun längsseits und der stählerne Rumpf presste die großen Plastikfender zusammen, die die Matrosen über die Reling des Schiffes herabgelassen hatten. Korvettenkapitän Möller, in seiner besten Uniform wandte sich Fregattenkapitän Scholz zu, führte die Hand zum Salut an die Mütze und sagte. „Leinen fest. Herr Kapitän!" Scholz salutierte ebenfalls und damit war der Einsatz beendet. Die Maschinen erstarben und eine seltsame Ruhe breitete sich im Schiff aus, die aber sogleich durch andere hektische Betätigungen ersetzt wurden.
Dann war die Gangway befestigt. Die hohen Offiziere betraten als erste die Fregatte, wo sie vom Offizier der Wache begrüßt, und zur Brücke geleitet wurden. Nach der kurzen formellen Begrüßung raunte der Konteradmiral Fregattenkapitän Scholz zu, „Da ist ein Fernsehteam mit so einer penetranten Reporterin. Sie wissen ja…, kein Wort über das hinaus, was bereits bekannt ist." Scholz nickte. „Jawohl, Herr Admiral" und so reiste Elke Maas, die so viele Fragen stellte, auf die sie keine Antwort erhielt, später frustriert und schlecht gelaunt zurück nach Hannover, während die Routine der Heimkehr eines Kriegsschiffes seinen Fortgang nahm. Im Regionalmagazin des Abends blieben von ihrem Bericht, dessen Herstellung inklusive An-

und Abfahrt gut sieben Stunden gedauert hatte, gerade mal zwei Minuten.

Rolf Riedel hatte sich durchfragen müssen. Er hatte selbst schon einmal hier im Bundeswehrkrankenhaus gelegen. Ein Unfall beim Tauchen, aber das war eine andere Abteilung gewesen. Das hier war die Chirurgie. Bodo Krampke hatte zurzeit ein Einzelzimmer, denn das andere Bett war nicht belegt. Krampke hatte den Fernseher an, als Riedel eintrat. Seine Augen leuchteten auf und er stellte schnell ab, als er Riedel in der Tür sah. „Mensch Rolf, schön dich zu sehen", sagte er und Riedel gab ihm vorsichtig die Hand. „Wie geht's dir, Bodo." Der lüpfte die Bettdecke, so dass Riedel den Verband sehen konnte, der immer noch Krampkes Bauch umspannte. „Einen alten Krieger bringt so leicht nix um", scherzte der. Riedel zog einen Stuhl heran und setzte sich neben seinen Kameraden. „Ist nur ein bisschen langweilig hier. Erzähl, was gibt's Neues", forderte Krampke Riedel auf. Die Unterhaltung führte sie von fröhlichem Geplauder über Eckernförde und Kameraden zu ihrem Einsatz und den Geschehnissen danach.

„Das gibt's doch nicht", fuhr Krampke hoch, als Riedel ihm von seiner Suspendierung und der Untersuchung wegen der Tötung des jungen Piraten berichtete. „Hat dieser Scholz den Arsch offen?" rief Krampke ziemlich derb. „Der hätte mal dabei sein sollen. Ich kann ihm gern mal das feine Loch in meinem Bauch zeigen, dass ich diesen „friedfertigen" Piraten verdanke, verdammt noch mal!"
Er legte Riedel seine Hand auf den Arm. „Ich geh da hin, Rolf, und wenn ich krieche. Denen wird ich was erzählen." „Ich schätze, Du wirst sowieso als Zeuge vorgeladen", meinte Riedel. Er winkte ab. „Hab aber sowieso vor, den Laden zu verlassen. Seh mich grad nach einer Stellung im Personenschutz um." Krampke nickte. „Wenn du was Gutes findest... Sag Bescheid. Da hätte ich auch Interesse. Wär doch toll, wir beide als Team." „Ja, das wär toll", bestätigte Riedel. „Es sind schon so viele der alten Kameraden vom Bund weg. Die müssen sich doch eigentlich mal fragen, warum das so ist."

Krampke wiegte den Kopf. „Ich glaube, viele von denen im Stab machen sich keine

Vorstellungen, was es bedeutet, in so einen Einsatz zu gehen. Wir müssen in Sekunden entscheiden und sie kritisieren dann Monatelang jeden Schritt von uns." Sie schwiegen. „Darfst du schon alles essen und trinken?" fragte Riedel und Krampke grinste. „Keinen Alkohol, aber sonst alles." Riedel stand auf. „Ich besorg uns mal `nen Kaffee." Ein Sanitäter wies ihm den Weg zur Cafeteria im Erdgeschoss. Interessanterweise gab es da den „verbotenen Stoff" offen zu kaufen. So konnte er wenig später augenzwinkernd etwas Cognac aus dem erworbenen Flachmann in Bodos und seinen Kaffee gießen. Dann erzählte er Krampke von Sunny. Der grinste wieder, als Riedel geendet hatte. „So wie du von ihr sprichst... Vielleicht ist das endlich mal die Richtige für dich."   Riedel schwieg, dann nickte er ernst. „Wenn ich sowieso die Marine verlasse... Wär ja auch eine völlig neue Situation."   Die Tür öffnete sich und eine Schwester erschien. „Guten Morgen, die Herren. Ich fürchte, sie müssen jetzt gehen", sagte sie zu Riedel, der aufstand. „Herr Krampke muss zu einer Untersuchung", erklärte sie und Riedel nickte. „Also dann, altes Haus. Komm schnell wieder hoch." Er zwinkerte Krampke zu und nickte in Richtung des Nachttisches, in dessen Schublade jetzt die angebrochene Cognacflasche ruhte.

Es war kalt an diesem Nachmittag und Riedel hatte seinen Wagen ein Stück weit entfernt geparkt. Er steckte die Hände in die Taschen seiner Windjacke und schlenderte an den Geschäften vorbei, die an seinem Weg lagen. Vor einem Juweliergeschäft blieb er stehen. Eine Halskette aus roten Korallen in der Auslage hatte seinen Blick gefangen und er trat ein. Eine freundliche Bedienung packte sie als Geschenk ein. Sie sah, dass Riedels Blick auf einem Aufsteller mit Eheringen neben der Kasse fiel. „Wie wärs? Die sind im Angebot", sagte sie, aber er wehrte lächelnd ab. „Nein nein, so weit sind wir noch nicht." Aber als er später auf dem Weg nach Lübeck war, kam ihm der Gedanke an Heirat und endlich irgendwo „ankommen" gar nicht mehr so abwegig vor.

Bodo Krampke zappte die langweilige Wiederholung eines Vorabendkrimis weg und landete beim Niedersachsen-Magazin im Dritten. Er wollte schon weiterklicken, als er die Bilder einer Fregatte sah, die gerade anlegte. Aufmerksam richtete er sich auf und stellte den Ton lauter. Die Reporterin, die ihn an eine frühere Freundin erinnerte, bekam gerade eine Abfuhr auf ihre Fragen von dem arroganten Konteradmiral Tews, den er von einem Besuch in Eckernförde her kannte. Dann war Fregattenkapitän Scholz kurz im Bild und Wut kochte in Krampke hoch. Er riss die Schublade auf und suchte seinen Kugelschreiber und als er ihn endlich fand, konnte er gerade noch den unten im Bild eingeblendeten Namen der Reporterin auf den Rand seiner Sportzeitung kritzeln, bevor der Bericht endete. Er lehnte sich zurück und überlegte. Die offene Schublade brachte ihn auf eine Idee und er trank einen großen Schluck Cognac, der heiß seine Kehle entlang rollte. Dann nahm er sein Smartphone vom Nachtisch und suchte die Homepage des Studios Hannover des NDR. Am Ende der Servicenummer meldete sich eine junge Praktikantin, die nicht wusste, ob Frau Maas im Hause wäre und es ablehnte, ihre Telefonnummer herauszugeben. Aber sie versprach, ihr seinen Anruf mitzuteilen und dass sie ihn zurückrufen solle. „Sagen sie ihr, es geht um den Pirateneinsatz der „Lübeck", sagte Krampke noch, bevor er auflegte.

Nachdem der hohe Herr in Riad entschieden hatte, gab es keine Möglichkeit für den Warlord mehr, Mahomad für den Wiederaufbau seiner Piratengeschäfte einzusetzen. Noch am selben Tag fand sich Mahomad in einer edel ausgestatteten Privatklinik am Stadtrand von Mogadishu wieder, von deren Existenz niemand außer den Eingeweihten wusste. Hinter grauen, halb verfallen anmutenden, aber hohen Mauern versteckte sich ein Behandlungszentrum, das ausschließlich der Clique der Beherrscher dieses zerfallenden Staates nutzte, dessen normale Einwohner von so etwas wie einem halbwegs normalen Gesundheitswesens nur träumen konnten. Hier wurde Mahomads Verwundung zu Ende gepflegt und als er die Klinik verließ, war es sicher, dass er das leichte Hinken sein Leben lang behalten würde, aber es behinderte ihn, dank der guten Behandlung und des Trainings im Fitnessraum, nicht mehr so sehr.

Man brachte ihn in eine nahe Kleinstadt. Das Haus lag am Meer und in den Pausen der Unterweisungen, die er dort erhielt, sah er in die blaue Ferne und dachte an Said und seine Rache.

Seine Lehrer kamen aus dem Jemen. Die wenigen Überlebenden der spektakulären Aktion, die vor einigen Jahren ein großes Loch in den amerikanischen Zerstörer „USS Cole" gesprengt hatten, indem sie ein mit Sprengstoff beladenes Motorboot direkt in die Seite des im Hafen von Aden liegenden Schiffes steuerten, hatten dazu gelernt und gaben jetzt all ihr Wissen an Mahomad weiter. Sie hatten damals ihren Kameraden, der letztlich allein den Selbstmordanschlag ausgeführt hatte, in der Planungs- und Übungsphase unterstützt und das war auch die Aufgabe, die sie jetzt von der al Kaida gestellt bekommen hatten. Sie würden Mahomad für seine Aufgabe schulen und unterstützen.

Mahomad sah hinaus aufs Meer und wusste, dass er Said nun bald wiedersehen würde. Der Imam hatte es ihm versprochen. Said würde an der Pforte des Paradieses stehen, wenn er seine Aufgabe erfüllt hatte und ihn einführen in die Wonnen, die sie dort gemeinsam bis in alle Ewigkeit

8

Riedel zögerte es immer wieder hinaus. Seine alten Kontakte hätten es ihm ermöglicht, sofort eine sehr gut bezahlte Stelle im florierenden Unternehmen seines ehemaligen Kameraden Gerd Heiskämper anzutreten. „Secumen" hatte seinen Stammsitz in Berlin, wo etliche Großindustrielle, Künstler und auch Politiker, die den Leibwächtern, die ihnen von Amts wegen zur Verfügung standen nicht ausreichend trauten, sich der Dienste Heiskämpers versicherten. Riedel kannte viele der Bodyguards. Die meisten waren Ehemalige der verschiedenen Eliteeinheiten der Bundeswehr. Neben den Kampfschwimmern solche der KSK, der Fernspäher und Spezialisten des militärischen Abschirmdienstes. Daneben gab es ehemalige Polizisten, die in den SEKs, den speziellen Einsatzkommandos der Bundesländer, ihre Ausbildung erhalten hatten und andere, zum Beispiel hochkarätige Computerspezialisten verschiedener Herkunft. Riedel hätte sein Gehalt sofort verdreifachen können, aber da war Sunny… Sie hatte ihm klar gemacht, dass sie nicht so einfach aus Lübeck wegziehen konnte und wollte. All ihre Freunde waren hier und sie mochte ihren Job. Berlin? Das machte ihr Angst. Oftmals, wenn Riedel nicht bei ihr war, lag sie Nachts wach und rang mit sich. Sie wollte ihn nicht verlieren, hatte sich entschieden, mit diesem Mann den Rest ihres Lebens zu verbringen, aber…
So schob Rolf Riedel seinen formellen Abschied von der Marine von Woche zu Woche hinaus. Seine Suspendierung war aufgehoben worden und er tat Dienst als Ausbilder, wie vor der Kommandierung auf die „Lübeck". Der Kommandant hatte ihn zu sich gerufen und ihm erklärt, dass es eine Anhörung zu seinem Fall vor einer Kommission im Flottenkommando in Glücksburg geben sollte. Diese würde dann entscheiden, ob es zu einem Verfahren käme. Riedel hatte das zur Kenntnis genommen und der Kommandant hatte ihm im Vertrauen

gesagt, dass man an höherer Stelle kein Interesse an einer Offenlegung der Umstände der Geiselbefreiung hätte…

Das Weihnachtsfest stand bevor und im Gegensatz zu früheren Jahren, in denen er sich regelmäßig freiwillig zum Dienst über die Feiertage gemeldet hatte, um der Trübsal seiner kleinen ungeschmückten Wohnung zu entgehen, hatte er Urlaub eingereicht. Schon morgen würde er nach Lübeck fahren, um den vierten Advent, die Feiertage und Sylvester mit Sunny zu verbringen. Nach Dienstschluss traf er sich mit Bodo Krampke, der nach seiner Entlassung aus dem Krankenhaus leichten Innendienst machte, in einer Kneipe in der Eckernförder Innenstadt. Krampke saß schon vor einem Bier am Tresen, als Riedel den „Seeadler" betrat. Die Bar verdankte ihren Namen einem alten, schon ein bisschen ramponierten ausgestopften Adler, der mit ausgebreiteten Flügeln an einem Draht von der verräucherten Decke hing. Die urige maritime Einrichtung gefiel Riedel und er kannte den Wirt gut. „Grüß dich, Rolf. Wie immer?" rief Kalle und grinste ihn von seinem Platz hinter dem Tresen an. „Moin Kalle. Klar doch." Rolf quetschte sich auf den kleinen Barhocker, den Krampke für ihn verteidigt hatte, denn die kleine Kneipe war gesteckt voll. Fast sofort stand ein großes schäumendes Bier vor Riedel und er stieß mit seinem Freund an. Aus der fast schon antiken Musikbox drangen Fetzen einer alten Seemannsschnulze, die im vielfältigen Stimmgewirr fast untergingen. Die Musikbox war zum Glück heil geblieben, als vor einigen Jahren eine Rockerbande versucht hatte, Schutzgeld von Kalle zu erpressen. Die Lederjackentypen hatten gerade begonnen, die Einrichtung zu demolieren, als ein Dutzend Kampfschwimmer in Zivil erschien. Fritzi, die Serviererin, hatte Riedel angerufen. Reines Pech für die Rocker, dass sie nicht wussten, dass der „Seeadler" die Stammkneipe der Soldaten war. Einer der Soldaten hatte sich vor die Tür gestellt,

damit kein Unbeteiligter aus Versehen eintrat, dann begann die Schlacht. Seither gab es in dieser Gegend keine Rocker mehr... Riedel mochte das hier. Er realisierte, dass die Kneipe ihm sehr fehlen würde, wenn er Eckernförde verließ. „Vielleicht bleib ich ja doch noch ein Jahr, oder so", dachte er, aber dann war es Krampke, der ihn auf den Boden der Tatsachen zurück holte. „Hab eine Vorladung bekommen. Soll am 15.Januar in Glücksburg vor dem Ausschuss aussagen. Fahren wir zusammen?" Er sah Riedel erwartungsvoll an, der ihn überrascht anstarrte. „Was? Ich habe nichts bekommen!" Krampke nickte. „Hab ich vorhin kurz vor Dienstschluss erhalten. Du warst wohl schon weg. Liegt bestimmt in deinem Postfach."
Sofort kam alles wieder hoch in Riedels Kopf. Er hatte schon gehofft, die Sache würde irgendwie im Sande verlaufen, obwohl er sich keiner Schuld bewusst war. „Scheiße...", murmelte er. „Prost, Alter. Lass dir mal heute nicht die Laune verhageln. Kalle, noch `ne Runde." Der Wirt nickte. „Erzähl mal lieber, was du Sunny schenkst", versuchte Krampke abzulenken und mit Hilfe einiger weiterer Biere gelang das.

Früher war das anders gewesen. Die Tatsache, dass sie Elitesoldaten waren, hatte sie nicht vor den kleinen Schikanen ihrer Vorgesetzten geschützt. Freitäglicher Stubendurchgang vor dem Abmarsch ins Wochenende mit plötzlicher Urlaubssperre wegen unordentlichem Spind oder schlampig gemachtem Bett. Den Durchgang gab es immer noch, aber seit Wegfall des Wehrdienstes waren die nun alle freiwillig dienenden Soldaten motivierter und die Vorgesetzten im Gegenzug weniger penibel, da viele Stellen nicht besetzt werden konnten. Riedel machte es gnädig heute. Die Stuben seiner Ausbildungsgruppe waren ordentlich. Er mochte die Leute, die er befehligte. Ein paar würden den Kurs überstehen und die begehrten Abzeichen der Kampfschwimmer erhalten. „In Ordnung, Männer", sagte er nach flüchtiger Besichtigung. „Wünsch euch allen einen schönen

Weihnachtsurlaub. Treibt`s nicht zu toll. Ich möchte euch alle nach Neujahr wohlbehalten wiedersehen. Frohes Fest, Kameraden." „Frohes Fest, Oberstabsbootsmann!" brüllten die Soldaten fröhlich und Riedel gab jedem einzelnen die Hand. Schon bald sah er vom Fenster seines Dienstzimmers aus die mit Gepäck beladenen Männer dem Ausgang der Kaserne zustreben. Er wandte sich ab und nahm das dienstliche Schreiben vom Tisch, um es nochmals zu lesen. „Sie haben sich am 15. Januar in Saal „Admiral von Spee" im Flottenkommando Glücksburg zur Anhörung in der gegen sie anhängigen Untersuchung des Vorfalles vom Oktober…"
Er warf das Papier zurück auf den Schreibtisch. „Das einzige Gute daran ist, dass ich, wenn ich schon mal in Glücksburg bin, gleich ein paar alte Bekannte besuchen kann", dachte er. Er sah auf die Uhr und stellte fest, dass er schon seit einer halben Stunde Dienstende hatte. Schnell setzte er seine Mütze auf und schloss die Tür hinter sich. Der Posten am Kasernentor grüßte und Riedel wünschte ihm frohes Fest.
In seiner Wohnung zog er sich schnell um. Seine Sachen waren schon gepackt. Das hatte er gestern noch erledigt. Die Geschenke für Sunny lagen schon im Kofferraum seines Wagens. Er wollte eben die Wohnungstür hinter sich schließen, als sein Handy piepste. Er öffnete die SMS und las „Wo bleibst Du, Schatz…"

Das Schwimmen tat ihm gut. Mahomads Muskeln wuchsen mit jedem Tag. Sein Bein machte im Wasser weniger Probleme, als an Land. Mashut und Karim, seine beiden Ausbilder, hatten sich einen strengen Trainingsplan für ihn ausgedacht, nachdem sie die Grundzüge eines Planes entwickelt hatten. Karim war früher einmal in Deutschland gewesen. Hatte einige Monate in Hamburg studiert und dort auch Kontakt zu einem der Helden gehabt, die später den heroischen Kampf in das Herz des amerikanischen Teufelslandes trugen. Er hatte am Fernsehschirm mitgefiebert, als die Kamera eines Senders eine Boeing767 verfolgte, die sich gleich darauf in den Turm des World Trade Centers bohrte...

Später hatte er dafür gesorgt, dass sein Kamerad Raschit, der jetzt die Freuden des Paradieses genoss, sich in die Seite des verhassten amerikanischen Zerstörers „USS Cole" bohren konnte. Er hatte das Boot besorgt. Nun, der Plan war nicht ganz aufgegangen. Eigentlich hätten sich der Treibstoff und die Munition des Kriegsschiffes entzünden müssen und die „Cole" explodieren lassen... Allah hatte es nicht gewollt.

Karim hatte eine ähnliche Vorgehensweise für Mahomads Vorhaben vorgeschlagen, aber Mashut hatte viel Zeit damit verbracht, alles über diese Travemünder Woche, in deren Verlauf das Attentat erfolgen sollte, in Erfahrung zu bringen. Karim wunderte sich immer wieder, was man alles im Internet finden konnte. Es gab dort schon, Monate im Voraus, einen Ablaufplan für den Besuch der Fregatte „Lübeck" und aus ihm ging hervor, dass die Bundeskanzlerin an einem bestimmten Tag dieses verhasste Schiff besuchen würde... Sicherlich würde es deswegen viele Extrawachen geben und Boote der Wasserschutz-Polizei, die eine Annäherung verhindern konnten... Aber, was für eine Gelegenheit... Ein anderer Plan musste her.

Mahomad hatte sich umgezogen und betrat die Terrasse des Hauses, das der General ihnen als Trainingszentrum zugewiesen hatte. Karim nickte ihm zu und Mahomad setzte sich an den kleinen Tisch. „Greif zu, Bruder", sagte Karim auf Deutsch. Er hatte seine eigenen Kenntnisse dieser schwierigen Sprache seit seiner Schulzeit stetig verbessert und brachte diesem ungebildeten, wenn auch offenbar intelligenten Piraten nun bei, was er brauchen würde, um einige Zeit im Feindesland zu überleben. „Dank, Broder", antwortete Mahomad. Er aß schweigend das Fladenbrot und die Früchte, die Mashut besorgt hatte. Dazu trank er gesüßten Tee, dem auch Karim zusprach. „Wie war das Wasser?" fragte Karim und Mahomad sah ihn verständnislos an. „Wie war das Wasser?" wiederholte Karim und endlich sagte Mahomad „Wasser gutt." Nach einer Stunde beendete Karim den Sprachunterricht und ging mit Mahomad in den schallgedämmten Keller, wo Mashut einen Schießstand improvisiert hatte. Trotzdem Mahomad schon am ersten Tag bewiesen hatte, dass er ebenso gut wie die beiden Jeminiten mit der Pistole umgehen konnte, verschossen sie jeden Tag dreißig Patronen auf die Pappscheiben und die Ergebnisse wurden immer besser. Karim hatte sich bei seinen Kontakten umgehört und eines Tages kam er mit einer Holzkiste, die mit kyrillischen Buchstaben beschriftet war, in das Haus. Die drei Männer versammelten sich um den Küchentisch und Mashut stemmte vorsichtig den Deckel der Kiste auf. „Kannst ruhig kräftig zuhauen", sagte Karim. „Solange sie nicht scharfgemacht ist, kann nichts passieren." Genau das hatte auch einst einer seiner Ausbilder gesagt, bevor die Handgranate in dessen Hand explodiert war..., dachte Mashut.

Gut in Holzwolle eingepackt, lag da ein an einen großen Diskus erinnernder Metallkörper, aus dessen Mitte ein Tragegriff ragte. Karim holte die Mine mit beiden Händen aus der Kiste und die drei Männer beäugten sie neugierig. Am Rand der flachen Unterseite waren seltsame Teile angebracht, über deren Funktion Karim von seinem Lieferanten aufgeklärt worden war. „Man setzt die Mine an den Rumpf des Schiffes, das man sprengen will und drückt diesen Hebel", er bewegte vorsichtig eines der Teile, „nach unten. Das aktiviert den Magneten, und die Mine bleibt am Schiff hängen, auch wenn es fährt." Er erklärte auch die anderen Teile, wie den Zeitzünder, der am Griff angebracht war. Mahomad nahm vorsichtig die Mine auf und stöhnte unwillkürlich. „Die ist ja richtig schwer. Wie soll ich das denn schaffen." Mashut wiegte den Kopf. „Leichter geht nicht. Da muss ja genug Sprengstoff drin sein, sonst sinkt das Schiff nicht." „Im Wasser ist das leichter. Wirst sehen, mit ein bisschen Training schaffst du das", beruhigte Karim Mahomad, dessen Zweifel aber erst nachließen, nachdem er eine Woche lang mit der Mine in einer Art Rucksack seine Runden geschwommen hatte.

Mashut besorgte eine Stahlplatte, an der Mahomad das Anbringen der Mine üben konnte. Mahomad, der zunächst geglaubt hatte, dass er das Tauchen mit dem Dräger-Atemgerät niemals lernen würde, fühlte sich von Tag zu Tag sicherer im Umgang damit. „Brüder, wann fahren wir nach Deutschland?" fragte er eines Abends nach dem Gebet. „Das weißt du doch", entgegnete Mashut. Diese Travemünder Woche ist im Juli. Wir reisen im April. Die Brüder bereiten das noch vor."

Mahomad senkte den Kopf. Er konnte es nicht mehr erwarten, seine Rache endlich umzusetzen. „Ich brauche Zeit, um diesen Riedel umzubringen...", murmelte er. „Das ist nebensächlich", wies ihn Karim zurecht. „Wichtig ist das Schiff, diese Fregatte. Damit setzten wir ein Zeichen und jagen diesen feigen Hunden, diesen Deutschen, die uns als Lakaien im Dienste ihrer amerikanischen Herren Schaden zufügen, Angst ein. Zeigen ihnen, dass sie auch in ihrem eigenen Land unserer Rache nicht entgehen!" „Aber ich habe es geschworen", entgegnete Mahomad. „Danach. Danach kannst du diesen Riedel jagen, aber unsere Unterstützung gilt nur für die Versenkung der „Lübeck". Mahomad nickte und stand auf. „Ich bin müde. Schlaft gut, Brüder."Er konnte nicht einschlafen und lag lange wach auf seinem Bett. Noch mindestens drei Monate musste er hier bleiben und es drängte ihn doch zur Tat. Saids Gesicht erschien vor seinem geistigen Auge. „Ich weiß, du findest keine Ruhe im Paradies, bevor ich dich nicht gerächt habe", flüsterte Mahomad und Said schien zu nicken. „Sei ohne Sorge", murmelte er und dann fiel er in einen ruhelosen Schlaf.

*

Es waren glückliche Tage für Sunny und Rolf Riedel. Lübeck hatte sich für die Weihnachtszeit herausgeputzt. Die Lichter der Weihnachtsmärkte gingen ineinander über, so dass die ganze Innenstadt aus einer einzigen Meile, bestehend aus Grill- und Glühweinständen, zu bestehen schien, unterbrochen von anderen Buden, in denen Weihnachtsschmuck und ähnliches angeboten wurde. Weihnachten verbrachten sie mit Restaurantbesuchen, Spaziergängen in der Stadt und an der Trave und natürlich in Sunnys Wohnung, die sie liebevoll weihnachtlich ausgestaltet hatte. Riedel hatte den viel zu großen Tannenbaum die drei Treppen hinauf gewuchtet und nun nahm der einen Großteil des Wohnzimmers ein. Aber Sunny fand das schön. Überhaupt empfand sie das erste Mal seit langem ein Weihnachtsfest wieder als schön. Nach ihrer Scheidung hatte sie lange alles verdrängt, was mit Weihnachten zu tun hatte und Dieter Kreft hatte sie erst im Februar kennen gelernt... Auch Rolf Riedel genoss dieses ungewohnte Weihnachtsgefühl. Viel Zeit verbrachten sie in der Küche. Versuchten sich an komplizierten Rezepten, die oftmals misslangen... Dann tröstete Riedel Sunny. Sie gingen ins Bett und dann... viel später, zu Sunnys Lieblings-Italiener Pizzalotti, wo der Koch sicherstellte, dass seine Rezepte funktionierten.

Am zweiten Weihnachtstag fuhren sie nach Bad Schwartau. Sie hatten darüber lange diskutiert. Seit ihrer Rückkehr hatte es so gut wie keine Kontakte zwischen Sunny und den Kindern gegeben. Doris Kreft und ihr Freund Peter hatten Conni und Felix Sunny am Hamburger Flughafen praktisch aus den Händen gerissen und Sunny nicht einmal angeboten, sie mit nach Lübeck zu nehmen. Sunny war betroffen gewesen und sehr verletzt. Dann kam überraschend eine Weihnachtskarte von Doris, in der eine Einladung stand...

So fuhren sie nun also nach Bad Schwartau. Riedel hatte nicht mitkommen wollen, aber Sunny hatte ihn praktisch gezwungen. „Na hör mal, Du hast uns doch alle gerettet. Ohne dich gäbe es uns nicht mehr... Nein, mein Schatz, ohne dich geh ich nicht." Riedel hatte nachgegeben, aber er hatte instinktiv ein schlechtes Gefühl bei der Sache. Sie hatten ein paar Geschenke für Conni und Felix gekauft, bei deren Auswahl es auch Diskussionen zwischen ihnen gab. Rolf hatte ein Modell der Fregatte „Lübeck" für Felix ausgesucht und Sunny hatte ihm das auszureden versucht. Scherzhaft hatte sie gesagt „Gut, dass das mit Kindern bei uns beiden eher unwahrscheinlich ist. Kriegsspielzeug... Also nein!" Aber Riedel war standhaft geblieben. „Das ist ein Symbol!", hatte er gesagt. „Diesem Schiff habt ihr eure Freiheit zu verdanken, auch wenn der Kommandant ein Idiot ist!" „Na wenigstens schenkst du Conni kein Spielzeuggewehr", hatte Sunny grinsend eingelenkt und ein Parfüm namens „Flower Bomb" für den Teenager erstanden.

Doris ließ sie ein. Sie war überrascht, den großen Mann an Sunnys Seite zu sehen. Sie hatte Riedel bisher nicht persönlich kennen gelernt. „Er ist der Mann, der uns unter Einsatz seines Lebens befreit hat", stellte ihn Sunny vor. Doris nahm in daraufhin spontan in den Arm. „Danke", hauchte sie und Peter verbeugte sich sogar und bewies Riedel damit seine Hochachtung. „Kommen sie, wir trinken schon mal einen Kaffee. Die Kinder kommen erst nachher. Sie sind noch bei ihrer Oma", bat Doris. Trotzdem war die Atmosphäre etwas angespannt. So viel war geschehen und so viel war ungesagt geblieben in der Vergangenheit. Doris hatte Sunny nie gemocht, bevor sie Peter kennen gelernt hatte, obwohl sie erst lange nach ihrer Trennung von Dieter in dessen Leben getreten war. Aber sie war ihr dankbar für das, was sie für ihre Kinder während der Zeit auf der Segelyacht getan hatte. Conni hatte ihr sogar verraten, dass Sunny sich sozusagen für sie geopfert hatte, als der alte Pirat sie vergewaltigen wollte... Trotzdem, Freundinnen würden sie wohl nie werden. Peter unterhielt sich zwanglos mit beiden und war interessiert an den Vorgängen innerhalb der Bundeswehr. Er selbst hatte seinerzeit nur den Mindest-Wehrdienst abgeleistet.

Sie hörten den Schlüssel, mit dem Conni die Tür öffnete. Sunny erhob sich aufgeregt und Felix, der zuerst seine Jacke abgelegt hatte und ins Zimmer kam, stieß einen Freudenschrei aus und flog ihr in die Arme. Auch Conni lächelte als sie Sunny sah, blieb aber abrupt stehen, als sie Riedel sah und wurde kalkweiß im Gesicht. Dann drehte sie sich blitzschnell um, und rannte die Treppe hinauf. Sunny sah ihr verständnislos nach und Doris zuckte entschuldigend mit den Schultern und ging ihrer Tochter nach. Conni öffnete nach vielen Bitten ihrer Mutter die Tür zu ihrem Zimmer und dann hörten alle im Wohnzimmer, was sie zu sagen hatte, denn sie kreischte es in höchster Lautstärke. „Wie könnt ihr diesen Mörder hier hereinlassen. Der Junge wollte mich beschützen und er hat ihn umgebracht!" Riedel, der sich auch erhoben hatte, stand mit versteinertem Gesicht da. Sunny hatte die Hände vor ihr Gesicht gelegt und Peter machte eine hilflose Geste. „Die spinnt", meinte Felix, aber das half nicht viel. „Ich glaube, ich gehe besser", sagte Riedel unsicher. „Ich warte im Auto auf dich", sagte er zu Sunny, die aber mit ihm kam. Peter brachte sie zur Tür. „Tut mir leid", sagte er. „Das muss sich bei dem Mädchen

irgendwie festgesetzt haben. Entschuldigen sie bitte, Herr Riedel..."
Riedel nickte ernst. „Grüßen sie ihre... Frau Kreft." Fast fluchtartig
verließ er das Haus, so dass Sunny kaum Schritt halten konnte.

Es wurde ein trüber Abend. Riedel war tief erschüttert und fühlte sich
scheußlich. „Sie hat vielleicht das „Stockholm-Syndrom", meinte
Sunny, die darüber erst kürzlich einen Artikel im Stern gelesen hatte.
„Es kommt vor, dass sich Geiseln unbewusst und um ihr Leben zu
retten, mit ihren Entführern solidarisieren." Riedel nickte düster. „Ja,
das hat man uns in der Ausbildung auch gesagt, aber... wenn es einen
direkt betrifft..."
Das Telefon klingelte und Sunny führte das Gespräch in der Küche.
„Das war Doris", sagte sie, als sie nach einer guten Viertelstunde
zurückkam. „Sie hat sich entschuldigt, aber ich weiß nicht, ob sie alles
wirklich verstanden hat. Ich habe versucht, ihr nochmal alles zu
erklären." „Hatten die Kinder psychologische Betreuung nach ihrer
Rückkehr?" fragte Riedel, aber das wusste Sunny nicht. „Jedenfalls
soll ich dir bestellen, dass Felix das Modell schon fertig gebaut hat. Er
hat sich sehr darüber gefreut." Riedel grinste schief. „Siehst Du? Na
ja, hab ja gleich gewusst, dass das keine gute Idee ist, wenn ich da
auftauche." Sunny setzte sich neben ihn und nahm seine Hand. „Ich
hab halt gedacht...", sagte sie leise. „Ach, Schwamm drüber",
versuchte Riedel die Situation zu beenden. Lass uns was essen gehen.
Wie wär`s zur Abwechslung mal mit dem Italiener?" Sunny lachte
und wenig später saßen sie in dem gemütlichen Lokal. „Was machen
wir Sylvester?" fragte Riedel beim Essen. Sunny hatte gerade einen
Mund voll Nudeln und Riedel musste auf die Antwort warten. Sie
nahm einen Schluck Rotwein, dann antwortete sie. „Ich war im letzten
Jahr in Scharbeutz. Das war toll. Es gab überall Musik. Die Leute
waren alle draußen und haben zusammen gefeiert. Wenn du nichts
dagegen hast, möchte ich da wieder hin." „Ok, Schatz. Das machen
wir", antwortete Riedel.

Es war, wie Sunny beschrieben hatte. Sie lernten spontan eine Gruppe fröhlicher Leute in ihrem Alter kennen, die ebenfalls schon seit Jahren hier feierten. Als der Countdown herunter gezählt war und die ersten Raketen in dem dunklen Himmel über der Ostsee zerplatzten, küssten sie sich lange. „Lass es unser Jahr werden", flüstere Sunny, als sich ihre Münder von einander lösten. „Ich liebe Dich…" „Ich dich auch", antwortete Riedel mit rauer Stimme…

Noch drei Tage blieben ihnen, dann musste Sunny wieder zur Arbeit und auch Riedel trat seinen Dienst in Eckernförde an. Schon auf der Fahrt dorthin holte ihn die Wirklichkeit ein. Der Ausschuss… Diese Befragung stand ihm bevor. Was wollten diese Menschen denn von ihm? Er hatte doch nur getan, wofür er ausgebildet worden war, oder nicht?

Konteradmiral Tews schäumte vor Wut. „Wer hat dieser Schnepfe das alles verraten?" schrie er. Kurz zuvor hatte er den Hörer auf die Gabel geknallt und damit das Gespräch mit der lästigen Reporterin des NDR beendet, die ihn schon beim Einlaufen der Fregatte „Lübeck" in Wilhelmshaven so genervt hatte. Wie hatte sie nur von der bevorstehenden Anhörung und dem wahrscheinlichen Verfahren gegen diesen Riedel erfahren? Kurz überlegte er, ob es Sinn machen würde, den militärischen Abschirmdienst MAD zu aktivieren, um das Leck aufzuspüren. Tews würde morgen dem Ausschuss vorsitzen, der nun wegen der Aufmerksamkeit des Fernsehens und somit der gesamten Presse, eine ganz andere Dimension bekam. Er zögerte etwas, dann rief er seinen Vorgesetzten Vizeadmiral Steffen an, der im gleichen Haus, ein Stockwerk höher sein Büro hatte. Steffen war ein alter Schiffskamerad von Tews. Sie hatten zusammen auf einem Schnellboot gedient. Steffen wusste nichts über den Fall und Tews nahm seine Akte mit hinauf. Der Vizeadmiral hörte sich alles an und rührte nachdenklich in seiner Kaffeetasse herum, als Tews seinen

Bericht beendet hatte. „Das ist gar nicht gut, Tews. Ich kann an der ganzen Sache nichts Besonderes finden. Mein Gott, ein Pirat hat bekommen, was er verdient... Dieser Scholz", fuhr er fort. „Ich kenn ihn. Hat bei mir an Bord der „Köln" gedient. Untadeliger Offizier, aber... irgendwie hat der schon damals immer an den Vorschriften geklebt." Tews wollte einen Einwand machen, aber Steffen fuhr fort. „Weiß schon, was du sagen willst. Dafür sind die Vorschriften ja da, aber im Einsatz..., nun, da ist ja wohl auch Flexibilität nötig." Und dann das Fernsehen. Das ist absoluter Mist, Tews. Das letzte, was wir brauchen können. Also, sieh zu, dass du diese Sache leise und ohne Aufsehen abschließt. Kein Verfahren, wenn du mich fragst und... Du hast mich gefragt." Konteradmiral Tews seufzte. „Ich seh` zu", sagte er dann, aber du weißt ja, der Ausschuss ist unabhängig." Steffen nickte. „Ja ja. Du machst das schon. Wie geht's Inge?" fragte er noch nach dem Befinden von Tews Frau und damit war der dienstliche Teil für ihn beendet.

*

Karim und Mashut hatten Mahomad beigebracht, was er wissen musste. In der Zwischenzeit hatten sich Andere Gedanken um die Einschleusung Mahomads nach Deutschland gemacht. Die Vorbereitungen hatten etwas gedauert, aber nun war alles vorbereitet. „Du fliegst direkt nach Münster. Das ist ein kleiner Flughafen in Deutschland." Mahomads Augen weiteten sich. „Aber sie werden mich am Flughafen verhaften", stammelte er. „Die Kenianer haben sicher einen internationalen Haftbefehl ausgestellt." Karim winkte ab.

„Alles organisiert. Du wirst ein bisschen ausstaffiert. Die Europäer können einen Afrikaner nicht vom Anderen unterscheiden und dein Pass wird echt sein. Ein Bruder, der in Münster studiert und dir sowieso ähnlich sieht, stellt ihn zur Verfügung. Jemand holt dich dort ab und sorgt für die Weiterreise." „Und die Waffen?" fragte Mahomad. „Kommen später mit einem direkt aus Russland." Mahomad nickte langsam. „Wann geht es los?" „In zwei Monaten. Das gibt dir genügend Zeit, um alles vorzubereiten. Hussein, so heißt der Bruder in Münster, wird dir in allem zur Seite stehen." „Was mache ich bis dahin?" fragte Mahomad. „Der General will, dass du neue Leute für ihn ausbildest. Das wirst du tun, aber setz dein Schwimm- und Tauchtraining fort." „Ich danke euch für alles, was ihr für mich getan habt. Allah sei mit euch, Brüder." „Und mit dir. Mögen deine Taten die Welt der Weißen Teufel erschüttern und dir Genugtuung verschaffen."

Sie umarmten einander und noch am selben Abend wurde Mahomad von einem Wagen abgeholt und nach Kismayo gebracht, von wo aus er am nächsten Tag in einem Fischerboot den Shebele überquerte. Das Lager der Piraten war neu aufgebaut worden. Ein Stück flussabwärts ragte der vom Feuer geschwärzte Bug der gesunkenen „Maggy Solves" aus dem schmutzigen Wasser. Mahomad fühlte ein leichtes Zittern, als er an den Ort zurückkehrte, aber die Pflicht holte ihn schnell ein. Er wurde den neuen Rekruten als Held vorgestellt und er erkannte, dass sein Wunsch Tamu bin Saleh nachzufolgen, sich erfüllt hatte.

Riedel erinnerte sich gern an die diversen Lehrgänge, die er zu Beginn seiner Dienstzeit in Glücksburg besucht hatte. Eigentlich hatte er Offizier werden wollen und hatte auch die ersten Stufen dieser Laufbahn geschafft, bevor man ihm bedeutet hatte, dass er niemals die begehrten Leutnantssterne bekommen würde. Enttäuscht hatte er die Marine verlassen wollen, aber ein Freund hatte ihn davon überzeugt, dass es auch innerhalb der Marine interessante Aufgaben in der Unteroffiziers-Laufbahn gab. So war er zu den Kampfschwimmern gekommen und hatte die höchste für ihn erreichbare Dienststellung erreicht und er war zufrieden damit gewesen. Nun stand er vor dem traditionsreichen aus rotem Backstein erbauten Gebäude an der Flensburger Förde, in dem sich in den nächsten Stunden seine Zukunft entscheiden würde. Er war früh dran und begab sich in die Kantine. Essen konnte er nichts. Seine Kehle war wie zugeschnürt, aber der heiße starke Kaffee tat ihm gut. In einer Ecke saßen einige Zivilisten beisammen und eine attraktive junge Frau, die schon seit einiger Zeit zu ihm herüber gesehen hatte erhob sich, und trat an seinen Tisch.

„Entschuldigen Sie", sagte sie, „Sind sie vielleicht Oberstabsbootsmann Riedel?" „Ja", antwortete Riedel verblüfft und erhob sich. Sie streckte ihm ihre Hand entgegen. „Elke Maas, NDR", stellte sie sich vor. Sie setzten sich wieder. „Würden sie mir ein Interview wegen der Vorfälle während der Atalanta Mission vom letzten Herbst geben, wegen denen sie hier vor einen Ausschuss treten sollen?" Riedel sah sie verblüfft an. „Woher wissen sie...". Sie lächelte. „Über meine Quellen spreche ich nicht, niemals, aber so viel können sie wissen. Sie haben gute Freunde." „Krampke", murmelte Riedel und sie wiedersprach nicht. Riedel straffte sich. „Ich..., man hat mir gesagt, ich dürfe mich nicht mit der Presse unterhalten, jedenfalls nicht über dienstliche Vorgänge und daran muss ich mich halten. Bitte haben Sie dafür Verständnis." „Ja schon, aber man tut ihnen doch Unrecht", meinte sie. Riedel schluckte trocken. „Darüber muss der Ausschuss befinden. Entschuldigen sie mich." Er erhob sich abrupt und sie sah ihm nach, wie er schnell den Raum verließ. „Hast du das?" fragte sie ihren Tontechniker, der grinsend nickte. Das kleine Mikrofon am Kragen ihrer Bluse, hatte alles übertragen. „Eigentlich ein netter Kerl", sagte sie. „Trotzdem hoffe ich, dass dieser Ausschuss ihm ans Bein pinkelt, dann könnte das für uns ein Knaller werden."

Die nüchterne, fast schmucklose Atmosphäre des Sitzungssaales stellte an diesem Vormittag einen Gegenpol zu der aufgeladenen Stimmung der anwesenden Personen dar. Konteradmiral Tews hatte am Kopf des U-förmigen Konferenztisches Platz genommen. Neben ihm saßen seine Beisitzer, ein Kapitän zur See, und ein Fregattenkapitän, die beide schon Dienst auf Schiffen vor Somalia geleistet hatten. Riedel saß auf der rechten Seite und konnte aus den gegenüber liegenden Fenstern auf die Förde hinaus sehen, was ihn beruhigte. Neben ihm hatte man Bootsmann Bodo Krampke, sowie den Obergefreiten Müller platziert. Zudem waren Fregattenkapitän Scholz, Korvettenkapitän Möller und Oberleutnant Schaper von der Besatzung der „Lübeck" anwesend.
Tews räusperte sich. „Meine Herren, ich eröffne die Anhörung über die Umstände der Befreiung der Geiseln von Bord der Segelyacht „Monsun..."
Es wurde ein langer Vormittag. Berichte wurden verlesen und diskutiert. Aufregung kam auf, als Fregattenkapitän Scholz seine Darstellung der Ereignisse abgab. Sowohl Korvettenkapitän Möller, als auch Oberleutnant Schaper erhoben scharfe Einwände gegen den Vorwurf, Riedel hätte unangemessen brutal gehandelt, indem er den jungen Piraten erstochen hatte. Tews wiegte den Kopf. „Ruhe bitte, meine Herren. „Niemand von ihnen war in der Situation in der engen dunklen Kajüte des Bootes direkt dabei." Scholz wollte

aufbegehren, aber Tews hob seine Hand. Er hob ein Schriftstück auf, das vor ihm auf dem Tisch gelegen hatte. „Dies ist die Aussage des jungen Mädchens Cornelia Kreft, einer der Geiseln. Ich werde sie verlesen." Er rückte seine Brille zurecht und las, was Conni beim Besuch eines Marineanwalts zu Protokoll gegeben hatte. Es war eine einzige Anschuldigung und Hasstirade gegen Riedel. Der Anwalt war anwesend und als Tews die Verlesung beendet hatte, sah er ihn an. „Dies ist ja keine förmliche Verhandlung, weshalb wir auf die Anwesenheit der Zeugin verzichtet haben. Was war ihr Eindruck von dem Mädchen?" Der Anwalt im Rang eines Kapitänleutnants erhob sich. „Das Mädchen ist meiner Meinung nach in hohem Masse verstört. Verständlicherweise. Als ich ihr vorhielt, dass sie ohne Riedel vielleicht jetzt tot wäre sagte sie, „Ach was, der junge Pirat hätte das nie zugelassen... Wenn sie mich fragen..., Stockholm Syndrom. Ich würde die Anschuldigungen des Mädchens nicht zu hoch bewerten." Er setzte sich wieder. Tews war erleichtert. Er nickte dem Anwalt dankbar zu. Offenbar hatte die kurze Unterredung in seinem Büro mit ihm gefruchtet. Er wandte sich an Krampke. „Bootsmann Krampke, oder..." Er bemerkte die neuen Schulterstücke an Krampkes Uniform. „Oberbootsmann, Glückwunsch. Würden sie bitte ihre Schilderung der Ereignisse, soweit sie sie betrifft, abgeben?"
Krampke erhob sich. Er war im Verlauf der Verhandlung immer zorniger geworden und er war kein Mensch, der mit seiner Meinung hinterm Berg hielt, wenn ihm etwas gegen den Strich ging. „Was soll das alles hier?" sagte er erregt. „Ich glaube nicht, dass einer von den hohen Herren hier schon mal in so einer Situation war, nämlich, dass ihm Kugeln um die Ohren fliegen". Er sah zu Oberleutnant Schaper hinüber. „Mit Ausnahme des Herrn Oberleutnant." Er straffte sich und salutierte hinüber. Tews wollte ihn unterbrechen und zur Ordnung rufen, aber Krampke ließ sich nicht stoppen. „Ach was, sie haben

keine Ahnung wie es ist, in den Kampf zu gehen und nicht zu wissen, was sie erwartet. Das da draußen sind Fanatiker. Leute, für die keine Regeln gelten. Die halten uns für ungläubige Tiere, die sie ohne Bedenken abschlachten dürfen und von uns wird verlangt, dass wir, bildlich gesprochen, mit auf den Rücken gefesselten Händen da rein gehen…" „Oberbootsmann, nun ist es aber genug!" schäumte Tews. „Geben sie uns einen sachlichen Bericht." Krampke schwieg. „Jawohl, Herr Konteradmiral", sagte er dann und erzählte in nüchternen Worten von der Nacht im indischen Ozean, vom Absprung aus dem Helikopter, der Nervenprobe, ob das Netz die Yacht stoppen würde, der Angst vor Haien und dem Moment, in dem er verwundet wurde. Die Offiziere hörten ihm gebannt zu. Am Ende seiner Schilderung richtete sich Krampke noch einmal kerzengerade auf und salutierte zu seinem Nachbarn Riedel gewandt. „Ich verdanke meinem Kameraden Riedel mein Leben. Ohne ihn wären nicht nur die Geiseln, sondern auch ich tot. Und ich möchte noch folgendes sagen." Er holte ein Schriftstück aus seiner Jackentasche und entfaltete es. „Auf diesem Papier haben über fünfzig Kameraden unterschrieben. Das soll keine Drohung sein, aber ein Hinweis. Wenn es dazu kommt, dass Oberstabsbootsmann Riedel dafür bestraft wird, seine Pflicht getan zu haben, wie sie nötig war, sehen wir keine vertrauensvolle Basis mehr für weitere Einsätze. Sie können ihre Schlussfolgerung daraus ziehen." Er war vor Aufregung rot angelaufen im Gesicht und atmete tief durch. Die Offiziere sahen besorgt von einem zum Anderen. Die meisten waren sich bewusst was es bedeuten würde, wenn praktisch die Hälfte der Eliteeinheit der Kampfschwimmer ihren Abschied nehmen würde. Tews sah Krampke finster an. „Oberbootsmann, sie können doch nicht ernsthaft versuchen, diesen Ausschuss zu erpressen", sagte er dann. „Erpressen, Herr Konteradmiral? Ich habe ihnen lediglich gesagt, was die Folge sein könnte", sagte Krampke. Tews schwieg einen Moment. „Nun gut. Ich glaube, wir haben genug gehört. Wir treffen uns um…", er sah auf die Uhr „15Uhr wieder hier. Die Mitglieder des Ausschusses bleiben bitte hier, der Rest, Wegtreten!"

Auf dem Flur sprang Elke Maas von der Bank, auf der sie gewartet hatte, auf. Ihr Kameramann setzte schnell die Sony auf die Schulter. „Herr Riedel, können sie uns jetzt etwas sagen?" fragte sie hoffnungsvoll. „Nein", antwortete Riedel, noch verwirrt vom Verlauf der Befragung. „Es geht um 15Uhr noch weiter." „Mist!", dachte Elke Maas, die eigentlich schon längst wieder auf dem Weg nach Hannover sein wollte. „Und sie?" wandte sie sich an Bodo Krampke. Der grinste böse. „Ich kann ihnen nur sagen, dass wir Kameraden voll hinter Riedel stehen. Jawohl!" Mehr war aber für die Reporterin aus den Soldaten nicht heraus zu holen. Schließlich wisperte sie Krampke noch zu „Rufen sie mich an, wie es ausgegangen ist, ja?" Oberleutnant Schaper, der hinzu getreten war, sah der Reporterin nach, die mit ihrem Kollegen den langen Flur entlang eilte. „Kein schlechter Schachzug , das mit der Presse. Wer immer das auch war." Er grinste. „Ich glaube, sie brauchen sich keine Sorgen machen, Riedel. So wie ich das sehe, kriegt eher Scholz einen Tritt vors Schienbein, weil er unserer lieben Führung diesen Schlamassel eingebrockt hat. Na, wir sehen uns um 3. Ich geh was essen. Bis dann."

Krampke sah ihm nach. „Mit dem geh ich jederzeit wieder los", sagte er respektvoll. Riedel nickte. „Ja Bodo. Noch mal… Vielen Dank für deinen Einsatz. Ich bin richtig gerührt, auch wegen der Unterschriften." Krampke grinste schief. „Ist mir erst heute Morgen eingefallen und da ich die Leute nicht mehr fragen konnte… Hab die Unterschriften selbst gemacht." Riedel sah ihn schockiert an, dann lachte er und hieb seinem Kumpel auf die Schulter. „Da hast du aber Glück gehabt, dass Tews die nicht zu den Akten nehmen wollte." Krampke zog ein Augenlid herunter. „Glück muss der Mensch haben.

Hab ich auch gehabt, damals. Drei Zentimeter weiter links und …
Ex."
Sie fuhren zusammen nach Eckernförde zurück. Der Ausschuss hatte
den Antrag Scholz auf Eröffnung eines Verfahrens gegen Riedel
zurückgewiesen. Scholz war bei der Verkündung des Beschlusses
schon nicht mehr dabei gewesen. Konteradmiral Tews hatte ihm unter
vier Augen nahe gelegt, Ruhe zu geben. Scholz hatte sich wortlos
umgedreht und die Tür zugeknallt und Tews hatte bereits einen
Vermerk für Scholz Personalakte vorbereitet. Vizeadmiral Steffen
jedenfalls war zufrieden. „Gut Tews, hab nichts Anderes erwartet.
Gruß an Inge!"

Riedel und Krampke feierten im „Seeadler". Kalle lehnte kategorisch
ab, als Riedel am Ende bezahlen wollte und schließlich gab Riedel
sich geschlagen. „Danke Kalle. Wenn das so ist, nehmen wir noch`n
Korn, was Bodo?" Er lachte. Kalle trank mit. Er kannte die Soldaten
schon so lange, dass sie für ihn zu echten Freunden geworden waren.
„Hab mitgekriegt, dass du abmustern und zu Heiskämper gehen
willst", sagte er zu Riedel. „Ist aber auch kein Lebensjob, oder? Ich
mein, das kann man doch auch nur ein paar Jahre lang machen."
Riedel lachte leicht angetrunken. „Hast recht, Kalle. Is nix, wenn man
alt wird. Weiß du was? In ein paar Jahren übernehm ich deine Kneipe.
Was hältst du davon?"   Kalle lachte. „Lass man, ist gar nicht so
schlecht. Wenn bloß die langen Abende nicht wären. Jede Nacht bis
mindestens 2. Da musste dich erst mal dran gewöhnen."   Sie tranken
noch ein paar Gläser zusammen. Später auf der Straße holte Bodo sein
Handy aus der Tasche. „Au Backe, hab die NDR-Tante vergessen. Er
sah auf dem Display, dass Elke Maas mindestens fünfmal versucht
hatte, ihn anzurufen. „Morgen", sagte er gleichmütig. „Nacht, Rolf."
„Schlaf gut, Bodo. Bis Morgen."
Sie trennten sich und Riedel ließ sein Auto stehen und marschierte die
zwanzig Minuten bis zu seiner Wohnung und als er ankam, konnte er
sogar im ersten Versuch den Schlüssel ins Schloss schieben. Er war

schon bis zur vorletzten Zahl von Sunnys Telefonnummer vorgedrungen, als ihm bewusst wurde, wie spät es war -weit nach Mitternacht-, und legte den Hörer wieder auf. Er stand auf und goss sich ein Glas Cognac ein. Von seinem Sofa aus starrte er in die Nacht hinaus, als wenn er da irgendwo die Antwort auf seine Frage finden konnte. Bleiben oder gehen? Sein Blick fiel auf sein Handy, das auf dem Tischen lag. Eine kleine Leuchtdiode zeigte an, dass da eine Nachricht auf ihn wartete. Sie lautete „Ich liebe Dich, deine Sunny"

*

Mahomad zupfte unsicher an den neuen Sachen herum, die er mit Salima gekauft hatte. So etwas hatte er noch nie besessen. Teure Jeans, T-Shirt von einer Nobelfirma, einen Cashmere-Pullover...
Vor einer Woche hatte ihn ein Wagen des Generals aus dem Camp abgeholt und nach Mogadishu gebracht. Zu seiner Überraschung wartete Salima auf ihn, die er als Krankenschwester in Mombasa kennen gelernt hatte. Sie lachte, als er erstaunt die Augen aufriss, als sie ihm in der Lobby des Hotels entgegen kam. „Ich wusste, dass wir uns noch einmal begegnen", sagte sie sanft und Mahomads Herz fing an zu rasen. Der Druck ihrer Hände in den Seinen ließ nicht nach. Im Gegenteil, sie zog ihn unwiderstehlich zu sich heran und küsste ihn flüchtig auf den Mund. „Wie kommst du hier her", fragte er benommen. „Ich werde dich bis zu deiner Abreise unterstützen", antwortete sie, ohne ihn los zu lassen. „Es war mein Wunsch", sagte sie leise. „Wir haben eine Woche... Das ist nicht viel Zeit. Komm."

Sie führte ihn die Treppe hinauf in ein ehemals luxuriöses Zimmer. Mahomad sah sich unschlüssig um und Salima lachte leise und zog ihm sein altes staubiges Hemd über den Kopf. Sie öffnete den Reißverschluss seiner Shorts und zog sie herunter. Mahomad stand starr da und ließ es geschehen. Er schämte sich, denn ihm war bewusst, dass eine mächtige Erektion seine Unterhose wölbte und er legte seine Hände davor. Er wusste nicht genau, was Salima von ihm wollte, schließlich war er noch nie mit einer Frau zusammen gewesen. Sie sah ihm in die Augen und begann sich mit kleinen sinnlichen Bewegungen vor ihm auszuziehen. Mahomad ließ keinen Blick von ihren Augen. Dann nahm sie seine Hände und legte sie auf ihre großen braunen Brüste. Er fühlte die weiche Haut und die Härte ihrer Brustwarzen... Sein Atem ging schwer und dann wanderten ihre Hände tiefer und zogen ihm seine Unterhosen aus. Ihre Lippen fanden seine, während sie sein Glied umfasste und sanft rieb. Mahomad vermeinte, keine Luft mehr zu bekommen. Salima lachte leise und zog ihn an seinem Penis hinter sich her aufs Bett. „Du darfst alles anfassen", gurrte sie und führte seine Hand zu ihrer Scham...

Salima hatte Geld bekommen und damit kauften sie alles, was aus dem abgerissenen Piraten Mahomad einen gut situierten, von wohl habenden Eltern zur Ausbildung nach Europa geschickten Studenten machte. Mahomads Verwunderung ließ die ganze Zeit über nicht nach. „Wie kommt es, dass ich das Paradies schon jetzt kennen lerne, obwohl ich meine Aufgabe noch nicht erfüllt habe", sagte er eines Abends, nachdem er sich schwer atmend aus Salimas Armen gelöst hatte. Sie lächelte ihn an. „Ich wollte sicher gehen, dass du weißt, was dich dort erwartet. Ich weiß, dass du nun keine Angst mehr vor deinem Opfer hast, denn das ist dann auf ewig deine Belohnung. Sie beugte sich über ihn und ihre Küsse wanderten über seinen Körper und er schloss die Augen.

„Morgen fahren wir", sagte sie eines Tages beim Frühstück. Mahomad sah sie betroffen an. Die vergangene Woche war für ihn wie ein Traum gewesen. „Schon?" fragte er beklommen. Sie lächelte ein wenig traurig. Auch sie hatte den jungen Mann lieb gewonnen. Salima holte einen großen Umschlag aus ihrer Handtasche und öffnete ihn. Er enthielt einen Pass und andere Schriftstücke. Mahomad ergriff den Pass und öffnete ihn. Es war ein gültiger äthiopischer Reisepass und das Foto darin hätte seines sein können. „Er trägt eine Brille", sagte Mahomad heiser und Salima lächelte und holte eine identische, mit Fensterglas bestückte schwarze Hornbrille aus ihrer Tasche. Mahomad setzte sie auf und selbst Salima war verblüfft. „Das bist du... Diese Ähnlichkeit..." „Abdu Farah...", las Mahomad mühsam. „Das ist jetzt dein Name", sagte Salima. Der Bruder studiert in Deutschland und hat uns seine Papiere zur Verfügung gestellt. Er selbst ist zur Zeit bei seiner Familie in Addis Abeba." Sie sagte dass, um Mahomad nicht noch mehr zu beunruhigen. Salima wusste, dass die Leiche des Studenten im Sand neben einer Palme im Nirgendwo verscharrt worden war. Salima erklärte ihm die anderen Papiere. „Studentenbescheinigung, Aufenthaltserlaubnis, Krankenkassenkarte und so weiter. Ein Bruder wird dich am Flughafen Münster abholen und dir weiterhelfen. Ich begleite dich noch bis Istanbul. Wir fliegen morgen von Addis Abeba dorthin, dann geht es für dich allein weiter. Mahomad hatte noch viele Fragen und Salima beantwortete alle bis auf die, die Mahomad ihr in ihrer letzten Nacht, die sie zusammen verbrachten, stellte. „Liebst Du mich?"

Salima blickte immer öfter nervös auf ihre Armbanduhr. Eigentlich hätte sie es wissen müssen. Den Zugverkehr zwischen Mogadishu und Adis Abeba gab es zwar schon fast hundert Jahre, aber so unzuverlässig wie in diesen Jahren war er wohl nie gewesen. Die Gleise waren alt und verrostet und das rollende Material stellte eine gewaltige Herausforderung an die wenigen kompetenten Ingenieure und Mechaniker der Bahngesellschaft dar. Salima sah aus dem verdreckten Fenster dessen, was ehedem ein Erste Klasse Abteil gewesen war. Der Zug stand mitten in einer spärlich bewachsenen Wüstenlandschaft. Einige der zahlreichen Passagiere, die nicht das Glück gehabt hatten, einen Sitzplatz zu ergattern, nutzen die Zeit, um aus den Waggons zu springen und sich neben den Gleisen ungeniert zu erleichtern. Ein scharfer Pfiff aus dem Signalhorn der Lokomotive trieb sie zurück an Bord. Der Zug ruckte an und etliche der im Gang Stehenden stürzten zu Boden, soweit das in der Enge ging. „Allah sei Dank", stieß Salima hervor und reichte Mahomad eine Mineralwasser-Flasche. „Wenn es keine weitere Panne gibt, erreichen wir unseren Flug." Mahomad nickte und nahm einen tiefen Schluck. Auch die Zugfahrt war etwas, was er nie zuvor erlebt hatte.

Sie erreichten den Flughafen in letzter Minute. Sie hatten das dem Taxifahrer zu verdanken, der sich mit seinem alten Toyota todesmutig durch die Menschenmassen zu Fuß, auf Fahrrädern und in alten Autos jeder Bauart, die die Innenstadtbezirke Adis Abebas, der Hauptstadt Äthiopiens, verstopften bohrte. Auch hier waren die Menschen arm, aber wenigstens schien die öffentliche Verwaltung zu funktionieren. Die Hostess am Schalter der Turkish-Airlines machte gerade den letzten Aufruf für den Flug nach Istanbul, als Salima und Mahomad keuchend vor ihr stehen blieben. Sie lächelte den jungen Mann an und streifte Salima mit einem abweisenden Blick. Salima hatte ihm eingeschärft, den Mund zu halten und so nickte Mahomad nur, als der Beamte der Passkontrolle seinen Pass inspizierte und „Abdu Farah?" fragte. Zum Glück reichte das, denn er sprach ja kein Wort des Dialekts, der hier gesprochen wurde. Der Luxus an Bord des Airbusses verblüffte Mahomad. Zu seiner Überraschung bestellte Salima nach dem Essen Wein. „Der Prophet hat das verboten", flüsterte er ihr zu. Sie neigte ihren Kopf zu ihm und sagte ihm ins Ohr. „Du wirst vielleicht in Deutschland auf Leute treffen, die dich danach beurteilen, ob du ihre, wenn auch schlechten Gewohnheiten, teilst. Strenggläubige Mohammedaner sind dort unbeliebt, Allah möge die Ungläubigen vernichten. Gewöhn dich also besser daran, denn du musst unsichtbar sein, bis zu zuschlägst." Mahomad zwang sich, das dunkelrote Getränk zu schlucken. Es schmeckte nicht so schlecht, wie er erwartet hatte. Wie Fruchtsaft. Salima warnte ihn davor, mehr als ein Glas zu trinken, denn da er Alkohol nicht gewöhnt war, würde er schnell reagieren und sich vielleicht verraten.

Es war gut, dass Salima, die schon viele Kurierflüge für al Kaida und andere Organisationen gemacht hatte, bei ihm war. Er hätte sich im Gewühl des riesigen Flughafens Istanbul-Atatürk nie zurecht gefunden. Während des Landeanflugs hatte er förmlich am Fenster geklebt und sich nicht sattsehen können an der riesigen Stadt mit den vielen Minaretten, über die sie dahin zogen.

Plötzlich kam der Abschied. „Von hier an gehst du allein", sagte Salima leise. Sie standen vor einer Kontrollbarriere, durch die die Transitpassagiere zu ihren weiterführenden Flügen gelangten. Salimas Flug zurück würde erst morgen gehen. Mahomad hatte nur eine kleine Reisetasche in der Hand. Sein Gepäck wurde automatisch umgeladen. Er nahm sie in die Arme und wollte sie nicht loslassen. So weich lag sie an seiner Brust... Er fühlte, wie sich Tränen in seine Augen drängten. „Salima, ich..." Er konnte nicht weiter sprechen. Sie schob ihn sanft von sich. „Auch ich wünschte, wir würden uns wiedersehen", sagte sie. „Aber du hast eine Aufgabe, die dich auszeichnen wird unter den Gläubigen. Ich bin stolz darauf, dich begleitet zu haben, denn so bin ich Teil dieser Aufgabe. Meine Gebete begleiten dich, Mahomad. Allah sei mit Dir." Sie küsste ihn schnell und drehte sich um. Ehe Mahomad es begriff, hatte sie die Menge verschluckt. „Gehen Sie weiter", forderte ein schlecht gelaunt aussehender Europäer hinter ihm und Mahomad wurde bewusst, dass er die fremden Worte verstanden hatte. Der Mann hatte deutsch gesprochen. „Karim sei Dank", dachte er und durchschritt die Kontrolle.

Sie hatten es sorgfältig geplant. Die Boeing 737 der Turkish war das letzte Flugzeug, das am Abend in Münster landete. Ohnehin gab es hier nicht viel Flugverkehr und die Beamten der Pass und Zollkontrolle hassten es, bis zu diesem letzten Flug ausharren zu müssen. Sie wollten nach Hause, wie es der Natur des Menschen entspricht. Salima hatte Mahomad geraten, sich im ersten Drittel der Schlange einzureihen, denn die ungeduldigen Beamten sahen die vielen Wartenden hinter ihm, die sie noch abarbeiten mussten.
Es klappte. Mahomad trat vor, als die Reihe an ihm war. Der Mann in dem Glaskasten nahm seinen Pass und scannte ihn ein, sah aber dann noch einmal hoch und musterte sein Gesicht. Mahomad hielt Aufenthaltsgenehmigung und Immatrikulation der Universität bereit und schob sie dem Mann ungefragt zu, der einen erleichterten Blick darauf warf und sie mit dem Pass zurückschob. Harmlos, ein Student, der in den Ferien Zuhause gewesen war. Mahomad war so verblüfft, dass er stehen blieb. „Der Nächste", rief der Beamte und Mahomad begriff, dass er es geschafft hatte. Er war im Land des Feindes.

Es hatte nicht viel Anderes zu tun gegeben, mit dem er sich beschäftigen konnte. Hussein Jafiiah, der ihn am Flughafen abgeholt hatte, ließ es nicht zu, dass Mahomad in den ersten zwei Wochen ihre Wohnung in der Münsteraner Altstadt verließ. Hussein war verblüfft gewesen, wie sehr Mahomad seinem ehemaligen Studien-und Wohnungspartner ähnelte. Nur an der Sprache haperte es noch sehr bei dem Somali. „Du musst viel Fernsehen, dann bekommst du ein Gefühl für die Aussprache", riet er seinem Schützling. Er fühlte keine Reue, wenn er an Abdu dachte. „Ein Verräter, der sich eine deutsche Freundin hielt und Alkohol trank."

Mahomad kannte sich nun schon sehr gut im Umgang mit dem Internet aus und sobald Hussein die Wohnung verließ, klappte er den Laptop auf und surfte. Nach und nach fand er heraus, was er für seine Suche brauche. Auf einer offiziellen Seite der Bundesmarine las er, dass die meisten Kampfschwimmer und Taucher in einer Stadt namens Eckernförde stationiert waren. Die digitale Telefonauskunft verzeichnete drei Anschlüsse mit dem Namen Riedel..., zwei mit, eine ohne Adresse. Es durchlief ihn heiß. „Ich finde dich", flüsterte er.

Hussein war strickt gegen seinen Plan. „Das Schiff ist dein Ziel, du Idiot! Wir geben uns alle Mühe, damit du dort hin kommst und du gefährdest alles für diesen... Riedel. Der Mann ist ein Kämpfer. Er wird dich zerquetschen, wenn du ihm nahe kommst", schimpfte er. Mahomad sah starr durch ihn hindurch. „Ich brauche eine Pistole", sagte er. Eine Woche lang stritten sie, dann gab Hussein, nicht ohne Rücksprache mit seinem Vorgesetzten, nach.

Hussein besaß einen alten Opel Corsa. An einem nasskalten Aprilwochenende fuhren sie damit nach Eckernförde. Mahomad sah staunend durch das Seitenfenster auf die vorbeiziehende Landschaft. Alles war frisch grün. Es war ein milder Winter gewesen und die Wiesen und Felder präsentierten sich frühlingshaft. Selbst der leichte

Regen störte die Stimmung nicht. „So viele Kühe...", entfuhr es Mahomad, der an die wenigen, zudem mageren Tiere in seinem Dorf denken musste. „Diese Menschen sind unermesslich reich", murmelte er. „Gottlos sind sie", entgegnete Hussein. „Allah hat sie mit diesem fruchtbaren Land gesegnet und sie danken es ihm nicht. Selbst die, die sich Christen nennen, werden immer weniger. Sie verlassen ihre Kirche, weil sie Abgaben zahlen müssen, wenn sie Mitglieder der Gemeinde sein wollen, und selbst diejenigen, die in der Kirche sind, leben nicht nach den Geboten ihres Gottes...".

Mahomad schwieg. Die Fahrt dauerte einige Stunden. Als sie den Elbtunnel durchfuhren, schloss er die Augen, denn er hatte Angst in dieser kilometerlangen Betonröhre. Erleichtert stieß er den unwillkürlich angehaltenen Atem aus, als sie endlich wieder Tageslicht sahen. Hussein lachte ihn aus. „Sie sind tolle Ingenieure, diese Deutschen. Ich lerne an der Universität von ihnen, wie man diese Dinge baut und wenn wir unseren Gottesstaat in ganz Arabien und Afrika errichtet haben, werden wir dort überall solche Bauwerke haben." „Erzähl mir mehr davon", bat Mahomad und Hussein enthüllte seine Visionen von einem übermächtigen islamischen Staat, bis er sich konzentrieren musste, um die richtige Ausfahrt der A7 nach Eckernförde nicht zu verpassen.

„Wäre auch zu schön gewesen", sagte Hussein ein paar Stunden später. Sie hatten die beiden Adressen aufgesucht, die im Telefonverzeichnis unter dem Namen Riedel eingetragen waren. Bei der ersten handelte es sich um einen Friseursalon. Hussein ging einfach hinein und fragte die freundliche Frau, die ihn nach seinen Wünschen erkundigte, ob er den Soldaten Riedel hier erreichen könne. „Gibt hier keinen Soldaten", antwortete sie und musterte den gutaussehenden jungen Farbigen. Sie lächelte und dachte insgeheim „Ob die wirklich so einen langen..." Hussein bedankte sich und ging. Die zweite Adresse war ein Wohnblock, der schon bessere Tage gesehen hatte. Ein alter Mann harkte den Rasen neben dem Plattenweg. Mahomad sah Hussein vom Wagen aus nach, der zu dem Mann schlenderte und ihn befragte. Er war schnell zurück und setzte sich hinters Lenkrad. Mahomad sah ihn erwartungsvoll an. „Eine alte Frau. Heißt Riedel und ist krank. Lebt allein." „Was machen wir jetzt?" fragte Mahomad. „Sollen wir die Nummer ohne Adresse einfach anrufen und fragen, wo das ist?" „Wir müssen uns einen Vorwand ausdenken", sagte Hussein nachdenklich. Sie tranken Kaffee und aßen ein Stück Kuchen in einer Backstube. Hussein bezahlte. „Wo ist die Marinekaserne?" fragte er die junge Frau hinter dem Tresen und sie erklärte es ihm.

Es war Samstag und sie hätten normalerweise vergeblich auf dem Parkplatz vor der Kaserne gewartet, wenn es nicht eine Übung gegeben hätte. Mahomad, der kein Auge vom Ausgangstor wandte stieß den schlafenden Hussein an, der erwachte. „Das ist er", keuchte Mahomad.

Oberstabsbootsmann Riedel verließ mit einer Gruppe anderer Soldaten im Kampfanzug die Kaserne. Es war eine lange Übung gewesen. Sie hatten das volle Programm absolviert. Dauerläufe, Gepäckmärsche, Tauchen und Paddeln mit dem Schlauchboot auf der rauen, noch ziemlich kalten Ostsee... Riedel hatte sich im Waschraum nur schnell die Tarncreme aus dem Gesicht gewischt und wollte nur noch nach Hause und schlafen. „Ciao, Bodo", verabschiedete er sich von Krampke. „Wir sehen uns Montag." Krampke war ebenso erschöpft und winkte nur. Riedel ging zu Fuß. Seine Wohnung lag ja nur ein paar Gehminuten entfernt jenseits der Bahnlinie. „Fahr ihm nach", flüsterte Mahomad aufgeregt, aber Hussein hatte schon den Motor gestartet. Langsam folgte er dem großen Soldaten und konnte gerade noch am Straßenrand parken, als der vor einem großen grauen Haus anhielt und die Haustür öffnete. „Da wohnt er", sagte Hussein. „Was willst du jetzt machen. Einfach rauf, klingeln und wenn er aufmacht schießen?" Mahomad öffnete das Handschuhfach und holte den alten Putzlappen heraus, in den die Beretta eingewickelt war. „Ja", sagte er kalt. Hussein nickte. „Na gut, aber wir warten, bis es dunkel wird."

Riedel duschte ausgiebig. Er machte er sich ein paar Brote und dann rief Sunny an. Sie hatten sich drei Tage lang nicht sprechen können, denn während der Übung war Riedel kein Kontakt mit der Außenwelt möglich gewesen. „Hallo Liebling…", sagte sie und sie redeten fast zwei Stunden und dann sagte sie „Ich wünschte, ich könnte dich jetzt fühlen…" und alle Müdigkeit war vergessen. „Halt das Bett warm, ich komme zu dir", sagte er mit klopfendem Herzen und legte auf. Rasend schnell zog er sich an, warf ein paar Sachen in die kleine Reisetasche und war schon auf dem Weg nach unten.

Sunny hatte mittlerweile Gewissensbisse. Er hatte ihr genau erzählt, welche Strapazen er gerade erst hinter sich hatte. Sie ließ das Telefon lange klingeln, um ihn davon abzubringen jetzt zu fahren, aber es war zu spät.
Es war dunkler geworden, wozu der immer noch fallende leichte Regen beitrug. „Eine Stunde noch", dachte Mahomad und dann ging die Haustür auf und der verhasste Feind kam heraus und stieg in einen Ford Focus, der direkt vor dem Haus parkte. Mahomads erster Impuls war, aus dem Wagen zu springen und zu schießen, aber Hussein hielt ihn zurück. „Das schaffst du nicht. Er fährt schon." Er ließ den Corsa an und sie folgten dem Ford.
Riedel fuhr nicht schnell. Nachdem er Kiel durchquert hatte, merkte er, wie seine Aufmerksamkeit nachließ und er drehte das Radio laut. RSH brachte die Hitparade und er wunderte sich, dass er die meisten Stücke nicht kannte. Na ja, seine Musikrichtung war eher Country and Western oder Shanties und sowas kam bei den Kommerzsendern eben

nicht vor. Er suchte ein bisschen im Handschuhfach und fand seine Lieblings-CD. Santiano! „Volle Fahrt…Santiano", grölte er laut mit. Genau das, was er jetzt brauchte.

„Der wird sich noch selbst umbringen", meinte Hussein. Riedels Wagen vor ihm hatte soeben einen großen Schlenker in Richtung Straßengraben gemacht. Das war, als Riedel im Handschuhfach gesucht hatte, aber nun fuhr der Focus wieder schnurgerade auf der Straße dahin. „Wo will der bloß hin", murmelte Mahomad, dem nicht ganz wohl war bei dieser Fahrt. Es war jetzt nahezu dunkel und sie fuhren durch scheinbar endlose Wälder, wenn sie nicht ein Dorf durchquerten. Hussein zuckte die Schultern. „Hoffentlich nicht mehr weit. Unser Benzin geht zur Neige." Sorgenvoll beobachtete er die Säule des Benzinvorrats im Armaturenbrett, die etwas unter einem Viertel anzeigte. „Keine Ahnung, wo wir sind", stellte Hussein fest. Dann kamen große blaue Verkehrsschilder in Sicht. „Autobahn", sagte Hussein und als der Focus die Auffahrt Richtung Lübeck nahm, folgte er.

Riedel achtete nicht auf den Verkehr hinter ihm. Vielleicht wäre ihm der Corsa aufgefallen, wenn er einen Verfolger geahnt hätte. Erleichtert verließ er die Autobahn an der Abfahrt Lübeck-Zentrum und steuerte den schon vertrauten Weg zum Großparkplatz an der MUK, dem Veranstaltungszentrum der Stadt, an. Am Automaten löste er einen Parkschein für 24Stunden, nahm seine Reisetasche und überquerte die kleine Brücke neben dem Theaterschiff. Es regnete leicht, aber das störte ihn nicht. Gleich, in zehn Minuten würde er bei Sunny sein.
„Wir dürfen ihn nicht aus den Augen verlieren", mahnte Mahomad, als Hussein umständlich Geldstücke in den Automaten schob. Endlich summte das Gerät und spuckte den Papierstreifen aus. „Niemals

auffallen und sich an alle Regeln halten!" hatte Husseins Ausbilder ihm eingeschärft. Wenn sie keinen gültigen Parkschein im Wagen hatten, konnte ein Kontrolleur letztlich eine Halterabfrage veranlassen und somit eine Spur öffnen...

„Ja, ja. Wir können", antwortete Hussein. Mahomad hatte die Pistole in seine Jackentasche gesteckt und das Gewicht zog die Jacke herunter. Sie folgte Riedel in sicherem Abstand und Mahomad drehte fast durch, als sie ihn einmal kurz aus den Augen verloren. „Was will der hier?" wunderte sich Hussein. Es waren nicht mehr viele Menschen auf den Straßen und sie drückten sich enger an die Häuser, für den Fall, dass Riedel sich umdrehen würde, aber der drehte sich nicht um. Sie bogen von der breiten Fußgängerstraße nach links in eine schmale Straße ein. „Hüxstraße", las Hussein im Vorbeigehen auf einem Schild. Die enge Straße mit Kopfsteinpflaster führte leicht bergab. Plötzlich blieb Riedel vor einem Haus stehen und drückte auf einen Klingelknopf. Die beiden Verfolger waren zwanzig Meter entfernt und hörten das laute Klicken, mit dem die Haustür entriegelt wurde. Als Riedel eintrat, rannten sie vorwärts. Hussein erreichte die Tür eben gerade, als sie schon fast wieder zufiel und konnte sie offen halten. Auf der Treppe über sich hörten sie die schweren Schritte Riedels, der in den dritten Stock hinauf musste. „Warte hier", flüsterte Mahomad und eilte so leise wie möglich die Stufen empor. Sie knarrten, aber er achtete nicht darauf. Die sowieso schon diffuse Treppenhaus-Beleuchtung erlosch und Mahomad, der stehenblieb, hörte Riedel wenig über sich fluchen. Dann ging das Licht wieder an und Mahomad hörte, wie eine Tür sich öffnete und den kleinen Jubelschrei einer Frau. Er wagte es, seinen Kopf um die Ecke zu strecken und erstarrte, als er die sah, die Riedel erwartete. „Die Frau von der Yacht, die über Bord gegangen war..."

Das Licht erlosch wieder und es blieb dunkel. Über ihm hatte sich die Wohnungstür geschlossen und es waren nur noch leise Wortfetzen zu

241

hören. Leise schlich er höher und dann stand er vor der Wohnungstür und kämpfte mit sich. Sollte er die Pistole ziehen und klingeln… aber wenn sie aufmachte und nicht Riedel, hätte er dann noch Zeit nach ihr auch ihn zu erschießen?

Das Licht flammte auf und die Wohnungstür nebenan öffnete sich. Eine alte Frau in einem schmuddeligen Pullover trat heraus. Sie trug einen Mülleimer in der Hand. „Suchen sie jemanden", fragte sie, unsicher ob der Farbige vor ihr, der da stand, sie verstehen würde. Mahomad schüttelte den Kopf. „Nein, falsche Adresse", murmelte er und ging schnell die Treppe hinunter. Hussein erwartete ihn unten und Mahomad zog ihn hinter sich her auf die Straße. „Konntest du nicht schießen?" fragte Hussein aufgeregt. Mahomad schüttelte den Kopf. „Nein, kam jemand", keuchte er. „Das ist zu gefährlich hier", meinte Hussein. „Da kommen wir nicht mehr weg nach dem Knall." Mahomad schwieg. „Ich habe eine Idee", sagte er dann. „Komm."

Sie gingen zurück zum Parkplatz und Hussein suchte eine Tankstelle. Sie tankten voll und füllten noch einen Plastikkanister mit Benzin. Hussein kaufte zwei Weinflaschen mit Drehverschluss und ein Feuerzeug. Wieder auf dem Parkplatz, der jetzt- es war inzwischen nach Mitternacht- menschenleer war, leerten sie die Flaschen in ein Gebüsch und füllten Benzin aus dem Kanister hinein.   Mahomad drehte die Flaschen wieder zu. „ich gehe allein", sagte er zu Hussein, der damit ganz einverstanden war. Ein Mann würde weniger auffallen als zwei. Er setzte sich ins Auto und wartete während Mahomad über die Brücke verschwand.

Beim Haus, in dem sich diese Frau und Riedel befanden, drückte er sich in den Eingang. Die Tür war zu. Mahomad versuchte ein paar Klingeln und tatsächlich drückte jemand auf den Türöffner. Mahomad schob die Tür auf und stellte einen Schuh in die Öffnung. Das Licht war angegangen, aber sonst rührte sich nichts. Mahomad wartete, bis alles wieder ruhig war. Von der Straße aus hatte er gesehen, dass aus einer Wohnung im ersten Stock das bläulich zuckende Licht eines Fernsehgerätes schien. Langsam und so leise es ging, schlich er die Stufen hinauf. Die Haustüren sahen alle gleich aus. Zwei weißgestrichene Flügel. Darüber eine Milchglasscheibe. Vor der Wohnung, in der Riedel war, drehte er entschlossen und schnell die Verschlüsse von den Flaschen, stopfte Papiertaschentücher in die Hälse, die sich, als sie in Kontakt mit dem Benzin kamen, schnell vollsogen. Er sah, dass nur noch wenig des Zellstoffes trocken war und zündete das Feuerzeug. „Stirb. Stirb für das, was du meinem Bruder angetan hast", flüsterte Mahomad, hielt die Papierstreifen an die Flamme und schleuderte die beiden Flaschen nacheinander durch das Milchglas über ihm in den Flur der Wohnung. Dann rannte er so schnell er konnte die Stufen hinab.

9

Sunny mochte diese Wohnung. Nach und nach hatte sie ein paar Antiquitäten erworben, die nun in einem, für Puristen sicherlich gewöhnungsbedürftigen Mischmasch mit modernen, aber praktischen Ikea-Möbeln, standen. Großflächige bunte Aquarelle bedeckten die Wände. Sunny hatte vor Jahren ihr Talent für das Malen entdeckt. Nun gut, ein echter Kunstkenner hätte es vielleicht nicht Talent genannt...

Aber Sunny liebte es einfach, in der Landschaft zu sitzen und ihre Eindrücke auf die Leinwand zu bringen. Im Laufe der Zeit waren so einige Dutzend Bilder entstanden und da nicht alle Platz an den Wänden fanden, lagerte ein gut Teil unter dem Bett, von wo aus sie sich von Zeit zu Zeit mit denen an den Wänden abwechselten.

Auf dem Bett hatte es in den letzten Jahren auch einige Abwechslung gegeben. Bevor Dieter Kreft in Sunnys Leben getreten war, hatte sie, nach der stürmischen Beendigung ihrer Ehe, einige schnelllebige Beziehungen gehabt. Das hatte sie aber schon nach kurzer Zeit nicht mehr befriedigt. Dieter Kreft war eher aus Zufall, im wahrsten Sinne des Wortes, über sie gestolpert. Sie hatte auf einer Bank an der Untertrave gesessen und sich gesonnt. Die Augen geschlossen und unbewusst die Beine lang ausgestreckt. Dieter hatte seinen Jogging-Lauf fast beendet und einer Möwe nachgeschaut, deren Schrei ihn aus seinem Sinnieren, das mochte er besonders am Joggen, gerissen hatte. Er stolperte über Sunnys Bein und schlug lang hin. Sunny, die erschrocken die Augen aufgerissen hatte, sah ihn da liegen. Er versuchte sich gerade aufzurappeln und sie half ihm. „Ist ihnen etwas passiert..." fragten beide gleichzeitig und sahen sich in die Augen. Tja...!

Sie hatte ihm in ihrer Wohnung ein Pflaster auf eine Schürfwunde am Knie geklebt und er hatte sie, als sie gerade keine Hand frei hatte, geküsst...

Nun war Dieter Kreft, mit dem sie acht glückliche Monate verlebt hatte, tot. Ertrunken in diesem verfluchten indischen Ozean.

„Ich krieg keine Luft mehr", keuchte Rolf Riedel. Selbst ihm, dem Taucher, der gewiss ein hohes Lungenvolumen aufwies, hatte Sunnys unendlich langer Kuss den Atem geraubt. Die Tatsache, dass sie dabei auf ihm saß und ihn mit ihren sanften rythmischen Bewegungen stimulierte trug noch dazu bei, dass er glatt das Atmen vergessen hatte.

Es knallte im Flur. Glas splitterte. Beide schreckten hoch. Ein Schwall scharfen Geruchs nach Benzin hing plötzlich in der Luft, dann eine Stichflamme… Rolf Riedel stieß Sunny von sich und sprang aus dem Bett. Er erfasste sofort, dass Löschversuche, etwa mit einer Decke, nicht mehr möglich waren, knallte die Schlafzimmertür zu, raffte eine Bettdecke, die vom Bett gerutscht war auf und stopfte sie unter den ziemlich breiten Spalt unter der Tür. Sunny saß mit angstgeweiteten Augen auf dem Bett. Die Decke unter der Tür schien anzuschwellen und ging explosionsartig in Flammen auf, die fast bis zum Bett leckten. „Scheiße, Kunstfaser…", dachte Rolf.

Es blieb nur ein Weg. Über dem Bett befand sich das Dachfenster. Ein Velux-Fenster, das sich um eine Achse in der Mitte drehte. Rolf riss es auf. Sunny schrie. Eine Flammenzunge hatte ihren nackten Unterschenkel beleckt und die feinen Härchen darauf verbrannt, deren Geruch sie mehr als alles andere schockte. Sie klammerte sich an Rolfs Beine, der versuchte, aus dem unteren Teil des Dachfensters zu spähen. Er erkannte, mühsam blinzelnd, die Dachziegel des schrägen Daches neben und unter sich. Von der Unterkante des Fensters gab es nur sechs Reihen, dann kam die Dachrinne und dann… nichts.

Hinter ihm brannte nun der Holzboden des Zimmers und Qualm begann ihn einzuhüllen. Keine Wahl. „Komm!" brüllte er Sunny an und zog sie an sich. „Nein!" kreischte sie, als er sie wie ein Federgewicht anhob und durch den engen Fensterspalt schob. Ein

Holzsplitter im ungepflegten äußeren Rahmen riss ihr den rechten Busen und den Bauch auf, was einen stetigen, wenn auch nicht gefährlichen Blutstrom erzeugte. Sie versuchte Halt zu finden, aber Rolfs Hand war das einzige, an das sie sich klammern konnte. Nackt und blutend hing sie unterhalb des Fensters. Als Rolf sich mühsam durch den engen Spalt schob, sackte sie tiefer und spürte, dass ihre Füße Halt an der Dachrinne fanden. Dann presste sich auch Rolf an die alten Tonziegel des Daches. Sanft schob er Sunny ein Stück zur Seite, denn aus dem Fenster, das sie eben gerettet hatte, schlugen erste Flammen und versengten mit einem Schlag Rolfs Haar. Mit einer Hand schlug er die Flammen aus und wäre fast abgestürzt. Zum ersten Mal nach scheinbar unendlich langer Zeit konnte er durchatmen. Aus dem Haus und von unten her drangen Schreie. Der schwache Strahl einer Taschenlampe drang herauf und jemand schrie „Mein Gott, da hängen welche…"

Astrid Schulz hatte sich gerade eine Tafel Schokolade aufgemacht, die sie immer zum Spätkrimi brauchte. Ihr Wohnzimmer lag auf gleicher Ebene wie Sunnys, wenn auch auf der anderen Seite des Hofes. Ihr Fenster war offen und sie dachte zuerst, dass der scharfe Knall, den sie gehört hatte aus dem Fernseher kam, aber dann sah sie die Flammen und rannte in den Flur zum Telefon.
Noch andere taten das gleiche und die Notrufzentrale reagierte schnell und routiniert. Als erstes traf ein Streifenwagen, der zufällig in der Nähe war, ein. Der Fahrer, Oberwachtmeister Krems, sah sofort, dass es schlimm aussah und schrie seinen Partner an. „Raus! Dräng die Leute von der Straße. Ich muss den Wagen wegbringen!"
Wachtmeister Rickmers verstand und handelte. Schon bog auch der erste große Löschwagen der Feuerwehr in die enge Hüxstraße. Rickmers schrie die Gaffer an, die sich endlich in Hauseingänge und Hofzufahrten zurück zogen.

Oberbrandmeister Schröder knurrte und schrie „Festhalten!" Dann ließ er den massiven Kotflügel seines Mercedes Löschwagens in die Seite eines zu weit auf der Straße geparkten Autos krachen, was den Weg auf drastische Art frei machte. Er fuhr ein Stück an dem brennenden Haus vorbei, um hinter ihm Platz für weitere Feuerwehrfahrzeuge zu schaffen. Die erste Gruppe, dicht vermummt in schweren Atemschutzanzügen, stürmte bereits ins Haus, wo sie fast sofort von dichtem Qualm eingeschlossen wurden. Einer der Männer stolperte über den leblosen Körper einer Frau, der auf dem Absatz zum ersten Stock lag. Er warf sie sich über die Schulter wie einen Mehlsack und hastete, sich durch seine aufwärts strebenden Kameraden zwängend, nach unten.

Der führende Mann sah überall offene Türen, wenn der Qualm überhaupt etwas zu sehen freigab. Schnell und routiniert durchsuchten die Männer die Wohnungen im ersten und zweiten Stock, dann mussten sie aufgeben. Zu groß wurde die Gefahr.

Mittlerweile hatte Gerd Meierhoff, der in dieser Nacht oberste Feuerwehrmann, die Leitung übernommen. Ergrimmt sah er, dass das Haus nicht zu retten war. Mit Glück konnte man die Nachbarhäuser vor allzu großem Schaden bewahren, mit Pech...

Die Hüxstraße war sehr eng bebaut. Dazu gab es hier viele sehr alte Häuser, die von ihren Materialien her von Natur aus wie Zunder brannten. Immerhin hatte man aus dem Inferno des Krieges gelernt und Brandmauern eingezogen, wo es möglich gewesen war, was die Denkmalschützer oftmals nicht einsehen wollten...

Ein Feuerwehrmann rannte auf ihn zu. Er keuchte und öffnete sein Helmvisier. „Zwei Menschen auf dem rückwärtigen Dach. Zum Hof hin...", keuchte er. Meierhoffs Augen weiteten sich. „Los, zeig mir wo", befahl er und folgte dem Mann. Meierhoff kam gerade rechtzeitig in den Hof, um zu sehen, wie ein gutes Teil des Daches einbrach und unter gewaltig aufstiebendem Funkenflug in sich zusammen brach. Ein Stück daneben, nur ein kleines Stück, sah er, wie eine Szene aus Dantes Inferno, zwei nackte, aneinander gepresste Körper, blutend, die sich an das schräge Dach schmiegten und deren Füße auf der aus altem Bleimaterial bestehenden Dachrinne standen, die sich einen Meter weiter schon aus ihrer Aufhängung gelöst hatte und nachgab.

Meierhoff war ein alter Hase, aber in so eine Situation war er noch nie gekommen. Trotzdem tat er das richtige. „Sprungtuch! Alle Männer, die greifbar sind..."befahl er und der Feuerwehrmann rannte. Nur zwei Minuten später stemmten sich zehn Feuerwehrmänner, drei Polizisten und einige freiwillige Anwohner förmlich in den Boden des Hofes. In den Fäusten die umlaufende Leine des Sprungtuches. Eigentlich ein Relikt aus früheren Zeiten. Wenn es möglich gewesen wäre, hätte Meierhoff ein großes Luftkissen mit Kompressoren aufblasen lassen, aber dazu war keine Zeit mehr.

Auf dem Dach fühlte Rolf Riedel, dass sich die Ziegel, an die er sich drückte, immer heißer wurden. Er konnte, der Dachneigung wegen, nicht sehen, was da unten war, aber das sie hier nicht bleiben konnten, war ihm klar. Sunny war in einen tiefen Schock gefallen und gab nur noch schluchzende Töne von sich. Langsam verlagerte Riedel sein Gewicht auf die Dachrinne und spürte, wie sich das dünne Blech senkte. Trotzdem, und weil es keinen anderen Weg gab, wollte er versuchen, ein Stück weiter zum Nachbarhaus hin zu rutschen. Er nahm Sunny fest bei der Hand und machte den ersten tastenden Schritt.

Die Dachrinne brach, und Riedel rutschte nach unten. Sein Rücken wurde von den Ziegeln aufgerissen. Seine freie Hand, mit der anderen klammerte er Sunny an sich, fühlte ein Loch, wo ein Ziegel herabgefallen war und bekam eine Dachlatte zu fassen. Sein eigenes

Gewicht - Gut 90Kilo - und Sunnys 60 hingen nun an seiner linken Hand. Unten schrien Leute.

Meierhoff rief Riedel etwas zu, aber alle anderen schrien auch. Er musste sich erst Ruhe verschaffen, um den Mann da oben zu erreichen. „Schnauze halten", schrie er so laut er konnte und endlich verstummten die Männer am Sprungtuch.

Meierhoff sah, dass der Mann sich nur noch Sekunden würde halten können. Ziegel kamen von oben. Einer traf einen der Feuerwehrmänner, der zum Glück einen Helm trug. Trotzdem ging er zu Boden. „Näher an die Wand!" befahl Meierhoff und dann fielen die beiden Körper.

Ein Sprungtuch der Art, wie sie hier verwandt wurde, ist für maximal fünf Meter und eine Person ausgelegt. Sunny und Riedel fielen aus fast zehn Metern Höhe und trafen etwas seitlich der Mitte auf das Tuch. Es riss nicht, aber die Männer konnten es nicht ganz halten und die beiden nackten Körper schlugen, zwar gebremst, aber dennoch, auf das Kopfsteinpflaster des Hofs. Die Männer am Halteseil stürzten über sie und die scharfe Kante des Helms eines Feuerwehrmannes riss Riedels Wange auf.

Meierhoff schaffte schnell Ordnung. Sanitäter schoben Sunny und Riedel nebeneinander in einen Rettungswagen, der ein Stück weiter geparkt hatte und brachten sie mit Sirengeheul ins Uni-Klinikum, wo schon ein Team auf sie wartete.

Die Feuerwehr kämpfte bis in den Morgen hinein gegen die Flammen und dann gegen die immer wieder aufflackernden Glutnester der Dächer. Drei Häuser waren zerstört. Zwei weitere beschädigt, aber rettbar. Nicht mehr zu retten waren drei Bewohner des Hauses.

Die alte Dame in der Wohnung neben Sunnys hatte Glück gehabt. Sie hatte noch einen Rundgang gemacht und später erzählte sie einem Brandermittler von dem jungen Schwarzen, der sich so auffällig in

Treppenhaus verhalten hatte. Eine Sonderkommission begann zu ermitteln und Oberkommissarin Alice Kreutzer nahm die ziemlich genaue Personenbeschreibung, die die alte Dame gab, auf. Zusammen fertigten sie die Zeichnung des Verdächtigen mit Hilfe des Polizeicomputers an. Als Alice sie etwas skeptisch fragte, ob sie sich ganz sicher sei, sagte sie, dass sie früher Fotografin gewesen sei. Alice Kreutzer schrieb „Glaubhaft" an den Rand der Aussage.

*

Mahomad zitterte am ganzen Körper. Endlich, endlich hatte er Said gerächt. „Allah, gib ihm Frieden", keuchte er stoßweise, denn er hatte nach dem schnellen Lauf von der Hüxstraße zum Parkplatz, wo Hussein wartete, noch nicht durchatmen können. Hussein starrte ihn an, als Mohamed sich neben ihn ins Auto warf und die Tür zuknallte. „Nun..."drängte er. Mahomad nickte. „Ich habe diese Schweine erledigt." Sirenen erschollen und kamen näher. Blaulicht zuckte und zerriss die Nacht. „Los, fahr", drängte Mahomad und Hussein ließ den Wagen an. Sie kamen nur bis an die nächste Kreuzung. Polizei hatte sie abgesperrt. Ein Polizist bedeutete Hussein, die Seitenscheibe herunter zu lassen. „Was ist?" fragte Hussein. „Ein Feuerwehreinsatz. Dauert leider ein bisschen", sagte der Polizist und ging weiter zum nächsten wartenden Auto. Zwei Löschfahrzeuge rasten vorbei, dann gab der querstehende Streifenwagen die Kreuzung frei. Hussein folgte der Beschilderung zur Autobahn und erst als sie ein Stück weit in Richtung Hamburg gefahren waren, beruhigte er sich. Als der Polizist auf ihn zugekommen war, hatte er schon seine linke Hand nach der Pistole im Seitenfach der Tür ausgestreckt gehabt.
Er sah zu Mahomad hinüber, dessen Augen glänzten. „Das war erst

deine private Rache", sagte er. „Wir haben noch das Schiff zu erledigen." Mahomad antwortete erst nicht, dann hieb er eine Faust auf das Handschuhfach. „Ja", sagte er. „Wir schaffen es. Allah ist mit uns." Sie sprachen nicht mehr bis fast nach Münster und sie unterbrachen die Fahrt nur einmal, um auf einem einsamen Parkplatz zu beten.

*

Kriminaloberkommissarin Alice Kreutzer gehörte eigentlich zu der Abteilung „Raub und Einbruch". Personalknappheit und die Erkrankung eines Beamten hatte dazu geführt, dass sie nun dem Team zugeteilt war, das die Ermittlungen im Brandfall „Hüxstraße" anstellte. Sie war noch relativ jung. Ihre Beförderung war erst vor zwei Monaten erfolgt und ihre Motivation war vergleichsweise hoch. Erste Ermittlungen hatten den Verdacht erhärtet, dass es sich um einen Brandanschlag gehandelt hatte. Drei Tote, alles Bewohner des dritten Stocks, und sieben Verletzte, darunter Sunny Mertens und Rolf Riedel. Presse und Fernsehen wollten Ergebnisse, die die Polizei noch nicht liefern konnte. Der Oberbürgermeister machte Druck…
Alice Kreutzer hielt der Schwester im Uniklinikum ihren Dienstausweis vor die Nase. „Nein, sie können Frau Mertens noch nicht befragen", wehrte sie Alices Wunsch ab, die verletzte Frau Mertens besuchen zu dürfen. Alice nickte resigniert. „Wie geht es ihr denn. Ist sie sehr schwer verletzt?" Die Schwester rang mit sich, ob sie Auskunft geben durfte, aber schließlich… die Polizei.
„Die Wunden vom Sturz und die Brandwunden sind nicht so schwer, aber… sie hat einen schweren Schock erlitten. Sie… wir haben sie sedieren müssen. Medikamente, damit sie Ruhe findet." Alice

Kreutzer seufzte. „Bitte melden sie sich, wenn die Patientin ansprechbar ist. Und Herr Riedel?" Die Schwester nickte. „Ich denke, mit dem können sie reden. Zimmer 17. Aber nicht so lange, bitte." „Danke", sagte die Oberkommissarin und folgte der Richtung, in die die Schwester sie wies. Ihr Klopfen wurde nicht beantwortet und sie drückte leise die Klinke und spähte durch den Türspalt. Rolf Riedel hatte das Klopfen überhört, aber der Luftzug der sich öffnenden Tür ließ seinen Kopf herum schnellen, was sofort mit einem stechenden Schmerz am Hals bestraft wurde. „Ahhh", stöhnte er auf. Alice trat schnell näher. „Soll ich jemanden rufen?" fragte sie besorgt. „Nein, nein", antwortete Riedel und versuchte ein schiefes Lächeln, was ihm wegen der Heftpflaster auf der Wange und dem festen Verband um die Stirn nicht recht gelang. Alice Kreutzer stellte sich vor. „Ich ermittle in diesem Fall. Wir gehen mittlerweile von einem möglichen Anschlag aus...", sagte sie. Riedel unterbrach sie. „Es war ein Anschlag", sagte er grimmig „und er galt mir." Alice Kreutzer starrte ihn an. Dann zog sie sich einen Stuhl heran und setzte sich. Riedel berichtete von dem Klirren im Flur, dem Benzingeruch, das sich rasend ausbreitende Flammenmeer...

„Können sie sich vorstellen, warum... wer das war?" fragte sie. Riedel nickte. Dann berichtete er in groben Zügen von ihrem Einsatz gegen die Piraten und dem Blick des Gefangenen, den die Kenianische Polizei in Mombasa mit sich genommen hatte. „Aber der ist in Kenia im Gefängnis", sagte Riedel. Vielleicht seine Kumpel..." „Warten sie...", sagte Alice Kreutzer und holte ihr Smartphone aus der Tasche. Sie suchte ein bisschen in der Fotogalerie, dann erschien die Fahndungszeichnung, die Sunnys Nachbarin mit Hilfe des Polizeicomputers angefertigt hatte. Riedel zuckte hoch und stöhnte wieder vor Schmerzen. „Das ist er...", keuchte er. „Der Pirat?" fragte Alice Kreutzer aufgeregt. „Ja, aber ich verstehe nicht...", antwortete Riedel. „Und die Kenianer haben den bestimmt verhaftet?" fragte sie nach. „Bitte erzählen sie, was damals passiert ist", sagte sie. Riedel schwieg. Dann sagte er „Bitte, wissen sie, was mit Sunny…, Frau Mertens ist? Niemand sagt mir etwas genaues, weil wir nicht verwandt sind und so weiter." „Sie sind zusammen, nicht wahr?" fragte Alice und gab sich die Antwort selbst. Immerhin waren die beiden im Bett von dem Anschlag überrascht worden. Sie sagte Riedel, was sie von der Schwester erfahren hatte. Er nickte. „Gott sei Dank. Keine schweren Verletzungen." „Und sie selbst?" fragte die Polizistin jetzt. „Sie sehen ja… Prellungen, leichte Brandwunden und mein linker Unterschenkel ist angebrochen. Ach ja, einen Kamm brauche ich in nächster Zeit wohl auch nicht mehr." Er deutete auf den Kopfverband, der die Brandnarben bedeckte, die er auf dem Dach erlitten hatte. „Die Sache ist als geheim eingestuft", sagte er dann. Er diktierte ihr die Telefonnummer seiner Einheit in Eckernförde. „Sie sind Kampfschwimmer?" fragte sie bewundernd. „Ich kannte mal einen Kollegen von ihnen, Stefan Korbach." „Stefan?", fragte Riedel. Den kenn ich gut. Feiner Kerl. Hat dann gekündigt. Wissen sie, was der jetzt macht?" Alice lächelte. „Der ist jetzt in meiner Truppe, ich meine bei der Polizei. Taucher in Mainz, glaube ich. Wir waren zusammen auf einem Seminar." „Die Welt ist klein", seufzte Riedel. „Bitte, wenn sie bei meiner Dienststelle anrufen… verlangen sie den Kommandeur und erklären, worum es geht?" bat Riedel. „Die vom Krankenhaus haben da nur kurz Bescheid gesagt. „Mach ich", versprach Alice. „Ich muss ja sowieso wegen der Akte ihres Einsatzes da vorsprechen." Sie erhob sich. „Jetzt wissen wir wenigstens, wo wir ansetzen müssen", meinte sie und erhob sich. „Ich komme bald wieder. Da gibt es sicher noch viele Fragen. Gute Besserung." Sie gab Riedel die Hand und ging.

„Dieses mörderische Schwein…", dachte Riedel. „Warum habe ich den damals nicht auch erledigt…".

Alice Kreutzer platzte verspätet in die Konferenz des Ermittlungsteams und Polizeirat Haustein wies sie zurecht, verstummte aber, als er ihr triumphierendes Grinsen gewahrte. „Mir scheint, sie kommen nicht ohne Grund zu spät?" fragte er. Alice nickte aufgeregt und setzte sich. Einige der, nicht nur dienstälteren Kollegen, sahen sie missbilligend an. „Ich weiß, warum es diesen Anschlag gab, wem er galt und wer es war…", stieß sie hervor und damit war sie die Königin des Abends.

*

Mahomad war verzweifelt. So sicher hatte er geglaubt, diesen Riedel getötet zu haben… Er hatte alle Presseberichte, die es zu dem Brandanschlag im Internet gab, verfolgt. Hussein hatte einige lokale Lübecker Zeitungen beschafft, auf denen Seitenlang alles um den Brand beschrieben wurde. Immerhin schien die Polizei keine Spur von ihnen gefunden zu haben. Mahomad und Hussein konnten nicht wissen, dass die Polizei eine strickte Nachrichtensperre zu den Ermittlungsergebnissen verhängt hatte, nachdem Alice Kreutzer die Zusammenhänge geklärt hatte. Auch nicht, dass sich der Fall mittlerweile nicht mehr nur in den Händen der Lübecker Polizei befand. Staatsschutz, Bundeskriminalamt und, wegen der Verstrickung eines Bundeswehr-Angehörigen, auch der militärische Abschirmdienst MAD. Sie alle suchten nach ihnen.

Hussein befasste sich damit, wie sie möglichst ungesehen nach Travemünde gelangen konnten. Die Lösung drängte sich schließlich von selbst auf, als er einen langen Artikel in der Rheinischen Post las, der sich mit der bevorstehenden Düsseldorfer Bootsmesse befasste und in dem ein Ausblick auf die großen sportlichen Ereignisse des Jahres, der Kieler Woche und der nachfolgenden Travemünder Woche, gegeben wurde.

„Viele internationale Teams, darunter so exotische wie das der Elfenbeinküste, nehmen an den Regatten teil. Sie haben zwar keine Chance, geben aber die zunehmende Internationalisierung des Segelsports wieder, und wir unterstützen das", wurde ein Funktionär des Segelverbandes zitiert.

Hussein sprang aufgeregt aus dem schon sehr durchgesessenen Sofa. Mahomad war in der Küche und bereitete Hirsebrei zu, der ihn an seine Heimat erinnerte. „Wir fahren ganz legal nach Travemünde", sagte Hussein aufgeregt und las Mahomad den Artikel vor. „Du bist verrückt", antwortete Mahomad. „Da muss man von einem Land gemeldet werden und schon ein paar Rennen gewonnen haben…"

Aber die Idee ließ Hussein nicht los und am Abend telefonierte er mit einer Kontaktperson – nebenbei ein hochrangiger Agent der al Shabbah Miliz - in der äthiopischen Botschaft, die die Belange Somalias vertrat, das keine eigene Vertretung mehr in Deutschland besaß.

Nun hatten sie einen festen Plan. Bis hinauf in die höchsten Führungskreise der al Kaida, die mit der al Shabbah kooperierte, war ihr Vorhaben, die Fregatte „Lübeck" zu sprengen und sozusagen als Zugabe die Deutsche Bundeskanzlerin zu töten, getragen worden. Man würde sich vielleicht nicht damit brüsten, aber Geld spielte nun keine Rolle mehr.

Über die Anzeigen eines Seglermagazins fanden sie eine Contender-Rennjolle samt Transportwagen. Mahomad, der nun auch Geschmack an dem Plan gefunden hatte, hatte sich im Internet Aufzeichnungen vergangener Regatten angesehen und die kleinen Zwei Mann Jollen gefielen ihm…

„Wir brauchen doch gar nicht segeln, nur hinfahren und so tun…“, sagte Hussein, dem Wassersport zuwider war. Mahomad fand das Schade. Er wäre gern wirklich mit so einem Boot gefahren.

Sie kauften, ebenfalls über eine Kleinanzeige von Privat, einen alten VW-Bus mit Anhängerkupplung, denn sie hatten in den Berichten gesehen, dass die meist sehr jungen Segelmannschaften vielfach in solchen,   zu Wohnmobilen umgerüsteten Fahrzeugen auf den Parkplätzen neben dem Hafen campierten.   Sie hätten sich, dank der großzügigen Finanzierung durch die al Kaida auch ein fabrikneues Wohnmobil leisten können…, aber Hussein legte Wert auf ein ramponiertes Äußeres, wie man es von einer äthiopischen Mannschaft eher erwarten konnte.

Der Wagen, den sie schließlich erstanden, war von seinem Vorbesitzer eher rudimentär mit einer Doppelliege, einem Gaskocher und einem hölzernen Schrank im ehemaligen Laderaum ausgestattet worden. Motor und Getriebe waren aber neu. Hussein, der eine künstlerische Begabung hatte, malte ein rennendes Kamel, zwischen dessen Höckern ein Mast mit geblähten Segeln aufragte, auf die verschossene gelbe Farbe der Seitenwand und schrieb dann in arabisch „Allah gib uns Kraft“ darunter…

Es gab Ärger mit den Nachbarn, als sie den VW-Bus mit dem Segelboot auf dem Trailer in der engen Straße vor dem Haus parkten, in dem sie wohnten. Schließlich erbarmte sich ein älterer Herr, der vor der Stadt ein unbebautes Grundstück besaß und dem die beiden enthusiastischen „Wassersportler“ symphatisch waren und ließ sie den Wagen dort abstellen.

Hussein druckte das Formular für die Bewerbung zur Teilnahme an der Travemünder Woche aus, füllte es zusammen mit Mahomad aus, und schickte es ab.

„Nicht noch mehr von diesen Statisten...", stöhnte Hannes Hogfelder, der Veranstaltungsleiter der diesjährigen Travemünder Woche. Seine Assistentin hatte ihm den Bewerbungsbogen der „Äthiopier" vorgelegt. Hogfelder ging die Entwicklung der letzten Jahre gegen den Strich. Früher war die Travemünder Woche ein elitäres Seglerfest gewesen...; nun bestimmte der Kommerz. Immerhin gab es neben der Partymeile und den unzähligen Buden noch einige „ernsthafte" Regatten, bei denen es teilweise um die Qualifikation zu Meisterschaften oder gar zu den Olympischen Spielen ging. Hogfelder hätte gern gesehen, wenn dieser ernsthafte Teil mehr Beachtung finden würde, aber wenn beispielsweise eine Kultband wie „Torfrock" spielte... Wer wollte da den Seglern zusehen.
„Schreiben sie denen ab", sagte er. „Schreiben sie, die Teilnehmerlisten sind schon geschlossen. Wo kommen wir denn da hin...!" Er ließ offen, wohin man käme, aber die Assistentin nickte und schrieb die Absage.

*

Hussein war wütend. „Die von der Elfenbeinküste dürfen und wir nicht", wetterte er, als wenn er ein ernsthafter Teilnehmer wäre. „Das wollen wir doch mal sehen", sagte er und rief den Mann in der Botschaft an.
Hogfelder kannte den Präsidenten des Seglerverbandes natürlich. Es dauerte keine drei Minuten und schon stand das äthiopische Team auf der Teilnehmerliste für den Contender-Wettbewerb. „Und geben sie den Jungs einen guten Campingplatz..." befahl der Präsident noch, bevor er auflegte.
„Scheiße!" brüllte Hogfelder und ließ seinen Frust an seiner Assistentin aus. „Los, besorgen sie eine Flagge von dem Sch...Land

und gleich noch eine Aufnahme der Nationalhymne, falls noch einer anruft und anordnet, dass die gewinnen müssen…!"

Hussein lachte so laut und ansteckend, dass Mahomad, der geschlafen hatte erwachte, und ihn erstaunt ansah. Hussein wies auf seinen Laptop, auf dem soeben eine Mail mit ihrer Teilnahmebestätigung erschienen war. „Genau wie zu Haus", gluckste Hussein. „Du rufst jemanden an, der jemanden anruft und alles ist geritzt!"

*

Alice Kreutzer besuchte Riedel noch ein paar Mal. Seine Genesung machte schnelle Fortschritte. Als sie diesmal das Krankenzimmer betrat, saß er angezogen auf einem Stuhl. „Kommen sie, wir gehen in die Cafeteria. Kann das Zimmer nicht mehr sehen", sagte er. Er ergriff eine Krücke, die am Tisch lehnte und erhob sich. „Na, das geht ja schon gut", staunte die Polizistin. Riedel grinste. „Gutes Heilfleisch, sagt der Doktor. Im Ernst, noch ein paar Tage, dann bin ich draußen."
Sie fuhren mit dem Fahrstuhl ins Erdgeschoss und fanden einen Fensterplatz in der Cafeteria. „Kaffee?", fragte Alice und als Riedel nickte, stellte sie sich in die Schlange vor der Theke und brachte bald darauf ein Tablett mit Kaffeebechern. „Danke", sagte Riedel, als sie einen Becher vor ihn hinstellte. Sie setzte sich ihm gegenüber und rührte Zucker in ihren Becher. „Wie geht es denn ihrer… ich meine, wie geht es Frau Mertens?" fragte sie. Riedel nahm einen Schluck und

verzog das Gesicht. „Viel heißer als oben", nuschelte er. „Es geht ihr ganz gut. Ihre Wunden sind auch gut verheilt, aber sie hat immer noch diese Ängste... Der Psychologe meint, das gibt sich mit der Zeit, aber... sie wird wohl noch eine ganze Weile brauchen."

Alice Kreutzer nickte. Sie kannte das. Auch Opfer von Einbrüchen hatten es oftmals schwer, wieder so etwas wie Urvertrauen in ihre Umgebung zu setzen. „Das BKA hat mit den Kenianern Kontakt aufgenommen. Die waren ganz kleinlaut da und wollten nicht gern zugeben, dass ihnen dieser Pirat entkommen ist. Aber sie konnten es nicht verheimlichen, weil es ein großer Überfall war. Sie haben Leute verloren..." Riedel nickte. „Ich hab ja gerade zu spüren bekommen, wie lang der Arm dieser Bande ist. Glauben sie, sie versuchen es wieder?" Alice schaute nachdenklich aus dem Fenster. „Möglich", sagte sie dann. Sie und Frau Mertens brauchen ja sowieso eine neue Wohnung. Besser, sie schreiben ihre Namen nicht an die Klingel." Sie lächelte schief. „Meinen sie, ich erhalte die Erlaubnis, meine Dienstwaffe privat zu führen?" fragte er. „Wir können ihnen keinen Polizeischutz stellen, aber das mit der Waffe... Ich werde mich dafür einsetzen. Nochmal zum BKA. Die haben ein Foto des Piraten geschickt. Es ist also tatsächlich unser Mann. Die Fahndung läuft und..., unauffällig ist der ja nicht grad."
Sie plauderten noch eine Weile, dann verabschiedete sich Alice Kreutzer und Rolf Riedel humpelte zu Sunny. „Sie saß ebenfalls angezogen im Zimmer und strahlte ihn an. „Hallo Schatz. Wo bleibst du denn so lange." Er beugte sich zu ihr hinunter und küsste sie. „Hatte noch ein Date mit einer hübschen jungen Dame." Er grinste, als sie ihn skeptisch ansah. „Glaubst mir wohl nicht, dass ich auch mit reduzierter Haarpracht noch Schlag bei den Frauen habe?" Er wies auf seinen Kopf, dessen vordere Hälfte nun haarlos war. „Spaß beiseite, es war die Kommissarin. Der Attentäter war tatsächlich dieser Pirat. Er

ist den Kenianern entkommen. Weiß der Kuckuck, was die an den Grenzkontrollen eigentlich machen." Sunnys Augen hatten sich geweitet und es dauerte eine Weile, bis er sie beruhigt hatte. Schließlich gelang es ihm, sie mit ganz praktischen Erwägungen ins Gespräch zu ziehen. „Deine Wohnung ist hin. Nichts mehr da. Wir brauchen eine neue Bleibe, und zwar schnell. Ich kann jederzeit raus und du… Ich möchte schnellstens mit dir allein sein, verstehst du, was ich meine?" „Du lüsterndes Biest", meinte sie, schlang ihre Arme um seinen Hals und küsste ihn. Er machte sich los. „Komm, pack deine Sachen. Wir suchen uns ein Hotel." „Welche Sachen", kicherte sie. Auch er lachte nun. Beide waren vom Krankenhaus mit etwas Wäsche, einem Bademantel und einem Trainingsanzug ausgestattet worden. Sie waren ja vollkommen nackt eingeliefert worden. „Mein Wagen steht ja noch auf dem Parkplatz. Hab da noch ein paar Reservesachen im Kofferraum, aber du… Hab ja gar keinen Schlüssel!" fiel ihm ein. Jetzt erst wurde ihnen klar, dass sie nichts hatten. Kein Geld, keine Papiere…. Nichts.

Trotzdem lösten sie die Probleme und durch die Tätigkeit schien Sunnys Depression wie weggeblasen. Der Chefarzt stimmte nach einigen Bedenken ihrer Entlassung zu. Ihr erster Weg führte sie zur Sparkasse, bei der Sunny ihr Konto hatte. Sie wurde dort vom Filialleiter persönlich bedient, der es sich zur Aufgabe machte, alle Vorschriften auszuhebeln. Ohne Ausweis und Scheckkarte hätte sie nach den Statuten der Bank kein Geld bekommen können…

„Gibt auch nette Menschen", sagte sie schließlich, als sie das Bündel Banknoten in die Tasche ihres Trainingsanzugs schob. Die Passanten beäugten das Paar in Schlappen und Frotteeanzügen argwöhnisch. „Komm schnell", sagte sie. „Wohin", antwortete Rolf. „Na shoppen, was sonst", sagte sie.

Sie brauchten drei Stunden, um das Nötigste einzukaufen. Zweieinhalb für sie, eine halbe für ihn. Dann standen sie in ihren neuen Sachen auf der Breiten Straße vor der Tür des HM

Kaufhauses. Riedel hielt in jeder Hand mehrere große Einkaufstüten mit den Logos der verschiedenen Geschäfte, die sie aufgesucht hatten. Sie gingen zunächst etwas essen, dann suchten sie Riedels Auto. Es war natürlich mittlerweile abgeschleppt worden und der Unternehmer, auf dessen Hof der Focus stand, verlangte eine horrende Summe, weil er ja da schon so lange parkte. Riedel brach die Diskussion ab und rief Alice Kreutzer an, die das regelte. Nach dem Gespräch mit der Polizei war der Abschlepper, der auch eine kleine Werkstatt betrieb, recht freundlich und einer seiner Mitarbeiter knackte das Auto und wechselte das Zündschloss. In der Zwischenzeit telefonierte Riedel mit seiner Einheit und bat um weiteren Urlaub, der sofort genehmigt wurde. „Erholen sie sich, Riedel und wenn sie wieder in Eckernförde sind, möchte ich die ganze Geschichte hören. Diese Polizistin hat mir so einiges erzählt… Unglaublich!" Danach telefonierte er mit seiner Bank, die ebenso kulant reagierte, wie Sunnys und versprach, bis zum nächsten Tag neue Scheckkarten ausfertigen zu lassen.

„Alles fertig", sagte der Werkstattbesitzer. „Aber wir mussten ja die Tür knacken…" Riedel winkte ab. „Ich schließ sowieso nicht ab und demnächst ist die Kiste auf dem Schrott. Lassen sie mal. Vielen Dank." „Keine Ursache", sagte der Mann, dessen Rechnung nach Vermittlung von Alice Kreutzer von der Stadt getragen werden würde. „Wohin?" fragte Riedel, nachdem er die Einkaufstüten in den Kofferraum verfrachtet hatte. Sunny dachte nach. „Travemünde", sagte sie dann. „Da ist es schön."

Sie fanden ein Zimmer in einem kleinen Hotel an der Vorderreihe, wo das Leben pulsierte. Es war heller Tag und Sunny sah durch das Fenster auf die Trave hinaus, wo gerade eine riesige Fähre der TT-Linie fast zum Greifen nah vorbei fuhr. Riedels Arme umfassten sie sanft von hinten und sie bog ihren Kopf zurück und ihre Lippen trafen sich…

„Weißt du, einige meiner Kollegen wohnen hier. Der Arbeitsweg ist nicht schlimm. Zwanzig Minuten mit der Bahn bis fast vor die Tür meiner Firma. Ich glaube, ich such mir hier eine kleine Wohnung." Sie seufzte „Ist aber wahrscheinlich zu teuer." Riedel küsste sie und erschauerte, als ihre nackte Brust sich dabei an seinem Arm rieb. „Wir suchen uns eine Wohnung, Schatz. Ich lass dich nie mehr allein." Sie löste sich von ihm und starrte ihm in die Augen. „Du meinst das doch ernst, nicht wahr?" fragte sie dann fast ängstlich und er machte ein ernstes Gesicht und sagte, als wenn er ein Gedicht deklamieren würde „Willst du mich heiraten, Sunny?" Sie beantwortete seine Frage mit ihrem Körper.

Später saßen sie unter dem Vordach eines italienischen Restaurants und feierten ihre Verlobung, während leichter Regen die Straße dicht neben ihnen nässte. Für sie schienen aber die Sonne und der Mond gleichzeitig.

Am nächsten Morgen besuchten sie einige Maklerbüros. Der dritte hatte eine Wohnung im Angebot, die sie sich ansehen wollten. Er fuhr sie mit seinem Mercedes hin. Die Kaiserallee ist so ziemlich die edelste Adresse in Travemünde und die Preise sind entsprechend.

Die Wohnung war umwerfend. Im zweiten Stock einer alten, aber perfekt renovierten Villa mit Balkon und Blick auf die Außentrave und die Ostsee. Eigentlich viel zu teuer aber als der Makler sagte, er habe mehrere Interessenten für die Wohnung, schnitt ihm Riedel das Wort ab. „Wir nehmen sie. Können wir sofort einziehen?" „Sofort?" fragte der Mann überrascht und als ihm Riedel erklärte, dass sie die Wohnung brauchten, weil Sunnys in Lübeck abgebrannt war, erinnerte er sich an die Zeitungsberichte. „Sie waren das... Wenn sie mir die erste Miete und die Kaution in Bar geben, können sie die Schlüssel haben. In zwei Stunden in meinem Büro?" „Abgemacht", sagte Riedel und drückte die Hand des Maklers.

Es wurden aufgeregte zwei Stunden, denn Riedel musste erneut seine

Bank anrufen und hatte Glück, seinen persönlichen Berater ans Telefon zu bekommen, der eine telefonische Überweisung „auf Treu und Glauben" an die Filiale seines Instituts in Travemünde versprach. „Aber sie müssten in den nächsten Tagen vorbeikommen und ihre neue Karte abholen", ermahnte er Riedel, der das versprach.

Es klappte. Gegen Mittag saßen sie erschöpft und glücklich auf der Terrasse vom Fisch-Paul neben der Trave. Sunny spielte glücklich mit dem Schlüsselbund ihrer neuen Wohnung. „Ich habe eigentlich keine Lust auf noch eine Nacht im Hotel...", sagte sie. Er lachte. „Wir haben nichts... Kein Sofa, keinen Schrank, vor allem kein Bett." Sunny hatte längst einen Plan im Kopf. „Los", entschied sie.

Kurze Zeit später standen sie vor dem großen schwedischen Möbelhaus im Luv-Center. Sie kauften nur das, was ihnen am Nötigsten erschien - trotzdem sprengte es die Transportkapazität des kleinen Focus, den Sunny nach Travemünde fuhr. Riedel folgte in dem gemieteten Transporter. Sie schleppten all ihre Schätze die Treppen hoch und als Rolf Riedel, der den Transporter zurückbrachte und dann mit der Bahn zurückkam und die Wohnung betrat, hatte sie bereits Lebensmittel besorgt und zog ihn ins Schlafzimmer, wo sie die neue Matratze bezogen und auf den Dielenboden ans Fenster geschoben hatte. Daneben standen Sektgläser und ein Plastikeimer, der vorerst als Sektkühler diente.

Sie küsste ihn. „Schluss für heute. Zumindest mit der Pflicht. Jetzt kommt die Kür..."

Mahomad versuchte aus der Straßenkarte schlau zu werden. Hussein wurde langsam nervös. „Müssen wir hier abbiegen?" fragte er drängend. „Ich glaube schon...", antwortete Mahomad zweifelnd. Hussein blinkte und verließ die Autobahn. „Ahh, das scheint zu stimmen. Da geht's nach Stralsund." Hussein wies auf ein Straßenschild. Die Email des Waffenschmugglers war erst gestern eingegangen und sie hatten sich sofort auf den Weg gemacht.

Eine Stunde später erreichten sie den Campingplatz nahe der Ostseeküste. Es herrschte wenig Betrieb, denn noch hatte kein Bundesland Ferien. Die Frau an der Rezeption wies ihnen auf ihren Wunsch, eine abseitig gelegene Parzelle am Waldrand zu. Nur ein weiteres Wohnmobil parkte hier, vor dem ein älteres Paar in ihren Liegestühlen döste, sich aber sofort neugierig aufrichtete, als sie den VW-Bus mit der auffallenden Kamelzeichnung sahen. Hussein parkte so, dass ihre Schiebetür den Leuten abgewandt war. Dann zückte er sein Handy, und schickte eine SMS mit der Bezeichnung ihres Stellplatzes an die Nummer, die in der Email genannt worden war.

Sie mussten lange warten. Es gab einen kleinen Laden vor dem Campingplatz und Hussein kaufte ein. Erst bei Dämmerungsbeginn kurvte ein großes Wohnmobil mit polnischen Kennzeichen auf den Platz und parkte neben dem VW-Bus. Die älteren Leute gafften herüber, aber sie konnten nichts erkennen und gingen bald schlafen. Als es vollständig dunkel war, klopfte es leise a die Tür des VWs und Hussein sah einen stämmigen Mann in Freizeitkleidung vor sich. Er sagte kein Wort und bedeutete Hussein und Mahomad ihm zu folgen. Der Schmuggler hatte die kleine Holzkiste schon aus ihrem Versteck unter der Duschkabine geholt und auf den Tisch gestellt. Er öffnete sie und Mahomad und Hussein sahen zwei Haftminen vor sich, die dem Typ entsprachen, an dem Mahomad geübt hatte. „Die Pistolen", fragte Hussein und der Schmuggler langte in ein Fach des Kleiderschrankes und holte zwei 9mm Ceska Pistolen, einige volle Magazine und zwei gefährlich aussehende Handgranaten heraus. Hussein nickte zufrieden und der Schmuggler legte die Waffen mit in die Kiste, deren Deckel er schloss und verriegelte. Dann bedeutete er Hussein und Mahomad zu gehen. Die Bezahlung hatte ein Kontaktmann der al Kaida längst geregelt. Hussein und Mahomad trugen die Kiste die paar Meter bis zu ihrem VW-Bus und schoben sie unter die Liege und noch während sie damit beschäftigt waren, wurde der Motor des polnischen Campers gestartet und der Schmuggler verließ den Platz.

„Dem hat`s hier wohl nicht gefallen", meinte die ältere Dame zu ihrem Mann, der sich brummend umdrehte und „Gute Nacht." murmelte.

Hussein und Mahomad verließen nach dem Frühstück den Campingplatz und fuhren nach Münster zurück. Sie fuhren direkt zu dem Parkplatz, wo ihr Segelboot stand und versteckten die Waffen in dem abschließbaren Raum im Bug des Bootes. Alles war bereit. Noch drei Wochen.

*

Sunny und Riedel lebten sich ein. Sie fuhren nach Eckernförde und regelten, was zu regeln war. Riedel kündigte die Wohnung, denn nun würde er jede freie Minute in Travemünde verbringen und solange er noch bei der Marine war - er hatte beschlossen zu kündigen, und sich etwas in Lübeck oder Umgebung zu suchen – würde er in der Kaserne wohnen. Er wollte einige Möbel mitnehmen, aber Sunny rümpfte die Nase „Wenn es sein muss…", sagte sie, aber es musste nicht sein und so landete das allermeiste auf dem Sperrmüll.

Riedels Kommandeur nahm die Kündigung mit einem bekümmerten Nicken entgegen. „Es wird nicht leicht sein, sie zu ersetzen. Wir sind ziemlich unter Soll. Na, sie wissen das ja. Alles Gute für die Zukunft, aber bis August bleiben sie uns ja erhalten. Ach ja…, ich habe hier noch etwas für sie. Er lächelte verschmitzt. „Sie haben Befehl, sich am

20. Juli um 12 Uhr an Bord der Fregatte „Lübeck" zu melden. Das Schiff liegt dann am Ostpreussenkai in Travemünde." Der Kapitän sah Riedel über seine Brillengläser an. „Wie praktisch für sie. Sie wohnen doch jetzt da, habe ich gehört. Na ja, sie melden sich da und bekommen aus der Hand der Verteidigungsministerin das „Ehrenkreuz der Bundeswehr für Tapferkeit" verliehen. Herzlichen Glückwunsch!" Er stand auf und salutierte vor Riedel, dem vor Erstaunen der Unterkiefer herab sackte. „Danke, Herr Kapitän", stammelte er. „Krampke ist auch dabei. Kriegt auch so ´nen Orden", sagte der Kommandeur noch, dann war Riedel entlassen.

Am Abend feierten sie im „Seeadler". Viele von Riedels Kameraden waren da und alle nahmen Sunny probeweise in den Arm und ließen Riedel wissen, was für ein unverdientes Glück er da wohl hätte. Auch der Orden wurde gefeiert und Riedels Rechnung stieg ins astronomische, aber das war es ihm wert.

„Die weeern mir ffffehlen", lallte er später betrunken, aber glücklich, als Sunny ihn nach Hause bugsierte. In dieser Nacht bereute Sunny es, keine Ohropax besorgt zu haben, denn Riedel zersägte meterdicke Stämme mit seinem Schnarchen. Wenn es zu schlimm wurde, stupste sie ihn zärtlich an, worauf für einige Minuten Ruhe eintrat und in einer dieser Pausen schaffte sie es, einzuschlafen.

*

Das Ermittlungsteam hatte keine Spur von Mahomad gefunden. Es gab viele Punkte an den löcherigen EU Grenzen, wo der Terrorist ins Land gekommen sein konnte. Die Frage war, wo versteckte er sich nun und was plante er? Schließlich blieb nur noch die öffentliche Fahndung und Plakate wurden gedruckt, auf denen das Foto

Mahomads zu sehen war. Die Redaktionen der größeren Tageszeitungen wurden gebeten, es abzudrucken und eine dieser Redaktionen war das „Münstersche Tageblatt". In der Ausgabe vom 16. Juli erschien der Fahndungsaufruf der Polizei. Innerhalb weniger Stunden gab es mehrere Anrufe im Münsteraner Präsidium und in der Dämmerung stürmte eine Spezialeinheit die Wohnung, in der Hussein Jafieeh und Abdu Farah, alias Mahomad, gewohnt hatten. Außer einem Laptop, der mitgenommen wurde, fand sich wenig Verwertbares und die eingeschlagene Wohnungstür würde die Polizei wohl ersetzen müssen… Jedenfalls waren die Gesuchten ausgeflogen. Der freundliche Nachbar, der den beiden den Parkplatz in der Vorstadt gegeben hatte sagte aus, aber auch dort gab es keine Spur mehr. Aber er beschrieb den VW-Bus und wusste sogar das Kennzeichen. „Ach ja, die haben einen Anhänger mit einem Segelboot drauf", gab er zu Protokoll und der Beamte bedankte sich.

Mahomad und Hussein waren am frühen Morgen überstürzt aufgebrochen, als Hussein an der Tür der Unibibliothek das Fahndungsplakat mit Mahomads Foto sah. Er war nach Hause gerannt und schon eine Stunde später waren sie auf dem Weg nach Travemünde. Sie wären sowieso am nächsten Tag aufgebrochen, so dass schon alles gepackt war. „Wie haben die das rausgekriegt", fragte Mahomad fassungslos. Hussein zuckte mit den Schultern."Die sind nicht blöd, die Deutschen", antwortete Hussein. Er verfluchte sich innerlich dafür, den Bus so auffällig mit den Kamelbildern „verschönert" zu haben. „Allah wird uns schützen", dachte er.

In Travemünde ging es schon drunter und drüber, jedenfalls bei der Regattaleitung. Die Teilnehmer kamen an und wollten untergebracht werden und Informationen haben. Hussein hatte den Bus in einer engen Gasse am Hafen geparkt und sie stellten sich in die Schlange vor dem Regattabüro an. Eine junge Hostess zeigte ihnen ihren Campingplatz ganz in der Nähe der Trave. „Das Boot muss da rüber, unter die Bäume", sagte sie und wies auf eine Fläche jenseits der Straße, wo bereits viele Rennjollen auf ihren Trailern standen. Ein paar junge Schweden halfen ihnen, den Trailer abzukoppeln und unter die Bäume zu schieben. Hussein rangierte den Bus neben ein paar andere und sie wurden herzlich von den Nachbarn begrüßt. Hussein und Mahomad reagierten zurückhaltend und die anderen Segler verloren bald das Interesse an ihnen.

„Was wollen die denn hier. Hast du die alte Möhre gesehen, mit denen die Schwatten segeln wollen?" lästerte einer. Sie lachten und wandten sich ihrem Bier zu.

Mahomad und Hussein blieben für sich. Der Wettbewerb ihrer Bootsklasse würde ohnehin erst in einer Woche beginnen. Niemand vermisste sie und die zwei Tage, die noch bis zur Eröffnung bleiben vergingen schnell.

Am Vorvorabend der Feier gingen sie in ihren neuen gelben Segeloveralls, die sie auffällig und zugleich unauffällig in dieser Masse gleichartig gekleideter Menschen machte über die Promenade, an der schon zahlreiche Bierstände und sonstige Buden geöffnet hatten. Sie kauften sich eine Cola an einem Stand dicht vor dem kleinen schwarzgrünen Leuchtturm, der die Traveeinfahrt bezeichnete, als Mahomad erstarrte. Da kam sie langsam und majestätisch heran. Grau und bedrohlich, nun aber seltsam friedlich in ihrem Flaggenschmuck. Für Mahomad aber der Inbegriff des Satans, den zu vernichten er geschworen hatte. „Die „Lübeck…", sagte er und Hussein drückte seinen Arm. Sie sahen dem Schiff nach, das seinen Liegeplatz am Ostpreussenkai ansteuerte. Dann gingen sie zum

Campingplatz zurück, aber Mahomad schloss kein Auge. Morgen Nacht würde er die Minen anbringen…

Auch Sunny und Riedel sahen das Schiff einlaufen. Sie saßen in ihren neuen Liegestühlen auf dem Balkon ihrer Wohnung. „Sieh mal!" rief Sunny und wies ihren „Schatz", wie sie ihn jetzt nannte, auf die Fregatte hin. Riedel nickte. Er hatte das Schiff schon vor einiger Zeit näherkommen sehen. Er freute sich auf das Wiedersehen mit den Kameraden, zumal er erfahren hatte, dass Scholz nun nicht mehr an Bord war. Den neuen Kapitän kannte er nicht, aber schlimmer als Scholz konnte er kaum sein. „Wollen wir gleich runter?" fragte Sunny, aber er schüttelte den Kopf. Die haben da jetzt alle Hände voll zu tun. Morgen. Magst du noch einen Schluck?" Er wies fragend auf die Weinflasche neben sich und sie nickte. Er goss ein und beugte sich über sie. Sie küssten sich lange. „Ich freue mich auf unser Leben", sagte er und sie seufzte sagte „Ja, auf unser neues Leben…"

269

10

Korvettenkapitän Möller war erleichtert, dass das Anlegemanöver ohne Komplikationen abgelaufen war. Nach Ende ihres Einsatzes vor Somalia war das Schiff in der Werft gewesen und nun befand sich nur noch gut die Hälfte der damaligen Stammbesatzung an Bord. Die Neuen waren scheinbar sehr motiviert, aber man musste eben auch mit Fehlern rechnen. Möller meldete Kapitän Riss „Leinen fest." und meinte dann „Da wären wir. Vom offenen Seitenflügel der Brücke beobachteten sie, wie die Gangway ausgebracht wurde, die an den Seiten mit einem Banner geschmückt war, auf dem das Wappen und der Schiffsname prangten. Ein Geschenk der Patenstadt Lübeck. Es blieb ihnen aber keine Ruhepause, um das Treiben rund um sie her zu beobachten, denn vor der Gangway schafften Ordner gerade Platz, dann fuhr eine Mercedes Limousine vor, der der Oberbürgermeister Lübecks und einige seiner Senatoren entstiegen.

„Na dann woll'n wir mal", seufzte Fregattenkapitän Riss, rückte sich seine Mütze gerade und eilte Möller voran an Deck, um den Ehrengast zu begrüßen. Erst zwei Stunden später, nachdem die Ehrengäste und die Presse wieder verschwunden waren, konnte der wachfreie Teil der Mannschaft an Land gehen. Auch Möller schritt über die Gangway und sah sich unschlüssig, in welche Richtung er sich wenden sollte, um. Plötzlich stutzte er, als Rolf Riedel, in Sporthemd und Shorts kaum wiederzuerkennen, grinsend auf sich zukommen sah. „Herr Korvettenkapitan…, Siegi. Schön das ihr hier seid." Auch Möller hätte fast vergessen, dass sie sich seit ihrem gemeinsam bestandenen Abenteuer außerdienstlich duzten. „Rolf! Was machst du denn hier?" „Ich wohne in Travemünde", antwortete Riedel. „Ist Schaper auch hier?" erkundigte er sich nach dem Hubschrauberpiloten. Möller schüttelte, immer noch verwundert über die Begegnung, den Kopf.

„Der ist schon wieder auf See. Ich glaube, auf der „Sachsen".
Manöver im Mittelmeer." „Hast du Lust, dir meine Wohnung
anzusehen?" lud Riedel Möller ein, der die Einladung gern annahm.
Sie plauderten den ganzen Weg über, was sich ein wenig länger als
gewöhnlich hinzog, denn die Promenade und die Nordermole waren
verstopft mit Spaziergängern, die sich an den Buden der
Amüsiermeile vorbeidrängten. „Schau dir das an", sagte Möller und
wies auf die relativ enge Trave, auf der eine große Zahl Segelboote
und Yachten scheinbar planlos durcheinander fuhr. „Gut, dass die
Wasserschutzpolizei vorhin für uns den Weg freigemacht hat. Nicht
auszudenken, wenn man so einen Freizeitskipper übermangelt."
Fast wie auf Kommando erschienen mit zuckendem Blaulicht
Schlauchboote mit der Aufschrift „Polizei" und drängten die
Freizeitboote zur Seite ab. Riesengroß und weiß schob sich vom
Skandinavienkai her eine der großen Fähren der TT-Linie heran. Der
Lotse ließ offenbar extra langsam fahren, aber eine gewisse
Geschwindigkeit war nun einmal nötig, um Ruderwirkung zu haben
und so ein 20.000Tausend Tonnen Schiff würde auch bei dieser
geringen Geschwindigkeit einen „Bremsweg" von mindestens einem
Kilometer haben…
Ein schon älteres Fahrgastschiff voller Touristen, die eine
Hafenrundfahrt machen wollten, löste sich vom Anleger, den die
beiden passierten. „Die haben nur ein paar Mann Besatzung. Sind aber
echte Könner", sagte Riedel zu Möller. „Hab neulich den
Schiffsführer kennen gelernt. Ein ausgefuchster alter Fahrensmann,
aber was der mir so erzählt hat… Manchmal haarsträubend hier in
dem engen Fahrwasser mit all den Freizeitskippern."
Vor einer Bierbude, die mit frischem Pils warb, blieben sie stehen.
„Ich geb erst mal einen aus." sagte Möller. Während er an der Theke
wartete, zückte Riedel sein Handy und warnte Sunny vor, das er
gleich mit einem Gast in die Wohnung gehen würde. Sie solle sich
nicht erschrecken, wenn sie von der Arbeit heimkäme. „Soll ich was
zu essen besorgen?" fragte sie, aber er sagte „Nee, wir gehen nachher

271

zusammen runter und essen da was." Sie konnte sich nicht richtig an Möller erinnern, den sie nur kurz auf der „Lübeck" gesehen hatte, freute sich aber.

Möller hielt Riedel ein frischgezapftes Glas Bier entgegen und der beendete schnell das Gespräch. „Prost." Auf die alten Zeiten. Sie genossen den ersten Schluck des eiskalten Getränks. Direkt hinter der Bierbude begann ein improvisierter Zeltplatz, auf dem die jungen Teilnehmer der Wettfahrten ihr Lager aufgeschlagen hatten. Möller wies Riedel darauf hin. „Solche jungen Leute mit Elan und Willenskraft würden wir brauchen, aber von denen sind leider die meisten nicht für unseren Job zu begeistern." Es klang etwas bedauernd und Riedel stimmte ihm zu. „Bei uns ist das auch ein echtes Problem. Die wirklich Guten haben überall in der freien Wirtschaft eine Chance. Wir müssen mit dem auskommen, was übrig bleibt. Na ja, manche entwickeln sich aber auch richtig gut im Laufe der Zeit. Überrascht mich immer wieder." Riedel ließ seinen Blick über den Zeltplatz schweifen und stutzte plötzlich, was Möller bemerkte. „Ist was?" fragte er. „Weiß nicht", antwortete Riedel langsam. „Mir war so, als wenn… Nee kann ja nicht sein. Hab gerade einen jungen Mann, einen farbigen, da gesehen, der mir bekannt vorkam. Sah aus, wie dieser Pirat…, den wir gefangen genommen haben." Möller winkte ab. Der sitzt doch in Kenia." Riedel sah ihn überrascht an. „Ach…, hast du das gar nicht mitbekommen? Der Anschlag auf Sunny und mich? Das der Typ den Kenianern abgehauen ist?" „Nein", antwortete Möller. „War das in den Nachrichten? War auf Urlaub in Spanien. Erzähl…" drängte er. Sie fanden Platz auf einer Bank vor dem Lotsengebäude mit freiem Blick auf die „Passat", von deren Rahen die Flaggen der Teilnehmer im Sommerwind wehten. Riedel trank einen Schluck, bevor er Möller die ganze Geschichte erzählte. Möller hörte ruhig aber gespannt zu. „Der könnte es nochmal versuchen. Wir sollten zur Polizei gehen. Vielleicht hattest du recht und er war es…" Riedel winkte ab.

„Quatsch, die Segler sind eine ziemlich geschlossene Gemeinde. Um hier zu starten, musst du richtig gut segeln und ganz sicher Unterlagen und Papiere haben." Möller wiegte den Kopf. „Das kann man sich alles besorgen, besonders, wenn da so eine Terrororganisation dahinter steckt." „Ach was", sagte Riedel, ertappte sich aber dabei, das er mehr als einmal zum Zeltplatz hinüber sah. „Komm, wir gehen zu mir", sagte er dann.

Sie gaben die leeren Gläser zurück und marschierten, vorbei am Maritim-Hotel zur Kaiserallee. „Mann, das nenn ich mal eine Wohnung", entfuhr es Möller, als er auf den Balkon trat. Die hohen, mit Stuck verzierten Räume und die moderne Küche hatten ihm schon imponiert, aber der Balkon mit diesem einmaligen Ausblick... „Was zahlt man für sowas?" fragte er. Riedel grinste. „Frag lieber nicht, aber wir sind zu zweit. „Dachte ich mir schon", sagte Möller, dem natürlich die vielen weiblichen Accessoirs aufgefallen waren. „Sunny... Frau Mertens, nehm ich an, nachdem, was du vorhin erzählt hast." Riedel hatte inzwischen Bier aus dem Kühlschrank geholt und sie setzten sich in die bequemen Liegestühle. „Sperrsitz!" bemerkte Möller und wies auf die Segelboote hin, die auf der strandnahen Regattabahn trainierten. „Ja, das wird spannend in den nächsten Tagen. Hej, übermorgen, wenn die offizielle Eröffnung vorbei ist, gibt's ein Konzert mit „Torfrock" im Brüggemanns-Garten. Kommst du mit?" Möller lachte. „Nicht ganz meine Musik. Hab leider Wache morgen. Weißt ja, die Bundeskanzlerin und die Chefin", - er meinte die Verteidigungsministerin - kommen. Dazu ein ganzer Tross Leibwächter, Presse, Speichellecker und was weiß ich nicht noch. Bevor wir da wieder Ordnung haben, ist Mitternacht." Er grinste verschmitzt. „Da kriegen ja angeblich so ein paar völlig Unbeteiligte Orden umgehängt..." Riedel knuffte ihn in die Seite. Dann grinste er. „Ich hab ja Befehl, große Uniform anzulegen. Was meinst du, soll ich meinen französischen Geheimorden mit ran pinnen?" Möller sah ihn erstaunt an. „Was ist das nun wieder für eine Geschichte. Riedel holte noch ein Bier, reichte Möller eine Flasche und erzählte ihm von damals in Liberia, wo er erstmals mit Fregattenkapitän Scholz aneinander geraten war…

Er hatte gerade geendet, als die Tür aufgeschlossen wurde und Sunny die Wohnung betrat. Riedel lief ihr entgegen. Auch Möller war aufgestanden. „Wir kennen uns ja, aber ich darf sagen, im Vergleich zu damals sehen sie… einfach blendend aus." In einer äußerst altmodischen Geste, die Sunny verwirrte, nahm er ihre Hand und küsste sie. „Bah, Offiziere", stöhnte Riedel. „Immer dieses Tanzstundengehabe!" Sie lachten alle drei und das Eis war gebrochen. Möller konnte nicht glauben, dass diese strahlend schöne Frau dieselbe war, die damals halbnackt und von der Schlägen des Piraten schwer gezeichnet von Riedel aus dem Wasser gezogen und auf der „Lübeck" behandelt worden war.

Es wurde ein sehr schöner Abend. Auf der Promenade rund um die Meile war es ihnen zu laut und sie schlenderten die Vorderreihe hinunter zum Fischereihafen, wo sie in einem kleinen Restaurant hervorragenden fangfrischen Fisch serviert bekamen. Auf dem Heimweg kamen sie an der „Lübeck" vorbei, wo Möller sich verabschiedete und an Bord ging.

„Ein netter Kerl", sagte Sunny. „Den laden wir auch zur Hochzeit ein. Hat er eine Frau oder Freundin? Der wäre was für Marlis!" Riedel lachte. „Du alte Kupplerin. Nee, weiß ich nicht, aber ich werde ihn mal vorsichtig ausfragen."

Hussein und Mahomad hatten gegen sechs Uhr Abends mit der Fußgänger-Fähre, die vor der Lotsenstation an und ablegte, die Trave überquert. Jeder der beiden trug eine mittelgroße Reisetasche, die sichtlich schwer war. In Husseins Tasche befand sich die Tauchausrüstung. Da die Trave nicht sehr breit war, nur etwa hundertfünfzig Meter, brauchte Mahomad nur eine kleine Sauerstoffflasche. In Mahomads Tasche befanden sich, unter einer Decke verborgen, die beiden je fünfzehn Kilogramm schweren Haftminen. Sie schlenderte an der „Passat" vorbei um den Yachthafen herum, der ebenfalls überfüllt war und wo scheinbar auf jedem Boot eine lebhafte Party stattfand. Ziemlich direkt gegenüber der am jenseitigen Ufer festgemachten Fregatte fanden sie eine freie Bank und setzten sich. Wortlos ließen sie die Zeit verstreichen. Am Ufer vor ihnen hockten ein paar Angler und Mahomad hatte Angst, dass die nicht rechtzeitig gehen würden und auch Hussein überlegte, was dann zu tun wäre. Er fühlte die geladene Pistole in seiner Jackentasche. Aber ihre Befürchtungen wurden zerstreut. Noch bevor es richtig dunkel war, ging der letzte Sportfischer.

„Wie lange brauchst du da rüber", flüsterte Hussein, als wenn sie jemand belauschen könnte. Mahomad zuckte die Schultern. „Viertel Stunde, zwanzig Minuten, denke ich. Dann noch ein paar Minuten fürs Befestigen der Minen und zurück. Weniger, als eine Stunde auf jeden Fall. Länger reicht die Luft auch nicht." Er sah sich um. Es war nun sehr ruhig geworden. Auf den meisten Yachten herrschte Stille und auch am jenseitigen Ufer war nichts mehr los. Auch auf dem Kriegsschiff waren nun die meisten Lampen gelöscht. Vom Fährhafen her kam eine riesengroße, hellerleuchtete Ro-Ro Fähre und fuhr an ihnen vorbei. Hussein sah auf seine Uhr. „Das war die Letzte. Kannst loslegen." Mahomad stand auf, nahm die Tasche, die Hussein getragen hatte und ging hinter einen Busch, wo er die Seglerkombination aus, und den schwarzen Neoprenanzug anzog.

Hussein half ihm die Sauerstoffflasche und den Tragegurt anzulegen. Niemand sah die beiden Gestalten, die sich der alten rostigen Leiter näherten, die von der brüchigen Steinmauer ins Wasser führte. Mahomad hielt sich an der letzten Stufe fest, während Hussein ihm die Flossen und die Brille anreichte. Hussein hastete zurück zur Bank und holte die andere Tasche. Vorsichtig befestigte Mahomad die beiden Sprengkörper in den Lederschlaufen an seinem Tragegurt. Hussein vergewisserte sich nochmals, dass niemand sie beobachtete, dann machte er eine kleine Bleistift-Taschenlampe an und klappte den Handgriff der ersten Mine auf. An einem kleinen Stellrad mit einer vierundzwanzig Stunden Einteilung drehte er bis zur sechszehn. Zu dieser Zeit würde sich die Bundeskanzlerin laut Presseberichten an Bord befinden. Hussein verschloss den Minengriff und wiederholte den Vorgang an der zweiten Mine. „Allah sei mit die", flüsterte er Mahomad zu, der die Brille vor die Augen schob und untertauchte. „Eigentlich brauche ich gar nicht zu tauchen", dachte Mahomad. Es war stockfinster. Obwohl er sich nur gut einen Meter unter Wasser befand, konnte er fast nichts vor sich erkennen. Langsam, so wie er es geübt hatte, bewegte er seine Beine. Links, rechts, links rechts. Er schätzte, dass er nun bald die Mitte des Fahrwassers erreicht haben musste. Vorsichtig tauchte er auf und erschrak. Die Strömung war viel stärker als erwartet und hatte ihn ziemlich weit flussabwärts getragen. Seufzend korrigierte er seine Schwimmrichtung und merkte sofort, wie viel anstrengender es nun war, da er gegen den Strom ankämpfen musste. Die schweren Minen zerrten an ihm. Die Zeit lief ihm davon. Wie lange war er schon unterwegs? Ein beständig lauter werdendes Wummern drang an sein Ohr. Was war das? Panik ergriff ihn und er tauchte langsam auf. Er schrie in das Mundstück des Atemgeräts, das er fast verlor. Eine riesige Wand aus Stahl näherte sich beängstigend schnell und schon spürte der den Schwell, des vom Bug verdrängten Wassers. Mahomad handelte instinktiv und tauchte ab, so tief er konnte, wobei er versuchte seitlich weg zu schwimmen. Ein gewaltiger Sog zog ihn hoch, wirbelte ihn um seine Achsen, so dass er völlig orientierungslos wurde. Er krachte mit der Schulter gegen den Stahlboden des Schiffes und plötzlich fühlte er sich leichter, was er aber nur eine Zehntelsekunde verspürte, bevor er merkte, dass keine Luft mehr aus seinem Mundstück kam. Seine Schulter schmerzte, als wenn ein Messer darin stecken würde. Wieder und immer wieder wurde er umher gewirbelt. Nach unten, oben, rechts und links... Seine Ohren drohten zu platzen, so laut waren jetzt die Maschinengeräusche des Schiffes. „Die Schrauben", dachte er. „Sie werden mich zerfetzen." Mit letzter Kraft stieß er sich ab und tauchte...

Wenn das jemand gefilmt hätte, wäre es eine Zeitlupe wert gewesen. Der riesige kreisende Steuerbord-Propeller der „Finn-Link", einer Fähre auf dem Weg nach Helsinki, die sich an diesem Abend um eine Stunde verspätet hatte, verpasste Mahomad nur um einige Zentimeter. Die großen Bronzeflügel hätten ihn mühelos in kleine Stücke zerteilt, so aber wurde er noch eine endlos erscheinende Zeit umher geschleudert, bevor das Schiff sich entfernte. Seine Lungen brannten, als sein Kopf endlich die Wasseroberfläche durchstieß. Langsam beruhigte sich sein Herzschlag. Er trieb langsam Fluss abwärts, war schon fast wieder querab der Passat. Schultergurt, Sauerstoffflasche und Minen waren weg. Abgerissen an der Stahlhaut der Fähre. Er konnte seine Arme und Beine bewegen, aber er spürte die Wunden, die seinen Körper bedeckten. Mühsam, unendlich langsam, gewann er das Ufer des Priwall-Strandes und blieb einige Minuten lang kraftlos im seichten Wasser sitzen.
„Gescheitert... Ich habe versagt", ging es durch seinen Kopf. Mühsam richtete er sich auf und watete an Land. Er hatte Glück, dass ihn niemand sah. Sein blutverschmierter, zerfetzter Neopren-Anzug hing in Stücken um seinen Körper, der über und über von blutigen

Schürfwunden bedeckt war. Über eine halbe Stunde brauchte er für die kurze Strecke um den Yachthafen herum dorthin, wo Hussein schon ruhelos und voller Sorge wartete. Er lief Mahomad entgegen. „Mahomad, was ist mit dir... Was ist geschehen." Mahomad ließ sich vollkommen entkräftet auf die Bank sinken. „Du hast doch gesagt, es kommt kein Schiff mehr...", stieß er bitter hervor. Hussein sah ihn entsetzt an. „Das kam doch erst, als du schon eine halbe Stunde weg warst und du hast gesagt..." Mahomad winkte ab. „Die Strömung war stärker, als ich dachte. Ahhhh..." Er verstummte und griff sich an die aufgerissene Schulter. „Und die Minen, hast du die an der „Lübeck" befestigt?" fragte Hussein drängend. „Ich habe sie verloren", gab Mahomad zu. „Allah ist nicht mit uns..." „Zieh dich erst mal um, so können wir nicht ins Camp zurück." Er half Mahomad sich aus den Resten des Tauchanzuges zu befreien und die Segelkombi anzulegen. Mahomad schaffte es nicht mehr, sich zu bücken und so band ihm Hussein die Schnürsenkel seiner Turnschuhe zu. Hussein stopfte die Reste des Neopren-Anzuges in eine der Taschen und warf sie in die Trave. „Komm, stütz dich auf mich", sagte er dann und sie gingen langsam zu der Anlegestelle der sich noch in Betrieb befindlichen Fähre neben dem Rosenhof-Altersheim. Es war kaum etwas los und so mussten sie dem Kontrolleur ihren Teilnehmer-Ausweis zeigen, der ihnen freie Benutzung der öffentlichen Verkehrsmittel erlaubte. „Komische Vögel", dachte der Fährmitarbeiter, schloss die Schranke und signalisierte dem Schiffsführer, dass er ablegen konnte.

Später, sie brauchten sehr lange bis auf den Campingplatz, lagen sie nebeneinander im VW Bus. An Schlaf war nicht zu denken. Hussein hatte bei den noch immer feiernden Schweden einige Schmerztabletten ausgeliehen, die langsam zu wirken begonnen. „Wir hauen morgen früh ab", sagte Hussein gleichmütig. „Allah ist wirklich nicht auf unserer Seite." Mahomad schwieg eine Weile. „Nein!"

sagte er schließlich. „Ich bin bis hier her gekommen, um diese Schweine zu töten und das werde ich tun." „Aber wie?" fragte Hussein. „Wir haben keine Zeit, neue Minen zu besorgen. Morgen kommt die Bundeskanzlerin... Kannst du tauchen, und die Minen wiederfinden?" Mahomad schüttelte den Kopf. „Selbst wenn ich noch ein Tauchgerät hätte... Das Wasser ist schmutzig. Keine Chance. Wir müssen etwas anderes versuchen." Etwas fiel ihm ein. „Die Brüder in Aden, im Jemen damals... Die haben diesen amerikanischen Zerstörer „Cole" mit einem Boot gerammt!" Hussein kannte die Geschichte. „Aber sie hatten viel Sprengstoff, den sie dann gezündet haben. Einfach nur gegen die Bordwand fahren mit einem kleinen Motorboot, das wir vielleicht stehlen können... Das reicht nicht." Sie redeten die ganze Nacht über. Machten Pläne und verwarfen sie wieder und dann sagte Hussein „Das klappt vielleicht, aber wir brauchen viel Glück."

Die „Lübeck" glich einem Ameisenhaufen. Gleich nach dem Frühstück, das heute früher als sonst ausgeben worden war, begannen die eingeteilten Arbeitstrupps mit den Vorbereitungen für den hohen Besuch. Achtern, auf dem Landedeck und im Hangar, dessen breites Tor geöffnet war, wurden Flaggen und Girlanden aufgehängt, die eine Großgärtnerei geliefert hatte. Korvettenkapitän Möller überwachte hier persönlich das Aufstellen eines Rednerpultes und die vom Chefelektriker zu installierende Lautsprecher-Anlage. „Wir brauchen einen Schemel oder sowas", sagte der Elektriker. Die Chefin und die Bundeskanzlerin sind ja beide ziemlich klein." „Auch das noch", schimpfte Möller. Es fand sich schließlich eine hölzerne Munitionskiste, um die der Tischler roten Samt einer ehemaligen Gardine tackerte. „Ist hoffentlich keine Munition in der Kiste", frotzelte der Elektriker und alle lachten.

279

Neben den Vorbereitungen für den Besuch der Politiker ließ Möller auch die Vorbereitungen für die Party für Riedel und Krampke abschließen. Kistenweise Bier und Wein stapelten sich im hinteren Bereich des Hangars... Korvettenkapitän Möller freute sich für seine Kameraden. Endlich einmal wurde anerkannt, was sie geleistet hatten, um das Leben der Geiseln zu retten.

Rolf Riedel hatte nur wenig geschlafen. Zu viel ging ihm im Kopf herum. Sunny neben ihm, schlief tief und fest und er musste lächeln wenn er ihre entspannten Gesichtszüge im sich verstärkenden Dämmerlicht des neuen Tages beobachtete. Aber er konnte irgendwie den flüchtigen Blick auf den Farbigen nicht vergessen... Wenn das nun doch... Er angelte nach seinem Handy, das auf dem Fußboden neben ihm lag. Sie hatten immer noch kein Bettgestell und die Matratze lag nach wie vor auf dem Boden. Kurz nach sieben... Er beschloss aufzustehen, und Brötchen zu holen. Er zog sich an und schloss leise die Wohnungstür hinter sich. Noch lag die Promenade verwaist da. In ein paar Stunden würde das ganz anders aussehen. Einige Angestellte der Stadtreinigung waren schon tätig. Auch das war dem hohen Besuch geschuldet. „Wer weiß, vielleicht kommen die ja hier lang", hatte der Schichtführer gesagt. Riedel hätte einen näher gelegenen Bäcker ansteuern können, aber etwas zog ihn in Richtung Vorderreihe.

In Höhe des Campingplatzes der Teilnehmer blieb er stehen und wandte den Kopf. Alles lag ruhig. Ein einziger junger Mann mit verstrubbelten Haaren in T-Shirt und Shorts mit einem Kulturbeutel in der Hand, kletterte aus einem Zelt und reckte sich. Riedel sprach ihn an, als er an ihm vorbei kam. „Entschuldigen Sie, gibt es hier auf dem Platz auch eine Mannschaft aus Somalia?" Der junge Mann starrte ihn an. „Ik sprekke kein Deutsch... Portugal", murmelte er. Riedel wiederholte seine Frage auf Englisch und nun verstand der mit einem mächtigen Kater gesegnete Portugiese. „Somalians? No, but two men from Ethiopia, or Eritrea…" „Äthiopier?", sagte Riedel "Thank you", aber das hörte der Portugiese schon nicht mehr, da er weiter gegangen war. Riedel ging ein Stück über den Campingplatz. Ein alter VW Bus fiel ihm auf und er las das Kennzeichen. MS… Münster. Hatte diese Polizistin, wie hieß sie noch gleich… Kreutzer. Hatte die nicht gesagt, die Spur der Terroristen führe nach Münster? Riedel merkte sich das Kennzeichen. Er entfernte sich ein Stück und zückte sein Handy. Die Nummer von Kriminaloberkommissarin Alice Kreutzer fand sich noch in der Anruferliste. Riedel ließ es lange klingeln, aber niemand nahm ab. Na ja, er würde es später noch mal versuchen. Als er den Bäcker erreichte, war er schon nicht mehr so überzeugt, dass er da etwas entdeckt hatte. „Ich leide langsam an Verfolgungswahn…", dachte er. „Sie wünschen?" fragte die Verkäuferin und er konzentrierte sich auf die schwere Aufgabe der Brötchen Auswahl.

Zehn Minuten später betrat Alice Kreutzer ihr Büro. Als erste Amtshandlung machte sie, wie jeden Morgen, Wasser heiß für ihren Tee, ohne den sie sich nicht konzentrieren konnte. Sie startete ihren Computer. Eine Mail vom BKA war eingegangen. Keine neue Spur von diesem Hussein Jafiaah und seinem Kumpan Abdu Farah, alias Mahomad, Nachname unbekannt. Nachbarn der durchsuchten Wohnung in Münster hatten ausgesagt, dass die beiden Männer offenbar in letzter Zeit einen älteren gelben VW Bus gekauft hätten und einen Anhänger mit einem Segelboot darauf. Alice Kreutzer sprang auf. Sie fühlte förmlich, wie sich ihre Nackenhaare aufstellten. Segelboot…
Ihr Chef war noch nicht da, aber sie begann sofort mit der Arbeit. „Scheiße", dachte sie und plötzlich war ihr alles klar. Die „Lübeck" in Travemünde. Wenn sie zu diesem Zeitpunkt schon gewusst hätte, dass die Bundeskanzlerin in ein paar Stunden dort sein würde…

Riedel öffnete sehr leise die Tür. In der Küche ließ er Wasser in die Kaffeemaschine und schaltete sie ein. Dann belud er ein Tablett mit Geschirr und allen nötigen Utensilien und begann im Esszimmer den Tisch zu decken. Als alles fertig war, goss er zwei Becher frischen dampfenden Kaffee ein. In den für Sunny rührte er zwei Teelöffel Sahne, dann schlich er ins Schlafzimmer. Sunny schien noch zu schlafen, aber nachdem er die Kaffeebecher abgestellt hatte, strahlte sie ihn aus ihren hellen blauen Augen an. „Guten Morgen, Schatz", sagte er und beugte sich über sie, um sie zu küssen, aber sie schlug die Bettdecke zurück, wie wenn man einen Bühnenvorhang hob und er sah mit Entzücken, dass sie ihr Nachthemd ausgezogen hatte… „Du hast mich ganz schön warten lassen", gurrte sie und zog ihn zu sich herunter.

„Jetzt ist der Kaffee kalt", bemerkte er eine Weile später. „Das war es doch wohl wert, oder", antwortete sie. Sie sprang aus dem Bett und holte frischen. Dann kuschelte sie sich wieder an ihn. „Wann kommt dein Freund?" fragte sie. „Bodo wollte so gegen Mittag hier sein", antwortete Riedel. „Wir sollen so um drei an Bord sein. Um vier kommen die VIPs."   „Die VIPs sind ja wohl wir", meinte Sunny. „Ich freu mich darauf, Conny und Felix wieder zu sehen."   Riedel wiegte den Kopf. „Beim letzten Mal hat mich die Kleine ja ganz schön angegiftet. Und ihre Aussage gegen mich…"   Sunny gab ihm einen Kuss. „Ich habe vor ein paar Tagen mit ihrer Mutter telefoniert. Ich glaube, sie hat das jetzt alles besser verarbeitet und so langsam begriffen, was du für uns getan hast." „Na sehn wir mal", antwortete Riedel. „Ich hab Hunger. Kommst du?" „Ja, ich auch, aber wenn wir dann noch Zeit haben…"

Hussein trug nun einen kleinen bunten Sportrucksack, wie ihn viele Segler mit sich führten. Nur das sich in seinem Rucksack vier Handgranaten und zwei geladene Pistolen befanden. Mahomad und er schlenderten ruhelos umher. „Werden die Minen trotzdem explodieren?", fragte Hussein. „Ich glaube ja", antwortete Mahomad. „Wenn wir Glück haben, fährt dann grad ein Schiff drüber weg." Hussein sah auf die Uhr. Dann blickte er seinen Kumpel von der Seite an. „Dir ist doch klar, dass wir nun keine Chance mehr haben, davon zu kommen." Mahomad schwieg eine Weile und starrte ins Wasser. „Das war mir schon lange klar. Ich werde nicht ins Gefängnis gehen. Eine Handgranate ist für mich und ich werde so viele von ihnen mit mir nehmen, wie möglich. Said wartet auf mich." Hussein legte ihm die Hand auf die Schulter. „Ich gehe mit dir. Den ganzen Weg." Sie umarmten sich. „Noch drei Stunden", sagte Hussein. „Willst du noch was essen?" „In diesem Leben nicht mehr", antwortete Mahomad ernst. „Allah wird uns an seine Tafel führen." Sie gingen bis ans Ende der Mole und setzten sich neben den kleinen Leuchtturm der Hafeneinfahrt. Der Hafenrundfahrtsdampfer fuhr vorbei und sie sahen ihm nach…

*

Der kleine Lübecker Flughafen Blankensee war noch nie besonders belebt, aber seitdem Ryanair seine planmäßigen Flüge eingestellt hatte, war es schon etwas , wenn ein größeres Flugzeug landete. Der Jet, der nun zu seiner Parkposition rollte, war klein. Eine Version des Canadair Geschäftsreisejets, aber er war etwas ganz Besonderes. Auf dem weißen Lack prangte das schwarze Kreuz der Bundesluftwaffe. Sie gehörte zur VIP Staffel und heute hatte sie die Bundeskanzlerin und die Bundesministerin der Verteidigung an Bord. Die beiden Damen wurden vom Oberbürgermeister begrüßt, der ebenfalls an der Zeremonie zur Eröffnung der Travemünder Woche teilnehmen würde. Die örtliche Presse machte eifrig Fotos, von denen sie hofften, dass sie es in die morgige Ausgabe möglichst vieler Zeitungen schaffen würden. Die Kanzlerin hatte eine Variation ihrer gewohnten Garderobe an. Dunkle Hose, dazu ein lilafarbenes Jacket, aber die Verteidigungsministerin hatte eine extravagante Kombination an, die der Kleidung der Segler entfernt nahe kam, wenn sie auch sicherlich ein Vielfaches gekostet hatte.

Der Bürgermeister geleitete die Damen zu ihrer mit kugelsicheren Fenstern und Panzerung versehenen Limousine, mit der der Fahrer am frühen Morgen aus Berlin angereist war. In zwei weiteren Wagen saßen die Leibwächter, die ihre Schutzbefohlenen nicht aus den Augen lassen würden. Überhaupt waren die Sicherheitsvorkehrungen ziemlich streng, wenn auch nicht auf der höchsten Stufe, denn noch hatte Alice Kreutzer ihren Chef nicht erreicht.

Bisher war es nur ein Gefühl gewesen, aber als das Telefon klingelte brach die Gewissheit über Alice Kreutzer herein, dass etwas passieren würde. Rolf Riedel hatte die Zeit, in der Sunny das Badezimmer in Beschlag nahm, um sich für die Feierlichkeiten herzurichten genutzt, um erneut bei der Kommissarin anzurufen und ihr das Kennzeichen des VW Busses durchzugeben. Sie brauchte nur einen Blick auf das Fernschreiben des BKA zu werfen um zu wissen, dass dies das Fahrzeug der Gesuchten war. Der Wolf war im Schafstall!! Sie ermahnte Riedel sehr vorsichtig zu sein und vorerst nicht das Haus zu verlassen, beendete das Gespräch und rannte aus ihrem Büro, um ihren Chef zu suchen. Im Vorzimmer des Polizeirats saß dessen Sekretärin. Sie wollte Alice aufhalten, als die an ihr vorbeistürmte. „Halt, da können sie jetzt nicht rein. Da ist große Besprechung wegen der Bundeskanzlerin." „Bundeskanzlerin?" fragte Alice verwirrt. Sie hatte bei all der Aufregung nichts vom geplanten Besuch in Travemünde mitbekommen. Die Sekretärin klärte sie auf. „Das geht nicht!" schrie Alice, der ein gewaltiger Schreck in die Glieder fuhr. Sie riss die Tür auf. Zehn Leute, unter ihnen der Polizeichef, Vertreter des Landeskriminalamtes und des Verfassungsschutzes starrten sie an. „Die Bundeskanzlerin muss da sofort weg..." schrie Alice.

*

Bodo Krampke und Riedel saßen auf dem Balkon und besprachen leise die Situation. „Wir müssen hier weg", sagte Riedel. „Vielleicht haben die längst rausbekommen, dass Sunny und ich hier wohnen. Wer weiß, mit wie vielen wir es da wirklich zu tun haben." Krampke stimmte zu. Sunny saß verwirrt neben ihnen. Ihr frisches Make-up war verlaufen, weil sie einen Weinkrampf erlitten hatte, als Riedel ihr gesagt hatte, dass die Terroristen hier waren. „Ich kann hier nicht rumsitzen und warten, was passiert", sagte Riedel. „Ich weiß, wie der Kerl aussieht und ich habe da eine Rechnung zu begleichen." Krampke sah ihn skeptisch an. „Willst du das nicht lieber der Polizei überlassen?" Riedel starte ihn finster an. „Ich nehm das persönlich, was er Sunny und mir angetan hat." „Ok", sagte Krampke. „Was machen wir?" „Erst mal Sunny an einen sicheren Ort bringen." Sunny wollte unbedingt bleiben, aber nach einigem Zureden willigte sie ein. „Sie mal, Schatz, ich brauche den Rücken frei, falls Bodo und ich die Kerle erwischen und wenn ich dann auf Dich aufpassen muss..." „Hast du eine Waffe?" fragte Krampke. Daran hatte Riedel noch gar nicht gedacht. „Die Kommisarin wollte das regeln, aber bisher..." Schließlich nahm Riedel zwei der neuen Steakmesser aus der Küchenschublade und umwickelte die scharfen Klingen sorgfältig mit Geschirrhandtüchern. Er gab Krampke eines, der es vorsichtig in seinen Gürtel schob.

Sie verließen das Haus durch den Kellerausgang, stiegen über den nur hüfthohen Zaun zum Nachbargrundstück und gelangten von dort ungesehen zu dem Wanderweg, der entlang der Steilküste des Brodtener Ufers Richtung Niendorf führt. Sunny versprach, sich mit eingeschaltetem Handy so lange im Cafe Hermannshöhe, das zwanzig Gehminuten entfernt lag aufzuhalten, bis Riedel oder die Polizei sie abholten. „Pass auf dich auf, Schatz", sagte sie heiser zu Riedel und küsste ihn. Sie sahen ihr nach, bis sie unter den Bäumen verschwand. „Ein tolle Frau", meinte Krampke. „Die meisten würden nicht einsehen, dass sie besser von der Bildfläche verschwinden, wenn es brenzlig werden kann." Riedel grinste schief. „Sunny hat da leider so einige Erfahrungen gesammelt."

Vielleicht wäre Riedels Vorsicht gar nicht nötig gewesen. Alice Kreutzer hatte nur kurz gebraucht, um alle Versammelten im Büro des Polizeichefs von der Gefährlichkeit der Lage zu überzeugen. Zu den vielen Maßnahmen, die jetzt gleichzeitig anliefen, gehörte, dass ein Polizeiwagen - zur Abschreckung mit eingeschaltetem Blaulicht- zu dem Haus in der Kaiserallee raste und dort vor dem Eingang stehen blieb.

Im ersten Wagen der Kolonne, die die Bundeskanzlerin, die Verteidigungsministerin und den Oberbürgermeister nach Travemünde brachten, piepste das abhörsichere Funkgerät und der Fahrer bremste. Sobald die Kolonne, die sich auf der Autobahn kurz vor Travemünde befand stand, sprangen die Leibwächter aus den Fahrzeugen und bildeten mit gezogenen Pistolen einen Ring um den Wagen mit den VIPs. „Was ist denn los?" fragte die verblüffte Kanzlerin und der Fahrer informierte sie. Hinter ihnen hatte sich schon ein erheblicher Stau gebildet, aber vor ihnen war die Fahrbahn frei und dort setzte binnen Minuten ein blau lackierter Puma-Helikopter des Bundesgrenzschutzes auf, der zufällig in Neustadt eine Übung absolviert hatte. Die Leibwächter schirmten ihre Schutzbefohlenen mit ihren Körpern ab, bis sie sicher im Inneren des Puma waren. Einige sprangen mit hinein und der Pilot ließ die Turbinen aufheulen und hob ab. In nur acht Minuten schaffte er die Strecke bis zum Flughafen, wo die vorgewarnte Besatzung des Regierungsjets bereits die Triebwerke angelassen hatte. Der Oberbürgermeister blieb zurück und sah erleichtert der Canadair nach, die Richtung Berlin verschwand. „Nach Travemünde", forderte er resolut den Piloten des Hubschraubers auf. „Ich muss vor Ort sein, wenn da etwas passiert. Der Pilot war zuerst unschlüssig. Dafür hatte er eigentlich keinen Auftrag, aber er gab nach und hob ab.

Fregattenkapitän Riss starrte entgeistert auf den Meldeblock, auf den der Funkmaat gekritzelt hatte, was er mit klopfendem Herzen auf der Alarmfrequenz entgegen genommen hatte. Riss reichte Möller den Block herüber. „Lassen sie das bestätigen. Sofort alle Vorbereitungen abbrechen und seeklar machen. Gefechtsbereitschaft. Die Wachen mit scharfer Munition. Los los!"
Möller war genauso entgeistert, wie alle Anderen. Zum Glück war die Besatzung, wegen der Vorbereitungen der Feier, vollzählig an Bord… Nachdem die Besatzung aber von der Ernsthaftigkeit der Befehle ihrer Vorgesetzten überzeugt war, ging alles sehr schnell. Es dauerte zwanzig Minuten bis die Turbinen des Schiffes hochgefahren und betriebsbereit waren. In der Zwischenzeit hatte die Decksmannschaft die Gangway entfernt. Die Zuschauer auf dem Ostpreussenkai hielten das alles für eine ziemlich realistische Übung. Soldaten in Kampfanzügen mit Schnellfeuer-Gewehren stellten sich an der Reling auf und die Schutzhüllen, die die Rohre des 27mm Schnellfeuergeschützes verdeckt hatten, wurden entfernt. Ein Schwall Rauch drang aus dem Schornstein. Auf ein Zeichen des Bootsmanns

warfen Matrosen die Leinen los und der Bug der Fregatte begann sich vom Kai weg zu drehen.

Alice Kreutzer hatte, wie alle ihre Kollegen, den ganzen Weg über von Lübeck her ihr Handy am Ohr gehabt. Trotz Blaulicht schien sich die Fahrt endlos hinzuziehen. Erleichtert hatte sie mitbekommen, dass die Politiker rechtzeitig evakuiert worden waren. Riedel hatte ihr am Handy gesagt, wo der VW Bus der Terroristen stand. Dorthin fuhr sie und ließ ihren Dienstwagen mit zuckendem Blaulicht mitten auf der Straße stehen. Simons, ihr Kollege sah sie stirnrunzelnd an, folgte ihr dann aber im Laufschritt. Sie zog ihre Pistole und näherte sich vorsichtig, unter den entsetzten Augen der anderen Campingplatz-Bewohner, dem Bus. Einige junge Männer kamen in drohender Haltung auf sie zu. „Hej, was soll das?" fragte einer. Alice, die Zivil trug, hielt sich den Zeigefinger vor den Mund, um ihn zum Schweigen zu bringen. „Polizei", flüsterte sie. „Gehen sie in Deckung. Bringen sie die Leute da weg." Als auch Simons mit seiner Sig-Sauer in der Hand um die Ecke bog, war der Platz in Sekundenschnelle leer. Sirenen näherten sich. „Scheiße", sagte Alice, die gehofft hatte die Terroristen überraschen zu können. Sie rannte zur Schiebetür des VWs und riss sie auf, was sie, wenn die beiden Bewohner da gewesen wären, sicher das Leben gekostet hätte. „Leer. Die sind weg", keuchte sie. Die Segler lugten neugierig um die Ecken ihrer jeweiligen Verstecke. „Hat jemand gesehen, wo die hin sind?" rief Alice, jetzt jede Vorsicht vergessend. „Ich glaube, da runter", sagte ein junges Mädchen, die Hussein ziemlich attraktiv gefunden hatte. „Was hatten die an", drängte Alice. „ So gelbe Overalls und Rucksäcke", antwortete das Mädchen. „Simons, gib das weiter an alle Einsatzkräfte", befahl Alice und drängte sich durch die Menschenmenge auf der Promenade, die aber schnell Platz machten, sobald sie ihre Pistole gewahrten. Rechts von ihr wurde gerade die Gangway der „Marita", des Hafenrundfahrtdampfers, eingezogen. Sie sah aus den Augenwinkeln einen gelben Overall auf dem Oberdeck und spurtete über den Steg. „Sie können nicht mehr mit", rief der Decksmann, der die Heckleine löste, bekam aber große Augen, als er die Pistole in ihrer Hand sah. Sie sprang über den guten Meter Zwischenraum zwischen Schiff und Steg, der sich bereits gebildet hatte und krachte aufs Deck. Ihr Handy rutschte ihr aus der Jackentasche und verschwand im Wasser. „Scheiße...", schrie sie abermals und rappelte sich auf.

Riedel und Krampke gingen langsam die Nordermole entlang. Sie versuchten, in jeden Winkel zu spähen. Als sie die Ecke zur Lotsenstation umrundeten, hörten sie die näher kommenden vielfältigen Sirenen. Dann krachte ein Pistolenschuss, unverkennbar, übers Wasser. Alle Köpfe wandten sich der „Marita" zu, die nur fünfzig Meter entfernt langsam in die Mitte der Trave einbog. „Komm", brüllte Riedel.
Ziemlich direkt neben ihnen machte sich ein kleines orangefarbenes Lotsenboot gerade zur Abfahrt bereit. Torsten Bojens, der gerade die Leinen löste, starrte die beiden Männer an, die auf ihn zu rannten. „Bringen sie uns zu dem Schiff da, sofort", schrie der Vordere und wies auf die „Marita". Torsten richtete sich auf. „Ihr spinnt wohl", knurrte er und wollte sich abwenden. Wieder knallte ein Schuss. Den ersten hatte der Bootsführer für den Startschuss zu einer Regatta gehalten, aber diesmal merkte er auf. Bodo Krampke dauerte das alles zu lange. Er zog das Messer, wobei er sich am Handballen einen tiefen Schnitt zuzog. „Los jetzt", knurrte er Torsten an und richtete die scharfe Spitze des Messers, von der Blut tropfte, auf ihn. Torsten Bojens hatte genug. „Ich mach ja...", sagte er. Riedel löste die Vorderleine und Krampke erklärte dem zitternden Schiffsführer die

Lage, während der Gas gab. „Ihr seid also die Guten?" fragte er schließlich halbwegs überzeugt. „Klar doch", antwortete Riedel, der ebenfalls in den Fahrstand gekommen war.

Das Lotsenboot hatte entlang der Reling erhöhte Stege, von denen die Lotsen auf die Schiffe übersteigen konnten. Riedel und Krampke stellten sich an der Steuerbordseite auf und Bojens näherte sich von hinten der „Marita".

Hussein und Mahomad hatten sich, nachdem sie den Zeltplatz verlassen hatten, zwei Stunden lang die An und Abfahrten der „Marita" angesehen. „Nur zwei Mann", sagte Mahomad. In Wirklichkeit waren es vier und zwei Serviererinnen, aber der eine war im Maschinenraum, wo er versuchte, ein undichtes Rohr zu reparieren, der andere machte in der kleinen Küche Würstchen heiß.

Gerade als sie aufstanden, um sich in die Schlange der Fahrgäste einzureihen, hörten sie die Sirenen. Mahomad zuckte zusammen, aber Hussein legte ihm die Hand auf den Arm. „Sie werden uns nicht mehr aufhalten", sagte er. Sie lösten ihre Fahrscheine und gelangten ungehindert an Bord, wo sie sich aufs Oberdeck begaben. Eine kleine rot-weiß bemalte Kette, war das einzige, was sie vom Führerhaus trennte. Mahomad packte Hussein hart am Oberarm. „Sieh mal...", keuchte Mahomad und wies Trave aufwärts, wo sich die „Lübeck" gerade von ihrem Liegeplatz löste.

„Halt, stehenbleiben, Polizei!!!" kreischte eine weibliche Stimme und ein Schuss knallte. Alice Kreutzer hatte einen Warnschuss abgegeben. Die beiden Männer rissen ihre Köpfe herum und sahen etwa zehn Meter entfernt eine junge Frau die Treppe zum Oberdeck empor hasten, die gefährlich aussehende Pistole im beidhändigen Combat-Anschlag. Hussein knurrte, sprang über die Kette und stürzte ins Ruderhaus, wobei er seine Pistole zog. Der Schiffsführer starrte ihn mit schreckensgeweiteten Augen an und hob zitternd die Hände.

Mahomad hatte ebenfalls seine Pistole gezogen und schoss auf Alice, die er knapp verfehlte. Dafür traf er eine ältere Dame, die sich in der Menschentraube hinter der Polizistin befand. Die Frau sah verblüfft auf das sich schnell ausbreitende Blut auf ihrer Bluse und brach zusammen.

Panik erfasste die Menschen, die nicht wussten, wohin sie sich wenden sollten. Diejenigen, die sich unter Deck befanden, wussten ja nicht einmal, was da passierte. Menschen schoben sich gegenseitig die Treppen hinab, wobei einige stürzten und sich Knochen brachen. Andere trampelten rücksichtslos über sie hinweg. Ein Mann am Heck warf seine kleine Tochter ins Wasser und hechtete hinterher…

Alice war hinter einer Kiste in Deckung gegangen, in der Schwimmwesten aufbewahrt wurden. Sie streckte ihre Hand mit der Pistole um die Ecke und schoss zweimal. Ihr wurde bewusst, dass sie kein Reservemagazin dabei hatte. Noch sechs Schuss…

Mahomad spürte einen scharfen, kurzen Schmerz, wie der Stich einer Wespe, am Arm. „Streifschuss", dachte er. Er zerrte sich den Rucksack von der Schulter, griff hinein und zog eine Handgranate heraus. Die andere stopfte er in seine Jackentasche. Entschlossen entfernte er den Sicherungsstift, wartete zwei Sekunden, wobei er scharf die Luft einsog und rollte sie über das Deck dorthin, wo er die Polizistin vermutete.

Alices Glück war, dass die Granate durch eine schlecht ausgeführte Schweißnaht eine Richtungsänderung erfuhr. Ihr Pech war, dass das nur eine kleine Rolle spielte. Immerhin rettete das ihr Leben, wenn auch ihr rechtes Bein von Splittern der berstenden Handgranate durchsiebt wurde. Die meisten Menschen waren vom Oberdeck verschwunden und kamen davon, aber sechs oder sieben lagen in den sich schnell vergrößernden Blutlachen. Schreie zerrissen die Luft. Mahomad warf sich herum und rannte ins Ruderhaus. Hussein sah ihn mit irren Augen an und grinste plötzlich. „Allahu Akbar!" rief er.

Mahomad packte den Schiffsführer, stieß ihn zu Boden, wo er wimmernd liegen blieb, und ergriff das Steuerrad.

Direkt voraus, vielleicht noch dreihundert Meter entfernt, hatte die Fregatte ihren Halbkreis, der sie auf Kurs Richtung Ostseemündung bringen sollte, fast beendet. Das Fahrwasser war aber zu schmal, so dass die „Lübeck" aufstoppen musste, etwas zurücksetzen, um dann die Drehung beenden zu können. In der Zwischenzeit hatte sich die riesige „Peter Pan" der TT-Linie vom Fährhafen her, genähert. Die schlanke Silhouette des grauen Kriegsschiffs wurde überragt von dem riesigen weißen Stahlburg des Fährschiffs, dessen Signalhörner durchdringend dröhnten.

Mahomad stieß den Gashebel bis zum Anschlag und begann wild am Ruderrad zu drehen. Langsam bewegte sich der Bug der „Marita" auf die „Lübeck" zu.

Bojens manövrierte das Lotsenboot geschickt ans Heck der „Marita" und Riedel und Krampke sprangen hinüber. Die Menschen, die sich dort zusammendrängten hatten, hatten keinen Platz, um auszuweichen und die Männer rissen etliche von ihnen um. „Entschuldigung", zischte Riedel, mehr aus Gewohnheit und riss Krampke auf die Beine. Per Handzeichen, das Geheul der verschiedenen Sirenen war jetzt ohrenbetäubend, bedeutete er ihm an der rechten Seite des Schiffes einen Weg nach oben zu suchen. Er selbst rannte nach links. Vorsichtig schlich er die Leiter empor, auf der von Stufe zu Stufe Blut herunter rann. Er streckte vorsichtig den Kopf über die Kante. Direkt neben ihm lag die Leiche eines Mannes, dessen weit aufgerissene blicklose Augen ihn anstarrten. Mehrere andere Körper lagen auf und neben ihm, manche bewegten sich...

Riedel zog sein Messer. Er sah Alice Kreutzer an die Kiste gelehnt. Ihr rechtes Bein in einem grotesken Winkel und blutverschmiert abgespreizt... Ihre Augen flackerten, aber sie umklammerte nach wie vor ihre Pistole. „Tapferes Mädchen", dachte er und schob sich auf dem Bauch auf sie zu.

„Geh nach draußen. Ich mach das hier allein. Ich werde die Hunde rammen!" schrie Mahomad. Hussein nickte Mahomad zum Abschied zu und wandte sich zur Tür.

Björn Matthieson, der Kapitän des großen Fährschiffs, hatte schon vor drei Minuten, sobald er erkannte, dass die Fregatte seinen Kurs kreuzen wollte erkannt, dass die riesige „Peter Pan" sich nicht rechtzeitig stoppen lassen würde. Das Dilemma war, dass dies die engste Stelle der Trave war. Links der Ostpreussenkai, rechts das Ufer… Trotzdem befahl er Maschine voll zurück und das Ruder hart Steuerbord, was ihn dem Priwallufer sehr nahe bringen würde, aber wenn der Rudergänger der Fregatte aufpasste und nur ein wenig nach links auswich…

Möller spürte unter seinen Füssen das Beben der starken Maschinen der „Lübeck", deren große Schrauben das Wasser aufwühlten. Er wagte nicht, nach hinten zu sehen, aber Kapitän Riss tat es „Mein Gott…", sagte er entgeistert, als er sogar kleine Rostflecken im gewaltigen Bugtor der „Peter Pan" erkennen konnte. „Kollisionswarnung… Schotten dicht, hart Backbord!" brüllte er. Der Rudergänger regierte augenblicklich und riss das kleine Steuerrad herum…

Er hätte es nicht geschafft, aber direkt neben dem Bug der „Lübeck" sprangen dicht nebeneinander zwei Wassersäulen auf…

Die beiden Haftminen detonierten genau zum eingestellten Zeitpunkt. Ihre Sprengwirkung hätte nur direkt an der Bordwand der Fregatte größeren Schaden verursacht, so aber rettete sie vorerst die Situation. Der Wasserschwall drückte den Bug der beschleunigenden Fregatte um die entscheidenden Grade herum. Scheinbar nur Zentimeter neben dem Heck des Kriegsschiffes passierte der einer großen Beule ähnelnde Wulstbug der „Peter Pan" die „Lübeck".

Björn Matthiesen hielt den Atem an und wartete auf den Aufprall, den er, wegen der Größenverhältnisse der Schiffe, vielleicht gar nicht bemerken würde. Dann stieß er erleichtert den Atem aus, als er sehr dicht auf der linken Seite die Fregatte in Sicht bekam. „Gott sei Dank..." entfuhr es ihm und befahl seinem Rudergänger wieder in die Mitte des Fahrwassers abzudrehen.

Hussein spähte um die Ecke und sah Riedel auf dem Bauch auf sich zu kriechen. Hass durchfuhr ihn. Er hatte den Soldaten sofort erkannt. Blitzschnell zog er eine Handgranate und entsicherte sie. Wie zuvor Mahomad es getan hatte, rollte er sie auf den wehrlosen Riedel zu und warf sich in Deckung. Riedel reagierte... wie eben ein Elitesoldat reagiert. Als die Handgranate auf ihn zu kollerte, sprang er auf und kickte sie durch die Reling ins Wasser, wo sie, kaum eingetaucht, detonierte. Hussein zog seine Pistole, als er die Explosion der Granate, seltsam gedämpft, hörte und warf sich nach vorn. Riedel brauchte gar nichts tun, nur die Hand mit dem Steakmesser im richtigen Winkel halten. Hussein spießte sich mit so viel Energie auf, dass die schlanke Klinge, nachdem sie sein Herz durchbohrt hatte, einige Zentimeter weit aus seinem Rücken ragte. Er erschlaffte augenblicklich und Riedel ließ ihn fallen. Er raffte Husseins Pistole auf und schlich auf das Ruderhaus zu.

Bodo Krampke hatte sich am Geländer der Reling aufs Oberdeck gezogen. Von links kamen Schreie und dann ein gedämpfter Knall, als die Handgranate im Wasser explodierte. „Jetzt oder nie", dachte er, sprang auf und drang durch die offenstehende rechte Tür ins Ruderhaus ein. Der Pirat starrte ihn an und schrie etwas auf Arabisch. Bodo wollte sich auf ihn werfen, nur drei Meter..., aber da lag der Schiffsführer und Krampke stürzte schwer. Mahomad schoss und Krampke verlor das Bewusstsein, als die Kugel in seinen Bauch einschlug.

Mahomad richtete seine Aufmerksamkeit wieder nach vorn und sah mit Wut, dass sich die „Lübeck" schon fast querab befand. Wild drehte er das Steuerrad nach rechts. „Los komm, du miese alte Badewanne!" schrie er.

Möller sah entsetzt, zum zweiten Mal in sehr kurzer Zeit, den Bug eines Schiffes, zwar kleiner, aber auch nicht ungefährlich, auf die Seite der „Lübeck" zusteuern. Kein Platz zum Ausweichen. Sie waren durch das Ausweichmanöver vor der „Peter Pan" schon viel zu dicht an die hölzernen Stege vor der Lotsenstation heran gekommen. „Voll voraus!" befahl er und die Fregatte, sowieso schon sehr schnell durch das vorherige Manöver, hob den Bug.

Für die Menschen an Land nahm dies alles apokalyptische Ausmaße an. Schüsse,Explosionen,Fast-Zusammenstöße… Ein mit schrill heulenden Turbinen heulender Helikopter über ihnen, an dessen Fenster der Oberbürgermeister versuchte, etwas zu erkennen…
Fast alle rannten, um sich in Sicherheit zu bringen, einige blieben stehen. Sie dachten ernsthaft, hier würde unter ihren Augen ein Actionfilm gedreht… Die aufbrandende Flutwelle des Kielwassers der Fregatte durchnässte die Gaffer bis zur Hüfte und auch ihnen wurde klar, dass dies so wohl nicht geplant war.

Mahomad schrie abermals vor Wut. Er würde es nicht schaffen. Seine rechte Hand löste sich vom Ruder und er suchte seine letzte Handgranate in der Tasche seines Overalls. Mit zwei Fingern zog er den Stift heraus. Er brauchte nur noch den Griff loslassen. „Said, ich komme…", flüsterte er.

Riedel wollte sichergehen. Als im Ruderhaus ein Schuss ertönte, es war der, der Bodo Krampke traf, schlich er an die Tür des Ruderhauses. Langsam drehte er sich mit vorgestreckter Pistole um die Ecke. Mahomad schien ihn nicht zu bemerken und Riedel schoss ihm zwei Kugeln durch den Kopf und zwei in die Brust. Der Pirat stürzte zu Boden und dann wurde Riedel nach hinten geschleudert, wo er nur durch die Reling von einem Sturz ins Wasser bewahrt wurde. Die Handgranate in Mahomads Tasche war explodiert und da er auf ihr gelegen hatte, war fast alle Energie und die Splitter von seinem sowieso schon toten Körper aufgefangen worden. Nur Sekunden später, Riedels Ohren dröhnten noch und er versuchte sich gerade aufzurappeln, krachte die „Marita", deren Bug die „Lübeck" knapp verpasst hatte, in die Holzstege der, zum Glück, lehren Liegeplätze der Wasserschutz-Polizei. Der Bug zerteilte und zersplitterte das Holz und der Bug des alten Schiffes bohrte sich in die Steine der Böschung, wo die wahrscheinlich letzte Fahrt des alten Fahrgastschiffes ein jähes Ende nahm.

Der Pilot hatte den Puma-Helicopter kurzerhand auf dem Parkplatz des Maritim-Hotels aufgesetzt. Der Oberbürgermeister stand jetzt auf der Promenade dicht neben dem rot-weißen Absperrband der Polizei. Ein sowieso wegen der Eröffnungsfeier anwesendes Team des NDR-Magazins interviewte ihn, aber es wurde schnell offenbar, dass er selbst nichts wusste und so filmte der Kameramann lieber die Reste der Stege und die unglückliche, am Bug stark beschädigte „Marita", auf der durch die Schüsse, die Handgranaten und infolge des Aufpralls, insgesamt acht Todesopfer, sowie über dreißig Verletzte zu beklagen waren. Die drei am schwersten Verletzten, Bodo Krampke, Alice Kreutzer und eine junge Frau mit einer Kopfwunde, hatte der dafür eigentlich nicht ausgerüstete BGS- Hubschrauber kurzerhand in Begleitung eines Notarztes ins Uni-Krankenhaus Lübeck geflogen, wo sie sofort operiert worden waren.
Rolf Riedel hielt es kaum aus, aber er musste zunächst am „Tatort" bleiben. Schließlich erbarmte sich einer der Polizisten und erbot sich,

Sunny bei der „Hermannshöhe" abzuholen. Wenig später stieg sie aus dem Streifenwagen und rannte Rolf Riedel in die Arme. Sie ließ nun ihren Tränen freien Lauf und Riedel streichelte ihr Haar. „Alles gut", sagte er. „Alles gut"…, aber es war nicht gut, solange sie nicht wussten, wie es Bodo Krampke ging. Erst als die Nachricht kam, dass er auf der Intensiv-Station und ansprechbar war atmeten sie auf, und konnten nach Hause gehen.

Jetzt, im Nachhinein, begannen Riedels angespannte Nerven zu flattern und er stieß fahrig sein Glas Cognac um, dass Sunny ihm auf den Balkon gebracht hatte. Sie holte ihm schweigend ein Neues und sie saßen nur Hand in Hand da und sahen auf die Bucht hinaus. Weit draußen war verschwommen die unverkennbare Silhouette der „Lübeck" zu erkennen. Noch hatte niemand entschieden, ob sie wieder in Travemünde anlegen sollte.

*

Als sie aus der Kirche traten, blieben sie verblüfft stehen. Viele Kameraden Riedels, Freunde Sunnys und auch viele Bürger Travemündes standen Spalier, um der Hochzeit der Beiden beizuwohnen. Conny und Felix traten auf das Brautpaar zu, reichten ihnen Sektgläser und gratulierten und Conny druckste etwas herum, sah Riedel in die Augen und sagte „Danke. Ich bin sehr blöd gewesen…"

Als alle Gläser in den Händen hatten - es war gut vorgesorgt worden - küsste Riedel seine Frau und bedankte sich und dann sang der von der „Lübeck" Besatzung engagierte Passatchor „I am sailing", Rolfs und Sunnys Lieblingslied…, und das Leben ging weiter…

Hat Ihnen das Buch gefallen ?

Vom selben Autor liegen vor :

Die maritim-historischen Romane

„Pedder Carstens-Kapitän des roten Adlers"
BOD, ISBN 978-3-8370-2375-6

„Schiff ohne Heimat"
BOD, ISBN 978-3-8423-4792-2

Die Kriminalromane

„Schöne Schwester Tod"
BOD ISBN 978-3-746-0823-18

„Madonnengrab"
BOD, ISBN 978-3-7322-81-268

„Kriminelles Strandgut"
13 kurze Küstenkrimis
BOD ISBN 978-374-6093-116

„Historisches Strandgut"
13 Geschichts-Geschichten aus der Lübecker Bucht
BOD ISBN 978-3-746-0254-07